VALERIE LORD

Das Geheimnis der Rose

Roman

Weltbild

Besuchen Sie uns im Internet:
www.weltbild.de

Genehmigte Lizenzausgabe für Verlagsgruppe Weltbild GmbH,
Steinerne Furt, 86167 Augsburg

Umschlaggestaltung: Atelier Seidel, Neuötting
Umschlagmotiv: Franco Accornero via Agentur Schlück,
Garbsen
Gesamtherstellung: Oldenbourg Taschenbuch GmbH,
Hürderstraße 4, 85551 Kirchheim
ISBN 3-8289-7885-1

2009 2008 2007 2006
Die letzte Jahreszahl gibt
die aktuelle Lizenzausgabe an.

PROLOG

Frühlingsanfang im Jahre 1080
England – Burg von Hawkstone

»Wir bauen uns eine mächtige Festung. So groß wie die des Königs!«

Beifall heischend sah sich der sechsjährige Erbe von Hawkstone im Kreise seiner Freunde um. Die meisten von ihnen waren Pächterkinder und ohnehin dazu geneigt, dem einzigen Sohn des Lords bedingungslos zu gehorchen. Nur ein Mädchen galt es, für Bryan de Cambremer zu überzeugen. Es stand am Rande der Gruppe und überragte alle anderen dünn und groß um einen ganzen Kopf. Seine achtjährige Schwester Rozabel. Sie hatte es sich zur Aufgabe gemacht, ihn nicht nur zu beaufsichtigen, sondern auch zu erziehen und vor allen Dingen zu kritisieren.

Auch jetzt rümpfte sie die Nase, und verurteilte damit das Projekt, ehe es in Angriff genommen wurde. Sie hatte, wie er, die beeindruckende Schilderung ihres Vaters vernommen, der eben aus London nach Hause zurückgekehrt, seiner Familie das neueste Vorhaben König Wilhelms in bunten Farben geschildert hatte.

»Er will eine Burg, wie sie die Welt noch nicht gesehen hat. Sie wird direkt am Ufer der Themse liegen, eine halbe Meile abwärts von der hölzernen Brücke über den Fluss. Bislang gab es an dieser Stelle nur ein Holzfort mit Palisaden, nun soll eine richtige Festung mit Wehrmauern, tiefen Gräben, Türmen und einem Palast für den König gebaut werden. Das Haupthaus soll vier Stockwerke hoch sein und man errichtet es ganz aus dem weißen Stein von Caen. Ich weiß nicht,wie viele Schiffe voller Steine über den Kanal kommen werden, bis es fertig ist. Schon jetzt nennen es die Londoner den weißen Turm, White Tower.«

»Wo willst du hier weiße Steine finden?«, sagte aus diesem Grund Rozabel, die dieser Erzählung aufmerksam gelauscht hatte und augenblicklich das schwierigste Problem erfasst hatte.

»Ich hab' welche gesehen«, mischte sich der Sohn des Schmieds ein, dessen Stimme sich vor lauter Bemühen, den Kindern des Lords zu imponieren, überschlug. »Hinter den Weberschuppen, wo dieses komische Römerding zusammengekracht ist.«

»Du meinst das Gymnasium.« Rozabel liebte ihr Zuhause. Sie kannte jeden einzelnen Stein und jede zerborstene Säule, die auf die Geschichte Hawkstones hinwies, das einst die prunkvolle Landvilla eines römischen Edelmannes gewesen war. »Die Großen haben uns verboten, dort zu spielen. Es ist gefährlich.«

Die Großen waren die drei älteren Schwestern Sophia-Rose, Roselynne und Marierose. Ein verschworenes Trio, das gerne auf die Kleinen herabblickte. Sie zu ärgern war Bryans Hauptziel, deswegen bewirkte der Hinweis das genaue Gegenteil. Mit lautem Gejohle stob die ganze Bande um die nächste Ecke und Rozabel folgte ihr zögernd. Sie wusste, dass sie etwas Falsches taten, aber sie brachte es nicht fertig, ihren Bruder im Stich zu lassen.

Bryan wusste das und nutzte die Tatsache, dass er sich bedingungslos auf Rozabel verlassen konnte, immer wieder aus.

Bis sie die Jungen einholte, gruben alle bereits in der Erde, schleppten Schutt und Trümmer zur Seite und produzierten unter der Anleitung ihres Bruders Wolken von Staub. Sie hielt ängstlich Abstand, besorgt um ihr sauberes Kleid und wurde dabei von einem blühenden Nest winziger weißer Blumen, im Schatten einer Säule, in eine andere Richtung gelockt. Alles, was wuchs und blühte faszinierte sie mehr, als die Spiele der Knaben. Ohne sich um die bröckelnden Mauern zu kümmern, kletterte sie über zerborstene Stufen und betrat eine große quadratische Marmorplatte, die nur noch auf einem schmalen Sims ruhte.

Sie hörte das bedrohliche Knirschen, aber sie wusste nicht, was es bedeutete. Das Gewicht des Kindes brachte den Stein aus seiner dürftigen Balance. Die Fläche kippte und Rozabel rutschte mit einem schrillen Aufschrei in die Tiefe, gefolgt von Erde und Trümmern.

Als sie wieder zu sich kam, lag sie in nachtschwarzer Finsternis. Die erste Verblüffung verschlug ihr die Sprache. Doch als sie merkte, dass sie sich nicht bewegen konnte, weil ihr Fuß eingeklemmt war und grässlich schmerzte, geriet sie in kopflose Panik. Sie kreischte, schlug um sich und erreichte nur, dass weiteres Geröll auf sie herabrieselte. Sie schmeckte Staub, Erde und die gallige Bitternis auswegloser Verzweiflung. Niemand hörte sie. Keiner suchte nach ihr, keiner holte sie, keiner befreite sie.

Es dauerte Stunden, bis Rozabel ernsthaft vermisst wurde. Erst als alle Kinder des Lords und der Lady für das abendliche Mahl gereinigt und präsentabel gemacht wurden, fehlte das jüngste Mädchen, der fünfköpfigen Schar. Noch länger dauerte es, bis Bryan eingestand, dass er mit seinen Freunden am Nachmittag genau dort gespielt hatte, wo sie nicht spielen sollten und dass er seine Schwester hier zum letzten Male bewusst gesehen hatte. Er hatte sich keine Gedanken gemacht, dass sie fort war. Er hatte angenommen, es wäre ihr langweilig geworden und sie habe sich eine andere Beschäftigung gesucht.

Währenddessen kauerte Rozabel verängstigt in absoluter, undurchdringlicher Finsternis. Längst stumm und gelähmt von namenlosem Schrecken, konnte sie nicht einmal mehr wimmern. Wirre Gedankenfetzen schossen ihr durch den Kopf. Ihre lebhafte Phantasie schreckte sie mit den Bildern von fürchterlichen Ungeheuern, die auf ihrer schmalen Brust lasteten und ihr immer mehr den Atem raubten. Sie keuchte angestrengt, schon der Bewusstlosigkeit nahe. Zuckende Blitze erschienen vor ihren blinden Augen und im Dahindämmern vernahm sie eine Stimme in ihrem Kopf. Sie vernahm sie mit dem Herzen, nicht mit den Ohren, die in der Stille schmerzten.

Gib nicht auf. Du hast mehr Kraft, als du denkst. Du musst leben. Ohne dein Leben ist das meine nichts wert! Atme! Lebe für mich!

Die Stimme hielt sie fest. Sie tröstete, beruhigte sie und forderte zugleich, gewann die Macht über sie.

»Da ist sie!«

»Vorsichtig mit diesen Steinen. Zum Henker, ich werde mir ewig Vorwürfe machen, dass ich diesen Steinbruch nicht schon längst abreißen ließ.«

Der Lord von Hawkstone erreichte seine Tochter als Erster. Das Licht seiner Fackel warf einen flackernden Schein auf das Kind, das, die Hand unter die Backe gelegt, in friedlicher Ruhe tief und fest schlief. Rozabel wurde nicht einmal völlig wach, als er den Schutt um ihr verletztes Bein entfernte und sie vorsichtig auf die Arme nahm. Sie wisperte etwas, ehe ihr die Augen wieder zufielen.

Als sie verbunden, versorgt, zugedeckt und von ihrer Mutter bewacht in ihrem Bett lag, während sich die Aufregung in Hawkstone langsam wieder legte, wandte sich Lord Hawkstone an seine Gemahlin, Lady Liliana.

»Weißt du, was sie gesagt hat, als ich sie aus diesen unterirdischen Gewölben trug?«

»Dass sie froh ist, dich zu sehen nehme ich an. Du hast ihr das Leben, und mir meinen Seelenfrieden gerettet, weil du nicht aufgegeben und auch die letzte dieser Katakomben durchsucht hast.«

Der Lord lächelte seine Gemahlin an. »Du wirst Gelegenheit bekommen, mir zu danken, meine Liebste. Aber Rozabel hat etwas höchst Seltsames gesagt. Sie flüsterte: Ich muss ihn suchen, wenn ich wieder laufen kann. Er kann nicht leben ohne mich. Ich muss ihn unbedingt finden.«

»Was meinte sie damit? Besser gesagt, *wen* meinte sie damit?«

»Ich weiß es nicht, mein Herz. Dieses Kind besorgt mich. Es ist zu unbändig, zu phantasievoll und zu leicht zu beeindrucken. Wir müssen es vor sich selbst schützen.«

Lady Liliana strich ihrer kleinen Tochter zärtlich über die heiße Stirn und musste ihrem Gemahl Recht geben.

»Ich mache mir schon lange Gedanken über sie und Bryan. Sie hängt so unglaublich an ihm, aber seine wilden Spiele sind nichts für sie. Sie muss lernen, dass er einen anderen Weg gehen wird wie sie, und vielleicht ist ihr gebrochenes Bein bei allem Unglück, auch ein Neubeginn für sie. Bis sie wieder hinter ihrem Bruder herlaufen kann, wird eine Menge Wasser den Cuckmere hinunter fließen.«

Es klang vernünftig. Dennoch konnte sich die Lady des Rosenturmes eines eigenartigen Gefühls nicht erwehren. Es kam ihr vor, als wären irgendwo in einer Welt, die ihr nicht zugänglich war, die Würfel für Rozabel de Cambremer gefallen.

ERSTES KAPITEL

England im Juni 1095
Hawkstone, am Cuckmere

Die Nacht hielt den Atem an. Rozabel neigte den Kopf und trat unter dem niedrigen Türstock hindurch in den Garten hinaus. Die absolute Stille beunruhigte sie. Irritiert ging sie zum Zaungatter und sah die Dorfstraße hinunter. Ihre Rocksäume streiften Lavendel- und Rosmarinbüsche. Die aufsteigenden Duftschwaden mischten sich mit jenen der Rosenblüten, die das kleine Haus bis an den Dachfirst überrankten. Es roch nach Sommer, nach frisch geschnittenem Gras und feuchter, fruchtbarer Erde.

Unter dem von Sternen übersäten Firmament mit der dünnen Mondsichel ließen sich die Häuser, Ställe und Scheunen von Hawkstone nur erahnen. Weder Lichtschein noch der kleinste Laut verrieten, dass unter den Stroh gedeckten Dächern Menschen schliefen. Sie hätte ebenso gut allein auf der Welt sein können. Rozabel erschauerte und rieb sich fröstelnd die Arme.

Betsy-Ann hatte versprochen, augenblicklich nach ihr zu schicken, wenn das Kind kam. Es war ihre erste Niederkunft und sie hatte Angst davor. Rozabel teilte dieses Gefühl. Ihre Erfahrung als Heilerin sagte ihr, dass Betsy-Ann Mühe haben würde, das Kind zur Welt zu bringen. Es glich schon im Mutterleib seinem hünenhaften Vater. Sie wollte alles tun, der Gebärenden beizustehen, aber sie fürchtete, dass ein Wunder nötig sein würde, damit Mutter und Kind am Leben blieben.

Sicher war es diese Sorge, die sie heute nicht schlafen ließ. Sie hatte schon oft im alten Haus der Wehmutter übernachtet und sie ruhte auf dem bescheidenen Strohsack ebenso gut wie in ihrem geräumigen Alkoven im Herrenhaus von Hawkstone. Es sparte allen Beteiligten Zeit und Wegstrecke, wenn sie sich bereits im Dorf befand, aber jetzt wünschte sie, sie könnte noch einmal den Rat ihrer Mutter einholen.

Liliana von Cambremer, die Lady des Rosenturmes von Hawkstone, hatte zwar ihr Wissen an ihre jüngste Tochter weitergegeben, aber ihre Erfahrungen als Heilerin musste Rozabel selbst machen. Die alte Brionna, die den Frauen von Hawkstone seit Jahrzehnten beigestanden hatte, war im vergangenen Winter gestorben. Rozabel hatte ihren Platz eingenommen, aber bislang waren ihre Fähigkeiten noch nie so ernsthaft geprüft worden, wie es bei Betsy-Ann zu befürchten stand.

Sie unterdrückte einen unwilligen Laut und wandte sich dem Haus zu. Dies war nicht der richtige Zeitpunkt für Zweifel am eigenen Können. Die junge Mutter verließ sich auf sie und es war ihre Pflicht, nicht zu versagen.

Rozabel stutzte. Was war das gewesen? Ein Geräusch? Sie verengte die Augen. Eilte Betsy-Anns Mann die Dorfstraße herab? Was immer sie gehört hatte, es wiederholte sich nicht. Die Nacht blieb stumm und dunkel, nicht länger beschützend, sondern feindlich.

Hör auf, dich vor allem zu ängstigen! Du wolltest allein bleiben. Du hast die Magd nach Hause geschickt.

Verärgert fuhr Rozabel herum und prallte gegen ein Hindernis. Der kalte Druck einer Messerklinge an ihrer Kehle folgte so schnell, dass sie keuchte. Fremde. Niemand in Hawkstone würde es wagen, die Tochter des Lords mit einer Waffe zu bedrohen. Im ersten Augenblick besiegte das Erstaunen über eine solche Tat sogar ihre aufkommende Angst. Sie stieß die Ellbogen nach hinten. Das Messer rührte sich keinen Deut von der Stelle.

»Keinen Laut«, raunte eine tiefe Männerstimme direkt an ihrem Ohr. »Wenn du auch nur eine Menschenseele in diesem Dorf weckst, ist es um dich geschehen.«

Ein paar Häuser weiter heulte ein Hund und Rozabel erschauerte, denn der Druck der Klinge verstärkte sich. Ihre gespannte Haut brannte. Wer immer dieser Fremde war, er meinte seine Drohung ernst.

»Was soll das?«, hauchte sie tonlos.

»Du bist die Wehfrau dieses Dorfes?«

Die Stimme drang körperlos und angespannt an ihr Ohr. Sie rief im Verein mit dem Klammergriff um ihre Taille, eine Fülle von Gefühlen und Bildern in ihr wach. Rozabel schmeckte Blut, Schmerzen zuckten durch ihren Leib und das Echo einer Qual, die nichts Menschliches mehr besaß, ließ sie erbeben.

»Ihr seid verletzt«, ergab sie sich resigniert den Umständen.

Sie hasste es, wenn sich das Erleben eines anderen Menschen vor die eigenen Empfindungen schob, ohne dass sie etwas dagegen tun konnte. So sehr sie ihre Gabe schätzte, wenn es darum ging, die Leiden eines Kranken zu lindern, in diesem Augenblick hätte sie gerne darauf verzichtet.

»Kümmere dich nicht um mich. Bei uns ist jemand, der deiner Hilfe weit mehr bedarf. Und ihr sorgt dafür, dass die Pferde ruhig bleiben. Niemand darf erfahren, dass wir hier sind.«

Der Befehl galt seinen Begleitern. Rozabel roch jetzt die dampfenden Rösser, spürte die Gegenwart weiterer Männer und erahnte in der Finsternis ihre Bewegungen, als sie schweigend seine Aufträge erledigten. Wie hatte es nur geschehen können, dass sie trotz ihrer außergewöhnlich feinfühligen Sinne nichts von dieser fremden Gegenwart bemerkt hatte? Schläferte die Sorge um Betsy-Ann ihre normale Wachsamkeit ein?

»Hinein mit dir«, zischte der Unbekannte gebieterisch. Eine Hand umschloss ihre Schulter und schob sie zum Haus. Als er sich gemeinsam mit ihr bückte, weil der Türsturz für sehr viel kleinere Bewohner gedacht war, atmete er zischend aus. Er hatte Schmerzen, aber er ignorierte sie ebenso wie ihr Widerstreben.

Wer war dieser Mann? Einer jener Gesetzlosen, die ehrbare Reisende auf den Straßen des Königs überfielen? Ein Abenteurer, der sich keinem Herrn unterwerfen wollte? Einer der Rebellen, die nicht einsehen wollten, dass die Tage der Sachsenkönige für immer vorbei waren?

Eines glaubte Rozabel zu wissen: Sie hatte es mit einem Anführer zu tun. Einem Kämpfer, der Autorität verbreitete und keinen Widerspruch duldete. Sein kurzes Knurren sorgte dafür, dass eine Lichtquelle aufleuchtete und die Glut auf der Herdstelle zu neuem Feuer entfacht wurde. Im warmen Schein des Lampenöls, das Rozabel aus Hawkstone mitgebracht hatte, weil sie die rauchenden Talgfunzeln der alten Brionna nicht länger verwenden wollte, sah sie eine leblose Jünglingsgestalt im Reiterumhang, die von zwei Männern behutsam auf den Strohsack gelegt wurde, der noch die Umrisse ihres eigenen Körpers trug.

Ein Teil des Mantels verrutschte und sie keuchte entsetzt auf. Der Stoff hatte zerrissene Kleider, hässliche Brandwunden und zerfetzte Haut verborgen.

»Gütiger Himmel, wer hat ihm das angetan?«

Schon der erste Blick verriet, dass es sich um keine Kampfeswunden handelte. Der bewusstlose Junge war gequält, gebrandmarkt und gefoltert worden. Die Spuren von Streckbank, Peitsche und glühendem Eisen ließen Rozabel bittere

Galle in die Kehle steigen. Er konnte kaum älter als ihr Bruder sein und er war sicher ein hübscher Bursche gewesen, ehe er seine Folterknechte ihr schreckliches Werk vollendet hatten.

»Was kümmert's dich«, verweigerte der Anführer jede Auskunft. »Sieh zu, dass du seine schlimmsten Wunden versorgst.«

Die bläulichen Schatten unter den geschlossenen Augen des Gefolterten, die zerbissenen Lippen und der flache Atem, ließen Rozabel im Verein mit den grässlichen Wunden das Schlimmste für ihn befürchten. »Vielleicht würde ein Priester eher ...«

»Nein!«

Ein stahlharter Griff umklammerte ihren Oberarm und zwang sie, dem Sprecher zum ersten Male ins Gesicht zu sehen. Ein Ritter fraglos, auch wenn er die Kleidung eines gewöhnlichen Mannes trug. Seine markanten, scharfen Züge verrieten edle Abstammung. Die messingfarbenen Haare und die klaren blauen Augen deuteten auf normannische Abstammung hin, die breiten Schultern und die sehnige Gestalt auf jahrelanges Kampftraining. Sie schätzte ihn auf Ende zwanzig, wenngleich in seinen Augen ein Schmerz stand, der so alt wie die Menschheit war. Der Kummer eines Mannes, der um einen Menschen fürchtet, den er liebt.

Während sie noch darüber nachsann, was einen solchen Mann dazu trieb, in tiefster Nacht und aller Heimlichkeit die Hilfe einer Dorfhebamme zu suchen, spie er ihr seine Befehle förmlich ins Gesicht.

»Du musst verhindern, dass er stirbt! Bist du nicht Heilerin? Mach dich an die Arbeit, wir haben nicht viel Zeit. Zur nächsten Flut müssen wir das Schiff über den Kanal erreichen.«

»Ihr seid auf der Flucht«, schloss Rozabel und als sich seine Augen weiteten, fügte sie hinzu. »Dieser Mann wurde nicht im Kampf verwundet. Wer hat ihn gemartert? Der Sheriff?«

»Das geht dich nichts an.«

Sie akzeptierte die rüde Abwehr mit einem Schulterzucken und schlug den Umhang des Verletzten vollständig auseinander. Obwohl vorbereitet, musste sie doch für einen Herzschlag lang die Augen schließen. Das friedliche Leben in Hawkstone hatte sie nicht auf die Bösartigkeit raffinierter Folter vorbereitet. Dennoch tat sie schnell und geschickt, was in ihren Möglichkeiten stand.

Sie wusch das getrocknete Blut ab und säuberte die Wunden mit verdünntem Wein, dem sie einen Extrakt aus Maßliebchen und Johanniskraut beifügte. Die Risse und Schnitte bedeckte sie mit Salbenverbänden und die angeschwollene rechte Hand, deren Finger augenscheinlich gebrochen waren, stellte sie mit einer Holzschiene und Verbänden ruhig. Mit Hilfe des Ritters renkte sie eine ausgekugelte Schulter wieder ein, aber es war trotzdem jämmerlich wenig, was sie für den zerstörten Körper tun konnte. Die Kräutermixtur, die sie ihm Tropfen für Tropfen einflößte, enthielt eine gute Dosis Mohnsaft, das würde seine Schmerzen vorerst dämpfen.

Sie konnte nicht sagen, wie viel Zeit vergangen war, bis sie sich aufrichtete und eine Haarsträhne unter das Tuch zurückstrich, mit dem sie ihre Zöpfe bedeckt hatte.

»Es hält ihn nicht mehr viel am Leben«, sagte sie ohne die Lage zu beschönigen. »Er braucht absolute Ruhe und sorgsame Pflege. Wenn Ihr ihn wieder auf ein Pferd setzt, garantiere ich für nichts.«

»Wenn ich es nicht tue, stirbt er ebenso sicher«, erwiderte der Fremde. Er schwankte unmerklich, als er sich von dem

Hocker erhob, von dem er Rozabels Bemühungen verfolgt hatte.

»Ihr seid ebenfalls verletzt. Lasst Euch helfen.«

»Spar dir die Mühe, es nichts von Bedeutung.«

»Wie Ihr wollt. Das Wundfieber ist Euch auf diese Weise wenigstens sicher.«

Die trockene Feststellung entlockte ihm einen Fluch.

»Du gönnst es mir wohl«, sagte er und ließ sich ächzend wieder auf dem dreibeinigen Schemel nieder, das Bein mit dem Blut verschmierten Oberschenkel, weit von sich gestreckt. »Tu, was du für nötig hältst. Ich kann es mir nicht leisten, meine eigenen Befindlichkeiten zu pflegen. Ich muss meinen Bruder in Sicherheit bringen.«

»Das war ein Schwert«, kommentierte Rozabel den tiefen Schnitt und zog das Beinkleid über den gespannten Muskeln zur Seite. »Ich muss die Wunde nähen, sonst wird sie immer wieder aufbrechen und bluten.«

»Dann mach zu, wir müssen weiter.«

Er gab keinen Laut von sich, als sie die Wunde versorgte, obwohl sie spürte, dass er unter den Stichen zusammenzuckte. Sein Atem ging schwer, und winzige Schweißtropfen standen auf Stirn und Oberlippe. Sie rannen in dünnen Bächen durch Staub und Schmutz, ehe er sie mit dem Handrücken unwillig fortwischen konnte. Wider Willen musste Rozabel seine Selbstbeherrschung bewundern. Sie konnte seine Schmerzen fühlen, seine mühsam zurückgehaltene Furcht, den Groll und die Sorge. Dennoch war sein Gesicht reglos, der Blick seiner Augen klar und ohne jede Andeutung von Gefühl.

Sie unterdrückte den Impuls, über seine Stirn zu streichen und ihm zu versichern, dass alles gut werden würde. Er befand sich auf der Flucht und die Mienen seiner Männer, die sich im Hintergrund hielten, bewiesen, dass sie wie auf glühenden Kohlen standen. Die Häscher folgten ihnen auf den Fersen. Die Häscher des Königs?

Er war mit Sicherheit kein Straßenräuber. Er trug schlichte Gewänder, aber seine Waffen waren von Meisterhand gefertigt. Nur ein Edelmann und Ritter konnte sich einen juwelengeschmückten Dolch leisten. Der Rubin am Griff schimmerte glühend wie eine Flamme. Bedachte man seine normannische Abstammung, bedurfte es keiner großen Phantasie, ihn als Gefolgsmann von Robert Kurzhose zu entlarven. Männern wie ihm begegnete man im Königreich England in diesen Tagen mit größtem Misstrauen.

Robert Kurzhose, der älteste Sohn des verstorbenen Eroberers, hatte wie allgemein üblich, die Besitztümer des Vaters in der Normandie geerbt. Rufus, der Zweitgeborene war König von England geworden. Der Ältere, obwohl Herzog der Normandie und damit des Stammlandes seiner Familie, neidete dem Jüngeren diese Krone. Immer wieder kam es zu Schlachten, Scharmützeln und heimtückischen Überfällen auf beiden Seiten. Im Gegensatz zu Robert ließ Rufus sich dabei auf keine gefährlichen Abenteuer ein. Die Rivalität der Königssöhne hatte jedoch auch den normannischen Adel gespalten. Der Loyalitätskonflikt riss die Familien auseinander und ließ neue Feindschaften gedeihen.

Während ihr Verstand Beweise sortierte, Vermutungen anstellte und Schlüsse zog, arbeiteten Rozabels Hände, ohne zu zittern, mit einer Präzision, die ihr Patient trotz seiner üblen Lage bewundern musste. Der Balsam, den sie über die Wunde strich, linderte den brennenden Schmerz. Unwillkürlich entspannte sich der Ritter und betrachtete im Schein des goldenen Lichtes sein Gegenüber.

Das einfache dunkle Gewand verbarg eine schlanke Gestalt. Sie war größer als der Durchschnitt und von geschmeidiger Kraft. Er wusste es, denn er war ihr sehr nah gekommen, als er sie mit seinem Messer bedroht hatte. Unter dem Kopftuch schimmerte blass ein ovales Gesicht, mit einer klassisch geraden Nase. Ein brauner Fächer langer, dichter Wimpern verbarg die Augenfarbe, und die Lippen des großzügig geschwungenen Mundes bildeten, konzentriert aufeinander gepresst, eine rosige Linie. Der zarte Mund verriet, dass sie jünger sein musste, als es den Anschein hatte. Viel zu jung für den verantwortungsvollen Posten der dörflichen Wehmutter und Heilerin.

Das flinke Geschick, mit dem sie seine Wunde versorgte und verband, sprach jedoch von Erfahrung und Können. Sie sah unverhofft auf und er fand sich im Bannstrahl eines ernsthaft prüfenden Blickes, von dem er nicht sagen konnte, ob er nun hellblau oder hellgrün war, oder ob sich beides zu einer völlig neuen Farbe mischte, die sich jeder Beschreibung entzog.

»Damit dürftet Ihr reiten können«, stellte sie nüchtern fest und erhob sich von den Knien. »Aber was ihn betrifft ...«

»Gib mir eine Portion von der Medizin mit, die du ihm eingeflößt hast.«

»Sie enthält Mohnsaft. Man muss die Dosierung genau beachten, sonst richtet man mehr Schaden als Segen an.«

Noch während sie sprach, spürte Rozabel jäh die Gefahr, die von diesem Mann ausging. Ihre Sinne signalisierten Schwierigkeiten. Unter seiner reglosen Fassade brodelte es und ihre Vernunft riet ihr, ihn zu meiden. Aber wann hatte sie je auf ihre Vernunft gehört?

»Du kommst mit uns und achtest darauf, dass ihm nicht mehr Schaden zugefügt wird, als unvermeidlich ist«, hörte sie ihn befehlen. »Pack deine Kräuter und Tinkturen zusammen, und was du sonst noch für eine Reise brauchst. Schnell. Steh nicht herum.«

»Was denkt Ihr Euch. Das ist unmöglich«, brauste Rozabel auf. »Ich werde im Dorf gebraucht. Eine Geburt steht bevor und ich ...«

»Darauf kann ich keine Rücksicht nehmen. Es wird andere Frauen geben, die für die werdende Mutter sorgen. Mein Bruder braucht dich offensichtlich dringender. Nun los, mach schon.«

»Wie redet Ihr mit mir? Ich bin nicht die, für die Ihr mich haltet. Ich ...«

Sie brach ab, weil er ihr gar nicht zuhörte. Er war aufgestanden und packte die Behältnisse mit den Kräutern, die Tongefäße mit den Wachsstopfen, die Salbentiegel und die aufgerollten Leinenbinden auf dem Arbeitstisch unter dem Fenster, in den Henkelkorb, der neben der Feuerstelle stand. Gleichzeitig bellte er seinen Männern schnelle Befehle auf Französisch zu. Allem Anschein nach nahm er an, dass sie, wie der Großteil der einfachen englischen Landbevölkerung, die Sprache der Eroberer und Ritter nicht beherrschte.

»Wir nehmen die Heilerin mit. Sie wird sich um Richard kümmern. Löscht das Feuer, damit kein verirrter Funke die Männer des Königs auf unsere Spur bringt. Mainfer, du nimmst das Mädchen und den Korb auf dein Ross. Vorwärts, in drei Stunden geht die Sonne auf.«

Rozabel sträubten sich die Haare im Nacken. Sie berührte mit den Fingerspitzen die Spur des Messers an ihrer Kehle. Ein feiner Riss und getrocknetes Blut sprachen für sich. In die Enge getrieben, auf der Flucht, verletzt und verzweifelt, war der Fremde keinem vernünftigen Argument zugänglich. Eine innere Stimme sagte ihr, dass er auch sonst nicht zur umgänglichen Sorte Männer gehörte. Arrogant, von sich selbst überzeugt, war er unzweifelhaft an Gehorsam gewöhnt. Sie aber gehorchte höchstens ihrem Vater, dem Lord von Hawkstone, widerspruchslos.

Mit zwei schnellen Schritten war sie an seiner Seite und riss den Korb an sich.

»Ist das der Dank dafür, dass ich Euch und Eurem Bruder geholfen habe? Lasst meine Sachen in Frieden und schert Euch von dannen.«

»Sieh nach, ob alles dabei ist, was du für ihn benötigst«, befahl er ungerührt. »Und nimm einen Mantel mit. Auf dem Meer kann es kühl werden.«

Auf dem Meer? Rozabel öffnete den Mund, aber er ließ sie einfach stehen, um dem immer noch bewusstlosen Jungen zu folgen, den einer der anderen bereits wieder in seinen Umhang gehüllt hatte und hinaustrug.

Mainfer, ein wortkarger Bär, dessen zerfurchtes Gesicht wie eine Landschaft aus Schrunden und Narben wirkte, tat stumm seine Pflicht. Er packte sie, ohne ihren Protest zu beachten, mitsamt dem Korb und zerrte sie hinaus. Ihren wütenden Aufschrei erstickte er kurzerhand mit einem Knebel, über dem er ein Tuch in ihrem Nacken verknotete.

Wütend fühlte und schmeckte sie das Leinen, durch das sie ihre Kräutertinkturen siebte, wenn sie eine klare Flüssigkeit zu erhalten wünschte. Zuletzt waren es Sennesblätter gewesen. Das scharfe Aroma brachte sie noch mehr zum Würgen als der Knebel selbst.

Rozabel bewunderte wider Willen die rücksichtslose Zielstrebigkeit, die die Flüchtigen durch die Nacht trieb. Neben allem anderen fragte sie sich, wer den Männern wohl den Weg zum kleinen, rosenüberrankten Haus der Heilerin gewiesen hatte? Wenn sie es jemals herausbekam, würde sie ein Wörtchen mit dem auskunftsfreudigen Narren reden müssen. Natürlich nur, wenn sie diesen wilden Ritt durch die fast mondlose Nacht überlebte und sich nicht den Hals brach, weil Mainfers Pferd in ein Kaninchenloch trat oder in einen Graben stürzte. Es wäre ihr lieber gewesen, sie hätte selbst reiten dürfen, statt einem Fremden vertrauen zu müssen.

Sie hatte sich immer wieder gefragt, wie es sein würde, wenn sie ihr Elternhaus einmal verließ. Aber nicht einmal in ihren kühnsten Träumen hatte sie es sich so vorgestellt: In der dunkelsten Stunde der Nacht, mit einer Gruppe verfolgter Normannen auf der Flucht zum nächsten Hafen. Die Häscher des Königs waren ihnen auf den Fersen und das leere Haus in Hawkstone würde alle die sie liebten, in schreckliche Sorgen stürzen.

Das Unbegreiflichste schien ihr jedoch, dass sie trotz allem keine Angst verspürte. Nicht einmal der lästige Knebel vermochte das plötzlich aufkommende, berauschende Gefühl von Freiheit zu ersticken, das mit jeder Pferdelänge, die sie von Hawkstone entfernte, stärker wurde.

Sie wusste mit jäher, unumstößlicher Gewissheit, dass sie ihr ganzes Leben lang auf diese Nacht und auf diesen Ritt gewartet hatte.

ZWEITES KAPITEL

An der Küste der Normandie, Fécamp
Juni 1095

Rozabel kauerte in der Ecke des Lagerraumes und wagte keine Bewegung. Nicht einmal die Augen wollte sie öffnen. Jede Veränderung würde die Übelkeit zurückbringen. Ein falscher Wimpernschlag und ihr Magen würde wieder freigeben, was er enthielt. Seit Stunden war das nur noch bittere Galle.

»Es ist vorbei. Komm schon, Mädchen, du hast es überstanden.«

Mainfer tätschelte gutmütig, aber viel zu heftig ihre Schulter. Rozabels Zähne klirrten aufeinander.

»Lass mich.«

»Wir haben angelegt«, wiederholte er, was er schon mehrere Male gesagt hatte, ohne dass es in ihr Bewusstsein gedrungen war. »Hast du nicht abwechselnd Himmel und Hölle angefleht, diese Überfahrt enden zu lassen? Nun, jetzt ist es so weit.«

»Ist es wirklich vorbei?«, flüsterte Rozabel heiser und hob endlich die Lider.

Mainfer war ein dunkler Umriss vor der Helligkeit, die aus der Luke in den Verschlag fiel. Hinter ihm schleppten Männer Säcke und Kisten nach draußen. Rozabel richtete sich zaghaft auf und wartete. Ihr Magen blieb stumm. Jetzt erst versuchte sie, sich ganz aufzurappeln. Vergeblich. Die Beine versagten ihr den Dienst.

Mainfer griff zu und half ihr auf die Füße. Sie schwankte und umklammerte, Halt suchend, seine Pranke. In den endlosen Stunden der stürmischen Kanalüberquerung hatte sich ihr bulliger Entführer in eine wohlwollende Amme verwandelt. Inzwischen dachte sie sich schon nichts mehr dabei, seine Gefälligkeiten anzunehmen und ihren Kopf, in dem alles durcheinander wirbelte, an seine breite Brust zu legen. Ohne seine Fürsorge und seine Stärke wäre sie in dieser Sturmnacht garantiert über Bord gegangen. Sie war so mit sich selbst beschäftigt, dass sie wie eine Schlafwandlerin an seinem Arm über die schwankende Laufplanke auf das Kaipflaster stolperte.

»Da bist du ja endlich«, empfing sie die ungeduldige Stimme des Ritters.

Rozabel spürte jähen Ärger. Was erwartete dieser Mann eigentlich von einer Frau, die keine Ahnung davon gehabt hatte, dass ihr Magen schon beim Anblick des Meeres rebellierte.

»Hättet Ihr mich nicht gewaltsam zum Mitkommen gezwungen, müsstet Ihr nicht auf mich warten«, schnappte sie gekränkt und verbrauchte den Rest ihrer Kräfte in sinnlosem Zorn.

Noch nie hatte sie sich so elend gefühlt. Das Gewand klebte beschmutzt und feucht an ihrem Körper, das Kopftuch war bereits auf dem Ritt durch die Nacht verloren gegangen. Sie verabscheute sich selbst und das Bild, das sie bot. Sauberkeit war ihr unerlässlich.

»Wo sind wir?«, fragte sie müde.

»Der Sturm hat uns vom Kurs abgetrieben«, erklärte der Ritter knapp. »Was du dort oben auf der Klippe siehst, ist die Pilgerkirche der Benediktiner von Fécamp, in der die Reliquie des ›kostbaren Blutes‹ angebetet wird, die Joseph von Arimathia in die Normandie gebracht hat.«

Falls er gehofft hatte, Rozabel mit dieser frommen Auskunft zu besänftigen, so belehrten ihn ihr flammender Blick und ihre bittere Antwort eines Besseren. »Ich zweifle nicht, dass es in der Normandie fromme Männer gibt, aber dank Euch habe ich auch Schurken aus diesem Landstrich kennen gelernt.«

Im hellen Licht des Nachmittags sah sie eine Spur von Röte über seine hageren Wangen fliegen. Verlegenheit? Wie vertrug sich das mit seinem rücksichtslosen Handeln? Unwillkürlich suchte sie nach dem verwundeten Jungen und fand ihn von einem Hünen getragen, der Mainfer zum Verwechseln ähnlich sah. Obwohl ihre Augen vom Salzwasser brannten und in der Helligkeit tränten, sah sie, dass sich seine eingefallene Brust unter mühsamen Atemzügen hob und senkte. Er hatte im Gegensatz zu ihr, die teuflische Überfahrt offensichtlich unbeschadet überstanden. Der Himmel musste tatsächlich auf der Seite dieser Normannen sein, anders konnte sie es sich nicht erklären.

»Es tut mir Leid, dass du dich geängstigt hast«, entschuldigte sich ihr Widersacher in diesem Augenblick überraschend. »Ich weiß, dass wir dir übel mitgespielt haben, aber ich hatte keine andere Wahl. Glaube mir, du hast das Schlimmste überstanden. Jetzt musst du dich nur noch um Richard kümmern. Ich verspreche dir, dass du für deine Anstrengungen reich entschädigt wirst.«

Es klang aufrichtig, aber Rozabel dachte an Betsy-Ann und schüttelte müde den Kopf. »Betet lieber zu Gott, dass die arme Frau nicht im Kindbett stirbt, die in meinem Dorf dringend eine Heilerin benötigt hätte.«

Die Stimme in ihrem Hinterkopf, die ihr sagte, dass man in ihrem Dorf sicher nach Lady Liliana schicken würde, wenn man sie nicht fand, brachte sie energisch zum Schweigen. Sollte sich dieser Rüpel ruhig ein paar Sorgen mehr machen. Er verdiente es nicht besser.

»Deine Hände sind sanfter, als deine Zunge«, erwiderte er ungerührt und nickte Mainfer zu. »Wir nehmen Quartier in der ›Herberge zum heiligen Feigenbaum‹. Richard benötigt Ruhe und die Frau ein Bad.«

Er hatte Recht, aber die verletzende Bemerkung beleidigte Rozabel dennoch. Sie traf einen wunden Punkt. Als jüngste von drei bildschönen Schwestern war sie in dem Bewusstsein aufgewachsen, den drei Älteren darin das Wasser nicht reichen zu können. Bei ihrer Geburt war es der Himmel offensichtlich müde gewesen, seine Gaben weiterhin mit vollen Händen unter die Töchter des Rosenturmes zu verteilen.

Das dünne, große Kind, das anfangs sogar seinen Bruder überragt hatte, war zu einer dünnen großen Frau geworden, zu der die meisten erwachsenen Männer aufsehen mussten. Ihre Haare waren weder rabenschwarz, noch silberblond oder rötlich, sondern schlicht und gewöhnlich braun. Ihre Augen glichen in den Augen vieler dem Spiegel einer Wasserpfütze. Je nach Himmel schimmerten sie blau, grau oder sogar grün. Niemand hatte sich je die Mühe gemacht, den Reiz dieses Farbenspiels zu entdecken oder ihre Anmut oder ihren Charme zu rühmen.

Man schätzte ihre Heilkunst, ihre Kräutersalben und ihre Fähigkeiten als Wehmutter, aber außer ihrem Vater, der alle seine Kinder vorbehaltlos liebte, hatte sie noch nie ein Mensch »meine Schöne« genannt. So hatte sie sich stets selbst behaupten müssen und sich mit ihrer scharfen Zunge eine hervorragende Waffe zugelegt.

Hör sofort auf, dich selbst zu bemitleiden, befahl sie sich stumm, während Mainfer dem Befehl seines Ritters folgte und sie abführte.

Es blieb ihr keine Zeit, Fécamp mehr als einen flüchtigen Blick zu schenken, denn die erwähnte Herberge war das größte Gasthaus am Hafen und der eilig herbeiflitzende Wirt witterte nach einem knappen Wortwechsel mit dem Anführer der Gruppe ein gutes Geschäft. Rozabel vermutete, dass es sogar seine eigene, gute Stube war, die er für Richard zur Verfügung stellte.

Die Laken des großen Bettes entsprachen zwar nicht dem Maß an Sauberkeit, das sie gefordert hätte, aber dem Jungen war es bestimmt einerlei. Sie sah, dass die Wirkung des Mohnsaftes nachzulassen begann. Sie erkannte es an der steilen Falte zwischen seinen Brauen, an dem hilflosen Röcheln, das an Stelle von Worten über seine gesprungenen Lippen wehte.

Mit einer müden Bewegung warf sie die wirren, Salzwasser verklebten Haarsträhnen in den Nacken und berührte zart seine unverletzte rechte Wange.

»Ruhig, alles ist gut.« Sie wandte sich um und fragte heiser: »Hast du an meinen Korb gedacht, Mainfer? Hoffentlich sind die Kräuter trocken geblieben.«

Sie erhielt ihn augenblicklich und entdeckte, dass es der blonde Ritter war, der Mainfer an ihrer Seite abgelöst hatte und ihr den Korb hielt.

»Ich wünschte, ich hätte ihn an dieser Dummheit gehindert«, hörte sie ihn murmeln, während sie dem Verletzten tropfenweise die Mohntinktur einflößte und den eigenen, schmerzenden Rücken missachtete.

»Was hat er getan?«, fragte sie in jäher Wissbegierde, ohne ihre Tätigkeit zu unterbrechen. »Es sieht Rufus nicht ähnlich, einen solchen Jungen foltern zu lassen. Er ist ein hübscher Bursche und ...«

Sie brach ab und biss sich auf die Unterlippe. Fast hätte sie sich verplappert und die gefährliche Schwäche des Königs für männliche Gesellschaft verraten. Nur die engsten Vertrauten seiner Majestät ahnten davon und niemand hatte sichere Beweise dafür.

Da ihr eigener Vater zu den Gefährten des verstorbenen Eroberers gehört hatte, war Rufus mindestens einmal im Jahr in Hawkstone zu Gast. Rozabel entsann sich eines herrischen, geradlinigen Mannes, der, wenn er es wagte, seine große Aufgabe für ein paar Stunden zu vergessen, überraschenden Humor beweisen konnte. Wenngleich seine Stimmungen schneller als das Wetter am Meer wechselten, hatte sie ihn doch nie unbeherrscht und bewusst gewalttätig erlebt.

»Richard gehört zu den jungen Narren, die Herzog Robert um sich gesammelt hat«, erhielt sie nun eine Antwort, mit der sie inzwischen gar nicht mehr gerechnet hatte. »Sie rühmen ihn als edlen Ritter, bewundern seine Tapferkeit und haben geschworen, ihm bis in den Tod zu dienen. Sie sehen in ihm den rechtmäßigen Erben und König, der nach dem Tod des Eroberers über seine Ländereien regieren sollte. Auch über Britannien.«

»Britannien nutzt kein König, der sein Leben in der Normandie verbringt und mit dem französischen König vertrauter ist, als mit den Menschen auf der Insel, die er begehrt.«

Rozabel tat für eine Frau ungewöhnlich offen ihre Meinung kund. Der Ritter runzelte die Stirn, entschied sich jedoch, den Einwurf zu überhören.

»Richard und seine Freunde planten den misslungenen Anschlag, um dem Herzog zu seiner Krone zu verhelfen. Das Los fiel ausgerechnet auf ihn, die Tat auszuführen. Ich habe nur durch einen dummen Zufall davon erfahren. Er sollte sich in Rufus Vertrauen schleichen und ihm ein tödliches Gift verabreichen, sobald sich eine günstige Gelegenheit dafür ergab. Ich kam zu spät, um die Tat zu verhindern. Glücklicherweise ist nur einer der Jagdhunde des Königs umgekommen.«

»Wieso ist er nicht geflohen, als die Sache verloren ging?«

»Er wurde verraten. Von einem Mann, dem er bedingungslos vertraute und den er schätzte wie einen Bruder.«

Die Bitterkeit in seiner Stimme ließ Rozabel erschauern. »Wie ist das möglich?«

»Bei Hofe ist alles möglich. Sei froh, dass du nicht dort leben musst. Egal ob auf dieser oder auf der anderen Seite des Meeres. In der Nähe der Mächtigen wimmelt es von Spitzeln und Spionen, von Ehrgeizigen, Lügnern und Heimtückischen. Obwohl ich mich mit meinen besten Männern sofort auf den Weg machte, konnte ich den Jungen nicht vor der Folter retten. Immerhin ist Richard noch am Leben, was man von den Männern des Königs, die ihn in ihren Fingern gehabt haben, nicht sagen kann.«

Er hatte sich für die Schmerzen gerächt, die Richard zugefügt worden waren, das musste er nicht betonen. Seine eigene Wunde stammte sicher aus diesem Kampf. Rozabels Blick suchte den provisorischen Verband an seinem Bein. Das Leinen war schmutzig, aber sie konnte kein frisches Blut entdecken. Falls sich die Wunde nicht entzündete, würde er lediglich eine Narbe als Andenken an seine tollkühne Befreiungsaktion zurückbehalten.

Tollkühn, wenn man es von seinem Standpunkt aus betrachtete. Verbrecherisch, wenn man Rufus dem Roten die Treue geschworen hatte. Die ganze Tragweite der Ereignisse drang nur zögernd in ihr Bewusstsein.

»Heilige Mutter, Ihr verlangt von mir, dass ich den Mann, der meinen König ermorden wollte, gesund pflege.«

»Ich verlange, dass du meinem Bruder hilfst«, verbesserte er knapp. »Und das wirst du tun. Egal ob freiwillig oder gezwungen.«

Rozabel hörte die Drohung in den ruhigen Worten, aber

sie ließ sich nicht einschüchtern. Sie tat den Mohnsaft in den Korb zurück und legte prüfend die Handfläche auf die Stirn des Jungen.

»Er hat Fieber.« Sie suchte den Blick des Ritters. »Was werdet Ihr tun, wenn ich keinen Erfolg habe? Mir die Kehle endgültig durchschneiden, so wie Ihr in Hawkstone gedroht habt?«

Er gab ein unwilliges Knurren von sich. »Dies ist nicht der Augenblick für dumme Scherze, Mädchen. Gib mir dein Wort, dass du dein Möglichstes tust.«

»Ihr würdet meinem Wort vertrauen?«

Rozabel verbarg weder ihr Erstaunen, noch ihren Argwohn. Für ihn war sie bestenfalls eine Heilerin, in jedem Fall aber eine gewöhnliche Frau, eine Bäuerin. Ein Geschöpf, dem die meisten Adeligen Seele und Ehre absprachen.

»Du bist stolz«, durchschaute er sie. »Du würdest dein Wort nie brechen.«

Woher wusste er das? Was ahnte er von den Forderungen, die sie an sich selbst stellte?

Ihre Blicke trafen sich und für einen zeitlosen Augenblick tauchte sie in das intensive Blau seiner Augen. Es war als schaue sie in einen Sommerhimmel und verlöre dabei den Boden unter den Füßen. Sie schwebte schwerelos in dummen Träumen und verspürte eine unbekannte Leichtigkeit. Ein Sehnen, das ihrem Herz einen anderen, schnelleren Rhythmus aufzwang. Was hatte das zu bedeuten?

Ein Stöhnen des Verwundeten brachte sie jäh in die Wirklichkeit zurück. Verwirrt über die eigenen Gedanken und Gefühle, wandte sie sich dankbar der Ablenkung zu und sah, dass der Junge die Augen geöffnet hatte. Schock und Angst mischten sich in seinem Blick. Er versuchte zu sprechen, aber es kam kein Ton über seine Lippen.

»Es ist gut.« Sie neigte sich über ihn. Immerhin war sie eine Frau und kein Folterknecht, das musste er auch ohne Worte erkennen. »Ihr seid in Sicherheit.«

»Favre?«, krächzte er und ehe sie sich fragen konnte, wen oder was er meinte, trat der Ritter an sein Bett.

»Es ist vorbei, Kleiner«, hörte sie ihn mit einer so warmen Stimme antworten, dass sie schon zweifelte, ob es auch die Seine war. »Wir haben die Normandie erreicht und den Sturm überstanden. Wir sind lediglich statt in Honfleur in Fécamp gelandet, aber das hat nichts zu sagen. Schlaf, ruh dich aus. Das Mädchen versorgt deine Wunden. Reden können wir, wenn es dir besser geht.«

Ein raues Stöhnen war die einzige Antwort.

Rozabel hob fragend die Brauen. »Favre? Ist das Euer Name?«

»Eine Ableitung von Fabrice. Favre de Tréviers, Gefolgsmann von Robert Kurzhose, dem Herzog der Normandie«, entschied er sich für seinen vollen Titel. »Und wie lautet dein Name?«

»Rozabel ...«, erwiderte sie und verzichtete darauf, die Demoiselle von Cambremer hinzuzufügen. Auch verschwieg sie, dass sie die lateinische Bedeutung seines Namens kannte, die ihn als den Gelehrten bezeichnete. Besser sie hielt sich daran weise zu handeln, statt mit ihrem Wissen zu prahlen.

Wenn die Brüder Tréviers tatsächlich in einen Mordanschlag gegen König Wilhelm Rufus von England verwickelt waren, dann schien es ihr ratsam, die Familie des Lords von Hawkstone vor jeder möglichen Verbindung zu diesem Verbrechen zu schützen. Es war schlimm genug, dass sich ihre Eltern große Sorgen machen würden, wenn sie feststellten, dass sich ihre jüngste Tochter von einer Nacht zum nächsten Morgen in Luft aufgelöst hatte. Sie mussten nicht auch noch in Hochverrat und Mord hinein gezogen werden.

»Hast du Angehörige, die dich vermissen werden, Rozabel«, fragte er, als habe er ihre Gedanken gelesen. »Einen Gatten? Familie?«

»Keinen Gatten«, erwiderte sie knapp und ließ die anderen Auskünfte unter den Tisch fallen. »Ohnehin wäre es zu spät, sich seinetwegen Kummer zu machen. Oder wärt Ihr bereit einen Boten über den Kanal zu schicken, um die Nöte dieses armen Mannes zu zerstreuen?«

Ein beifälliges Schmunzeln zeigte, dass ihr Sarkasmus ihn durchaus amüsierte. »Hast du alles, um meinem Bruder zu helfen oder benötigst du noch etwas?«

»Warmes Wasser, frische Binden und wenn Ihr es auftreiben könnt, Olivenöl und Kampfer«, zählte sie knapp auf. »Auch dünne Brühe und Wein. So wie seine Lippen aussehen, hat er seit Tagen nichts zu trinken bekommen.«

Sie schaute auf das Bett und fügte hinzu. »Ein sauberes Hemd vielleicht noch. Die besudelten Fetzen, die er trägt, kann man ihm dann mit dem Messer vom Leib schneiden.«

Tréviers nickte. »Ich werde sehen, was sich machen lässt.«

Er eilte aus dem Raum und bereits kurze Zeit später erschien eine Magd mit einem großen Brett voller Schüsseln und Kannen, begleitet von einem Knecht, der in einer Hand den dampfenden Wassereimer und in der anderen eine flache Tonschale trug.

»Lasst es Euch schmecken, Madame«, knickste die rundliche Wirtsmagd und setzte ihre Last auf dem Tisch ab. »Die Fischsuppe ist ganz frisch und wird sicher munden. Der ›Heilige Feigenbaum‹ ist bekannt für seine gute Fischsuppe. Ihr kommt aus England, nicht wahr? Ein scheußlicher Sturm, der Euch da herüber getrieben hat ...«

Rozabel ignorierte das Geplapper. Sollte die Magd ruhig glauben, dass sie ihre Sprache nicht beherrschte. Bisher hatte sie auch mit Favre und Mainfer nur das Sächsisch der einfachen Leute Britanniens gesprochen, das beide erstaunlich gut beherrschten.

Sie lächelte nichts sagend und die beiden verschwanden sichtlich enttäuscht darüber, dass sie so wenig Nahrung für ihren Klatsch bekamen. Der verlockende Duft aus den zahllosen Schüsseln zog Rozabel an den Tisch. Sie wunderte sich selbst darüber, dass ihr geschundener Magen wieder nach Nahrung verlangte.

Sie naschte von der gepriesenen Fischsuppe, ehe sie einen Napf mit klarer Brühe füllte und sie vorsichtig mit einem hölzernen Löffel tropfenweise über die Lippen des fiebernden Jungen praktizierte. Immerhin gelang es ihr, ihm auf diese Weise ein wenig Flüssigkeit einzuflößen, wenngleich ihm das Schlucken Beschwerden zu machen schien.

Ihre Beharrlichkeit siegte über seine Schwäche und bis der ältere Tréviers wieder auftauchte, hatte auch sie Zeit genug, den eigenen Hunger zu stillen. Sie fühlte sich nicht mehr ganz so schwach wie bei ihrer Ankunft.

Da sie zu der Überzeugung gekommen war, dass sie ihren schönen Schwestern nie gleichen würde, hatte sie zu keiner Zeit Wert auf elegante, modische Gewänder gelegt. Wozu die Aufmerksamkeit auf sich ziehen, wenn doch nur Durchschnittliches gezeigt wurde? Sie befriedigte ihre heimliche Schwäche der Eitelkeit allein dadurch, dass sie stets schlichte, aber peinliche saubere Kleider aus bestem Material trug. Ihre Hauben strahlten täglich in gebleichtem Weiß, ihre Zöpfe waren so straff geflochten, dass keine Strähne entkam und an ihren fein gesäumten Rocksäumen haftete nie ein Stäubchen.

Vermutlich hätte keine Menschenseele in Hawkstone, die Demoiselle de Cambremer in der unordentlichen Person mit den wilden Haarsträhnen und den zerdrückten, vom Salzwasser und Staub verdreckten Röcken erkannt.

»Er schläft«, informierte sie Favre knapp, als er sie fragend ansah. »Gönnt ihm diese Ruhe. Jede Stunde Schlaf erspart ihm Schmerzen. Seine Folterknechte wussten um die Feinheiten ihres Handwerks.«

»Gut, ich werde bei ihm bleiben. Der Raum neben dieser Stube gehört dir, du kannst dich zurückziehen. Ich werde klopfen, wenn ich dich brauche. Du siehst aus, als könntest du ebenfalls ein wenig Pflege gebrauchen.«

Rozabel nickte schweigend. Ihre bleierne Müdigkeit war tatsächlich mit jedem Atemzug schwerer geworden. Sie schleppte sich mit letzter Energie in die angewiesene Kammer und blieb vor Überraschung in der offenen Tür stehen. Die Dienstmagd hantierte an einem breiten Holzzuber, der bis zum Rand mit dampfend warmem Wasser gefüllt war und auf einem Kastenbett an der Wand lag ein Bündel frischer Kleider.

»Werdet Ihr meine Hilfe benötigen?«

Rozabel schüttelte den Kopf. Zum einen, um das Mädchen loszuwerden, zum anderen, weil sie die unerwartete Fürsorge ihres Entführers verblüffte. Er hatte kein Wort davon gesagt, dass all dies auf seine Anordnung für sie vorbereitet worden war. Dass er neben der berechtigten Sorge um seinen Bruder auch an ihr Wohlergehen dachte, entwaffnete sie. Wie sollte man einem Mann zürnen, der sich so viel Mühe für andere machte?

Du siehst vermutlich so grauenvoll aus, dass es dem dümmsten Mann auffallen muss, gab sie sich selbst die vernünftigste Erklärung dafür, ehe die neugierige Magd die Tür hinter sich schloss.

Sie konnte nicht verhindern, dass sich ihre Gedanken mit

Favre de Tréviers beschäftigten, während sie müßig im warmen Wasser lag. Erstaunlicherweise konnte sie sein Handeln nachvollziehen. Es gefiel ihr nicht, dass er sie gewaltsam entführt hatte, aber dass ihm in seiner Lage nichts anderes übrig geblieben war, lag auch für sie auf der Hand. Sie machte ihm keine Vorwürfe.

Sie hatte seinen Namen noch nie gehört, aber das musste nichts heißen. Seit dem Tod des alten Königs waren die Verbindungen zwischen der Normandie und Britannien schwierig geworden, wenn nicht gar völlig abgebrochen. Jeder der Söhne des Eroberers erwartete von seinen Rittern, dass sie offen Partei ergriffen. Dort wo die Besitzverhältnisse klar geregelt waren, bereitete das keine Schwierigkeiten. Familien, die sowohl in England wie in der Normandie lebten, wurden freilich vor Entscheidungen gestellt, die viele von ihnen einer kaum erträglichen Zerreißprobe aussetzen. Söhne stellten sich gegen Väter, vom Beispiel der königlichen Nachkommen zum Aufruhr verführt.

Die Beziehungen der Cambremers zu ihrer normannischen Verwandtschaft waren nach dem Tod ihrer Großmutter, Dame Elisabetta de Cambremer, ohnehin nicht mehr so eng. Der Lord von Hawkstone hatte es sich leisten können, seinen Brüdern das Erbe der Mutter zu überlassen. Rozabel wusste, da auch ihre Schwestern mit ihren Familien in Britannien lebten, dass sie so gut wie keine Unterstützung auf dieser Seite des Meeres finden würde. Sie war auf sich selbst und ihren findigen Kopf angewiesen.

Und auf dieses merkwürdige Herz, das seltsamerweise Gefallen an Favre de Tréviers zu finden schien. Das in einen anderen Takt verfiel, wenn er sich im selben Raum befand und einen Schlag aussetzte, wenn sich sein Blick auf sie richtete.

Sie fuhr aus dem Wasser hoch. Was hatte sie da gedacht? Hatten ihr Seekrankheit, Erschöpfung und Schlaflosigkeit den Verstand geraubt?

Das musste es sein. Eine andere Erklärung gab es nicht. Morgen würde sie, bei Tageslicht und mit Vernunft betrachtet, über diese törichte Idee lachen. Dennoch konnte Rozabel nicht verhindern, dass sie, kaum war ihr Kopf mit den feuchten Haaren auf das Kissen im Bett gesunken, von einem Ritter mit strahlend blauen Sommeraugen träumte.

DRITTES KAPITEL

Fécamp,
Herberge zum Heiligen Feigenbaum, im Juni 1095

»Bryan ... ich wollte nicht ...«

Das Röcheln des Verletzten verlor sich in unverständlichen Lauten und Rozabel stieß einen mitfühlenden Laut aus. Ihr Patient, verloren im Wundfieber und den grauenerregenden Bildern seiner Erlebnisse, fand nicht einmal im Schlaf die nötige Ruhe. Trotzdem wagte sie nicht, die Menge des Mohnsaftes zu erhöhen. Lady Liliana hatte sie vor den verhängnisvollen Folgen gewarnt. Richard de Tréviers würde ihr die Heilung seiner Wunden nicht danken, wenn er sie mit der Abhängigkeit von einem Medizintrank bezahlen musste. Er war ja fast noch ein Kind. Zu jung für Intrigen und Mordanschläge.

Sie erneuerte den kühlenden Umschlag auf seiner Stirn und hielt seine verletzten Hände an den Gelenken fest, damit er nicht im Fieberwahn gegen die Bettbretter schlug. Wenn die zerstörte Rechte je wieder ein Schwert führen wollte, musste sie vor weiterem Schaden bewahrt werden.

»Bryan ...«

»Ich bin Rozabel, nicht Bryan«, entgegnete sie, obwohl sie bezweifelte, dass er sie hörte.

Dass er ständig die Erinnerung an ihren eigenen Bruder, der ebenfalls Bryan hieß, weckte, schickte ihre Gedanken auf den Weg über den Kanal zurück. Bryan, der Erbe von Cambremer hatte das Lehen schon vor Jahren verlassen, um beim König als Knappe zu dienen. Seine älteren Schwestern, die zu den wichtigen Ereignissen des Königshofes regelmäßig geladen waren, sahen ihn vermutlich öfter, als Rozabel. Sie hatte sich bisher standhaft geweigert ihre Eltern zu begleiten, wenn sie an den Hof reisten. Nur sie allein wusste weshalb. Sie wollte keine mitleidigen Blicke, keine dummen Vergleiche mit ihren Schwestern.

»Ich gehöre nach Hawkstone«, hatte sie jede Bitte Lady Lilianas stets abgelehnt. »Was soll ich bei Hofe? Oder wollt Ihr mich um jeden Preis verheiraten? Es findet sich bestimmt ein ehrgeiziger Ritter, der über meine nichts sagende Erscheinung hinwegsieht und sich von der Verwandtschaft mit dem Lord von Hawkstone Einfluss erhofft.«

»Du wirst aus Liebe heiraten, wie deine Schwestern«, hatte Lady Liliana beim letzten Mal mit solcher Überzeugung erwidert, dass Rozabel nur ein stummes Schulterzucken als Antwort dagegen halten konnte.

Sie war nicht wie ihre Schwestern. Und sie hoffte inständig, dass auch ihr Bruder Bryan nicht wie Richard de Tréviers war. Loyalität war lobenswert, aber fanatische Ergebenheit reine Dummheit.

»Ein Königreich für deine Gedanken, Mädchen. Du siehst aus, als wären alle Plagen des alten Ägypten über dich gekommen.«

Rozabel fuhr erschrocken hoch und schaute genau in das erstaunliche Blau der Augen Favres. Mittlerweile hatte sie sich daran gewöhnt, dass ihr Herz jedes Mal einen Schlag dabei aussetzte.

»Ihr müsst ihm die Hände festbinden«, sagte sie, ohne auf die Bemerkung einzugehen. »Je weniger er sie bewegt, umso schneller heilen sie. Auch gehen meine Kräuter zu Ende. Sicher gibt es im Benediktinerkloster eine Kräuterkammer. Könnt Ihr einen Eurer Diener schicken?«

»Ich gehe selbst, wenn du mir sagst, was du brauchst«, erwiderte er und wandte sich zum Kopfende des Bettes, wo der Kranke stöhnend und murmelnd von neuem unverständliche Worte von sich gab.

»Wenn man nur verstehen würde, was er sagt. Der Himmel weiß, welche Dämonen ihn verfolgen.«

»Das einzig Eindeutige ist ein Name, den er ständig wiederholt«, warf Rozabel ein. »Bryan.«

»Bryan de Cambremer vermutlich«, knurrte er, ohne zu bemerken, dass Rozabel jäh zusammenzuckte und schwankte. »Zum Teufel mit dem Schurken! Er hat Richard auf dem Gewissen.«

»Wie das?« Rozabels Lippen waren starr, aber ihre Frage klang ruhig und gelassen. Nur sie wusste um die eisige Faust, die ihr Herz zusammenpresste.

»Der junge Cambremer hat die Häscher des Königs zu Richard geführt. Die beiden hatten sich wohl angefreundet und er hatte nichts Besseres zu tun, als seinen Freund dem Henker auszuliefern. Ich bete zum Himmel, dass er mir Gelegenheit zur Rache schenkt. Eines Tages werde ich diesen Bryan zur Rechenschaft ziehen und töten. Aber erst, nachdem ich ihm angetan habe, was auch Richard zugefügt wurde.«

»Nein ...« Rozabel hielt sich an einer Säule des Alkovens, weil sich der Raum vor ihren Augen drehte.

»Du bist ja ganz blass, Mädchen. Beruhige dich. Dir will niemand Böses und ich schon gar nicht. Ich weiß sehr wohl, dass Richard die letzten Tage ohne dich nicht überlebt hätte. Ich wollte dich nicht erschrecken. Es ist nur dieser verhasste Name, der mich um meine Beherrschung bringt. Cambremer! Verflucht sei der englische Zweig dieser verdammten Familie!«

Seine Worte trugen nicht zu ihrer Beruhigung bei. Ihre Gedanken schwirrten wie aufgescheuchte Nachtvögel umher. Vielleicht täuschte sich Favre? Vielleicht war es nicht Bryan gewesen, der seinen Freund dem Henker ausgeliefert hatte? Der einzige Sohn des Lords von Hawkstone war doch kein Verräter!

»Woher wollt Ihr denn wissen, was am Hof in Winchester geschehen ist?«, fragte sie unter größter Anstrengung mit halbwegs fester Stimme.

»Richards Folterknechte sahen keinen Grund ihre Zungen im Zaum zu halten, ehe wir sie zur Hölle geschickt haben. Sie nahmen an, dass wir sie verschonen würden, wenn sie uns den wirklichen Schuldigen nennen.«

»Meint Ihr, Robert Kurzhose hätte anders gehandelt, wenn ihm Bryan de Cambremer in die Hände gefallen wäre«, wagte Rozabel trotzig einzuwenden.

»Nein«, gab er zu. »Es herrscht Krieg zwischen den königlichen Brüdern. Mord und Folter sind nur Mittel zum Sieg.«

»Aber Rufus würde nie Giftmörder über den Kanal schicken, die kaum den Kinderschuhen entwachsen sind.«

»Auch Robert hat das nicht getan. Richard und seine ehrgeizigen Freunde haben aus eigenem Antrieb gehandelt. Nenn es Dummheit, Ehrgeiz oder falsch verstandene Loyalität, das Ergebnis ist dasselbe. Sie haben davon geträumt, Robert die Krone wie einen Dreikönigskuchen zu überreichen.«

»In dem Fall müsstet Ihr auch Bryan de Cambremer eine solche Entschuldigung zubilligen«, flüsterte sie tonlos.

»Du verlangst zuviel! Nicht einmal im Krieg ist es erlaubt, einen Freund zu verraten.«

Sie zuckte zusammen und sah ihn aus großen Augen an.

»Verrat an Freunden ist niedrig, gemein und verachtenswerter als jedes andere Verbrechen.«

Favres Worte klangen wie ein endgültiger Richterspruch,

und Rozabel erschauerte. Wenn sie je mit dem Gedanken gespielt hatte, sich ihm anzuvertrauen und ihren Namen zu nennen, jetzt musste sie diesen Einfall verwerfen. Sie wusste nicht, was er tun würde, wenn er herausfand, dass sie die Schwester dieses verhassten Mannes war. Sie wollte es auch gar nicht ergründen. Je eher sich ihre Wege trennten, ohne dass er die verheerende Wahrheit erfuhr, umso besser würde es für sie beide sein.

»Verzeih!«

Ohne dass sie es bemerkt hatte, war er an ihre Seite getreten. Die sanfte Berührung ihrer angespannten Schulter erschien ihr wie ein warmer Frühlingsregen.

»Es ist nicht Art der Frauen Rache zu nehmen und zu töten, ich weiß. Deine Ehre als Heilerin verlangt es zudem, dass du dich jedem Menschen zuwendest, der deine Hilfe sucht, egal, was er getan hat. Vergiss, was mich bewegt. Es sind die Gedanken eines Kriegers.«

Wie könnte ich! rief es in Rozabel und ihr Herz hämmerte in schweren, schmerzhaften Schlägen gegen das Gefängnis ihrer Brust. *Ich will nicht, dass du tötest. Weder meinen Bruder noch einen anderen Menschen!*

»Ich wünschte, es hätte endlich ein Ende damit, dass Familien und Freundschaften zerstört werden, nur weil sich die Brüder des Eroberers über ihr Erbe nicht einigen können«, sagte sie schroff. »Sind wir nicht alle Kinder desselben Schöpfers?«

Sie ahnte nicht, dass die Empörung das Grau ihrer Augen zu flirrendem Silber machte und eine zarte Röte auf ihren Wangen, dem sonst so ruhigen Antlitz, Leben einhauchte. Favre de Tréviers betrachtete die sächsische Heilerin, die er mehr oder weniger gewaltsam seinem Hausstand einverleibt hatte, mit jäh aufflackerndem Interesse. Sie hatte nicht nur eine flinke Zunge, unter der beherrschten Oberfläche steckten auch mehr Feuer und Temperament, als er vermutet hatte.

»Das Paradies erwartet uns erst nach dem Tod, Rozabel«, erwiderte er nüchtern. »Auf Erden haben wir es mit Menschen zu tun und die sind nicht vollkommen. Von wenigen Ausnahmen einmal abgesehen.«

Bei der letzten Bemerkung hob er die Hand von ihrer Schulter und strich mit dem Rücken des Zeigefingers behutsam über die straffe Wölbung ihrer Wange. Er konnte selbst nicht genau sagen, was ihn dazu trieb.

Rozabel zuckte vor der beiläufigen Liebkosung ebenso zurück wie vor der Bemerkung.

Hielt er sie für eine der Ausnahmen? Narretei! Es klang nach der Art höfischer Komplimente, die sie über ihre Schwestern gehört hatte. Schmeicheleien, die sie nicht ernst nehmen durfte.

Sie räusperte sich heftig und ging zum Alltag über. »Die Kräuter. Soll ich Euch jetzt die Kräuter nennen, die ich noch brauche?«

»Tu das«, nickte er, erheitert von ihrem scheuen Zurückweichen.

Rozabel reagierte wie eine spröde Jungfrau auf eine harmlose Berührung, dabei musste sie doch weit über das Alter einer unschuldigen Jungfer hinaus sein. Wie alt mochte sie genau sein? In jedem Fall über zwanzig und noch immer unverheiratet. Bis auf ihre ungewöhnliche Größe konnte er keinen Makel an ihr entdecken. Weshalb hatte sie noch keinen Gemahl?

Welch eine Frage. Favre de Tréviers schalt sich einen Esel, kaum, dass er sie sich gestellt hatte. Die hoch gewachsene, stolze Amazone, die ihre bescheidene Haube wie einen Helm trug und einem Mann so offen in die Augen sah, dass er darüber nachdachte, welche Sünden er noch nicht gebeichtet hatte, entsprach nicht dem Bild einer gehorsamen Ehefrau. Aber welch eine Eroberung sie sein würde, welch ein Triumph für den Mann, dem sie sich aus freien Stücken unterwarf.

Rozabel bemerkte, dass er ihrem Blick auf befremdliche Weise auswich. Jetzt war sie es, die sich fragte, was er dachte. Das seltsame Glitzern in seinen Pupillen brannte Löcher in ihre Selbstbeherrschung. Noch nie hatte ein Mann eine derartige Wirkung auf sie ausgeübt.

»Kreuzkraut«, begann sie mit einem leichten Unterton von Panik die Aufzählung der Kräuter.

Sie durfte nicht zulassen, dass ihre Gefühle an die Oberfläche drangen. Erst als er die Kammertür hinter sich schloss, gestattete sie sich ein erleichtertes Aufstöhnen und senkte die Lider über die brennenden Augen.

»Bryan ...«, ächzte der Junge auf dem Bett und erinnerte sie an ihre Pflichten.

War es möglich, dass der Erbe von Hawkstone wirklich einen Freund verraten hatte? Dass er die Treue zu seinem König über die Pflichten der Freundschaft und der Zuneigung stellte? Die Ehre verlangte solches Verhalten von einem angehenden Lehnsritter, doch Rozabels Herz, das den fröhlichen Bruder mit seinem ansteckenden Lächeln liebte, würde darunter leiden, wenn er am Hofe des Königs in Winchester tatsächlich so männlich, hart und mitleidlos geworden sein sollte.

*

Rozabel füllte die Mischung aus Kreuzkraut, Johanniskraut und Mohnsirup mit Wein auf und schüttelte das Gemisch vorsichtig. Es war dickflüssig und schmutzfarben, aber es schmeckte ganz passabel und würde Richards Schmerzen lindern. Unter den kritischen Blicken Mainfers und Favre de Tréviers maß sie die richtige Dosis ab und gab sie in den Weinbecher. Danach warf sie beiden einen verdrießlichen Blick zu.

»Giftmord ist seine Spezialität, nicht die meine. Ihr werdet mir vertrauen müssen, auch wenn es Euch schwer fällt. Immerhin ist er bisher am Leben geblieben und das ist mehr, als ich selbst zu hoffen gewagt habe.«

»Ich habe mich nicht gefragt, ob du ihn vergiftest, sondern ob ihn deine Kunst in einen Zustand versetzen kann, der es uns ermöglicht, ihn nach Hause zu bringen«, versuchte Favre Rozabels Unmut zu besänftigen.

»Unmöglich«, befand sie knapp. »Wie soll er mit dieser Hand reiten? Ganz zu schweigen von den angebrochenen Rippen und den übrigen Wunden.«

»Und wenn wir ihm ein Lager auf einem Fuhrwerk richten? Das Wetter ist gut. Wir könnten Malaunay in wenigen Tagesetappen erreichen.«

»Malaunay?«

Rozabels Stimme bebte. Das Schicksal hatte es wirklich auf sie abgesehen. Das Dorf Malaunay lag nur einen Tagesritt von Rouen entfernt. Sie wusste es so genau, weil ganz in der Nähe die Burg stand, in der ihr Vater geboren worden war. Der Lord von Hawkstone war damals Herzog Wilhelm gefolgt, als er aufbrach, Britannien unter seine Herrschaft zu bringen. Die Macht der Herren von Cambremer war das Lieblingsthema ihrer Großmutter gewesen und dass Malaunay sich ihrem Einfluss entzog, hatte sie stets ganz besonders erbost.

»Die Burg unserer Väter. Richard wird dort mit Sicherheit

schneller genesen, als in dieser Herberge«, erklärte Favre ein wenig ungeduldig.

»Das Fieber ist gefallen und seine Wunden haben sich glücklicherweise nur wenig entzündet.« Rozabel versuchte die mögliche Weiterreise allein vom Standpunkt der Heilerin zu sehen. »Wenn die Straßen trocken und so beschaffen sind, dass der Kranke nicht hin- und hergeschleudert wird, könnte es möglich sein.«

»Dann ist es beschlossen«, erwiderte er knapp und fügte für Mainfer eine Reihe von Befehlen an, wie das Fuhrwerk auszustatten sei.

Rozabel hörte zu und hatte den Eindruck, dass auch der Junge im Bett zum ersten Male seiner Umgebung Aufmerksamkeit schenkte. Als sie den Becher an seine Lippen setzte und mit der anderen Hand seinen Nacken stützte, damit er trinken konnte, schlug er die Augen auf.

»Wer bist du?«

»Rozabel, die Heilerin.«

»Eine Sächsin? Sind wir nicht in Frankreich?«

»Beides ist richtig.«

»Aber wie ...«

Sie ahnte die Frage. »Ich begleite Euch. Euer Bruder hatte überzeugende Argumente.«

Ein Messer an meiner Kehle, um genau zu sein.

Gleichwohl wollte sie das dem Jungen nicht zum Vorwurf machen. Sie kreidete es ja nicht einmal seinem Bruder so ernsthaft an, wie es sich gehört hätte.

»Favre ...«

»Hier bin ich Kleiner.«

Rozabel schluckte. Es war nicht allein die herzliche Stimme, die ihr zu schaffen machte. Das Maß brüderlicher Zuneigung, das in den wenigen Worten mitschwang, ließ sie den

Wunsch verspüren, er möge auch ihr mit solcher Wärme begegnen. Die Hände, die nun das schmal gewordene Gesicht des Verletzten liebevoll umspannten, möchten sie liebkosen. Heilige Mutter, war sie verrückt geworden?

»Wir bringen dich nach Hause, ich schwöre es dir«, hörte sie Favre versprechen. »In Malaunay wirst du wieder gesund werden.«

»Das ist unmöglich ...«

Er ließ die angestrengte Antwort des Jüngeren nicht gelten. »Was redest du für einen Unsinn? Natürlich ist es möglich. Der alte Brisac wird vollenden, was Rozabel gut begonnen hat. Bis zum Herbst führst du wieder das Schwert.«

Ein kühnes Versprechen fand Rozabel, aber sie sagte nichts dazu. Sie hatte andere Sorgen. Wenn es auf Malaunay einen Mann gab, der sich um Richards Wunden kümmern konnte, dann war sie überflüssig. Dann konnte sie nach Hause reisen. Über den Kanal. Der Gedanke missfiel ihr aus vielerlei Gründen. Ihr Stolz zwang sie dennoch, die Angelegenheit augenblicklich zu klären, als Richard erschöpft zurücksank, weil der Trank seine Wirkung tat.

»Ihr schickt mich wieder nach Hause?«

Favre verengte die Augen. »Wie kommst du darauf?«

»Dieser Brisac, der sich um Richard kümmern soll ...«

»Ist ein ehemaliger Feldscher des Eroberers. Er kann sicher viel für meinen Bruder tun, aber er kann ihn kaum mit eigenen Händen so kundig pflegen wie du. Drängt es dich so sehr, der Normandie den Rücken zu kehren?«

Nein.

Rozabel biss sich auf die Unterlippe, damit ihr dieses Nein nicht entschlüpfte.

»Ich bin König Rufus untertan«, erwiderte sie diplomatisch. »Man sieht uns auf dieser Seite des Kanals nicht gern.«

»Niemand wird es wagen, dir zu nahe zu treten, egal, woher du kommst, wenn du zu meinen Leuten gehörst. Sei unbesorgt.«

Ihre Augen begegneten sich. Rozabel bemerkte die breiten Schultern unter dem Wams, die goldene Gliederkette, die er zusammen mit dem Gewand aus feinstem flandrischem Tuch angelegt hatte. Favre de Tréviers war offensichtlich kein armer Untervasall, sondern ein Feudalherr mit gutem Einkommen. Seit sie sich auf normannischem Boden befanden, hatte er die Tracht des Wegelagerers wieder gegen die Kleider eines Edelmannes vertauscht.

Sie ahnte nicht, dass Favre seinerseits die langen, dunkelbraunen, sanft geschwungenen Wimpern bewunderte, die ihren Blick verbargen. Sie hatte so gar nichts von einer Bäuerin an sich. Vielleicht war sie ja das Bastardkind eines Ritters?

»Das heißt, Ihr wünscht, dass ich an Richards Seite bleibe?«, drang ihre Stimme in seine Gedanken.

»Aber ja. Vielleicht gefällt es dir in Malaunay und du entschließt dich, bei uns zu bleiben. Wenn ich dich richtig verstanden habe, hält dich nichts auf der anderen Seite des Meeres?«

Nur eine Familie, die sich um mich sorgt.

Hatte sie nicht die Pflicht Widerstand zu leisten und heimzukehren?

»Was soll ich dort sein? Eure Geisel?«

Die bewusste Provokation entlockte ihm ein Lachen. Inzwischen wusste er, dass sie angriffslustig wurde, wenn man sie in die Enge trieb.

»Mein Gast, Heilerin Rozabel. Wie oft muss ich dich noch um Verzeihung für mein rüdes Auftreten bitten? Mir blieb in dieser Nacht keine andere Wahl. Ich hatte grauenvolle Angst davor, dass mir Richard unter den Händen stirbt. Ein Fährmann am Cuckmere hat uns auf die tüchtige Heilerin hingewiesen, die flussabwärts im nächsten Dorf wohnen sollte. Ich wäre ein schlechter Bruder für Richard gewesen, hätte ich mir die Gelegenheit entgehen lassen, bei dieser Frau Hilfe für ihn zu suchen.«

»Erwartet Ihr Lob dafür?«

»Nicht von dir«, seufzte Favre und hob die Schultern in einer resignierten Geste. »Was kann ich tun, um dein Wohlwollen zu erringen?«

Mich bewundern, mich verehren, mich in die Arme nehmen. Mich lieben.

Rozabels Herz setzte aus, als ihr klar wurde, was sie gedacht hatte.

»Nichts«, brachte sie mit äußerster Anstrengung über die Lippen.

»Dann werde ich mir wohl selbst etwas ausdenken müssen«, hörte sie ihn sagen. »Bereite dich darauf vor, dass wir morgen bei Sonnenaufgang aufbrechen.«

Die Tür klappte.

Sie hörte seine und Mainfers Schritte, die sich entfernten. Sie war allein mit dem schlafenden Richard. Allein mit der Erkenntnis, dass sie einen Mann liebte, der ihrem Bruder den Tod geschworen hatte.

VIERTES KAPITEL

Burg Malaunay
15. Juli 1095

Die leisen Klänge der Laute untermalten das Zwitschern der Amsel, die auf der Balustrade des Söllers aus voller Kehle sang. Rozabel lauschte mehr dem Vogel als dem eigenen Spiel und als Richard einen leisen Fluch ausstieß brach sie auf der Stelle ab.

»Hör auf, an deiner Hand zu kratzen«, befahl sie streng. »Denkst du, ich will dir schon wieder einen neuen Verband machen? Die Köchin wird mich tadeln, wenn ich erneut Eiweiß hole, um die Leinentücher zu tränken, damit sie beim Trocknen steif werden.«

»Es juckt teuflisch«, klang es grollend aus dem mächtigen Alkoven.

Sie warf einen strengen Blick auf ihren Patienten.

»Du bist albern, ungeduldig und eine wahre Landplage, Richard de Tréviers. Denkst du, dein Selbstmitleid lässt die Zeit schneller vergehen?«

Es war ihr nicht schwer gefallen, für Richard denselben, kameradschaftlich neckenden Ton zu finden, der zu Hause ihren kleinen Bruder im Schach gehalten hatte. Sie waren einander so schrecklich ähnlich, Richard und Bryan. Nicht nur dasselbe Alter, auch der gleiche Hitzkopf, der gleiche Charme und dieselbe Neigung zur Ungeduld. Kein Wunder, dass sie Freunde geworden waren.

Sie hätte so gerne mehr über die Dinge erfahren, die sich am Hof von Winchester ereignet hatten, aber seit er wieder bei vollem Bewusstsein war, hatte er das vereitelte Attentat mit keiner Silbe erwähnt.

»Es gehört sich nicht, dass du einen Seigneur de Tréviers wie einen ungehorsamen Knappen abkanzelst, Sächsin«, beschwerte sich Richard mit einer Grimasse. »Etwas mehr Respekt, wenn ich bitten darf.«

»Den verdiene dir erst einmal, Knabe«, erwiderte Rozabel trocken und legte die Laute aus der Hand.

Sie trat an das Bett und überprüfte den steifen Verband an seiner Rechten. Die Finger leicht darüber legend nutzte sie ihre Gabe, mehr zu fühlen als andere. Die Entzündungen waren zurückgegangen und wenn der Himmel seinen Segen dazu gab, würde Richard in wenigen Wochen seine Hand wieder gebrauchen können. Er konnte von Glück sagen, dass keine Sehnen gerissen waren.

»Was tust du da?«, erkundigte er sich neugierig. »Meine Hand wird ganz warm.«

»Das ist meine Körperwärme, die durch den Verband dringt«, behauptete Rozabel leichthin, obwohl sie es besser wusste.

Sie sprach höchst ungern über das Wissen, das sich ihr offenbarte, wenn sie sich auf die Berührung eines Menschen konzentrierte. Nur ihre engste Familie wusste, dass sie Schmerzen der Gefühle ebenso empfinden konnte, wie Zerstörung, Krankheit oder Gewalt. Im Kreise ihrer Angehörigen war dies kein Grund zur Verwunderung, jede der Töchter des Rosenturmes trug auf ihre Weise das Erbe vergangener Zeiten weiter. Ihnen allen war jedoch bewusst, dass Außenstehende diese Fähigkeiten mit Misstrauen und Unglauben betrachteten. Besser man schwieg darüber.

»Das ist nicht alles«, widersprach Richard in diesem Augenblick hartnäckig. »Ich spüre mehr als Wärme, es ist als wäre da eine Flamme, die bis in das Mark meiner Knochen dringt. Du bist ...«

»Wenn du jetzt sagst, eine Hexe, dann zerschlage ich die Laute auf deinem Kopf«, drohte Rozabel schnell. Sie versuchte seine Worte ins Lächerliche zu ziehen, obwohl er eine sehr genaue Beschreibung dessen abgab, was er fühlte. »Du weißt nicht, was du da redest.«

Sie suchte Richards Blick und sah ihn mit soviel bezwingendem Ernst an, dass er das Thema fallen ließ und die Augen schloss. Als sie schon annahm, er sei eingeschlafen, hörte sie wieder seine Stimme.

»Auf jeden Fall bist du nicht die schlichte Sächsin, die Favre in dir vermutet. Du spielst die Laute wie eine Hofdame und du verstehst jedes Wort, wenn wir Französisch miteinander sprechen. Warum verbirgst du deine Fähigkeiten so beharrlich?«

»Woher willst du all das wissen?

»Meine Augen und Ohren sind unverletzt und ich habe viel Zeit, hier zu liegen und dir zuzusehen.«

Rozabel begegnete den hellblauen Augen Richards, die eine Spur blasser als die seines Bruders waren. Sie zögerte. Sie hasste all diese Lügen, aber wenn Favre erfuhr mit wem er es zu tun hatte ...

»Du musst mir nichts offenbaren.« Richard lächelte traurig. Seine Erlebnisse hatten ihn schlagartig erwachsen werden lassen. Er glaubte längst zu wissen, was in Rozabel vorging. »Es ist wegen Favre nicht wahr? Wenn du ihn ansiehst, kann ich erkennen, was du für ihn empfindest.«

»Woher ...«

Ihre Hand flog an die zu eng gewordene Kehle. Röte stieg ihr in die Wangen. Sie war es nicht gewohnt, von anderen durchschaut zu werden.

»Sei vorsichtig. Favre ist nicht der Mann, der sich groß um die Gefühle von Frauen kümmert«, verriet Richard, ohne sich um ihre Verlegenheit zu kümmern. »Er nimmt sie auf sein Lager und schickt sie wieder fort, wenn er genug von ihnen hat. Er wird dir wehtun, auch wenn es nicht in seiner Absicht liegt.«

»Wie wäre es, wenn du dich um deine eigenen Angelegenheiten kümmerst«, rief Rozabel mit tonloser Stimme.

»Denkst du, ich weiß nicht Bescheid über die Liebe?«

In Richards Stimme lag so viel Schmerz, dass Rozabel ihre spöttische Antwort hinunter schluckte.

»Was ist passiert?«, fragte sie stattdessen.

»Sie wollte nichts mehr von mir wissen, als ich nach Britannien ging.«

»Armer Richard.«

»Vielleicht wäre es besser, arme Judith zu sagen. Immerhin hat sie mich verloren ...«

Richard lächelte sich schief über die eigene Trauer hinweg und sie nickte.

»Es geht doch nichts über eine gute Meinung von sich selbst.«

»Beißzange.«

»Angeber!«

Die Diskussion endete wie die liebevollen Zänkereien mit Bryan und sie bückte sich blitzschnell, weil Richard das nächst beste Wurfgeschoss, dass er zur Hand hatte, in ihre Richtung schleuderte.

Der Holzkamm schepperte punktgenau vor die Füße seines großen Bruders.

»Was ist passiert? Gibt es Schwierigkeiten?«

Favre sah prüfend von einem zum anderen. Sie hatten ihn nicht eintreten gehört. Rozabels Röte vertiefte sich zu Purpur. Für ihn musste es aussehen, als habe sie es am Respekt für einen Edelmann fehlen lassen. Sie senkte den Kopf so tief, dass die Flügel ihrer weißen Haube das Gesicht verbargen. Richards Grinsen fiel schief aus.

»Ich habe meine barmherzige Samariterin zu ärgern versucht«, nahm er großzügig alle Schuld auf sich. »Findest du nicht, dass sie reizend aussieht, wenn Röte über ihre Wangen flutet oder ihre Augen plötzlich Blitze schleudern?«

Favre gab einen undefinierbaren Laut von sich. Man sah ihm an, dass er sich nicht entscheiden konnte, ob er sich über die Lebhaftigkeit seines Bruders freuen oder seine Frechheit maßregeln sollte. Er entschied sich für Letzteres.

»Du solltest besser dein eigenes Gewissen erforschen«, riet er ihm streng. »Du hast keinen Grund, die Menschen schlecht zu behandeln, die dir helfen.«

Rozabel beobachtete, wie Richards Lachen verschwand und seine Lippen schmal wurden. Sie hatte ihn oft genug beim Grübeln beobachtet und sie wusste, dass ihm so vieles auf der Seele lag, dass er es kaum ertragen konnte, darüber nachzudenken. Er hatte Favres harten Tadel nicht verdient und sie verteidigte ihn umgehend.

»Lasst das Zanken«, bat sie. »Ihr könnt nicht erwarten, dass die fortschreitende Genesung einen Heiligen aus ihm macht. Wenn er wieder zu sich selbst gefunden hat, wird sich auch sein Benehmen bessern.«

Da sie auch weiterhin den Blick des Ritters mied, entging ihr das kurze, versonnene Lächeln, das über seine Züge glitt, ehe er in gewohnter Schroffheit seine Antwort gab. »Eine solche Verwandlung zu bewirken, dürfte sogar deine beträchtlichen Fähigkeiten übersteigen, Sächsin.«

»Ihr redet über mich, als wäre ich nicht vorhanden«, beschwerte sich Richard. »Nehmt zur Kenntnis, dass ich noch am Leben bin.«

»Das ist nicht zu überhören, Kleiner«, entgegnete Favre ernst. »Aber spar dir deine Kräfte für eine bevorstehende Visite. Soeben traf ein Bote ein, der den Besuch unseres Herzogs für morgen ankündigt.«

»Robert Kurzhose?«

Richard wollte hochfahren, sank aber beim bloßen Versuch mit einem Schmerzenslaut zurück. Rozabel hatte seine gebrochenen Rippen noch immer gnadenlos fest bandagiert und nur solange er jede unbedachte Bewegung vermied, hielt sich die Pein in Grenzen.

»Eben jener«, bestätigte sein älterer Bruder. »Bereite dich darauf vor, dass er möglicherweise unangenehme Fragen stellen wird. Glücklicherweise kommt er jedoch nur mit kleinem Gefolge.«

Favre hinterließ tiefes Schweigen, als er die Tür des Turmgemaches nachdrücklich hinter sich schloss.

»Glücklicherweise«, murmelte Richard so sarkastisch, dass es Rozabels Aufmerksamkeit erregte.

»Wie soll ich das verstehen? Sehnst du dich nach mehr Aufmerksamkeit?«, erkundigte sie sich.

»Großes Gefolge würde bedeuten, er käme mit seiner Gemahlin und deren Damen.«

»Und unter den Damen wäre Judith?«

Er nickte stumm.

»Willst du, dass Mitleid ihre Gefühle ändert?«

»Vielleicht begreift sie ja inzwischen, warum ich mein Wort halten musste.«

Die jähe Hoffnung in Richards Stimme schmerzte. Ohne Judith zu kennen, ahnte sie, dass ein gescheitertes Attentat der jungen Edeldame nicht besser gefallen würde, als ein geplantes.

»Fürchtest du den Besuch des Herzogs?«, versuchte sie den Jungen von seinen Träumen abzulenken.

Er warf ihr einen unerwartet scharfen Blick zu. »Auf deiner Insel traut man Robert nur das Schlimmste zu.«

»Wundert dich das? Er verbündet sich mit Rufus' Feinden und missachtet den letzten Willen des eigenen Vaters.«

»Aber er ist kein Brudermörder. Er wusste tatsächlich nichts von unserem Plan. Und selbst wenn er davon erfahren hätte ...«

Er brach ab. Sie konnte nur vermuten, was ihn bewegte. Der Herzog musste ihn tadeln, wenn nicht gar bestrafen. Alles andere würde wie die Billigung eines Mordes aussehen. Mochte Robert Rufus noch so sehr zu Hölle wünschen. Wenn er es offen zugab, brachte er nicht nur die Kirche, sondern auch den Adel diesseits und jenseits des Kanals, gegen sich auf. Nur ein Narr würde dies riskieren.

Richard hingegen war idealistisch genug, um die volle Verantwortung für den heimtückischen Anschlag auf sich zu nehmen. Er wollte weder die Milde des Herzogs, noch brachte er es über sich, die unglücklichen Verschwörer zu verraten, die ihn nach Britannien geschickt hatten. Er wollte sich für die anderen und für den Ruf seines Herzogs opfern. Er hielt es für seine Pflicht als Ritter.

»Willst du wirklich die Schuld für all das auf dich nehmen?«, flüsterte Rozabel tonlos.

»Du weißt nicht, was geschehen ist«, antwortete Richard heftig. »Ich habe einen schrecklichen Fehler gemacht und ich muss dafür büßen. Ich wäre ein ehrloser Lump, würde ich anders handeln.«

Sie war anderer Meinung, aber Richard hüllte sich in düsteres Schweigen. Er verweigerte sich jedem weiteren Gespräch.

Rozabel gab es auf, weiter in ihn zu dringen. Sie hatte genügend eigene Probleme. Sie musste dem Herzog aus dem

Wege gehen. Hoffentlich verzichtete Favre darauf, die Heilerin vorzustellen, die seinen Bruder gepflegt hatte. Robert war als Junge mit seinem Vater und seinen Brüdern oft genug in Hawkstone gewesen. Würde er sich an die Jüngste der Rosenturmtöchter erinnern? Sie befürchtete es. Der Eroberer hatte ein phänomenales Gedächtnis für Namen und Gesichter besessen, das er Rufus vererbt hatte. Nur Rufus?

*

Der Morgen war kühl. Das erste Sonnenlicht glänzte in den Tautropfen, die an Gräsern, Blüten und Stängeln zitterten. Sie nässten die Säume von Rozabels Gewand und ihre dünnen Lederschuhe, aber sie achtete nicht darauf. Die Augen halb geschlossen, war sie ganz dem Duft dieser ersten Stunden des Tages hingegeben. Jetzt waren die Säfte der Kräuter, die sie in ihren Korb legte, am intensivsten, denn ihre Blüten waren noch nicht verschwenderisch geöffnet.

Sie liebte den Tagesbeginn, die verheißungsvollen ersten Atemzüge des Lebens. Alles war noch möglich, die Schöpfung war um diese Zeit in vollendeter Harmonie und Balance. Wenn die Menschen mit ihren Plänen, Taten und Lauten auftraten, entglitt ihr das trügerisch sichere Gefühl, alles bewahren und alles ermöglichen zu können.

Träum nicht! Kümmere dich um deine Kräuter!

Rozabel wandte sich mit vollen Händen dem Korb zu, den sie auf der Mauer zum Gemüsegarten abgestellt hatte und sie entdeckte, dass sie nicht allein war. Der Schock traf sie doppelt. Zum einen, weil Favre de Tréviers dort saß und sie beobachtete, zum anderen, weil sie nicht begreifen konnte, dass sie seine Anwesenheit nicht bemerkt hatte. Er fügte sich so still und perfekt in die Gerüche und Gefühle dieses

Morgens ein, als sei er unabdingbar Teil dieser besonderen Welt.

Ihre Augen trafen sich. Das Blau seines Blickes hatte dieselbe Farbe wie der üppig blühende Rittersporn an der Mauer. Rozabels Herz hämmerte, Kräuter entglitten ihrem Griff. Sie fand sich unfähig einen Schritt zu tun, eine Silbe zu sagen.

»Du bist früh auf den Beinen, Rozabel«, drang seine leise Stimme an ihr Ohr.

»Es ist die beste Zeit«, antwortete sie.

»Du vollbringst mit deinen Kräutern Wunder bei Richard. Ich weiß nicht, wie ich dir je dafür danken kann. Du hast ihm das Leben zurückgeschenkt.«

Rozabel hörte nicht das Lob in seinen Worten. »Ihr schickt mich fort? Ihr braucht mich nicht länger?«

»Aber nein!«

Er sprang von der Mauer und hielt ihr den Korb hin, damit sie ihre Ernte ablegen konnte, ehe sie noch mehr davon verlor. »Du verstehst mich falsch. Ich wollte sagen, dass wir beide in deiner Schuld stehen.«

Rozabel nickte stumm.

Besonders du. Weil du mir den Schlaf raubst, die Ruhe und das Gefühl mit mir und der Welt im Reinen zu sein. Du hast alles verändert!

Seit sie ihn kannte, war nichts mehr wie früher. Sie fand keinen Gefallen daran, aber sie sah auch keine Möglichkeit, es zu ändern. Sie wusste nur eines, sie musste in seiner Nähe sein und ihn sehen. Sie brauchte ihn wie die Luft zum Atmen. Die Vorstellung ohne ihn nach Hawkstone zurück zu gehen, konnte sie nicht ertragen.

»Ich frage mich wirklich, ob du bei uns bleiben möchtest«, fuhr er fort. »Brisac ist alt und will schon lange zu seiner Tochter nach Rouen ziehen. Du könntest seinen Platz ganz einnehmen und dich auch um die Kranken und Verwundeten von Malaunay kümmern.«

»Ihr wollt tatsächlich, dass ich in Malaunay lebe?«

Rozabel versuchte, die wilde Hoffnung aus ihrer Stimme herauszuhalten. War es möglich, dass er nicht nur von ihren Fähigkeiten als Heilerin sprach? Dass auch er das Band fühlte, das sie mit jedem Tag enger an ihn fesselte?

»Du würdest mir und Malaunay einen Dienst erweisen, Rozabel.«

Die Burg war ihr gleichgültig, das Lehen ebenso, aber ihr Herr ...

Sie tat einen tiefen Atemzug und bemühte sich ihre wirren Gefühle unter Kontrolle zu bringen. Ein Rest von Vernunft bewahrte sie davor, ihm zu zeigen, wie groß seine Macht über sie war. Dennoch konnte sie nicht verhindern, dass ihre Augen im hellsten Silberblau des Sonnenaufgangs glänzten und eine Ader an ihrem Hals zu schnellen Pulsschlag verriet.

Das zarte Antlitz, rosig vom Morgenlicht und der unterdrückten Erregung, zeigte in diesem Augenblick ihre ganze Anmut und Zerbrechlichkeit, die Favre zutiefst irritierte. Das war nicht die tüchtige Heilerin, die er für seine Leute haben wollte. Das war eine bezaubernde Fremde, deren unerwarteter Reiz ihn anzog und sein jähes Begehren weckte. Er konnte sich nicht erinnern, jemals ein vergleichbares Verlangen verspürt zu haben.

Er stellte den Korb achtlos zur Seite, wo er von der Mauer kippte. Sie achteten beide nicht darauf. Sie waren so ausschließlich aufeinander fixiert, dass die übrige Welt versank. Da war kein Widerstand in der gleitenden, selbstverständlichen Bewegung, mit der sie in die Arme fand, die er ihr entgegen hielt.

Favre genoss die Frische der seidigen Lippen, die sich ihm entgegen hoben, wie den Trank aus einer erquickenden Quelle. Sie schmeckten nach Unschuld und Süße, nach Minze und Rosen. Die gefährliche Verlockung dieser besonderen Rezeptur konnte einen Mann um den Verstand bringen.

Rozabel lieferte sich seinem Kuss ohne Vorbehalte aus. Sie hatte nicht gewusst, wie sehr sie nach seiner Berührung und Wärme hungerte, wie wundervoll sich die Erfüllung dieser Sehnsucht anfühlte. Sie schwamm auf einer Woge reinen Glücks und ein Seufzer des Bedauerns entkam ihrer Brust, als er schwer atmend den Kopf hob. Sie suchte fragend seinen Blick.

»Ich werde bei Euch bleiben, wenn Ihr es wünscht«, flüsterte sie.

»Bleib«, murmelte er, ausschließlich am Augenblick interessiert. Er zog sie wieder an sich, die Eroberung dort fortzusetzen, wo er sie aus einem dummen Impuls der Vorsicht heraus, selbst unterbrochen hatte. Das Entzücken sie zu spüren und zu berühren, erstickte das kurze Aufflackern von Respekt und Vernunft sogleich wieder.

Rozabel erbebte unter den verlangenden Händen, die Besitz ergreifend ihren Körper erkundeten. Alles in ihr wünschte nachzugeben, aber hinter Sehnen und Hingabe stieg auch Argwohn auf. Die Liebkosungen wurden fordernder, gieriger und sie stemmte abwehrend die Handflächen gegen seine Brust. Sie versuchte in einem Wirbel von Ängsten und Gefühlen, Halt zu finden.

»Wartet«, keuchte sie, als wäre sie zu schnell gerannt. »Ich kann nicht …«

»Du willst es doch …«, fiel Favre ihr erregt ins Wort. »Denkst du ich merke es nicht? Ich kann sehr wohl erkennen, Mädchen, dass du bereit bist. Warum zierst du dich? Es wird dir gefallen, zur Abwechslung die Liebe eines Normannen kennen zu lernen!«

»Die Liebe?«

Auf dieses Wort hatte Rozabel gewartet und ihr Widerstand begann unmerklich zu bröckeln. War es möglich, dass er Liebe für sie empfand?

»Spürst du nicht, wie ich dich begehre?« Er umfasste kühn mit beiden Händen ihr Hinterteil und hob sie gegen die drängende Schwellung seiner Männlichkeit.

Rozabel erstarrte. Sowohl erschrocken über die aggressive Forderung, wie die Erkenntnis, dass seine Art von Liebe ausschließlich Paarung meinte. Zorn, Kummer und Scham brachen gleichzeitig über sie herein.

»Hört auf!«, rief sie erstickt. »Wofür haltet Ihr mich? Ich bin doch keine Dirne!«

Sie trommelte ungestüm mit den Fäusten gegen die harte Fläche seines Oberkörpers, bis er sie widerstrebend frei gab. Zitternd warf sie den schweren braunen Zopf über die Schulter. Das Gewicht half ihr dabei, das Kinn stolz nach oben zu recken.

Die Amazone drängte sich vor das Bild der Fee. Empörung flammte in ihren Augen und schnelle Atemzüge hoben die kleinen und – wie Favre inzwischen herausgefunden hatte - durchaus wohl geformten Brüste unter ihrem einfachen Gewand.

»Je nun ...«

In einer Mischung aus Verblüffung und Ratlosigkeit studierte er den Blick, der von Silber zu kühlem Stahl gewechselt war. Richard hatte Recht, sie sah hinreißend aus, wenn Ihre Augen zornig blitzten. Umso ärgerlicher fand er ihren plötzlichen Widerstand.

Was wollte sie von ihm? Dass er sie mit Komplimenten,

wie eine Edeldame hofierte? Eine sächsische Magd? Lächerlich! Er verschränkte die Arme vor der Brust und gab ihr Zeit sich zu fassen.

»Zügle dich, Mädchen. Wer ein Feuer entfacht, darf sich nicht vor der Glut erschrecken. Warum zeterst du wie ein Fischweib?«

»Das fragt Ihr auch noch?«

Rozabel sah ihm an, dass er weder ihr Verhalten, noch ihre Fragen richtig einordnen konnte. Sie erbosten ihn lediglich und seine nächsten Worte klangen dementsprechend unwirsch.

»Ich habe es nicht nötig, mich einem Frauenzimmer aufzudrängen. Wenn dir der Gedanke, in meinen Armen zu liegen, so sehr missfällt, dann vergiss ihn einfach. Ich werde eine andere finden, der meine Aufmerksamkeiten mehr schmeicheln.«

Er bekam keine Antwort. Sie drehte ihm schweigend den Rücken zu. Es tat zu weh, die Verständnislosigkeit in seinen Zügen zu lesen. Sie hatte einen lächerlich kurzen Traum lang für Liebe gehalten, was schlicht männliches Begehren war. Er wollte eine Frau und sie war gerade zur Hand. Noch nie war sie so gedemütigt worden!

Dummes Ding! Er weiß doch nicht, wer du bist. Er hält dich für eine gemeine Magd und darüber solltest du froh sein. Mit Rozabel de Cambremer, einer Frau, deren Familie er hasst, würde er noch ganz anders umspringen.

»Weinst du etwa?« Hörbare Ratlosigkeit färbte die Stimme hinter ihr. »Kannst du mir sagen, was in deinem wirren Kopf vorgeht?«

Ich weiß es selbst nicht!

Sie fuhr herum und präsentierte ihm ein blasses, regloses Antlitz, dessen Augen nun grauen Kieselsteinen glichen. Die

Sonne hatte inzwischen die Zinnen der Burg überstiegen und übergoss sie beide mit gleißender Helligkeit.

Favre starrte sie stumm an, murmelte einen unverständlichen Fluch und machte auf dem Absatz kehrt. Er verließ den Kräutergarten, als wären alle Dämonen der Hölle auf seinen Fersen.

Sein Bild verschwamm vor Rozabels Augen. Die Tränen, die sie sich eben noch verboten hatte, strömten ihr über die Wangen. Der Wechsel von Liebe zu Verständnislosigkeit, von Zärtlichkeit zu Gier, von männlicher Selbstherrlichkeit zu fragender Unsicherheit war ihr unverständlich. Sie wusste nur eines: Wenn das die viel gepriesene Liebe sein sollte, dann war ihr Leben ohne diesen Aufruhr von Gefühlen einfacher gewesen.

FÜNFTES KAPITEL

Burg Malaunay
17. Juli 1095

Der Wandteppich verbarg einen kleinen Geheimgang, den Rozabel in den vergangenen Tagen schätzen gelernt hatte. Auf diesem Weg konnte sie Richards Gemach betreten, ohne die große Halle durchqueren zu müssen. Eine Halle, in der sie zu jeder Tageszeit Gefahr lief, Favre zu begegnen. Seit ihrem Streit im Kräutergarten ging sie ihm bewusst aus dem Weg. Deswegen zögerte sie auch jetzt, die Hand bereits ausgestreckt, den Teppich zur Seite zu schlagen. Das Durcheinander verschiedener Männerstimmen verriet auf der anderen Seite, dass sie Richard nicht alleine antreffen würde.

Hinter dem Teppich wurde höfisches Normannisch gesprochen. Sie erkannte natürlich Favre und seinen Bruder, aber der dritte war ihr fremd. Eine befehlsgewohnte Stimme, die sich gewählt ausdrückte und von hohem Selbstbewusstsein zeugte. Herzog Robert! So war er endlich eingetroffen. Zwar verspätet, aber im vollen Bewusstsein seiner Macht und seiner Bedeutung. Er setzte die Worte so gewählt wie ein Weihbischof. Die Standpauke, die er Richard hielt, zeichnete sich durch kalte Höflichkeit aus.

»Was kann Euch nur auf den Gedanken gebracht haben, es wäre in meinem Sinne, Rufus ins Jenseits zu befördern? Er ist mein Bruder«, hörte sie ihn sagen. »Ich bin der bessere Ritter, der bessere Feldherr, der bessere König und ich werde es jenseits und diesseits des Meeres beweisen. Ich möchte nicht gegen die geschönten Erinnerungen an einen ermordeten Märtyrerbruder antreten. Der Himmel würde mich dafür strafen.

Ich habe nichts gesagt oder getan, das eine solche Tat rechtfertigt. Brudermord ist unverzeihlich.«

Richard schwieg. Rozabel konnte die Last dieses Schweigens spüren. Seinem Fürsten zu widersprechen war ausgeschlossen, auch wenn zuvor in versteckten Worten und verklausulierten Wünschen sehr wohl das Gegenteil dessen angedeutet hatte, was er jetzt behauptete.

»Wieso habt Ihr den Jungen nicht von diesem verbrecherischen Abenteuer abgehalten, Tréviers? Ihr seid das Familienoberhaupt.«

Favre antwortete ebenso wenig wie Richard. Rozabel konnte sich die Züge beider Brüder vorstellen. Wachsbleich, erstarrt und beherrscht. Sicher hatte Richard weder klug noch richtig gehandelt, aber seine Motive waren ehrenwert und selbstlos gewesen. Konnte der Herzog nicht wenigstens das anerkennen?

Sie ballte die Fäuste in den Falten ihres Gewandes und verharrte auf ihrem Lauschposten hinter dem Teppich. Es gehörte sich nicht zu lauschen, aber sie hätte das Gespräch an Richards Krankenlager um keinen Preis der Welt versäumen mögen.

Endlich durchbrach Favre die unheilvolle Stille. »Mein Bruder hat Euren Tadel verdient, mein Fürst, aber das Schicksal hat ihn bereits hart genug für seine unbedachte Aktion bestraft. Seine Mission wurde durch Verrat entdeckt und das Wort eines vermeintlichen Freundes hat ihn dem Henker ausgeliefert.«

»Wer war der Schurke?«

»Bryan de Cambremer.«

»Cambremer? Ist der Junge etwa schon bei Hofe? Ich hielt ihn noch für einen Knaben ... Nun, es war zu erwarten, dass sich einer aus dieser Sippe in Rufus' Nähe befindet. Ich hätte

Euch vor ihnen warnen können, Richard. Der alte Lord diente dem Eroberer, seine Schwiegersöhne und der Erbe sind Rufus ergeben. Aufrechte Männer, wenngleich sie auf der falschen Seite stehen. Ich hoffe, Rufus hat nicht mehr von dieser Sorte in seinem Heer, wenn wir gegeneinander antreten.«

»Ich bete zu Gott, dass ich ihnen auf dem Schlachtfeld begegne.« Favres zornige Antwort brachte Rozabel zum Erzittern. »Ich habe den Cambremers Feindschaft bis in den Tod geschworen.«

»Ihr seid zu heftig, mein Freund.« Kurze, dumpfe Schläge ließen vermuten, dass Robert Kurzhose seinen Worten ein Schulterklopfen für Favre folgen ließ. »Bewahrt kühles Blut. Meine Spione in Winchester berichten, dass Rufus bereits mit einem neuerlichen Einfall in die Normandie liebäugelt. Wir werden gewappnet sein. Und was Euch betrifft, Richard von Tréviers, Ihr werdet Euch mit Eurer Gesundung beeilen. Es warten genügend Kämpfe auf uns, in deren Verlauf Ihr Euren Fehler vergessen machen könnt. Ohnehin habe ich erwartet, Euch noch übler anzutreffen. Ihr müsst einen hervorragenden Medicus in Euren Diensten haben, Tréviers.«

»Eine sächsische Heilerin. Sie vollbringt wahre Wunder mit Kräutern und Salben.«

Rozabel zuckte zusammen und Herzog Robert wollte augenblicklich Genaueres wissen.

»Eine Sächsin? Was tut eine Sächsin auf dieser Seite des Meeres?«

»Ich habe sie ein wenig unsanft zum Mitkommen überredet, als wir Richard nach Hause brachten. Sie versteht nicht nur etwas von Wunden, sondern auch von zahllosen anderen Krankheiten. Sie war die Wehmutter eines Dorfes, das wir auf dem Weg zur Küste passiert haben. Wir mussten verhindern, dass sie unsere Verfolger auf die richtige Spur bringt.«

»Eine Wehmutter!« Herzog Robert brach so unerwartet in schallendes Gelächter aus, dass Rozabel sich fast mit einem leisen Aufschrei verraten hätte. »Das sieht Euch ähnlich, Tréviers. Dachtet Ihr, sie würde den Kleinen noch einmal und ein wenig gescheiter zur Welt bringen?«

»Sie weiß was sie tut«, verteidigte Favre die vermeintliche Dorfheilerin. »Ich hoffe, sie entscheidet sich aus freiem Willen, bei uns zu bleiben!«

Darauf kannst du warten, bis es in der Hölle friert! schoss es Rozabel empört durch den Kopf.

Ein Laut vom Bett brachte das Gespräch auf Richard zurück und als sie wieder etwas anderes hören konnte, als das zornige Rauschen des eigenen Blutes, waren es nur die Genesungswünsche des Herzogs für seinen ungestümen Gefolgsmann. Die Tür klappte, danach war es still.

Rozabel schob den Teppich zur Seite und ging hinüber. Der Kranke sah sie an und sie entdeckte Verwirrung in seinen Augen. Nahm er sich die Vorwürfe Roberts so zu Herzen? Sie gab sich keine Mühe zu verbergen, dass sie das Gespräch mitgehört hatte.

»Fürsten sind launisch, Richard de Tréviers. Hättest du Erfolg gehabt, du wärest jetzt der Held seines Hofes und alle Damen würden dich umschwärmen.«

»Ich weiß.« Der junge Mann im Alkoven verzog bitter die Mundwinkel. »Das ist es ja, was mich bedrückt. Macht allein der Erfolg eine Tat recht und gut? Hat Bryan von seinem Standpunkt aus betrachtet, nicht ebenso ehrenwert gehandelt wie ich? Er dient seinem König, wie ich dem Herzog. Wo beginnt das Recht und wo das Unrecht?«

»Armer Richard.« Rozabel ließ sich auf der Kante des Alkovens nieder und griff nach der ruhelosen, gesunden Hand des Jungen. »Du stellst Fragen, auf die es so viele Antworten wie Menschen gibt. Jeder muss für sich selbst herausfinden was falsch und was richtig ist.«

»Und was sagst du?«

»Iiiich? Eine Frau? Eine Wehmutter?«

»Sie haben dich gekränkt, nicht wahr?«

»Sie können mich nicht kränken. Sie sind dumm.«

Rozabel sagte es mit so stolzer Verachtung, dass Richard grinste. »Das hätte auch Bryan sagen können.«

Er erwähnte ihn zum ersten Male bewusst und sie fragte sich, was das zu bedeuten haben mochte.

»Du bist nicht länger zornig, wenn du von ihm sprichst?«

»Ich weiß es nicht. Je mehr ich über das Geschehene nachdenke, umso weniger kann ich es sagen.«

Sie strich besänftigend über seine Hand. »Vielleicht solltest du nicht nur deinen Kopf, sondern auch dein Herz um Rat fragen?«

»Favre würde nur seine Ehre zu Rate ziehen.«

»Dein Bruder ist ein Narr.«

Richard schwieg. Er sah auf seine Finger, die Rozabel jetzt so heftig umklammert hielt, dass ihre Knöchel weiß schimmerten.

»Du nimmst ihm übel, dass er dich aus deiner Heimat herausgerissen und entführt hat. Er hat es nur getan, weil er sich für mich verantwortlich fühlt. Er sah keinen anderen Weg, mich zu retten.«

»Lassen wir es«, erwiderte Rozabel schroff.

*

»Seid Ihr die Heilerin, die Favre de Tréviers aus Britannien mitgebracht hat? Jene, die so gut mit Kräutern umzugehen weiß und den jungen Seigneur pflegt?«

Rozabel entdeckte, dass sie nicht allein in der Burgkapelle betete. Eine zierliche, junge Frau kniete vor der steinernen Figur der Muttergottes in der Nische des Seitenaltares und erhob sich jetzt, nachdem sie das Zeichen des Kreuzes auf Stirn, Kinn und Herz geschlagen hatte. Wer war das? Es gab keine Edeldamen in Malaunay, nur das weibliche Gesinde in Küche und Haus.

Die Perlenstickerei auf der Robe der Fremden schimmerte im Kerzenlicht und von ihrem komplizierten Kopfschmuck wehte ein Schleier, durchsichtig, wie goldener Morgennebel. Das Antlitz darunter passte nicht zu so viel Eleganz und Reichtum. Es war bleich und angespannt, tiefe Schatten der Erschöpfung lagen unter den Augen und die feinen Lippen des Mundes bildeten einen dünnen Strich.

Sie war krank, das erkannte Rozabel, noch ehe sie begriff, dass es sich um Herzog Roberts Gemahlin handeln musste, die ihn nach Malaunay begleitet hatte. Die hohe Frau hielt sich nur mit Mühe auf den Beinen und die Art, wie sie nun ihre Hände auf den Bauch presste, ließ keine Fragen offen.

»Ihr solltet Euch setzen, Euer Gnaden«, riet sie. »Noch besser wäre, wenn Ihr Euch zu Bett legtet, bis die Krämpfe vorüber sind.«

»Es ist die Strafe des Himmels und ich muss sie ertragen«, wisperte die zarte Herzogin. »Ein weiterer Monat ist vorüber, ohne dass sich die Mutter Gottes meiner erbarmt hat. Ich darf in meinen Gebeten nicht nachlassen.«

Es klang so elend, dass Rozabel nach der Hand der jungen Fürstin griff, ohne sich um Etikette oder Höflichkeit zu kümmern. Die Finger waren eiskalt und zitterten. Sie schienen eher einem Kind, denn einer erwachsenen Frau zu gehören.

»Der Himmel hat Wichtigeres zu tun, als Euch mit einem regelmäßigen Mondfluss zu bestrafen«, sagte Rozabel so trocken, als spräche sie mit Richard, der einmal mehr vor Ungeduld zappelte. »Traut der Weisheit Gottes und hört auf, Euch zu grämen.«

»Der Herzog braucht Söhne und Erben. Wisst Ihr keinen Rat für mich? Was kann ich tun, um endlich zu empfangen? Mein Vater hat sogar den Leibarzt des Königs von Frankreich aufgesucht und befragt, aber nicht einmal der konnte mir helfen.«

Rozabel entsann sich endlich des Namens der verzweifelten Herzogin. Robert hatte Margarete von Maine geheiratet, um sich die Unterstützung ihres mächtigen Vaters für seine Pläne zu sichern. Offensichtlich war es ihm auch gelungen, das Herz seiner Gemahlin zu erobern.

»Um Euch helfen zu können, muss ich mehr über Euch und Euren Körper wissen, Euer Gnaden«, wich sie einem direkten Rat vorsichtig aus. Kinderlosigkeit war ein schwieriges Problem und sie wollte auf keinen Fall falsche Hoffnungen wecken. »Gebete sind gut und schön, aber ein entkräfteter Leib kann weder Kinder empfangen, noch sie austragen. Es macht Euch nicht gesund, die Krämpfe einfach zu ertragen. Erlaubt, dass ich Euch einen Kräutertrank bringe, der fürs Erste Eure Schmerzen lindert.«

»Bitte tut das.« Die Herzogin beugte sich zutraulich näher. »Wisst Ihr, man hat mir gesagt, dass es auf Eurer Insel noch weise Frauen gibt, die mehr über diese Dinge wissen, als all die gelehrten Ärzte zusammen, denen am Ende nichts anderes einfällt als mich zur Ader zu lassen, um die schlechten Säfte aus meinem Körper zu entfernen. Seid Ihr eine von diesen besonderen Heilerinnen?«

»Ich kann keine Wunder wirken«, dämpfte Rozabel ihre Erwartungen, denn es war zu erkennen, dass die junge Herzogin Wunder von ihrer Hilfe erwartete.

»Aber Ihr werdet es versuchen«, strahlte Madame in einer unwiderstehlichen Mischung aus verwöhnter Einfalt und angeborenem Stolz. »Ich nehme Euch in meinen Haushalt auf. Wie ist Euer Name?«

»Rozabel, Euer Gnaden. Aber ich kann nicht so einfach Eure Dienerin werden. Richard de Tréviers bedarf meiner Hilfe ebenso wie Ihr.«

»Hat nicht mein Gemahl gesagt, Richard sei bereits auf dem Wege der Besserung? Es wird andere geben, die sich weiterhin um ihn kümmern können, das muss nicht Eure Sorge sein. Folgt mir, Rozabel.«

Die Herzogin verstand es, trotz ihrer Zartheit zu befehlen. Als Robert Kurzhose seine Gemahlin aufsuchte, hütete sie – mit wärmenden Kräuterumschlägen um den Leib – das Bett und Rozabel kühlte ihr die Stirn mit Lavendelwasser. Sie sank beim Anblick des Herzogs erschrocken, mit gesenktem Haupt in eine Reverenz.

»Ihr seid krank, Margarete? Was höre ich da? Ihr werdet doch nicht etwa in der Hoffnung sein?«

Die junge Fürstin errötete.

»Leider nicht«, wisperte sie verlegen. »Aber die längste Zeit des Wartens ist vorbei. Mit Hilfe der sächsischen Heilerin werde ich in Kürze Euren Sohn tragen.«

Die kühne Behauptung entlockte Rozabel einen erstickten Protestlaut und trug ihr einen bohrenden Blick des Herzogs ein. Ihr war klar, dass sie durch diese übereilte Reaktion ihre Kenntnis des Normannischen verraten hatte.

»Du sprichst unsere Sprache?«, sagte er prompt.

»Es ist auch die Sprache meines Königs, Euer Gnaden«, platzte sie mit der ersten Erklärung heraus, die ihr auf die Zunge kam.

»In der Tat«, erwiderte Herzog Robert vieldeutig. »Aber wie du am Beispiel eben dieses Königs siehst, sollte ein Herrscher die Menschen, denen er erlaubt in seine Nähe und die seiner Familie zu kommen, sehr genau prüfen. Wer sagt mir, dass du dich nicht in das Vertrauen meiner Gemahlin schleichen willst, um mir zu schaden?«

»Der Umstand, dass es mein Ziel ist, Leben zu erhalten und nicht, es zu zerstören.«

In ihrer Empörung über den ungerechtfertigten Verdacht richtete sich Rozabel zu voller Größe auf und begegnete dem Herzog Auge in Auge. Sie sah, dass er erstaunt die Brauen hob und bemerkte zu spät ihren Fehler. Hatte sie ihm nicht aus dem Weg gehen wollen? Welcher Teufel ritt sie, ihm wie eine Ebenbürtige zu begegnen? Sie wappnete sich für seine nächsten Worte, deren merkliche Verzögerung bereits bewies, dass er sie sorgsam wog.

»Willst du mir deinen Namen verraten?«

Rozabel zögerte. Wusste er von der Eigenart ihrer Mutter, jeder Tochter einen Namen zu geben, der einen Bezug zu der prächtigen Blume hatte, die den alten Turm von Hawkstone überrankte? Sie war zu stolz diesen Namen zu verleugnen, obwohl er sie verraten konnte.

»Meine Mutter hat mich Rozabel genannt, Euer Gnaden«, ging sie das Wagnis ein und hielt dem langen, nachdenklichen Blick stand, der sowohl die edlen Züge ihres Gesichtes wie ihre ungewöhnliche Größe registrierte.

»Dann will ich einmal davon ausgehen, dass du deiner Mutter Ehre machst, Rozabel«, erwiderte der Herzog schließlich. »Du nimmst in den Diensten meiner Gemahlin eine große Verantwortung auf dich und ich vertraue dir das Liebste an, das ich auf Erden besitze.«

»Seid gewiss, dass ich das Beste für Madame tun werde«, erwiderte sie ernst und fügte hinzu: »Wunder liegen indes nicht in meiner Macht.«

Der Herzog nickte und wandte sich wieder seiner Gemahlin zu. »Hab' Geduld, mein Herz und ruh dich aus. Wir werden Malaunay erst verlassen, wenn du wieder gesund bist.«

Die gewisperte Antwort der jungen Frau auf dem Bett war nicht zu verstehen. Die zarte Röte auf ihren Wangen sagte Rozabel, dass es etwas mit ihrem erklärten Ziel zu tun haben musste, schwanger zu werden. Ihr Gemahl reagierte mit einem leisen Scherz.

Für einen kurzen Augenblick empfand Rozabel Zuneigung. Verbundenheit, die ihr jedoch jäh die eigene Einsamkeit und eine quälende Sehnsucht ins Bewusstsein rief.

Sie hatte geglaubt, sie hätte sich an die Isolation gewöhnt und sie in der Tiefe ihres Herzens vergraben. Dass sie nun erneut aufstieg und schmerzte, war umso bitterer, weil sie gehofft hatte, ihrem alten Leben und den alten Fehlern entfliehen zu können, dem Gefühl, das Kuckucksei zu sein. Die Versteckte, die sich zurückgezogen hatte, wenn fröhliche Feste gefeiert wurden oder die Besucher die schönen Töchter der Lady von Hawkstone bewundert hatten.

Nur einen kurzen Augenblick in ihrem Leben hatte es eine magische Phase gegeben, in der sie sich willkommen, geliebt und geborgen fühlte: als Favre de Tréviers sie in seine Arme geschlossen hatte.

»Achte auf meine Gemahlin«, unterbrach der Herzog ihre melancholischen Gedanken. »Ich will nicht, dass ihr ein Leid geschieht. Bist du gewiss, dass du in der Normandie bleiben willst?«

»Ich habe versprochen, mein Bestes zu tun. Es wird bestimmt ein paar Monde dauern, bis ein möglicher Erfolg eintreten kann«, entgegnete Rozabel behutsam.

»Wie du meinst. Es ist genügend Staub aufgewirbelt worden durch Richards unsägliche Tat. Ich möchte nicht dazu beitragen, dass noch mehr Unglück über verdienstvolle Familien kommt. Wenn du dich entscheidest zurückzukehren, komm zu mir.«

Ihr Atem stockte. Deutlicher konnte ihr der Herzog kaum zu verstehen geben, dass er ahnte, mit wem er es tatsächlich zu tun hatte. Er wollte weder die Cambremers auf dieser Seite des Meeres gegen sich aufbringen, noch die auf der anderen. Ein Wort von ihr, und sie würde der Normandie den Rücken kehren können.

»Vielleicht ist es ja die Aufgabe der Frauen, Grenzen zu überwinden und Wunden zu heilen, Euer Gnaden.«

Sie wagte nicht mehr zu sagen, aber sie hielt dem prüfenden Blick des Herzogs stand.

»Möge unser Herr im Himmel dir dabei zur Seite stehen, Heilerin Rozabel«, akzeptierte er ihren Entschluss und verneigte sich vor ihr, wie es einer Dame von Rang zukam und nicht einer schlichten Sächsin.

Die Geste machte Rozabel halb verlegen, halb war sie geschmeichelt. Dennoch war sie froh, dass die Herzogin die Augen geschlossen hatte. Weniger, weil sie ihre Eifersucht fürchtete, als ihr weibliches Einfühlungsvermögen. Eine jede ihrer Schwestern hätte das geheime Einverständnis zwischen ihr und Herzog Robert bemerkt und Fragen gestellt. Margarete von Maine hingegen schlief im sicheren Bewusstsein, einer verwöhnten Fürstin, die ihren Willen bekommen hatte.

Hin- und hergerissen zwischen ihren eigenen wirren Gefühlen und den Wünschen der Herzogin, fiel es Rozabel schwer ihren gewohnten Gleichmut zu bewahren. Was hatte sie falsch gemacht? Wieso stand sie plötzlich zwischen allen Fronten?

Der Herzog teilte seinem Gastgeber höchst unverblümt mit, dass seine Gemahlin Gefallen an der sächsischen Heilerin gefunden hatte und sie in ihre Dienste nehmen wolle. Favre blieb nichts anderes übrig, als gute Miene zum bösen Spiel zu machen, hinter seiner höflichen Fassade schwelte jedoch der Zorn. Dass ihm Rozabel offensichtlich aus dem Weg ging, machte aus dem ersten Ärger heiße Wut. Er musste ihr förmlich vor Richards Gemach auflauern, um sie zur Rede stellen zu können.

»Was hast du dir dabei gedacht, dich bei der Herzogin einzuschmeicheln?«

Der ungerechte Vorwurf brachte auch Rozabel im Nu in Rage. Hielt er sie für sein Eigentum? Für eine Sklavin?

»Ich bin der hohen Dame in der Kapelle begegnet. Wollt Ihr mir verbieten zu beten?«

»Ich will dir verbieten, uns zu verlassen. Ist das so schwer zu verstehen?«

»Warum?«

Das Wort blieb nur ein Hauch, aber Favre hatte es verstanden.

Der Umstand, dass er ihr, bevor er antwortete, die Hände auf die Schultern legte und sie anlächelte, löste gegen ihren Willen seltsame Verwirrung in ihr aus. Sie erwiderte sein Lächeln töricht und spürte der Wärme nach, die seine Berührung in ihr aufsteigen ließ.

»Richard braucht dich!«

»Richard?«, wiederholte sie.

»Mein Bruder, du erinnerst dich?«

Sein übertriebener Sarkasmus brachte sie umgehend wieder auf den Boden der Tatsachen zurück. Um keinen Preis durfte er merken, dass sie für einen kurzen entrückten Augenblick geglaubt hatte, er würde sie doch lieben und nicht nur begehren, und sie deshalb nicht gehen lassen wollen.

»Ihr sorgt schon dafür, dass mir nichts entfällt, Seigneur«, sagte sie hart. »Aber Ihr überschätzt mich. Ich bin ein Nichts. In Euren Augen ebenso wie in denen des Herzogs. Wenn's Euch also etwas nicht passt, dann macht das mit ihm aus. Meine Meinung dazu will niemand hören.«

Dass sie ihn mit so viel angeborener Arroganz in die Schranken verwies, verschlug ihm fürs Erste die Sprache. Noch nie hatte es eine Frau gewagt, ihn so zurechtzuweisen. Schon gar nicht eine, die ihm in Stand und Herkunft so weit unterlegen war. Trotzdem konnte er die Augen nicht von ihr lassen. Mit der natürlichen Geschmeidigkeit einer Wildkatze tauchte sie unter seinen Armen heraus und eilte davon. Sie hinterließ ihm das Gefühl ein Trottel zu sein.

Er schickte ihr einen grimmigen Fluch nach.

SECHSTES KAPITEL

Die Burg von Rouen
25. Juli 1095

»Dies ist beileibe nicht die einzige Residenz unseres Herzogs. Seine Standarte weht über Festungen in Fécamp, Barfleur und Caen. Madame bevorzugt jedoch Rouen. Sie liebt die Stadt und man muss ihr Recht geben. Habt Ihr je so prächtige Kirchen, Häuser und Mauern gesehen? Gibt es denn überhaupt richtige Städte in Britannien?«

Judith von Meulan, eine Nichte des Grafen von Meulan, lächelte süßlich herablassend. In ihren Augen war die große Sächsin, der die Herzogin so zugetan war, dass sie ihre Hofdame gebeten hatte, ihr in den ersten Tagen in der Festung von Rouen beizustehen, eine Barbarin.

Rozabel ahnte, was sie dachte, aber sie ließ Judith reden. Heimlich fragte sie sich jedoch, ob es sich bei ihr um jene Judith handelte, die Richard so verletzt hatte. Alter und Aussehen ließen es vermuten. Die anmutige Edeldame stand im sechzehnten Lebensjahr und bot mit ihrer rosig-blonden Erscheinung und den fragenden, hellblauen Kinderaugen ein Bild, das einen Mann einfach entzücken musste. Zumindest einen jungen, ahnungslosen, der nicht genügend Menschenkenntnis besaß, um den Eigennutz und die Arroganz hinter der gespielten Hilflosigkeit zu entdecken.

»Der große Eroberer hatte nichts an unseren Städten auszusetzen«, beantwortete Rozabel die provozierende Frage betont ruhig, während ihre Gedanken andere Wege gingen.

»Vermutlich war es ihm auch gleichgültig, ob es dort

Händler gab, die orientalische Seiden verkaufen und Goldschmiede, die Filigranarbeit beherrschen«, lächelte Judith kühl. »Ihr könnt der Heiligen Jungfrau dafür danken, dass Euch unsere hohe Frau nach Rouen geholt hat, auch wenn Ihr nur eine einfache Heilerin seid.«

»Ich hoffe, dass Ihr mir das nachseht«, entgegnete Rozabel trocken und beschleunigte ihren Schritt. Sie hatte genug von der Burg gesehen und Judiths alberner Hochmut begann sie zu reizen.

Die zierliche Edeldame blinzelte irritiert und folgte ihr mit gerafften Röcken.

»Manchmal sagt Ihr komische Dinge, aber das liegt sicher daran, dass Ihr unsere Sprache erst mühsam lernen musstet«, plapperte sie weiter. »Unsere Herrin verschenkt ihre Gunst nur an ausgewählte Damen. Es ist eine Ehre ihr zu dienen. Man muss schon aus einer der ersten Familien der Normandie stammen oder in eine solche Familie einheiraten.«

»Wie sieht es denn mit Euren Hochzeitsplänen aus?«, fragte Rozabel. Wenn Richard erfuhr, dass Judith bereits vergeben war, müsste er die hochnäsige kleine Gans endlich vergessen und das war sicher das Beste für ihn.

»Etienne de Cambremer wirbt um mich«, erklärte sie stolz. »Die Cambremers sind mächtig und einflussreich.«

Judith setzte zu einer wortreichen Schilderung der weit verzweigten Familie an. Rozabel hörte mit Erstaunen, dass auch der Lord von Hawkstone und die Seinen darin vorkamen. Für den Adel der Normandie schien ihr Vater eine ebenso Respekt einflößende, wie Frucht erregende Gestalt zu sein. Der Patriarch einer Sippe von bewunderten Frauen und kriegserprobten Männern.

»Ist es nicht gefährlich, Mitglied eines Hauses zu werden, dessen Loyalität auf beiden Seiten des Meeres so unterschiedlichen Fürsten gilt?«, fragte sie halb provozierend, halb ernstlich interessiert.

»Niemand würde es wagen, an der Loyalität der normannischen Cambremers zu zweifeln«, entrüstete sich die Edeldame und wandte sich, die Hand bereits an der Tür des Nähzimmers zu ihr um. »Ihr wisst nicht, was Ihr da redet. Euresgleichen hat keine Ahnung vom Ehrenkodex einer edlen Familie.«

Herr im Himmel, bewahre mich vor der Dummheit dieser albernen Person!

Rozabel zwang sich zu einem nichts sagenden Lächeln. »Wollen wir nicht hineingehen? Die Näherinnen warten auf uns.«

Auf Anweisung der Herzogin war eine Reihe feinster Stoffe und gestickter Borten aus der wohl gefüllten Leinenkammer geholt worden, damit Rozabel angemessene Gewänder erhielt. Der schlichte Kittel der Magd, den sie trug und der in Malaunay angemessen gewesen war, bildete in Rouen ein Ärgernis. Margarete von Maine hatte es sich nicht nehmen lassen selbst die Farben auszuwählen und den Näherinnen genaue Anweisungen zu geben.

Weder Rozabel noch Judith hatten das Ergebnis dieser Bemühungen bisher zu Gesicht bekommen. Beide verstummten, als sie die Flut exquisiter Gewebe in leuchtenden Farben sahen, die zu höchst modischen Roben und Tuniken verarbeitet worden waren. Sorgfältig bestickte Untergewänder und Hemden, feine Strümpfe und eine Auswahl modischer Kopfbedeckungen gehörten ebenso dazu wie dünne Lederschuhe.

Es handelte sich unzweifelhaft um die reiche Ausstattung für eine Edeldame von Rang. Nicht einmal Rozabels eigene Kleider, die in Hawkstone geblieben waren, glichen diesem

Luxus. Die Frage lag nahe, ob der Herzog seiner Gemahlin einen diskreten Hinweis auf ihre wahre Herkunft gegeben hatte.

Judith hingegen fragte sich schlicht, ob ihre Herrin den Verstand verloren hatte.

»Das sind Roben, schöner als die meinen«, stammelte sie fassungslos und hob die Samtröcke eines hagebuttenfarbenen Kleides hoch, das mit goldbestickter Borte eingefasst worden war. »Die Unterkleider sind aus dem feinen Baumwollgewebe, das die Schiffe aus dem Morgenland mitbringen. Der kleinste Ballen davon kostet ein Vermögen.«

Rozabel, die neben ihrer Fähigkeit zum Heilen auch ein über ein ausgeprägtes Zahlengedächtnis verfügte und ihrer Mutter dabei zur Hand gegangen war, die Einnahmen und Ausgaben von Hawkstone zu verwalten, hätte es noch genauer sagen können. Die Jahreseinkünfte eines wohlhabenden Pachtdorfes lagen ausgebreitet auf Bänken und Tischen vor ihnen. Der Herzogin lag unverkennbar daran, ihre Heilerin zu Dank zu verpflichten.

»Ein großer Teil ist fertig gestellt«, verkündete in diesem Augenblick die oberste Kammerfrau von Madame Margarete, die die Arbeit der Mägde in der Nähstube beaufsichtigte. Sie war eine höchst voluminöse Dame, die sich mit Präsenz und scharfer Zunge durchzusetzen wusste.

Sogar Judith knickste flüchtig vor der beeindruckenden Edelfrau und behielt weitere Kommentare zu Rozabels Ausstattung für sich. Sie sorgte jedoch dafür, dass die anderen Hofdamen von der Gunst der Herzogin erfuhren. Als Rozabel am Abend, in einem der neuen Gewänder, ihrem Platz an der Tafel des Herzogs zustrebte, folgten ihr neidische Blicke und boshaftes Tuscheln.

Sie hatte sich für ein leuchtend blaues Gewand aus raschelndem Zindeltaft entschieden, das unter dem Busen mit einem Gürtel aus Silberkordel gegürtet wurde und von dort in reichen Falten zu Boden fiel. Es betonte elegant die Form ihrer kleinen Brüste und lenkte mit seinem rechteckigen, weiten Ausschnitt die Aufmerksamkeit auf den feinen Alabasterton ihrer Haut.

Die Kammermagd, die ihr zugeteilt worden war, hatte sich geweigert, ihr Haar wie gewohnt zu flechten und unter einer Haube zu verstecken. Sie hatte die erstaunlichen Mengen des dichten braunen Haars in einem Netz aus Silberfäden gebändigt und auch auf einen Schleier verzichtet, der Farbe und Glanz nur versteckt hätte.

Rozabel war die jähe Aufmerksamkeit, die ihr entgegen gebracht wurde, unangenehm, aber sie ließ es sich nicht anmerken. Sie trug das Kinn eine Spur höher als sonst und bot eine so fürstliche Erscheinung, dass sie die Augen eines jeden Mannes im Saal auf sich zog, gleichgültig ob er bereits eine Gemahlin hatte oder nicht. Dabei war sie weder lieblich, blond, noch so sanft, wie es die Mode haben wollte. Sie schlug auch keineswegs die Augen nieder und lächelte geheimnisvoll. Sie blieb ernst und in sich gekehrt, aber als sie ihren Platz einnahm, ging etwas wie ein Aufatmen durch die hohe Halle, ehe die Gespräche wieder begannen und das Getuschel noch intensiver wurde.

Rozabel spürte die Feindseligkeit der Damen ebenso wie das Interesse der Edelmänner. Ihre ausgeprägten Sinne sagten ihr, dass sie einen Fehler gemacht hatte, als sie der Herzogin gefolgt war. Allein, wie hätte sie ihn vermeiden können? Wäre es nicht noch schlimmer gewesen, in Malaunay zu bleiben? In Rouen musste sie wenigstens nicht täglich Favre begegnen.

Der bloße Gedanke an ihn, rief Rozabel sein Bild mit solcher Klarheit vor Augen, dass sie kaum noch schmeckte, was sie aß oder trank. Auf der Suche nach Ablenkung sah sie zum Kopfende der großen Tafel, wo das Herzogpaar thronte. Margarete von Maine funkelte im Licht der Fackeln und Kerzen vor Juwelen und Gold. Sie stocherte ohne großen Appetit mit ihrem Essmesser in dem gesottenen Täubchen herum, das vor ihr stand. Ihr Gemahl unterhielt sich mit dem Bischof von Rouen, der auf seiner anderen Seite saß und so eifrig auf ihn einredete, dass der Herzog kaum zu Wort kam.

»Ich möchte wetten, dass es wieder um die Eroberung von Jerusalem geht«, hörte Rozabel einen brummigen Ritter sagen, der zwei Plätze weiter neben der Kammerfrau der Herzogin saß und mit ihr das Essbrett teilte. »Man könnte meinen, wir haben keine anderen Probleme, als den Heiden im Morgenland die Hölle heiß zu machen. Dabei liegen Rufus' Schiffe vor der Küste. Es wäre besser, der Herzog würde sich um die Verteidigung seines eigenen Landes kümmern.«

»Es ist sicher nicht im Sinne des verstorbenen Königs, dass sich die beiden Brüder ständig in den Haaren liegen«, antwortete die Dame bedrückt. »Wenn doch nur Königin Mathilda noch leben würde. Sie würde die beiden Hitzköpfe zum Frieden zwingen.«

»Sie sind Rivalen vom Tag ihrer Geburt an. Der Königin ist es weder in der Kinderkammer noch danach gelungen, sie zur Vernunft zu bringen. Das wird schon das Leben tun müssen.«

»Was wollt Ihr damit sagen?«

Rozabel neigte sich unwillkürlich in Richtung des Gesprächs, um kein Wort der folgenden Erklärung zu verpassen. »Wilhelm war ein Herrscher, der Männer einschätzen konnte, auch seine Söhne. Frieden zwischen ihnen kann es nur geben, wenn sich einer von beiden einwandfrei als der Stärkere erweist.«

»Und wer wird das sein? Robert oder Rufus?«

Rozabel begegnete dem Blick des Ritters, der aufsah und ihr Interesse bemerkte. Offensichtlich wusste er, wer sie war, denn er runzelte die Stirn und sagte unfreundlich: »In Hörweite von sächsischen Spionen werde ich den Teufel tun und solche Fragen beantworten.«

Eine sächsische Spionin! Wahrhaftig, die Liste ihrer Titel an diesem Hofe wurde immer länger. Es war eine bittere Lektion für ihren Stolz, zu erfahren, wie wenig von ihrer Person und wie viel von ihrem Namen abhing, den sie ererbt und nicht verdient hatte. Dieser alte Kämpe dort schien kein unguter Mann zu sein und doch urteilte er wie alle anderen.

Eine Spionin? Allein der Gedanke war lächerlich. Was gab es schon von diesem Hof zu berichten? Dass er in Luxus und Verschwendung lebte? Dass sich seine Mitglieder über die vermeintlichen Barbaren auf der anderen Seite des Meeres lustig machten?

Rufus wusste all dies und es würde ihn nicht einmal kümmern, hätte sein Bruder nicht seit Jahren immer wieder versucht, sich die Krone anzueignen, die sein Vater ihm zugedacht hatte. Der Mann, der sich einfühlsam um seine Gemahlin bemühte und auf jeden noch so kleinen ihrer Wünsche einging, war ein völlig anderer als jener, der seinem Bruder mit Waffengewalt die Königswürde neidete.

Sie unterdrückte einen Seufzer und ließ die Blicke durch die große Halle schweifen. Sie kam sich fremd und fehl am Platze vor. Gleichzeitig gestand sie sich jedoch ein, dass sie keine Sehnsucht danach hatte, nach Hause zu gehen und ihr altes Dasein wieder aufzunehmen. Sie hätte gerne mit Lady Liliana über all die Fragen gesprochen, die sie bewegten und sich von ihrem Vater in den Arm nehmen lassen, aber das waren die törichten Träume eines Kindes. Sie war dreiundzwanzig Jahre. Sie war kein Kind mehr, höchstens eine alte Jungfer.

Ein Seigneur mit silbernen Haaren, von gedrungener Gestalt, aber unbestreitbar gebieterischem Benehmen, nahm, nachdem er eine Zeit unter dem bogenförmigen Eingang zur großen Halle verweilt hatte, zielgerichtet seinen Weg auf sie zu. Sie hätte ihn vielleicht gar nicht bemerkt, wäre nicht ein Ruck durch Judith gegangen, die an ihrer Seite saß und sich bislang bemüht hatte, ihr dennoch den Rücken zuzudrehen. Aus den Augenwinkeln bemerkte Rozabel aufsteigende Röte auf ihren Wangen. Ihr winziger Mund verzog sich zu einem dünnen Lächeln.

»Wer ist das?«, erkundigte sie sich neugierig.

»Mein künftiger Schwiegervater.« Judith konnte der Versuchung nicht widerstehen, dem Manne einen Titel zu geben, der ihm noch längst nicht zukam. »Der alte Graf von Cambremer.«

Mit einem Schlag begriff Rozabel, weshalb der Fremde ihre Aufmerksamkeit erregt hatte. Er war kleiner als der Lord von Hawkstone, gedrungen und gebeugt, nicht so athletisch wie der ehemalige Ritter des Eroberers, der sich auch im Alter seine imponierende Statur bewahrt hatte. Doch auch er besaß jene Ausstrahlung von Autorität und Noblesse, die ihrem Vater Respekt sicherte, wohin er auch kam.

Himmel, er musste einer ihrer Onkel sein! Seit Rufus mit Robert im Krieg lag und ihre Großmutter, Dame Elisabetta de Cambremer, nicht mehr lebte, war die Verbindung lockerer geworden. Es gab keine Besuche mehr und nur wenige Botschaften fanden den Weg über das Meer. Der Lord hatte den Umstand bedauert, aber akzeptiert. Er respektierte, dass seine Brüder dem Herzog der Normandie die Treue hielten.

»Seigneur.«

Judith schoss von der Bank hoch und versank in eine tiefe Verneigung.

Rozabel kam es vor, als müsse der Graf in seiner Erinnerung suchen, um die Demoiselle von Meulan einordnen zu können. Sie unterdrückte ein Lächeln, konnte aber nicht verhindern, dass es in ihren Augen glitzerte.

»Und wer seid Ihr?«, wandte er sich direkt an sie.

»Die sächsische Heilerin der Herzogin«, mischte sich Judith ungefragt ein. »Madame Margarete sucht immer verzweifelter nach einem Mittel, ihre Kinderlosigkeit zu besiegen. Man hat ihr Wunderdinge über die Fähigkeiten der sächsischen Kräuterhexen erzählt und nun haben wir plötzlich eine davon in unserer Mitte.«

»Versteht sie unsere Sprache nicht?«, unterbrach der Graf ihre boshafte Erklärung.

»Sie versteht sie, Seigneur«, entgegnete Rozabel stolz.

Im Gegensatz zu Judith blieb sie sitzen. Sie mochte die unscheinbarste und jüngste der Rosentöchter sein, aber sie war ebenso stolz wie ihre Schwestern.

Die vermeintliche Anmaßung der Sächsin ließ Judith erblassen, aber die Miene des Grafen von Cambremer verzog sich zur Andeutung eines Lächelns.

»Das Herz eines Kriegers im Körper einer heidnischen Jagdgöttin. Verzeiht einem alten Mann, dass er von Eurer Erscheinung geblendet, die simpelsten Regeln der Höflichkeit vergisst, schöne Sächsin. Ich bin Fulco de Cambremer. Erlaubt Ihr mir, an Eurer Seite zu speisen?«

»Ihr übertreibt«, erwiderte Rozabel ruhig. »Aber wenn Ihr keine bessere Gesellschaft als die meine findet, dann würde ich mich freuen, das Mahl mit Euch zu teilen.«

Ehe der Graf Platz nahm, erhaschte sie einen Blick auf Judiths entsetzte Miene. Ihre verkniffenen Lippen verwandelten das bleiche Puppengesicht in eine verzerrte Maske. Die Tatsache, dass nach der Herzogin nun auch der Graf von Cambremer die Gesellschaft der Sächsin der ihren vorzog, machte ihr sichtlich zu schaffen.

Ein Page, gefolgt von einem Speisendiener, erneuerte augenblicklich Rozabels Essbrett, damit sie die frischen Speisen, wie es Sitte war, mit dem Grafen teilen konnte. Er griff indes lediglich nach dem Weinbecher und nahm einen durstigen Zug, ehe er sich ihr zuwandte.

»Erzählt mir, woher Ihr kommt, Demoiselle«, nahm er ohne Umschweife das Gespräch wieder auf. »Welchen Taufnamen haben Euch Eure Eltern gegeben?«

Rozabel entzog sich mit Mühe der befehlsgewohnten Autorität seiner Stimme. In unmittelbarer Nähe war seine subtile Ähnlichkeit mit ihrem Vater Gift für ihr Selbstbewusstsein. Sie wurde wieder zum kleinen Mädchen, das am liebsten in den vertrauten Armen Schutz gesucht hätte.

»Man nennt mich Rozabel, Seigneur.

»Rozabel ... aha ...«

Sie errötete. Auch ihr Vater konnte mit wenigen Silben dafür sorgen, dass man sich töricht vorkam. Wenn Graf Fulco seinem Bruder nicht nur optisch ähnlich war, dann kannte er die Namen seiner Nichten. Dann fragte er sich mit Recht, welche Rolle sie am Hofe des Herzogs spielte. Sie schuldete ihm die Wahrheit, aber sie brachte sie in die knappste Form.

»Man hat mich gebeten einen Verwundeten zu versorgen, der schnellstens nach Hause gebracht werden musste. Unter seinem Dach machte ich die Bekanntschaft der Herzogin, die mich mit nach Rouen nahm.«

»Der junge Tréviers, natürlich.« Fulco de Cambremer runzelte die Stirn. »Seid Ihr etwa auch in dieses unsinnige Attentat verwickelt, das er begangen hat? Wie konntet Ihr nur so töricht sein? Wieso haben Eure Eltern zugelassen, dass Ihr auf solche Weise ...«

»Ich habe nichts damit zu tun«, schnitt ihm Rozabel energisch das Wort ab.

Ihre Blicke trafen sich. Das vertraute Grün der väterlichen Augen war bei Fulco grauer, aber sie besaßen dieselbe Eindringlichkeit. Nach kurzer Prüfung nickte er.

»Ihr seid nicht dumm. Es hätte mich auch gewundert, wenn eine ihrer Töchter dumm wäre.«

Er wusste, wen er vor sich hatte. Deutlicher konnte er es nicht mehr sagen, ohne sie direkt darauf anzusprechen.

»Es war Zufall, dass sie ausgerechnet mich um Hilfe baten«, sagte Rozabel leise, ohne die speziellen Überredungskünste von Favres Messer zu erwähnen. »Aber vielleicht hatte auch das Schicksal seine Hand im Spiel.«

Cambremer betrachtete sie unter buschigen, grauen Augenbrauen heraus. »Ein gefährliches Spiel, Rozabel. Seid Ihr sicher, dass Ihr wisst, was Ihr tut?«

»Es ist nicht mein Ziel, mich in die Pläne der Mächtigen zu mischen. Auch ich wünsche mir den Frieden, aber ich wüsste nicht, was ich tun sollte, um ihn zu bewirken.«

»Das bezweifle ich, Kind.« Eine mächtige Pranke, die die Schwielen vieler Kämpfe trug, legte sich auf ihre Finger. »Die Cambremers haben nie den Fehler begangen, die Frauen zu unterschätzen.«

Rozabel zog ihre Hand nicht fort. Sie spürte in der Berührung die Zuneigung des alten Mannes, seine Müdigkeit, den Anflug von Gicht, der seine Glieder beschwerte. Sie lächelte ihn an. »Ich kann Euch eine Paste bereiten, die die Schmerzen in Eurem Bein lindert. Schickt mir morgen Nachmittag einen Pagen, dann werde ich sie für Euch fertig haben.«

»Der Himmel hat Euch nicht nur mit Schönheit, sondern

auch mit Güte gesegnet, Rozabel.« Der Graf erlaubte sich einen Seufzer. »Ich bin zu müde für den Hof und die Ränke der Politik. Aber ich würde doch gerne auf meine alten Tage noch einmal meinen Bruder in die Arme schließen.«

»Ich bete, dass es Euch gegönnt sein möge«, erwiderte sie leise. »Aber Eure Augen müssen schon ein wenig trüb sein, wenn Ihr mir Schönheit zusprecht. Es ist nur das Gewand, das Euch täuscht.«

Sein polterndes Lachen war mehr, als Judith von Meulan ertragen konnte. Sie legte schmeichelnd die Hand auf den Arm des Grafen und heischte mit betonter Kleinmädchenstimme um seine Aufmerksamkeit. »Ich hatte gehofft, Euren ältesten Sohn bei Hofe zu sehen, Seigneur? Ist er nicht mit nach Rouen gekommen?«

Rozabel verschloss die Ohren vor dem nichts sagenden Geplauder und der darauf folgenden Antwort. Sie versuchte das Gespräch mit ihrem Onkel einzuordnen, während sie zerstreut dabei zusah, wie eine Gruppe von Akrobaten vor dem Herzogpaar mit Flitterbällen und bunten Keulen jonglierte.

Dass er tatsächlich dachte, sie könne Einfluss auf die Geschehnisse haben, erschreckte und faszinierte sie zugleich. Konnte dies nicht auch ein Weg sein, Favres Achtung und Liebe zu gewinnen?

SIEBTES KAPITEL

Burg Malaunay
26. Juli 1095

Favre de Tréviers umklammerte das Steingeländer des Söllers und starrte auf den Horizont, bis die Linien von Himmel und Land ineinander übergingen. Dort, nur eine schnelle Tagesreise entfernt lag Rouen. In den vergangenen Jahren hatte er die Stadt gemieden, obwohl die Tréviers am Seineufer ein großes Anwesen besaßen. Jetzt fielen ihm täglich mehr Gründe dafür ein, warum er dort unbedingt nach dem Rechten sehen sollte. Gründe, die alle einen einzigen Namen trugen: Rozabel. Sie hatte Malaunay verlassen und seinen Seelenfrieden mit sich genommen.

Dies zugeben zu müssen war der wahre Grund für seinen stummen Zorn. Mit welcher Zauberkunst hatte sie sich in seinen Gedanken eingenistet? Seit wann lag ihm daran, dass eine bestimmte Frau seine Tage begleitete? Eine war doch wie die andere.

Er wandte sich mit einem Fluch ab und ging in Richards Gemach zurück. Unter dem eindringlichen Blick seines Bruders fiel es ihm schwerer als sonst, Gelassenheit zu bewahren.

»Was setzt dir zu?« Richard legte den Finger ahnungslos mitten in die Wunde. »Seit Tagen ziehst du ein Gesicht, als hätte ein Unwetter die Ernte vernichtet.«

»Das fragst du im Ernst?« Gereizt betrachtete er den Verwundeten, der, wie es Rozabel versprochen hatte, mit der Kraft seiner Jugend genas. In Kürze würden ihn nur noch Narben an sein Abenteuer erinnern. »Wer hat denn versucht den Helden zu spielen und dabei meine sorgsam gewahrte Neutralität zerstört? Was denkst du, was geschehen wird, wenn Rufus die Entscheidung sucht und in die Normandie kommt? Er ist der Sohn seines Vaters, er versteht etwas von Rache. Ganz Malaunay wird für dich zur Rechenschaft gezogen werden.«

Richard sank tiefer in seine Decken. Bisher hatten sie es beide vermieden, über seine fatale Fehleinschätzung der Ereignisse zu sprechen. Mit bester Absicht und in jugendlichem Ungestüm hatte er sich den einen königlichen Bruder zum Feind gemacht und den anderen nachhaltig verärgert.

Favre ahnte, dass er sich Vorwürfe machte. Beim Gedanken daran, dass andere für ihn zur Rechenschaft gezogen werden sollten, überflutete Richard vermutlich kaltes Entsetzen. Armer Kleiner. Alles in Favre drängte danach, den Bruder zu trösten und zu beschützen, aber möglicherweise war genau dies sein Fehler. Vielleicht hätte sich Richard nie in ein selbst ausgelöstes Drama verstrickt, wenn er früher von ihm gelernt hätte, die Folgen seiner Taten in allen Konsequenzen zu bedenken. Der kleine Bruder war zu sehr daran gewöhnt, dass ihm Favre die Steine aus dem Weg räumte. Ein Vorwurf, den er sich wohl machen musste.

»In dem Fall muss ich Malaunay verlassen«, unterbrach Richard die Gedanken seines Bruders abrupt. »Ich kann nicht in der Burg bleiben, es ist zu gefährlich. Ich darf nicht. Ich muss zu ... zum Herzog ...?«

Der Einfall traf sich hervorragend mit Favres eigenen Plänen. »In einem hast du Recht. Wir sollten nach Rouen gehen«, stimmte er knapp zu. »Meinst du, dass du schon reiten kannst oder müssen wir ein Fuhrwerk ...«

»Nie wieder!« Richard hatte eine verschwommene, aber höchst unangenehme Erinnerung an Fuhrwerke. »Wenn wir langsam reiten und wir einen lammfrommen Gaul mit ruhigem Gang in unseren Ställen finden ...«

»Ein Damenpferd.«

Trotz der ernsten Lage grinste Favre. Sich seinen hitzköpfigen Bruder auf einem Zelter vorzustellen, ging nicht ohne ein Grinsen. Richard erwiderte dieses Grinsen mit einer Grimasse. Er hatte erkennbar an Feuer eingebüßt und an Nachdenklichkeit gewonnen.

»Meinetwegen auch ein Damenpferd«, sagte er zähneknirschend. »Es ist passend, findest du nicht auch? Besonders wenn man bedenkt, dass deine Bereitwilligkeit mit mir nach Rouen zu gehen, etwas mit einer Dame zu tun haben könnte.«

Die Rache fand ihr Ziel. Jetzt verzog Favre den Mund, als habe er in einem Stück Brot auf den Abrieb des Mühlsteins gebissen. Es gefiel ihm nicht, so durchschaut zu werden und der Ärger färbte auch seine Antwort. »Wenn du auf die Sächsin anspielen solltest, eine Reihe von Titeln verdient sie, aber Dame ist nicht darunter.«

»Du bist nur wütend, weil sie den Hof des Herzogs deinen Aufmerksamkeiten vorgezogen hat.«

»Aufmerksamkeiten? Ist es möglich, dass wir bei dir eine Kopfwunde übersehen haben? Du redest irre!«

»Aber ich bin nicht blind. Denkst du, ich habe nicht bemerkt, dass sie dir gefällt? Du konntest die Augen nicht von ihr nehmen, wenn du im selben Raum mit ihr warst und du hättest sie auf dem Söller dort draußen im Stehen genommen, wenn sie dir auch nur den kleinen Finger gereicht hätte.«

»Das reicht!«

Favre spürte die Hitze auf seiner Stirn und dummerweise auch die Hitze in seinem Körper. Richards leichtfertige Vorstellung von Rozabel in einer so erotischen Stellung, war mehr als er ertragen konnte.

»Wenn mir je danach sein sollte, Weibergeschichten mit dir zu bereden, werde ich es dir rechtzeitig mitteilen. Im Augenblick haben wir wahrhaftig Wichtigeres zu tun. Ich werde alles für die Verlagerung unseres Haushaltes nach Rouen in die Wege leiten.«

Er warf die Tür des Söllergemachs unnötig heftig hinter sich zu und vernahm, dass ihm Richards leises Gelächter folgte. Es war das erste Mal, dass er ihn wieder lachen hörte. Wenngleich ihm das gefiel, so war er doch ungern der Anlass dafür.

Glaubte der Kleine wirklich, dass er ihn zum Vorwand nahm, um sich in Rouen auf Rozabels Spuren zu heften?

Warum lügst du? Richard hat Recht, genau das willst du. Rozabel geht dir nicht mehr aus dem Sinn. Dieser Kuss, diese seidenweiche Haut. Du musst dein Verlangen nach ihr stillen.

Nicht einmal den eigenen Gedanken konnte er entfliehen. Favre unterdrückte einen Fluch. Wenn die Dinge wirklich so lagen, gab es nur einen vernünftigen Ausweg. Er musste Rozabel sehen und sie besitzen. Danach würde er sie aus seinen Gedanken vertreiben können. Dieses Rezept hatte ihn bisher davor bewahrt, sich wegen einer Frau zum Narren zu machen und es würde auch dieses Mal helfen.

Irgendwann würde er sich zwar eine Gemahlin nehmen und Malaunay einen Erben verschaffen müssen, aber solange sich nicht einmal die Söhne des Eroberers über die Zukunft ihrer Länder einig waren, würde er diesen Erben in der Geborgenheit der Zukunft warten lassen. Es war keine gute Zeit eine Familie zu gründen.

Bis sie wenige Tage später Rouen erreichten, war es ihm wieder gelungen, zumindest nach außen, den Anschein von Gelassenheit zu zeigen. Er sandte die Nachricht von ihrer Ankunft in die Burg und wartete auf die Aufforderung, dem

Herzog seine Reverenz zu erweisen. Sie kam bereits am nächsten Morgen und er machte sich unverzüglich auf den Weg, nachdem er sich davon überzeugt hatte, dass Richard die Reise blass, aber unversehrt überstanden hatte.

Er verzichtete darauf, ein Pferd aufzäumen zu lassen und legte den kurzen Weg zum Turm zu Fuß zurück. Die Bürger von Rouen nannten die große Festung immer noch den Turm, obwohl die Anlage, die sich um dieses erste Herzstück der Befestigungen zog, inzwischen das Ausmaß einer königlichen Residenz erreicht hatte. Zusammen mit der Münzwerkstatt und der großen Kathedrale zeugte sie von der Macht der Herzöge der Normandie.

Die Wachen am Tor machten sich nicht die Mühe, den Menschenstrom zu kontrollieren, der in den Burghof drängte. Sie kanalisierten nur die Richtungen. Händler, Bauern und Lieferanten zu den Küchen, Ställen und zum Gesindequartier, Bewaffnete zum Kasernengebäude. Allein Edelleute hatten das Recht den inneren Burghof und die offiziellen Räume der Burg ohne besonderen Auftrag zu betreten. Favre steuerte sie, tief in seine Gedanken versunken, an und beantwortete die Grüße, die ihm von allen Seiten zuflogen, nur flüchtig. Er bemerkte auch die Edeldame zu spät, die im selben Augenblick aus den Gemächern des Herzogs eilte, als er sie betreten wollte. Sie reagierte zu spät, so dass er die Arme ausbreiten und den Wirbel aus Schleier- und Seidenstoffen festhalten musste, damit sie nicht beide auf die im Schachbrettmuster verlegten Quadrate aus schwarzem und weißem Stein stürzten, die den breiten Gang schmückten.

Seine Hände erkannten Rozabels vertraut geschmeidige Gestalt. Er benötigte ein paar Herzschläge mehr, bis er in der eleganten Hofdame seine sächsische Heilerin entdeckte. Fassungslos starrte er auf das honigfarbene Gewand und die üppige Pracht des nussbraunen Haares, das zu einer Krone aus schweren Flechten gelegt, wie seidiger Pelz glänzte. Nur die Augen waren gleich geblieben. Ein weiches, schillerndes Grau, das sie schnell hinter gesenkten Lidern versteckte.

»Donnerwetter, Ihr habt Euch aber herausgeputzt, kleine Sächsin«, platzte er in seiner ersten Überraschung unüberlegt heraus.

Rozabel fand keine Worte. Ein zitternder Atemzug hob ihre Brust und lenkte seine Aufmerksamkeit auf den raffinierten Ausschnitt des Gewandes. Ihre Haut glühte rosig, von der verführerischen Wölbung bis in die Stirn hinauf. Ihre halb geöffneten Lippen glänzten feucht. Alles in Favre schrie danach, diesen Mund zu küssen, dieses Übermaß an verlockender Haut und überraschender Fülle zu erkunden. Aber ehe er tatsächlich den Kopf verlor, riss sie sich los und eilte mit gerafften Röcken den Gang entlang davon. Er hatte vergessen, wie viel Kraft sie besaß, wie viel Stolz.

Ein unterdrücktes Lachen ließ ihn herumfahren. Ausgerechnet Fulco de Cambremer hatte den Zwischenfall beobachtet. Er stürtzte sich auf einen Stock mit silbernem Knauf und nickte ihm schmunzelnd zu.

»Dieses Kind zu fangen, bedarf es eines raffinierteren Jägers, Tréviers.«

Ein Cambremer! Favre musste sich gewaltsam daran erinnern, dass es einen normannischen Zweig der Familie gab, der nichts mit seinem geplanten Rachefeldzug gegen die englische Sippe zu schaffen hatte.

»Graf«, nickte er knapp.

»Man hat Euch lange nicht mehr bei Hofe gesehen«, erwiderte der alte Mann bedächtig. »Ich hielt das immer für eine kluge Entscheidung.«

»Es gibt Umstände, die Entscheidungen beeinflussen und Meinungen verändern.«

»Lasst Euch nicht von den Torheiten Eures Bruders in Schwierigkeiten bringen, Tréviers. Die Normandie braucht Männer wie Euch. Es hat wenig Sinn, wenn Ihr für die Dummheiten des Jungen büßen wollt.«

»Woher wollt Ihr wissen, dass ich das beabsichtige?«

Fulco de Cambremer lächelte noch einmal, aber jetzt eher freudlos. »Das Alter bringt nur wenige Vorteile, mein Freund. Die Menschenkenntnis ist einer davon. Denkt an meine Worte, wenn der Herzog Eure Dienste fordert. Gott schütze Euch, Favre de Tréviers.«

Er wandte sich ab und setzte seinen Weg fort. Favre runzelte die Stirn. Ausgerechnet auf den Rat eines Cambremer zu hören wollte ihm nicht gefallen. Zudem hatte sein Auftauchen Rozabel Gelegenheit zur Flucht verschafft. So wütend er auch den Gang entlang starrte, er sah nicht mehr als die beiden Männer, die mit gekreuzten Hellebarden die Türen des Herzogs bewachten.

*

Die Kathedrale der Heiligen Mutter war ein wuchtiges Bauwerk, dessen Gewölbe auf massigen Säulen ruhten und dessen Rundbogenfenster so tief ins Mauerwerk gegraben waren, dass kaum Tageslicht in das Innere der Kirche fiel. Flackernde Kerzen und Öllampen erhellten das Kirchenschiff lediglich in der Nähe des Altars. Rozabel war dankbar für das Halbdunkel, es ermöglichte ihr, ungestört ihren Gedanken nachzuhängen. Sie gehörte zu der kleinen Gruppe von Ehrendamen, die Madame Margarete zum Rosenkranz begleitete. Die Herzogin legte Wert darauf, dass sich ihre neue Gefährtin stets in Rufweite befand. Rozabel hatte nichts dagegen einzuwenden.

Die Hitze brütete über der Stadt und alle warteten seit Tagen vergeblich auf ein erlösendes Gewitter. In der Kirche war die Luft vom Weihrauch geschwängert und angenehm kühl. Das fromme Gemurmel der Damen und das leise Klicken der Rosenkränze mischte sich mit dem Rascheln von Gewändern, dem Knistern der duftenden Wachskerzen und dem leisen Stöhnen jener, denen das fromme Knien auf den Steinplatten mittlerweile zu viel wurde. Neben den Kräutertränken und Ratschlägen ihrer neuen Heilerin setzte die Herzogin jedoch ebenso viel Hoffnung in die konzentrierte Macht ihrer gemeinsamen Frömmigkeit. Noch war kein Ende der Gebete abzusehen.

Hinter Rozabels geneigter Stirn eilten ihre aufgestörten Gedanken über weniger fromme Pfade. Das unverhoffte Zusammentreffen mit Favre am Vortag hatte ihr mühsam errungenes Gleichgewicht mit einem Schlage wieder zerstört.

Wie oft hatte sie sich im Stillen gefragt, was er wohl sagen würde, wenn er sie in der Pracht dieser neuen, leuchtenden Gewänder zu Gesicht bekam. Sie, die nie gewagt hatte Farben zu tragen fand plötzlich Gefallen an sich selbst. Aber dieses lässige »Donnerwetter« und das »herausgeputzt« hatte wieder an seinen Hochmut erinnert und an seine Begierde, mit der er sie beim ersten Kuss sogleich überfallen hatte.

Und doch wurde ausgerechnet sie, der man in Hawkstone die Fähigkeit nachsagte, sich mit einem einzigen Wort Respekt verschaffen zu können, beim Anblick dieses Ritters zum stummen, stotternden Mondkalb. Was konnte sie tun, um das zu ändern?

Ein spitzer Rippenstoß Judiths von Meulan wies sie darauf hin, dass die Herzogin sich erhoben und ihre Gebete beendet hatte. Eilig tat sie es ihr nach und verlor dabei ihren Rosenkranz, so dass sie sich noch einmal bücken musste. Über ihrem Kopf warfen sich Judith und eine Freundin bedeutungsvolle Blicke zu.

»Was erwartet Ihr von einem zu groß geratenen Trampel aus einem sächsischen Schweinekoben«, hörte sie Judith flüstern. »Vermutlich ist sie nicht einmal getauft und murmelt beim Rosenkranz heidnische Sprüche.«

Eine solche Bosheit hätte Rozabel nicht treffen dürfen, doch sie zuckte dennoch zusammen. Sie hatte keine Übung darin, solche Verachtung an sich abprallen zu lassen.

Gleichzeitig erwachte ihr Stolz und sie richtete sich so hoch auf, dass sie über Judiths glitzernden Kopfputz hinwegsehen konnte. Sie sah, dass Margarete von Maine schwankte und ihre blasse Hand zur Stirn flog. Im Nu war sie an ihrer Seite und stützte sie.

»Danke, Rozabel. Mir ist nur ein wenig schwindelig, gleich wird es mir wieder besser gehen.«

»Ihr habt schon wieder gefastet«, flüsterte Rozabel vorwurfsvoll.

Die junge Fürstin war auf dem besten Wege, sich für ihren Kinderwunsch zugrunde zu richten. Es gab keinen Aberglauben, den sie nicht bereits befolgt, kein Hausmittel, das sie nicht genommen und keine Wallfahrt, die sie nicht bereits gemacht hatte. Leider gab es auch keine Heilige, zu deren Ehren sie nicht gefastet hätte, damit sie ihr beistand. In solchen Fällen mussten sogar Rozabels gute Ratschläge zurückstehen.

Mehr und mehr kam sie zu der Überzeugung, dass es kein Wunder war, dass sie noch nicht empfangen hatte, obwohl der Herzog mit schöner Regelmäßigkeit ihre Gemächer aufsuchte und niemand an seiner Zuneigung zweifelte.

»Tadelt mich nicht«, lächelte die Herzogin. »Vielleicht nimmt ein hungriger Leib besser auf, als ein satter.«

Die närrische Vermutung ließ Rozabel einmal mehr verstummen. Die ausschließliche Konzentration der Herzogin auf ihr Ziel brachte, mit gesundem Menschenverstand betrachtet, mehr Schaden als Nutzen. Eben erst hatte sie die hohe Frau davon überzeugen wollen, dass regelmäßige eiskalte Bäder ihre Gesundheit schädigten und nicht ihre Fruchtbarkeit förderten und dass die zahllosen dubiosen Fruchtbarkeitsmittel und Tränke, die geschäftstüchtige Apotheker ihr immer wieder für ein kleines Vermögen verkauften, nutzlos waren.

»Lasst Eurem Frauenleben den natürlichen Verlauf und versucht es nicht gewaltsam zu beeinflussen«, hatte sie mehr als einmal geraten, aber bisher hatte sie nur wenig Gehör gefunden.

Margarete von Maine war der Annahme, dass ein so schwerwiegendes Problem, wie ihre anhaltende Kinderlosigkeit rastlose Maßnahmen erforderte. Nichts zu tun empörte sie geradezu. Sie glaubte, der Himmel müsse sie früher oder später dafür belohnen, dass sie so viele Opfer brachte und sich rücksichtslos kasteite. Rozabels Mahnung zu Mäßigung und Ruhe stand in krassem Gegensatz zu ihrem naiven, aber hartnäckigen Glauben.

Auch jetzt überwand die Herzogin ihre Schwäche mit purer Willenskraft, sammelte ihre Damen um sich und verließ das Gotteshaus. Hinter dem Domportal brannte die Sonne auf die runden Steine des Vorplatzes und verwandelte Rouen in einen Backofen. Rozabel konnte die Hitze durch die dünnen Sohlen ihrer feinen Ziegenlederschuhe fühlen und im Nu sammelte sich der Schweiß im Nacken unter ihren Haaren.

Die Herzogin und die Vornehmeren ihrer Damen ließen

sich auf den Polstern ihrer auf sie wartenden Tragstühle nieder. Schwere bestickte Stoffe oder gepunzte Ledervorhänge schützten dabei die Edelfrauen vor neugierigen Blicken und vor jedem Sonnenstrahl. Es galt die blasse Haut, die das Kennzeichen einer wahren Dame war, um jeden Preis zu bewahren. Judith von Meulan warf Rozabel einen höhnischen Blick zu, ehe sie ihren Trägern den herrischen Befehl gab, sich in Bewegung zu setzen. Herablassend auf die Sächsin zu blicken, der die Sonne auf den feinen Nasenrücken brannte, während sie neben der Sänfte der Herzogin in der prallen Sonne schritt, befriedigte sie ungemein.

Sie ahnte nicht, dass Rozabel lieber schwitzte, als sich hinter erstickenden Vorhängen verstecken zu müssen. Obwohl der Weg zur Burg auf dem hohen Platz von Rouen kaum der Rede wert war, würde die Herzogin beim Aussteigen sicher unter Migräne leiden. Ihre sächsische Heilerin warf einen sehnsüchtigen Blick in eine Gasse, die zum Fluss hinunter führte. Träge und stahlblau wälzte sich die Seine in Richtung Meer.

Sie erinnerte Rozabel an den heimatlichen Cuckmere, an die Flussbucht mit dem feinen weißen Sand, die für die Kinder von Hawkstone bestimmt auch heute ein wahres Sommerparadies sein würde. Alle hatten sie dort schwimmen gelernt und an Tagen wie diesem das Wasser kaum verlassen. Damals waren die Töchter des Rosenturmes braun gebrannte Kobolde gewesen, die sich in nichts von den Töchtern der Dörfler unterschieden hatten. Jetzt waren drei von ihnen verheiratete Edeldamen und die vierte hatte sich in ein Abenteuer verstrickt, von dem sie nicht wusste, wie es enden würde.

»Du hast eine gefährliche Neigung zu Tagträumen, kleine Sächsin.«

Sie fuhr herum und blickte in die Augen Favres, die an diesem Tage exakt die Farbe des Sommerhimmels über Rouen hatten. Der zweite Blick belehrte sie darüber, dass sie längst schon im Burghof war und dass sich der Zug der Herzogin eben auflöste.

»Seid gegrüßt, Seigneur«, erwiderte sie spröde.

»Warum gehst du in der Sonne, wie eine Magd?«

»Bin ich denn etwas anderes als eine Magd?«

»Lass die Haarspaltereien«, fuhr er sie wütend an.

Er war zornig. Nicht weil sie widersprach, sondern weil es ihn erboste, dass die Herzogin sie dieser Gluthitze aussetzte. Er sah die feinen Schweißperlen auf ihrer Stirn.

»Konnte dich nicht eine der Damen in ihrer Sänfte mitnehmen?«

»Sie halten Abstand von mir, weil sie mich nicht für eine der ihren halten«, sagte sie ruhig und beobachtete unter halb gesenkten Lidern überrascht seine Reaktion.

Sie konnte sich nicht erklären, warum es ihn so böse machte, dass die anderen sie schnitten. Er kannte doch die Hierarchie des Hofes, die strengen Regeln von Höflichkeit und Hochmut.

»Sie halten Abstand von dir, weil du sie beunruhigst«, erwiderte er eine Spur ruhiger, aber nicht weniger verblüffend. »Du machst ihre Schönheit zu belangloser Hübschheit und ihre Anmut zu hölzernem Ungeschick. Du bist ein reiner Diamant, wo sie nur trübe Schmucksteine sind.«

Rozabels Lippen öffneten sich, aber sie brachte keinen Laut heraus. Ein Kompliment? Von ihm?

»Seigneur de Tréviers, seid willkommen in Rouen«, hörte sie die leise Stimme der Herzogin.

Sie hatte Favre erblickt und wandte sich ihm zu. Sie war blass und massierte sich mit den Fingerspitzen einer Hand die Schläfen. Sie litt unter Migräne, wie Rozabel befürchtet hatte. »Wie geht es Eurem Bruder?«

»Besser, aber noch nicht gut, Euer Gnaden. Erlaubt Ihr mir, dass ich Euch die sächsische Heilerin noch einmal entführe, damit sie nach Richard sieht?«

»Meinetwegen«, stimmte Margarete von Maine huldvoll zu. »Judith, lauft schon voraus und gebt Befehl mein Gemach zu verdunkeln, ich muss mich dringend hinlegen. Achtet auf meine Heilerin, Tréviers, ich brauche sie.«

Mit dieser Mahnung schritt sie davon und Rozabel sah ihr so fassungslos nach, dass Favre unsicher wurde.

»Wolltest du mit ihnen gehen?«

»Es ist meine Pflicht, ihr zu helfen.«

»Dein Pflichtbewusstsein in Ehren, aber ich weiß einen besseren Platz an diesem Tag, als die stickigen Gemächer von Madame. Ich wette, sie ziehen die Vorhänge vor, damit kein Sonnenstrahl eindringt und zünden Kerzen an, damit es hinter all dem Stoff noch wärmer wird.«

»Woher wisst Ihr das?«

»Die Furcht der noblen Damen, ihren Alabasterteint zu zerstören, hat schon meine Mutter und meine Schwester zu den unsinnigsten Maßnahmen getrieben.«

»Eure Mutter ...«

»Sie ist tot.«

»Aber Eure Schwester ...«

»Auch die ist vor Jahren im ersten Kindbett gestorben. Und ehe ihr auch noch meinen Vater aufzählt, er hat sein Leben für Herzog Robert in einer jener zahllosen Schlachten gegen Rufus gelassen. Richard und ich sind die Letzten unserer Familie.«

»Das tut mir Leid.«

Mitgefühl färbte Rozabels Stimme, weil sie sich nicht vorstellen konnte, wie es war, ohne den Rückhalt einer großen, liebenden Familie zu leben. Sie hatte sich nie bewusst gemacht, dass auch sie diesen Beistand schätzte. Sie hatte sich für eine Außenseiterin gehalten. Aber nun, aus der Ferne betrachtet, war es lediglich die Distanz einer Eigenbrötlerin gewesen. Im Grund ihres Herzens hatte sie stets gewusst, dass sie auf alle zählen konnte.

»Du bist nicht schuld daran«, verweigerte er sich ihrem Mitleid. »Komm schon, Richard wird sich freuen dich zu sehen.«

Richard. Jetzt wusste sie, warum er den Bruder hütete wie seinen Augapfel. Er hatte nur noch ihn und er würde es mit dem Satan persönlich aufnehmen, um ihn zu schützen. Armer Richard. Ob es ihm unter diesen Umständen je gelang, erwachsen zu werden? Aus dem Schatten Favres zu treten? Sie sah es an ihrem eigenen, jungen Bruder, wie schwer es war gegen einen übermächtigen Vater zu bestehen und sich an Schwägern zu messen, von denen jeder für sich ein Mann von besonderer Art war.

Er hielt ihr gedankenvolles Schweigen für Zustimmung und zog sie zu dem Pferd, das ein Knappe seit geraumer Zeit für ihn am Zügel hielt. Ehe sie sich versah, hatte er sie aufs Pferd gehoben und sich selbst in den Sattel geschwungen. »Es ist nicht gerade bequem, aber in dieser Hitze ist es die schnellste Art, unser Ziel zu erreichen. Halt dich fest, kleine Sächsin.«

Der rotbraune Hengst, der es gewohnt war, seinen Herrn in Harnisch und Rüstung zu tragen, nahm das zusätzliche Gewicht kaum zur Kenntnis. Rozabel spürte, dass er von Meisterhand gezügelt wurde. Da ihr Vater auf Hawkstone Schlachtrösser züchtete und eine Reihe der besten Destriers von Britannien, am Cuckmere das Licht der Welt erblickt hatte, war sie mit Pferden fast ebenso vertraut wie mit Kräutern und Wurzeln. Der Rotbraune konnte sich mit seinen

Brüdern in Hawkstone messen. Rozabel legte prüfend die flache Hand auf den geschmeidig starken Rist des Tieres. Es hatte Stärke und Ausdauer, aber auch seine Launen. Es brauchte einen starken Herrn.

Funken sprühten unter den Hufen des Hengstes, als er die Zugbrücke passiert hatte und die Straße zum Fluss hinuntersprengte. Vor einer hohen Mauer, unweit des Domes, hinter der Bäume und Dächer zu ahnen waren, zügelte Favre das Ross vor einem breiten Tor. Auf seinen Pfiff hin schwang der Flügel nach innen auf und sie ritten in einen gepflasterten, rechteckigen Hof. Zweistöckige Gebäude mit spitzen Dächern umgaben ihn auf drei Seiten, an der vierten Seite zogen sich ein großer Garten und eine Wiese voller Weiden bis zum Fluss hinunter. So hatte sich Rozabel stets das Stadthaus der Cambremers in Rouen vorgestellt, das sie nur aus den Erzählungen ihrer Großmutter und ihrer Schwestern kannte.

Favre warf die Zügel einem herbeieilenden Knecht zu und hob sie vom Pferd. Im Schatten der hölzernen Galerie, die das größte Gebäude umlief, stellte er sie wieder auf die Beine. Rozabel taumelte ein wenig. Sie wusste nicht genau, was daran schuld war. Die Hitze, der schnelle Ritt, Favres Gegenwart. Alles verschwamm vor ihren Augen.

ACHTES KAPITEL

Rouen
28. Juli 1095

Der Fluss spielte mit der Barke, aber er konnte ihr nichts anhaben. Mit zwei Stricken fest an einer Weide vertäut, widerstand das breite Holzboot dem stetigen Sog, der es aus dem Versteck unter den tief herabhängenden grünen Weidenzweigen zu zerren versuchte. Rozabel ließ die Rechte über den Bootsrand ins Wasser hängen. Sie spürte das drängende Fließen, die unerwartete Kühle und sie genoss den paradiesischen Frieden. Bis auf das Rauschen und Murmeln des Wassers, die sporadischen Rufe der vorbeikommenden Bootsleute, das Gelächter der Wäscherinnen flussabwärts und das Schnattern einer Entenfamilie, die hinter dem Weidenvorhang gründelte, störte kein fremder Laut die Idylle.

»Hier, trink. Du musst Durst haben.«

Ein Becher schwebte vor ihren Augen und sie griff mit der anderen Hand zu. Sie kostete misstrauisch und trank, als sie den frischen Geschmack des Cidre erkannte. Nur flüchtig fragte sie sich, woher Favre die Köstlichkeiten gezaubert hatte, die er auf weißem Leinen auf der Ruderbank ausgebreitet hatte. Frische Fleischpasteten, eingelegte Gemüse, weißes Brot, duftende Pfirsiche und normannischen Apfelwein.

Erst beim Anblick der Speisen hatte sie Hunger verspürt und sich erinnert, dass sie seit dem Morgenmahl keinen Bissen mehr zu sich genommen hatte. Jetzt war sie wohlig satt und vielleicht wäre sie auf den bestickten Kissen im Heck des Bootes sogar eingeschlafen, hätte er sie nicht aufgefordert zu trinken.

»Sollte ich nicht nach Richard sehen?«, fragte sie, sich zögernd ihrer Pflichten erinnernd. Er würde sie kaum zum Faulenzen in sein Haus geholt haben.

»Der Kleine braucht dich nicht länger«, winkte Favre ab ohne die Augen von ihr zu lassen.

Er war sich nicht sicher, ob ihm die neuen Gewänder gefielen, die sie in den Diensten der Herzogin trug. Der Ausschnitt reichte bis auf die bestickte Kante des dünnen Untergewandes und rahmte honigfarben und verführerisch die Wölbung ihrer zarten Brüste. Die Weidenzweige zeichneten Schatten auf die Haut und im Tal dazwischen glänzte Schweiß. Schweiß, der auch in seinem Nacken stand, weil er sich gewaltsam beherrschen musste, nicht die Hand nach ihr auszustrecken.

Sie hatte schon im schlichten Kittel der Magd sein Begehren geweckt. Aber der raffinierte Schnitt und die leuchtende Farbe des Hofgewandes brachten ihn endgültig um seine Ruhe. Es hatte keinen Sinn die Erregung zu leugnen. Er wollte sie. Am liebsten jetzt und auf der Stelle!

Obwohl er sich nicht bewegte, kam es Rozabel vor, als verdichte sich die Atmosphäre zwischen ihnen. Ohnehin wusste sie nicht, was sie von seinem Verhalten denken sollte. Die Art wie er sie hofierte, ihr die Leckerbissen reichte, wie er sie in den Schatten dieses Verstecks gebracht hatte und ihr den Sitz in der großen Barke bereitet hatte, verunsicherte sie nachhaltig. Das war nicht nur höfliche Hilfsbereitschaft, dahinter lauerte etwas anderes. Etwas Gefährliches. Etwas von dem ihr Verstand sagte, dass sie fliehen sollte, während ihr Herz danach verlangte zu bleiben und es bis zum Letzten auszukosten.

Ihre Gedanken legten ein sehnsüchtiges Lächeln auf ihren halb geöffneten Mund, das ihm einen seltsamen Laut entlockte.

»Ich habe dich noch nie richtig lächeln sehen«, sagte er gedämpft.

»Ich hatte bisher wenig Grund dazu«, erwiderte sie vorsichtig.

»Du gehörst nicht in den Kreis dieser hochnäsigen Gänse, die um die Herzogin herumschwirren. Sie plagen dich, ich sehe es dir an. Warum hast du dich dazu überreden lassen, ihr zu dienen? Weil sie dir schöne Kleider schenkt?«

Rozabel hielt es für unter ihrer Würde, eine so alberne Frage überhaupt zu beantworten. Wenn sie es tat, würden sie wieder miteinander streiten und genau das wollte sie um jeden Preis vermeiden.

»Ist Madame denn immer noch nicht schwanger?«, fragte er gereizt, als ihm klar wurde, dass sie ihn ohne ein Wort in seine Schranken gewiesen hatte.

Rozabel hob mit einer sprechenden Geste der Ahnungslosigkeit die Schultern, wobei sich ihr Dekolleté noch eine Spur nach unten verschob. Die frische Brise des fließenden Wassers wehte angenehm über ihre heiße Haut und sie lehnte sich unwillkürlich mit geschlossenen Augen zurück. Sie war sich des verführerischen Bildes nicht bewusst, das sie bot, und als sich die Barke bewegte, nahm sie an, dass sich Favre nach dem Krug mit dem Cidre bückte. Erst als das Boot stärker schwankte und neben ihr das Holz knarrte, erkannte sie ihren Irrtum. Halb verlegen, halb erschrocken öffnete sie die Augen und schnappte hastig nach Luft.

»Was ...«

»Schscht.« Er beruhigte sie wie eine kleine Katze, die gegen die erste streichelnde Menschenhand aufbegehrt. »Wovor fürchtest du dich?«

Die murmelnde, nahe Stimme besaß hypnotische Macht. Sie verband sich mit dem Rauschen des Flusses, der Hitze des

Sommertages und Rozabels heimlicher Sehnsucht nach einem gefährlichen Gift. Seine Wirkung trieb das Blut schneller durch ihre Adern und verführte sie zu einer kühnen Antwort.

»Die Vernunft rät mir, mich vor Euch zu fürchten. Ohne Euch wäre ich nicht hier.«

Ihre Blicke trafen sich. Rozabel vergaß zu atmen. Von eigenartiger Lähmung befallen, sank sie nach hinten in die Kissen zurück, die nun von einem starken Männerarm begrenzt wurden. Wenn sie sich bewegte, würde sie ihn berühren. Himmel, was geschah mit ihr? Sie konnte nicht mehr denken, nur noch fühlen. Seine Stimme klang tief und vibrierend an ihr Ohr.

»Arme, kleine Sächsin, ich habe dich aus deinem gewohnten Leben heraus gerissen und in die Fremde gebracht. Ich bin ein Schurke. Aber ich vermag es nicht zu bedauern. Wer weiß, ob Richard ohne deine Hilfe je wieder genesen wäre.«

Die normalerweise so herausfordernd blauen Augen funkelten geheimnisvoll dunkel im grünen Zwielicht unter den Weiden. Rozabel konnte das eigene Spiegelbild darin erkennen. Sie war seine Gefangene in einem Sinn, der noch weit über das hinausging, was er vermutete.

»Ich bin Euch deswegen nicht böse«, erwiderte sie mit belegter Stimme. »Ihr könnt Euren Bruder nicht im Stich lassen. Ihr würdet Euer Leben geben, das seine zu retten, wenn es nötig wäre.«

Sie hob ohne nachzudenken die Hand und legte sie an Favres Wange. Sie spürte seine warme Haut, die Bewegung der Kinnmuskeln als er die Zähne zusammenpresste, den Kopf drehte und seine Lippen gegen ihre Handfläche presste. Der Kuss ließ sie bis in die Zehenspitzen erschauern. Ein Beben lief durch ihre Gestalt und verriet sich in den Spitzen ihrer Brüste, die sich mit einem Male verräterisch deutlich unter dem feinen Gewebe des eleganten Gewandes abzeichneten.

»Bist du sicher, dass du mir nicht zürnst?«

Die Bewegung seiner sprechenden Lippen auf ihrer Hand war fast noch aufwühlender als der Kuss. Rozabel blinzelte überrascht und ihre Antwort klang atemlos.

»Würde es Euch kümmern?«

»Aber ja, ich will alles tun, dir die schlimmen Erinnerungen zu nehmen.«

Rozabels Gedanken überschlugen sich. Nichts wollte sie lieber als ihm verzeihen, aber sagte er die Wahrheit? Sie konzentrierte sich auf das Pochen seines Herzens, das sie unter seiner Haut spürte, und sie zuckte vor der Glut zurück, die mühsam gezähmt dort lauerte. Begehren. Leidenschaft.

»Rozabel ...«

Ihr »Ja?« war mehr Seufzer, als Frage.

Sein Gesicht stand so nah vor dem ihren, dass sie seinen Atem spürte. Er hatte ihr in Malaunay im Zorn geschworen, dass er sich keiner Frau aufzwingen würde. Jetzt war es an ihr die Grenze zu überschreiten. Wenn sie es nicht tat, würde sie es in alle Ewigkeit bereuen, das wusste sie mit unumstößlicher Gewissheit. Favre de Tréviers hatte im Guten wie im Bösen ihr Leben auf den Kopf gestellt. Er hatte ihr ein Ziel gegeben, heimliche Wünsche, Hoffnungen und beunruhigende Gefühle.

Die Barke schaukelte ein wenig und ihre Hände umklammerten, aus völlig eigenem Antrieb Halt suchend, seine Schultern. Ihr war, als wärme sie in einer bitterkalten Winternacht die Handflächen an einem heißen Krug. Es war eine völlig andere Wärme als die des schwülen Sommertages um sie herum. Ein Fieber, das Vernunft und Verstand zu Asche verbrannte und sie zu einer alle Vernunft vergessenden Aufforderung verleitete.

»Ihr müsst mir keine Erinnerungen nehmen. Schenkt mir welche. Küsst mich.«

Sie hielt seinem Blick stand, auch wenn sie die Sinnlichkeit erschreckte, die sie darin sah. Dieses Mal würde sie nicht davonlaufen.

Favre stützte sich auf den Unterarm und drückte sie, ohne sie zu berühren, mit der puren Kraft seiner Persönlichkeit tiefer in die Kissen. Sein erster Kuss war sanft, kaum mehr als ein Hauch, ein Versprechen. Die Liebkosung verbündete sich mit ihrer Phantasie und ihrer unbestimmten Erwartung. Ihr Körper schien sich aufzulösen, während sie gleichzeitig das Gefühl beschlich, dass ihre Haut dünner und empfindsamer wurde und nach weiteren Berührungen verlangte.

Sie ahnte nicht, wie sehr sie Favre mit ihrer scheuen Verlockung in Bann schlug. Er begehrte sie, aber er hatte nicht geplant, sie im Schatten dieser Weide zu verführen. In erster Linie war ihm daran gelegen gewesen, dass Rozabel sich erholte. Dass sie wieder zu sich selbst fand und dass die feinen Linien der Anspannung um ihren schönen, großzügigen Mund verflogen. Auf die jähe sinnliche Anziehungskraft, die sie nun auf ihn ausübte war er nicht vorbereitet gewesen, schon gar nicht auf ihren kühnen Wunsch. Aber nur ein Narr hätte ihm widerstanden. Die kühlen, seidigen Lippen schmeckten nach Apfelwein und jener ganz speziellen Note aus Rosenduft und Rozabel, die so untrennbar mit ihr verbunden war.

Rozabel gab sich dem Kuss mit allen Sinnen hin. Sie öffnete die Lippen und stürzte sich willig in den Abgrund von Begierde und Lust, voller Gewissheit, dass er sie auffangen würde. Ihre Sinnlichkeit, so viele Jahre vernachlässigt und ignoriert, erwachte unter seinen erfahrenen Händen. Jedes Streicheln, jede noch so winzige Berührung weckte das Verlangen nach mehr.

Ein halb unterdrücktes Keuchen entkam ihrer Kehle, als sie seine Hände auf ihren bloßen Brüsten spürte. Sie hatte nicht bemerkt, dass er sich an ihrem Kleid zu schaffen gemacht hatte. Er war zu raffiniert, zu geschickt. Und es war zu spät ihn aufzuhalten. Von rauen Handflächen, die Spuren von Schwert und Zügel trugen, umfasst, schienen die kleinen Halbkugeln größer zu werden, zu wachsen. Ihre Spitzen zogen sich in schmerzhaft prickelnder Härte zusammen und als sie fürchtete, den Ansturm der neuen Empfindungen nicht mehr ertragen zu können, wurden die gefährlichen Hände von seiner Zunge, seinen Lippen, seinen Zähnen ersetzt.

Benommen ergab sich Rozabel der erotischen Eroberung, schon besiegt, ehe sie das Wort Widerstand auch nur dachte. Sie konnte ausschließlich fühlen. Heiße Blitze schossen, von dem aufreizenden Spiel seines Mundes mit ihren sensiblen Brüsten auf den Weg gebracht, bis in die verborgenen Tiefen ihres Schoßes.

Favre wob ein erotisch begehrliches Netz, dem ihre Ahnungslosigkeit nicht gewachsen war. Seine Hände waren jetzt überall. Sie wanderten unter den Rock des Gewandes und strichen über die glatte Linie ihrer langen Beine. Sie kitzelten die empfindsame Mulde ihrer Kniekehlen und fanden auf ihrem Weg nach oben das verräterische Willkommen ihrer eigenen glühenden Erregung. Die Berührung, wo noch kein Mensch sie je berührt hatte, sandte einen bebenden Schauer durch ihren Körper, der neben aller Hingabe auch Scheu und Angst verriet. Angst vor dem Unausweichlichen. Sie wollte ihn um etwas bitten, aber sie fand keine Worte dafür. Ihre Kehle war trocken, sprachlos.

Sie konnte sich nur befangen an ihn schmiegen. Doch an ihren bloßen Brüsten war jetzt das kratzige Gefühl von elastisch krausen Männerhaaren. Sie berührte glatte Hautflächen, unter denen sich athletische Muskeln wölbten, sie fand die Hitze seines nackten Oberkörpers und ein kaum hörbarer Laut, in dem sich Bewunderung und unbestimmte Furcht mischten, entfloh ihrem Mund. Wie sollte sie sich diesen Kräften widersetzen? Wollte sie es überhaupt? Was wollte sie?

Die Antwort ihres aufgewühlten, schwerfälligen Verstandes war unmissverständlich und einfach. Sie wollte ihn. In diesem Augenblick und mit Haut und Haaren. Über Sitten, Anstand und das Morgen würde sie später nachdenken. Nicht jetzt! Nicht in dieser kostbaren Stunde, die ihr ein solches Geschenk machte.

»Gefällt dir das?«

Es war ihr unmöglich zu antworten. Die Hitze in ihrem Schoß von glühenden Liebkosungen angefacht, machte sie unruhig und befangen zugleich. Das sanfte Streicheln glitt immer tiefer und in sie hinein. Ein leiser Laut, ähnlich dem Ruf eines erschrockenen Vogels, löste sich in ihrer Brust und sie begriff nicht, dass sie selbst es war, die ihn ausstieß. Eine Welle der Wollust schlug über ihr zusammen, überlief sie wie ein endloser Schauer, der ein abruptes Ende fand, als der Finger von Favres Männlichkeit ersetzt wurde.

Der Schmerz war so überraschend und heftig, dass sie sich nicht wehren konnte. Sein Mund erstickte ihren Schrei, ein glühendes Schwert bahnte sich unaufhaltsam den Weg in ihren Leib. Tränen rannen ihr aus den Augenwinkeln und ihr Herz hämmerte enttäuscht. Sie bewegte sich aus reiner Panik heraus. Sie wollte der Qual entkommen.

Favre fühlte ihre Bewegung und kämpfte gewaltsam um Beherrschung. Er hatte nicht damit gerechnet, der erste Mann ihres Lebens zu sein. Erschüttert versuchte er sich zurückzuziehen, aber sein unerfülltes Begehren lag im demütigenden Kampf mit seiner Ehre. Ehe eines davon siegen konnte, nahm ihm Rozabel die Entscheidung ab.

»Geh nicht. Bitte bleib.«

Sie wusste nicht, was sie zu der Bitte trieb. Die tief eingegrabenen Linien wilder Entschlossenheit zu beiden Seiten seines Mundes, vielleicht. Die Erkenntnis, dass er, der sonst mit Gewalt seinen Willen um jeden Preis durchsetzte, ausgerechnet in diesem Augenblick, da er alle Macht der Erde über sie hatte, bereit war, diese Macht nicht gegen sie einzusetzen.

Mit einem rauen Laut der Kapitulation gab er nach und schob sich tief und machtvoll in die Enge ihres unberührten Schoßes. Rozabel biss die Zähne zusammen. Sie wappnete sich für den Schmerz, den sie noch eher zu ertragen glaubte, als die demütigende Leere ohne ihn. Aber da war nur ein vages Brennen, gefolgt von Hitze und einem so intimen unerhörten Gefühl von Gemeinsamkeit, dass es ihr den Atem raubte. Ein Gefühl, das ihre Sinne weckte und reizte und ihr Herz zum Jagen brachte. Auf der Suche nach einem Halt fand sie nur Favres Augen. Eine blaue Flamme, die ihr den Willen raubte und Hingabe forderte.

Gelähmt von seinem hypnotischen Blick ergab sie sich dem anfangs sinnlich trägen, dann immer schneller werdenden Rhythmus hin, der sie in eine Spirale der nie erlebten Lust zog, die immer enger und intensiver wurde. Gehorsam wie nie zuvor in ihrem Leben folgte sie, gab sich und lieferte sich aus. Sie wollte nicht mehr zurück, und wenn es sie das Leben kosten würde, es wäre der wunderbarste Tod, den sie sich vorstellen konnte. In Leidenschaft verbunden mit dem Mann, den ihr das Schicksal bestimmt hatte.

Ihre Körper, ihr Atem und ihr Stöhnen vereinten sich zum ewigen Hymnus an die Liebe. Rozabel hatte nicht geahnt, dass es noch eine Steigerung ihrer Ekstase geben konnte.

Nun jedoch, da sie nicht mehr wusste, wo ihr Leib begann und der seine endete, wo sie die Luft atmete die aus seinen Lungen stieg und ihr Herz im Takt seiner mächtigen Stöße schlug, kam es ihr vor, als treibe sie unaufhaltsam auf etwas Beispielloses zu, das sie noch nie erlebt hatte. Und dann geschah es. Ihr Stöhnen mischte sich mit seinem und sie fühlte das beginnende, unaufhaltsame Beben, ein köstliches Fließen und Ziehen, seine männliche Antwort, als er sich im selben Moment, heiß und pochend in ihr ergoss.

In der Welt hinter den Weidenzweigen wurde das Sonnenlicht von aufkommenden Wolken verschluckt, Wind kam auf und das Boot schwankte gefährlich. Rozabel und Favre bemerkten nichts davon. Ineinander verschlungen und von der Leidenschaft besiegt, hatte die Erschöpfung sie übermannt.

Erst ein scharfes Zischen, unmittelbar gefolgt von dröhnendem Donnerkrachen und dem beißenden Gestank von Schwefel ließ die Liebenden auffahren. Der Wind riss Rozabel den Entsetzensschrei von den Lippen. Er zerrte an ihren Kleidern und brachte ihr zu Bewusstsein, dass sie mit bloßen Brüsten und hochgeschlagenen Röcken auf den Kissen ihres Liebeslagers lag. Hastig bedeckte sie sich.

»Was ...«

»Ein Gewitter, meine Süße. Wir können nicht hier bleiben, die Weiden werden uns kaum vor dem Regenguss schützen. Lass mich dir helfen.«

Ohne sich um ihre Befangenheit zu kümmern, ordnete er das Dekolleté ihres Gewandes und zupfte die Borte über den schönen Brüsten zurecht. Mittlerweile zerrte der Sturm an allem was ihm im Weg stand oder hing. Er trieb die Weidenzweige in die Waagrechte, machte sich an Rozabels zerzausten Haaren zu schaffen und riss ihr Bänder und Röcke aus der Hand. Die ersten Tropfen klatschten auf ihre Haut.

»Komm, wir bringen uns im Haus in Sicherheit.«

Favre hob sie aus dem Boot, doch die Erde schien ihr mit einem Male entgegen zu kommen. Sie stolperte und hielt sich erschrocken an ihm fest. Ein neuerlicher Blitz spaltete den Himmel und brachte ihr zu Bewusstsein, dass die dunklen Wolken im Verein mit dem zu Ende gehenden Tag kaum noch etwas erkennen ließen. Von Favres Arm gestützt, eilte sie mit ihm unter den Apfelbäumen zum Haus hinauf. Erst unter der schützenden Holzgalerie kamen sie keuchend zum Stehen. Vor ihnen stürzte ein wahrer Wasservorhang vom Himmel, man konnte nicht einmal bis zum Ziehbrunnen in der Mitte des Hofes sehen.

Favres Blick kehrte von dem Unwetter zu Rozabel zurück. Im Dämmerschein unter dem Holzdach schimmerte ihr Gesicht wie das Oval einer meisterlichen Elfenbeinschnitzerei. Nasse Haarsträhnen klebten an ihren Wangen und die Masse ihres fabelhaften, tiefdunkelbraunen Haares wallte gelöst bis auf ihre Hüften hinab. Ihre Lippen, von seinen leidenschaftlichen Küssen gezeichnet, wölbten sich halb offen vor der Perlenreihe ihrer ebenmäßigen Zähne und an ihrem schlanken Hals pulsierte dicht unter der Haut das Leben.

Die Kehle wurde ihm eng bei diesem Anblick. Das Begehren, das er schon gestillt geglaubt hatte, sprang ihn mit der Macht einer Raubkatze von neuem an.

»Wie schön du bist!«

»Ich bin nass, ungekämmt, zu groß, außer Atem und keine ehrbare Jungfrau mehr, was ist daran schön?«, antwortete sie vorwurfsvoll.

Sein warmes Lachen schlug eine gefährliche Bresche in ihre hastig aufgerichtete Verteidigung. Rozabels Herz flog ihm zu, wenn er lachte. Auch musste sie einräumen, dass ihre Vorwürfe nur zur Hälfte ihm galten. Die andere Hälfte gehörte auf ihren Schuldenberg. Sie hatte ihn nicht nur gewähren lassen, sie hatte ihn freudig aufgefordert. So freudig, dass sie beim bloßen Gedanken daran ein lustvoller Schauer durchrann und sie sich ihres weiblichen Körpers so bewusst war, wie noch nie zuvor in ihrem Leben.

»Du bist viel begehrenswerter, wenn du so lebendig bist, mein Herz«, sagte Favre in diesem Moment mit hörbarer Bewunderung. »Wenn die Liebe deine Wangen rötet, kann dir keine Frau auf dieser Welt das Wasser reichen. Gräm dich nicht um deinen nutzlosen Status als Jungfer. Ich weiß das Geschenk zu würdigen, das du mir gemacht hast. Du sollst es nicht bereuen.«

Er hatte keine Jungfräulichkeit erwartet und erst jetzt mischte sich in seinen männlichen Triumph darüber auch die Erkenntnis, dass er damit eine Verantwortung auf sich genommen hatte. Doch der Gedanke, sich um sie zu kümmern hatte beileibe nichts Abschreckendes für ihn. Er ahnte, dass er ihrer für lange Zeit nicht müde werden würde.

Er umfing ihren Nacken mit seiner Rechten und zog sie näher an sich. Geradezu bedächtig tauchte er in ihren Blick, der im Zwielicht wie reines Silber flimmerte. Unter seiner Hand spürte er die letzte Feuchtigkeit ihres vergossenen Schweißes und der Duft ihres erregten Körpers entflammte seine ohnehin gespannten Sinne.

»Du bist mein«, wiederholte er und besiegelte die drei Worte mit einem hungrigen Kuss, der Rozabel Widerspruch, Denken und Wirklichkeit zugleich entriss. Die vage Warnung in ihrem Hinterkopf erstickte und sie wusste nicht mehr, was sie ihn hatte fragen wollen. Sie schlang die Arme um seinen Nacken und drängte sich seiner Umarmung entgegen.

»Komm ins Haus«, hörte sie irgendwann seine Worte.

Wie viel Zeit war vergangen? Sie wusste es nicht. Das Gewitter tobte mit unveränderter Wucht über Rouen und Sturzbäche von Wasser fielen vom Himmel herab. Die Donnerschläge ließen die Erde erbeben und nur die Blitze vermochten den Regenvorhang zu spalten. Das Toben der Elemente, das ihr an einem normalen Tag sicher Angst bereitet hätte, verschaffte ihr heute eine seltsame Befriedigung.

Es spiegelte ihre eigenen aufgewühlten Gefühle. Die Tatsache, dass sie sich im Einklang mit der Natur befand, machte es ihr leichter, die Ereignisse zu akzeptieren.

NEUNTES KAPITEL

Rouen, Haus Tréviers, 29. Juli 1095

»Bist du sicher, dass du weißt, worauf du dich einlässt?«

Rozabel prüfte mit halb geschlossenen Augen Richards Hand. Ihre Erfahrung und ihre Sinne sagten ihr, dass die überdehnten Sehnen sich stabilisiert hatten und dass die gebrochenen Knochen wieder zusammenheilten. Der Himmel hatte es trotz allem gut mit Favres Bruder gemeint, es waren glatte Brüche gewesen, ohne Splitter und gerissene Sehnen, die keine Heilkunst auf dieser Welt wieder zusammengefügt hätte. Nun hob sie den Kopf und begegnete dem fragenden Blick ihres jungen Patienten.

»Wovon sprichst du?«

»Das weißt du genau. Von dir und meinem Bruder.«

Richards Lächeln sagte Rozabel, dass es ihr nicht gelang, ein verräterisches Erröten zu vermeiden. Es war keine Stunde her, dass sie sich aus Favres Armen gelöst hatte und ihr ganzer Körper vibrierte im Nachhall seiner Leidenschaft. Sie verschanzte sich hinter einer Mischung aus Stolz und Hochmut. Sie war nicht bereit mit diesem Jungen über ihre Gefühle zu sprechen. Sie wusste ja nicht einmal selbst, was sie davon halten sollte. Zum ersten Mal in ihrem Leben hatte sie ausschließlich auf ihr Herz gehört und jede vernünftige Regung unterdrückt.

»Favre sieht viele Dinge anders als du.« Richard suchte nach passenden Worten. »Es ist eine andere Welt in der er sich bewegt, Rozabel. Er handelt nach anderen Maßstäben, er hat Probleme die dir fremd sind. Du musst ...« Er brach ab und nun wurde er rot.

Rozabel begriff, dass er sie davor warnte, sich in ihren Gefühlen für Favre zu verlieren. Er konnte nicht ahnen, dass dieser gute Rat viel zu spät kam.

»Willst du mich höflich darauf hinweisen, dass ich nicht gut genug für ihn bin?«, forschte sie jäh gereizt, von dem Versteckspiel.

»Ich will nicht, dass er dir weh tut«, entgegnete Richard verlegen. »Er kann Menschen für sich gewinnen, aber er kann sie auch ebenso tief verletzen, wenn er es für nötig hält.«

»Mach dir keine Sorgen«, wich sie aus und trat von seinem Bett zurück. Sie ahnte, dass er zwischen der Loyalität für seinen Bruder und seiner Sympathie für sie schwankte. In Richards Leben schien es ständig solche Konflikte zu geben. »Ich bin's gewöhnt, auf mich zu achten. Und was dich betrifft, so lass dir Zeit. Du kannst den Prozess der Heilung nicht beschleunigen, indem du früher aufstehst und dir Anstrengungen abverlangst, die noch warten sollten. Damit verzögerst du ihn höchstens und riskierst einen Rückfall.«

»Du kehrst in den Palast zurück?«

»Die Herzogin wartet auf mich. Sie setzt ihre ganzen Hoffnungen in mich.«

»Wirst du ihr helfen können?«

Rozabel antwortete wahrheitsgemäß: »Ich kann ihre Gesundheit stärken. Kinderlosigkeit selbst ist keine Krankheit. Sie ist der Wille des Himmels. Schicksal.«

»Der Herzog sieht das anders. Er wollte schon immer sein Schicksal ändern.«

»Es liegt nicht in der Macht der Menschen, ihr Schicksal zu ändern.«

Richard bedachte sie mit einem stummen Blick. Er war anderer Meinung, aber er wagte nicht, es zu sagen.

Rozabel schenkte ihm ein dünnes Lächeln. In diesem Augenblick kam sie sich unendlich viel älter vor als dieser Junge. Er mochte Schlimmes erlebt haben, aber er hatte sich dennoch seine Träume bewahrt.

Wie sah das bei ihr aus? Sie fühlte sich ungewohnt, lebendig und schön, aber sie ahnte auch, dass dies die vorübergehende Empfindung, eines wundervollen Erlebnisses war, das sie bis in die Tiefen ihrer Seele hinein verändert hatte. Die Wirklichkeit wartete auf sie und sie hätte gerne darauf verzichtet, zu wissen, dass sie bis zum Hals in Schwierigkeiten steckte und nichts dagegen tun konnte.

*

»Wo warst du?«

Favre versperrte ihr auf der Galerie den Weg und Rozabel entdeckte eine grimmige Stirnfalte zwischen seinen Brauen. Hatte sie sich seinen Unwillen zugezogen?

»Bei Richard. Bin ich nicht seinetwegen in dieses Haus gekommen?«

Es reizte sie, ihn zu provozieren, wenn er den strengen Seigneur von Tréviers herauskehrte und Rechenschaft forderte. Sie war ihm so nahe gekommen, wie es zwei Menschen überhaupt möglich war, aber sie wagte immer noch nicht zu behaupten, dass sie ihn kannte. Was bedrängte ihn, machte ihn manchmal so angespannt und wütend?

»Er wird wieder gesund, nicht wahr?«

»Ja, daran kann es keinen Zweifel mehr geben. Sein Körper wird wieder gesund.«

»Was willst du damit sagen?«

»Sein Herz, sein Stolz, seine Selbstachtung sind verwundet«, zählte Rozabel leise auf. »Ich weiß nicht, was in Winchester passiert ist. Aber es macht ihm zu schaffen. Es muss etwas mit diesem Bryan zu tun haben ...«

Sie ging das Risiko, Bryans Namen zu nennen, bewusst ein. Vielleicht hatte Richard sich seinem Bruder gegenüber offenbart. Vielleicht gab er ihr ahnungslos einen Anhaltspunkt, wie sie die verbitterte Feindschaft aushebeln konnte, die ihm aus allen Poren drang, wenn der Name Cambremer fiel.

»Der junge Cambremer hat Richard verraten. Sein Wort hat die königlichen Häscher auf seine Spur gebracht. Sie haben ihn am Stadttor von Winchester aufgehalten, ehe er fliehen konnte und es war Bryan de Cambremer, der die Männer angeführt hat, die ihn verhafteten. Ein Gefährte, der sich bis zu diesem Zeitpunkt Richards Freund genannt hat. Wundert es dich, dass er ihn hasst?«

Rozabel wusste, dass es besser gewesen wäre zu schweigen, aber es stand zuviel für sie auf dem Spiel. »Er hasst ihn nicht. Er trauert um die Freundschaft, die sie verbunden hat und er fühlt sich auf eine seltsame Weise dafür verantwortlich, dass Bryan ihn verraten hat.«

»Etwa auch verantwortlich dafür, dass man ihn gefoltert hat?«, fiel ihr Favre erbost ins Wort.

»Verantwortlich dafür, dass er ein Drama ausgelöst hat«, verbesserte sie geduldig. »Die Dinge sind nicht immer nur schwarz und weiß, das wisst Ihr.«

Favre gab einen gereizten Laut von sich. »Komm mir nicht mit Allgemeinplätzen. Ich verstehe, dass du deine Landsleute verteidigen willst, aber in dieser Sache geht es um mehr. Der Streit zwischen Rufus und Herzog Robert spitzt sich zu ...«

Rozabel hob die Hand und berührte seinen Arm. Eine spontane Geste der Vertraulichkeit, doch als sie den mühsam kontrollierten Aufruhr seiner Gefühle spürte, wünschte sie,

sie hätte es nicht getan. Unter den angespannten Muskeln spürte sie Sorge, Ungeduld, gewaltsam zurückgehaltenen Zorn und eine jäh erwachende Leidenschaft. Sie errötete und zog die Hand zurück, als hätte sie sich verbrannt.

Favre hob spöttisch die Brauen. »Ist es möglich, dass du Gedanken lesen kannst?«

»Ihr macht Euch Sorgen«, überging sie die Frage mit einer Souveränität, die ihn irritierte. Manchmal legte sie ein Benehmen an den Tag, das nicht zu einer einfachen Sächsin passte.

»Weshalb?«, fragte sie hartnäckig weiter. »Weil sich die königlichen Brüder nicht einigen können?«

»Weil ich fürchte, dass Rufus am Ende gewinnen könnte«, antwortete Favre zu seiner eigenen Überraschung ehrlich. »Robert mag noch so sehr den Idealen eines Ritters nacheifern und von Ehre und ruhmreichen Kämpfen träumen, am Ende sind es die nüchternen Realisten die gewinnen, weil sie alle Eventualitäten einplanen. Rufus scheint mir einer von dieser Sorte zu sein.«

»Rufus ist auch ehrenwert und gerecht«, fügte Rozabel vorsichtig an.

»Das soll mich hoffen lassen?« Favre lachte auf, aber es hörte sich nicht vergnügt an. »Dein ehrenwerter König, mein schönes Herz, wird sich an offene Rechnungen erinnern. An einen jungen Seigneur, der es gewagt hat, sein Leben zu bedrohen.«

Er hatte Recht. Rozabel erblasste und schwankte. Richard erinnerte sie an Bryan und sie hatte ihm vorbehaltlos die Liebe einer großen Schwester geschenkt. Er hatte genügend gebüßt, er sollte nicht vor das Gericht des Königs gezerrt werden.

»Du siehst, es gibt keinen Grund allzu hoffnungsvoll in die Zukunft zu sehen«, fügte Favre jetzt hinzu. »Ich hoffe, dass wenigstens Malaunay in Sicherheit ist, wenn Rufus das Szepter übernimmt. Die Menschen dort haben es nicht verdient, für Richards Dummheiten zu leiden.«

»Was wollt Ihr tun?«

»Warten«, erwiderte er trocken. »Ein Tréviers läuft nicht vor seiner Verantwortung davon. Aber ich hoffe, dass mir wenigstens genügend Spielraum bleibt, Richard in Sicherheit zu bringen.«

»Wo?«

»Frankreich, Flandern, Schottland ... überall dort, wo sich Rufus nicht gerade Freunde geschaffen hat.«

»Der Himmel sei uns gnädig.«

»Du hast nichts zu befürchten. Vielleicht ist es von Vorteil, dass dich die Herzogin unter ihre Damen aufgenommen hat. Niemand wird es wagen, den Haushalt Margaretes von Maine zu beschneiden. Nicht einmal wenn Robert die große Schlacht verlieren sollte.«

»Eine Schlacht ...?« Rozabel vermochte ihre Angst nicht zu verbergen. »Ihr werdet doch nicht in einer Schlacht für den Herzog kämpfen?«

»Ich mag nicht immer einer Meinung mit Herzog Robert sein, aber ich habe ihm den Lehnseid geschworen. Ich muss ihm meinen Teil bewaffneter Männer zuführen, wenn er zum Krieg ruft. Alles andere wäre Hochverrat.«

Die Vorstellung, dass Favre gegen ihre Landsleute, die Männer ihrer Schwestern und ihrer Familie kämpfte, brachte Rozabel um ihre Fassung. »Das könnt Ihr nicht tun. Das dürft Ihr nicht tun.«

»Schscht!«

Einmal mehr zog er sie mit diesem beruhigenden Laut in seine Arme. Sein Mund suchte den ihren, hungrig, leidenschaftlich und Besitz ergreifend. Rozabel, ohnehin außer sich, war der direkten sinnlichen Attacke wehrlos ausgeliefert. Das Drängen seiner Zunge, sein unverwechselbarer Geschmack, sein Geruch und sein Körper machten sie geradezu willenlos.

Im Hintergrund ihres Verstandes amüsierte sich ein Rest von Vernunft über die Verwandlung, die sie in seinen Armen durchlief. Sie registrierte sehr wohl, dass Favre seine Verführungskunst bewusst einsetzte, um sie von einem gefährlichen Thema abzulenken. Dennoch war sie nicht fähig, es zu unterbinden.

Wo war die Rozabel mit dem analytischen Verstand, die kühl und distanziert ihre Pflicht getan hatte, die sich über die Abenteuer ihrer Schwestern verwundert und die tiefe Liebe ihrer Eltern mit staunenden Augen als nicht von dieser Welt betrachtet hatte. Sie zerfloss unter der schamlosen Berührung eines Mannes, an dem nichts sanft, nichts duldsam und nichts liebenswürdig war. Die harten Kanten seiner Gestalt, die Willenstärke seines Charakters und die Rücksichtslosigkeit mit der er seine Wünsche in die Tat umsetzte, verführten sie mehr als jedes Kompliment. Sie musste ihren Verstand verloren haben, eine andere Erklärung gab es nicht für ihr befremdliches Verhalten.

»Du musst dir keine Sorgen um mich machen«, hörte sie ihn an ihrem Ohr raunen. »Aber es ist bezaubernd, dass du es tust.«

»Ich kann nicht anders«, antwortete Rozabel bebend, weil er ihre Brüste umfasste und durch den Stoff des Kleides, die erregten Spitzen mit den Daumen streichelte. In wenigen Herzschlägen würde er die ganzen Mühen, die sie sich für ihr sittsames Aussehen gegeben hatte, wieder zunichte machen, weil sie in seine Arme sank und nach ihm verlangte. Wieso ließ sie es zu? Wieso machte ihre Liebe sie zu einem willenlosen Geschöpf?

»Es gefällt mir«, wiederholte er mit schwerer Stimme und zog sie näher an den unverwechselbaren Beweis seines eigenen Begehrens. »Es klingt, als läge dir an mir und meiner nichtswürdigen Person.«

»Zweifelt ihr daran?«, hauchte sie atemlos, während er ihren schlanken Hals küsste, ohne die verheerenden Liebkosungen ihrer Brust einzustellen. »Ihr habt mich gestohlen, jetzt gehöre ich Euch.«

»Du bist meine Beute. Welch verführerischer Gedanke. Lass mich fühlen, was ich mir erbeutet habe.«

Seine Hand drängte sich am Ausschnitt des Gewandes zwischen Stoff und Haut, fand die sensible Knospe einer Brust und erregte sie auf eine Weise, die Rozabel vor Sinneslust erzittern ließ.

Das nächtliche Dunkel auf der Galerie zum Innenhof versteckte sie zwar vor neugierigen Blicken, aber sie fühlte sich verletzlich und ungeschützt. Sie wünschte, er würde all dies hinter der verschlossenen Tür einer Kammer und hinter den Vorhängen eines Alkovens tun. Aber gleichzeitig brachte sie es auch nicht fertig, sich seinem feurigen Drängen zu entziehen. Er übte keinen Zwang auf sie aus, es war der eigene Körper, der sie so schmählich verriet.

»Sag mir, was du willst«, hörte sie seine tiefe, vibrierende Stimme so nah an ihrem Mund, dass sie Worte einatmete und schluckte.

Himmel, was konnte sie dieser Verlockung entgegensetzen? Nichts.

Sie spürte, wie er das Kleid über ihre Schultern herabzog und die kühle Nachtluft ihren bloßen Busen umschmeichelte. Nach dem Gewitter war die Luft frisch und prickelnd, wie das Streicheln einer Feder.

»Bitte …« Sie wollte ein »Nein« hinzufügen, aber es kam

ihr nicht über die Lippen. Ihre Beine vermochten sie kaum noch zu tragen und nur seine Schultern boten ihr Halt.

»Möchtest du, dass ich diese Früchte koste?«

Er senkte den Kopf und sie spürte das erotische Spiel seiner Zähne, das Spiel der Zunge und das raffinierte Saugen der Lippen. Glühende Blitze zuckten ihr vor Augen und schossen in ihren Schoß. Sie wusste jetzt, wohin das Spiel führen würde, aber sie gebot ihm dennoch keinen Einhalt. Sie war in weit schlimmerem Maße seine Beute, als er je denken konnte und er spürte, dass er drauf und dran war, sie auf der offenen Galerie zu nehmen.

Er hatte sie in den Palast zurückbringen wollen, Man würde sie dort erwarten. Aber vielleicht nicht gleich ... nicht ehe sie ...

Kurz entschlossen zog er sie hinter die nächste Tür. Es war das schmucklose Kontor, in dem er seine Geschäfte erledigte und es enthielt nicht mehr als einen Tisch, einen Stuhl mit Lehne und zwei Bänke. Er unterdrückte einen Fluch, aber er fühlte sich nicht fähig, ein anderes besser ausgestattetes Gemach zu suchen. Das Drängen in seinen Lenden kam dem Schmerz nahe und Rozabel betrachtete ihn, soweit er das im Mondschein sehen konnte, aus silbernen Sirenenaugen. Er hätte zwei Paar Augen und mehr haben müssen, um sie zu betrachten. Die rätselhaften Augensterne, der großzügige Mund, der so süß küssen konnte. Die stolzen Brüste, deren tiefrote Kirschen geradezu um die Aufmerksamkeit seiner Lippen bettelten.

»Komm.« Er setzte sich auf den Stuhl mit der Lehne und zog sie auf seinen Schoß um die Früchte zu genießen, die ihn verlockten.

Rozabel fühlte sein Drängen ebenso, wie den Mund der so genüsslich ihren Körper plünderte. Es war himmlisch, aber es war nicht genug. Erst als sie an seinen Beinkleidern zerrte, begriff er was sie wollte und für einen Atemzug verschlug es ihm die Sprache. Sie war mehr, als er je von einer Frau erwartet hatte. Ehrlich, direkt, heißblütig und sinnlich, welcher Mann konnte ihr widerstehen?

Rozabels Röcke bauschten sich wie eine Blüte um sie beide, als sie ihn, die Beine links und rechts von seinem Stuhl, mit einem lustvollen Seufzer in sich aufnahm. Ihre ungewöhnliche Körpergröße erlaubte die erotische Begegnung in quälend wollüstiger Langsamkeit. Ihre Brüste schwebten genau vor seinen begehrlichen Lippen, während er sich tief und unaufhaltsam in den heißen, engen Schoß bohrte, der ihn umfing und fesselte. Sie war ein wahr gewordener wollüstiger Traum.

Rozabel achtete nicht auf den leichten Schmerz, mit dem ihr Körper auf das neuerliche Liebesspiel reagierte. Sie hatte so lange auf Favre gewartet, dass es ihr vorkam, als würden die restlichen Tage ihres Lebens nicht ausreichen, das Versäumte nachzuholen. Die einsetzende Wonne war den kleinen Schmerz wert und das Gefühl ihn auf diese frivole Weise beherrschen zu können, verlieh der Begegnung einen zusätzlichen Reiz. Er war ihr ausgeliefert und der Triumph machte sie kühn. Sie hob ihm mit den Händen ihre Brüste entgegen und begann das Auf und Ab eines leidenschaftlichen Rittes, der schon nach wenigen Bewegungen im verheerenden Blitz eines gemeinsamen Höhepunktes gipfelte und sie atemlos und fassungslos zusammensinken ließ.

Favre konnte sie mit Mühe davor bewahren, dass sie von ihm zu Boden rutschte und sein eigener Atem kam pfeifend und überanstrengt aus brennenden Lungen. Sie hatten keine Kraft für Worte. Die Zügellosigkeit der wilden Begegnung machte sie verlegen und sprachlos. Was war mit ihnen geschehen?

»Das wollte ich nicht«, stammelt er befangen, während sie sich das Kleid richtete und sich am Tisch abstützen musste, weil ihre Beine sie nicht zuverlässig trugen. »Ich wollte dich nicht wie ein marodierender Söldner vergewaltigen.«

»Der Söldner war wohl eher ich.« Rozabel warf ihm einen unerwartet schelmischen Blick zu und errötete im Nachhinein über das eigene Verhalten.

»Gütiger Himmel.« Favre fuhr sich mit allen zehn Fingern durch die blonden Haare und erhob sich, um seine Beinkleider zu schließen. »Ich weiß nicht, was in mich gefahren ist. Ich bringe dich in den Palast. Die Entfernung wird mir helfen, zu Verstand zu kommen.«

Rozabel fand es enttäuschend, dass er sich so schnell fasste, aber sie verbarg ihre Gefühle. Wann würde er bereit sein zuzugeben, dass er dieselbe ausschließliche Liebe zu ihr empfand, wie sie für ihn?

Sie wusste, dass sie Geduld haben musste. Das Übel war nur, Geduld war nicht ihre Stärke.

ZEHNTES KAPITEL

Rouen, Burg des Herzogs
5. August 1095

Rozabel goss das kochende Wasser über die getrockneten Salbeiblätter und der aromatische Duft der Kräuter erfüllte das Gemach. Sie wandte sich nicht um, aber sie spürte die Augen der Damen zwischen ihren Schulterblättern. Jeder ihrer Handgriffe wurde misstrauisch beobachtet und Judith von Meulan führte die Reihe ihrer Kritikerinnen an. Sie beherrschte meisterlich die Kunst, mit einem Lächeln Gemeinheiten zu verbreiten und sich den Anschein ahnungsloser Unschuld zu geben, wenn man sie dafür zur Rechenschaft ziehen wollte. Auch jetzt war es ihre süßliche, helle Stimme, die über das allgemeine Gemurmel boshaft und klar hinwegzwitscherte.

»Wäre es nicht besser, unserer geliebten Herrin mit Gebeten beizustehen, als ihr den schmerzenden Kopf mit giftigen Dämpfen zu vernebeln?«

Rozabel biss die Zähne zusammen und goss den goldfarbenen Sud durch ein feines Leintuch. Sie ließ sich in ihrem Bemühen, Madame Margarete zu helfen, nicht beirren. Diese Aufgabe war das Leuchtfeuer, das in einem Nebel der Verwirrung und Ratlosigkeit ein Ziel gab.

Mit geübtem Griff fasste sie die Kräuterreste auf dem Leinen zu einem Umschlag zusammen, hüllte ihn in ein Seidentuch und trug ihn ins Nebenzimmer, wo die Herzogin mit geschlossenen Augen auf ihrem prächtigen Alkovenbett ruhte und dem leise plätschernden Lautenspiel einer Ehrendame lauschte.

»Das wird Euch Erleichterung schenken, Madame«, versprach sie und legte die warme Packung achtsam auf die bleiche Stirn. »Salbei wirkt am besten gegen den Druck hinter Eurer Stirn, den der Mondfluss verursacht. Ihr werdet es gleich merken.«

»Ach, Rozabel«, seufzte die junge Fürstin. »Diese Schmerzen sind eine gerechte Strafe des Himmels dafür, dass ich auch in diesem Monat versagt habe, meine Pflicht zu erfüllen. Ich muss sie ertragen.«

»Erlaubt, dass ich Euch widerspreche«, entgegnete Rozabel hörbar empört. »In jeder Ehe, die mit Kindern gesegnet ist, sind zwei dafür nötig, dieses Geschäft zu bewerkstelligen. Wenn Ihr jeden monatlichen Fehlschlag gleich unter die Strafe des Himmels stellt, dann müssten auch die Männer Migräne bekommen und unter Krämpfen leiden, denn der Herr ist gerecht, so viel steht fest.«

Ihre unerhörte Bemerkung sorgte für augenblickliche Stille. Die Lautenspielerin brach ab, die Herzogin hob den Kopf und im Nebenraum verstummte das Geflüster. Dann gab Madame ein Geräusch von sich, das große Ähnlichkeit mit einem Kichern hatte.

»Sagt man das in Britannien so, Rozabel? Bisher hat es mich nicht danach gedrängt, in Britannien die Krone zu tragen, die meinem Gemahl so viel bedeutet. Aber vielleicht sollte ich es bedenken, wenn man auf deiner Insel die Sache der Frauen so beredt vertritt.«

Das Lautenspiel setzte wieder ein, das Geplauder ging weiter. Rozabel zollte der Geistesgegenwart der Herzogin ihren Respekt. Wenn ihr unbedachter Angriff auf die Manneskraft Roberts sein Ohr erreichen sollte, so bewies die Antwort seiner Gemahlin, dass er wohl kaum so despektierlich verstanden würde, wie er geklungen hatte. Sie musste lernen, ihre Zunge besser zu hüten. Bisher war das nie nötig gewesen. Aber bisher hatte sie auch noch die Arbeit einer Magd getan, die zu gehorchen und zu schweigen hatte.

»Auf ein Wort, Rozabel«, hielt sie die Herzogin auf, als sie wieder gehen wollte. »Lasst uns allein, meine liebe Mary«, schickte sie die Lautenspielerin davon. »Und schließt die Tür hinter Euch.«

Sie sammelte sich einige Zeit, ehe sie den Blick ihrer sanften dunkelbraunen Augen auf die junge Heilerin heftete. Sie hatte an Ausstrahlung gewonnen, man übersah sie nicht mehr so leicht. Es schien als hielte sie sich aufrechter und sei sich ihres Wesens und ihrer Erscheinung als Frau bewusster, als zuvor.

»Verzeih' mir, wenn ich mich in Dinge einmische, die du für dich behalten willst, Rozabel. Aber mir scheint, dass du dem Seigneur von Tréviers in den letzten Tagen mehr Aufmerksamkeit schenkst, als allen anderen Herrn des Hofes. Bist zu ihm zugetan?«

Merkte man es ihr bereits an? Rozabel wich vor der Herzogin zurück und versuchte ihr Erschrecken zu verbergen. Sie hatten keine Möglichkeit gefunden, seit jenem Gewittertag und der ihm folgenden Nacht, allein miteinander zu sprechen. Sie sahen einander im Kreis des Hofes und ihre Sehnsucht hungerte nach mehr als einem Lächeln, einem bewundernden Blick und einem flüchtigen Kontakt ihrer Hände. Sie hatte an dem fraglichen Tag von einem leidenschaftlichen Trank gekostet, der sie auf der Stelle süchtig gemacht hatte.

»Ich weiß nicht, wovon Ihr sprecht, Euer Gnaden«, versuchte sie sich ahnungslos zu geben, obwohl sie fürchtete, man könne den jagenden Schlag ihres Herzens von der Bewegung des Stoffes unter ihrem Busen ablesen.

»Von einer Krankheit, die sogar eine Heilerin befallen

kann«, lächelte die Herzogin, aber es wirkte eher traurig als vergnügt. »Hüte dein Herz, Rozabel. Dies ist nicht die Zeit für Liebe. Wir stehen vor einem Krieg, und der Herr von Tréviers hat zudem eine Privatfehde gegen jene im Sinn, die seinen Bruder den Folterknechten ausgeliefert haben. Du würdest zwischen alle Fronten geraten.«

»Vor einem Krieg?« Rozabel wollte es nicht glauben, obwohl auch Favre davon gesprochen hatte.

»Die Schiffe des Königs sind an unserer Küste gelandet«, verriet Margarete von Maine. »Noch ist nicht klar, wo die Heere aufeinander treffen werden.«

»O nein. Gibt es denn keine Möglichkeit dies zu verhindern?«, fragte sie tonlos. »Bedenkt nur, wie viel Blut fließen wird. All diese Krieger haben Mütter und Frauen, die um sie weinen werden.«

Die Herzogin nahm den Umschlag von ihrer Stirn.

»Wie stellst du dir das vor? Denkst du, der Herzog wird auf mich hören, wenn ich solche Argumente vorbringe?«

»Er ist Euch zugetan.« Rozabel sah einen winzigen Hoffnungsschimmer und begann auf der Stelle zu kämpfen. »Er will Euch keinen Kummer bereiten. Er hat das heilige Sakrament der christlichen Taufe erfahren und geschworen die Gebote zu achten. Du sollst nicht töten ist eines davon. Was wäre, wenn Ihr seine Eminenz, den Erzbischof von Rouen, darum bittet, Euer Flehen um Frieden zu unterstützen?«

»Der Herr steh mir bei. Wie stürmisch du fordern kannst, wenn dir etwas am Herzen liegt.«

»Der Frieden zwischen zwei Brüdern sollte auch Euch am Herzen liegen, Madame. Der Tod ist nie eine Lösung, er schafft nur neuen Hass und neues Leid. Werdet Ihr mit dem Herzog sprechen?«

»Ich muss darüber nachdenken.«

Rozabel wusste, dass sie nicht mehr von Madame Margarete erwarten konnte. Nicht einmal als Rozabel de Cambremer hätte sie das Recht gehabt, die Fürstin noch inständiger zu bedrängen.

»Dann will ich Euch nicht länger dabei stören«, murmelte sie und entbot ihre Reverenz, ehe sie aus der Schlafkammer floh.

Erst als sie gegangen war, fiel der Herzogin auf, dass die Heilerin sich ihrem Verhör ebenso geschickt entzogen hatte, wie ihren Ratschlägen. Zufall oder Absicht? Sie wurde nicht klug aus ihr.

Es war nicht Rozabels Plan gewesen, ihre Herrin zu verwirren. Sie selbst dachte erst wieder an Favre, als sie sich mit einer Entschuldigung bei der obersten Haushofmeisterin aus dem Kreise der Damen zurückziehen wollte.

»Vermutlich liegt die Apotheke, die du aufsuchen willst, nahe der großen Brücke, wo auch das Haus der Tréviers steht«, säuselte Judith von Meulan in falscher Freundlichkeit. »Deine Besuche dort scheinen sich zu häufen, Sächsin.«

Rozabel wollte tatsächlich ihren Vorrat an getrocknetem Lavendel und Gewürznelken auffüllen, aber die spöttische Bemerkung war zuviel für ihre Selbstbeherrschung. Sie warf der intriganten Ehrendame einen glitzernden Blick zu und vergaß völlig, dass die Demoiselle von Meulan sie für eine gewöhnliche Magd halten sollte.

»Immerhin weiß ich mich dort willkommen und geschätzt, Dame Judith. Das ist mehr, als manch andere für sich erfährt.«

Die Zurechtgewiesene wurde kreidebleich. Der Hof tuschelte ohnehin schon darüber, dass Etienne de Cambremer seine Aufmerksamkeiten für Judith seit Kurzem eingestellt hatte. Offensichtlich wurde nichts aus der guten Partie. Man erinnerte sich wieder daran, dass auch Richard de Tréviers die Dame umworben hatte, ohne dass es am Ende zu der erwarteten Verlobung gekommen war. Die Gerüchteküche zog zum ersten Mal in Betracht, es könne an Judith selbst liegen, dass keiner dieser hoffnungsvollen jungen Männer sie zur Frau nahm.

Rozabels wütende Antwort streute dermaßen viel Salz in ihre heimliche Wunde, dass sie ebenso spontan zurückschlug.

»Willst du etwa behaupten, der Seigneur de Tréviers, wünscht mehr von dir, als die unkeuschen Dienste einer willigen Badedirne?«, lachte sie schrill, ohne die entsetzten Blicke der anderen zu beachten. »Mädchen, du musst noch viel lernen über die Sitten des Hofes und die Wünsche der Männer.«

»Meine Damen ...«

Die Haushofmeisterin rang die Hände über eine solche Missachtung von Benehmen und höfischer Sitte. Judith spitzte die Lippen zu einem gehässigen Lächeln und Rozabel verließ fluchtartig das Gemach. Sie misstraute sich selbst. Der Wunsch, Judith mit allen zehn Fingern die Augen auszukratzen, war einfach übermächtig. Was hatte sie getan, um von ihr so gehasst zu werden?

Die Hand auf das rasende Herz gepresst, lief sie die Steintreppen des großen Turmes hinab, bis sie eine der hohen, schmalen Nischen fand, deren offenes Rundbogenfenster einen Blick über die Burg und die Stadt erlaubte. Das silberne Band des Flusses zog sich durch ein Meer von Dächern, die mit Schindeln und Schieferplatten, die meisten jedoch mit Stroh, gedeckt waren. Außerhalb der Stadtmauern kamen die Türme und Gebäude der zahllosen Abteien und Klöster hinzu, die Rouen mit einem Gürtel christlichen Glaubens umgaben.

Sie kannte leider zu genau den Grund ihrer Erregung. Judith von Meulan hatte ihre eigenen Ängste in Worte gefasst. Waren Favres Gefühle so aufrichtig und stark, dass sie – egal ob Magd oder Edeldame – allein ihr galten?

Sie hatte sich ihm gegen Sitte und Anstand ohne Bedingungen hingegeben und dafür Stunden des wundervollsten Glücks erhalten. Schmeichelnde Worte, sanfte Reden, verführerische Komplimente, heiße Leidenschaft, aber keinen Schwur, der über den Tag hinaus reichte. Kein Wort von Ehre und Heirat. Weil keine Zeit dafür gewesen war oder weil er gar nie daran gedacht hatte?

»Rozabel? Was tust du da?«

Als ob ihn ihre Gedanken herbeigezaubert hätten, trat Favre de Tréviers in die Nische.

»Ihr?«

Im ersten Augenblick fehlten ihr die Worte. Sie wich vor ihm zurück und sah, wie er die Stirn runzelte.

»Was ist geschehen?«

»Nichts ...«

»Du lügst, ich sehe es dir an. Warum versteckst du dich in dieser Ecke? Vor *wem* versteckst du dich?«

Rozabel senkte die Lider, um ihn auszuschließen. Sie vermochte nicht zu denken, wenn er vor ihr stand. Aber es half nichts. Auch mit geschlossenen Augen konnte sie sehen, fühlen, riechen. Jedes winzige Härchen auf ihrer Haut richtete sich erwartungsvoll auf und ihre Lippen begannen zu prickeln.

»Nun, meine Schöne?«

Sie spürte seinen Atem auf ihrer Stirn. Er stand so nahe bei ihr, dass sie sich nur ein wenig auf die Zehenspitzen hätte recken müssen, um ihn küssen zu können. Ihr Herz überschlug sich.

»Bin ich das für Euch?«, platzte sie in dieser Verwirrung heraus. »Was empfindet Ihr für mich? Welche Zukunft habt Ihr mir zugedacht?«

Augenblicklich ging er auf Abstand zu ihr. Sie fühlte, wie die Luft zwischen ihnen kühler wurde. Hatte er schon vergessen, wie es sich anfühlte, wenn sie ineinander versanken? Dass sie einander gesucht hatten wie die zwei verlorenen Hälften eines Ganzen.

»Was sollen diese Fragen?« Er räusperte sich, als müsse er seine Kehle von etwas Unangenehmem befreien. »Was erwartest du von mir?«

Ihr Schweigen legte die Antwort nahe und er gab ein unwilliges Brummen von sich, weil sie es ihm überließ, es auszusprechen.

»Der Herr bewahre mich. Komm mir bitte nicht mit dem üblichen Weiberwunsch nach Haus und Heim. Lass uns das Vergnügen teilen, solange es uns gegönnt ist. Es ist ohnehin schon mehr, als den meisten Menschen je widerfährt.«

Rozabels Hand, noch immer auf das Herz gepresst, fiel herab. Das honigfarbene Kleid, das seine Aufmerksamkeit auf die stille Gestalt in der Nische gelenkt hatte, schimmerte golden gegen das hereinfallende Tageslicht. Ihr Blick blieb im Schatten, ihre Haltung verkrampft.

»Ihr zieht es nicht einmal in Betracht«, wisperte sie fassungslos.

»Die Bindung an ein Sachsenmädchen aus dem einfachen Volk? Du träumst, Rozabel. Wenn ich wirklich einmal eine Frau nehme, muss es ein Mädchen aus edler Familie sein, das bin ich meinem Namen schuldig. Komm schon, auch im Königreich Britannien heiratet der Adel nur Seinesgleichen, das ist nun einmal so. Ich kann die Sitten nicht ändern. Außerdem wird noch viel Wasser die Seine hinunterfließen, ehe ich überhaupt daran denke, eine Gemahlin zu nehmen. Bis dahin haben wir noch viel Zeit uns aneinander zu erfreuen. Wann kommst du wieder zu mir, meine Kleine?«

Jedes seiner Worte traf Rozabel wie ein Schlag. Sie hatte es gefürchtet, aber solange es noch nicht ausgesprochen war, hatte sie ihre Träume glauben können.

»Was tust du?«

Sie drängte sich an ihm vorbei. Auf der ersten Stufe hielt sie inne

»Ich gehe.«

»Ich kann's gerade jetzt nicht verhindern. Der Herzog hat mich zu sich bestellt, ich hätte ohnehin keine Zeit gefunden, dich zu erfreuen. Aber heute Abend könntest du mit mir kommen. Ich bin sicher, die Herzogin braucht dich nicht. Es findet ein Festmahl zu Ehren des Boten statt, den seine Heiligkeit, Papst Urban, nach Rouen geschickt hat. Es wird ein solches Gedränge herrschen, dass nicht auffällt, wenn wir beide fehlen.«

Er hatte keinen Deut ihrer Gefühle begriffen. Vielleicht nahm er sogar an, dass sie keine Gefühle hatte. Sie war in seinen Augen ja nur ein törichtes Sachsenmädchen. Trauer, Zorn und Kummer mischten sich und trübten ihr den Blick.

»Rechnet nicht mit mir«, sagte sie erstickt. »Nie wieder.«

Er lachte. Er nahm ihre Worte nicht ernst. Er trat zu ihr und ehe sie es sich versah, hatte er sie geküsst. Schnell, hart und gierig, wie ein Krieger eine Kneipendirne küssen würde. Sie empfand es so, obwohl ihr die Vergleiche fehlten.

Sie wollte keine solchen Küsse. Sie konnte nicht anders, sie hob die Hand und wischte sich die Liebkosung mit einer Geste reiner Verächtlichkeit von den Lippen.

»Ich mag ein Nichts in Euren Augen sein, aber ich habe meinen Stolz«, zischte sie leise.

»In erster Linie hast du einen wirren Kopf«, schmunzelte er. Ihr Widerstand stachelte sein Begehren nur noch mehr an. »Lüfte ihn aus, dann sprechen wir weiter, Liebchen.«

Er wandte sich ab und schritt pfeifend nach oben, auf herausfordernde Weise mit sich und der Welt zufrieden. Rozabel stieß den angehaltenen Atem aus und stützte sich an der kalten Steinwand ab.

»Ist Euch nicht gut, edle Dame? Kann ich Euch helfen?« Einer der vielen eifrigen Pagen des Herzogs kam des Wegs und musterte sie interessiert.

Rozabel schüttelte stumm den Kopf und fragte sich, was er gesehen hatte? Das Gespräch? Den frechen Kuss? Egal, man hielt ohnehin nicht viel von ihr am Hofe des Herzogs der Normandie. Wozu sich Sorgen über einen Ruf machen, der nichts bedeutete.

Sie setzte sich in Bewegung, zwang sich mühsam zu jedem Schritt. Sie spürte die Erschütterung bis in die Tiefen ihres schmerzenden Herzens hinein.

Sie hatte Antworten auf ihre zahllosen Fragen erhalten, aber sie war nicht glücklich damit. Was sollte sie tun? Fulco de Cambremer aufsuchen und ihn bitten, sie nach Hause zu schicken?

Sie wusste schon jetzt, dass es keinen Sinn haben würde. Ob das Meer oder nur eine Mauer zwischen ihnen lag, die Tatsachen blieben dieselben. Favre de Tréviers war der Mann ihres Schicksals. Ob er sie beleidigte oder ihr wehtat, ob er sie liebte oder vergaß, ihr dummes Herz mit Füßen trat oder weg warf, es würde ihm gehören, bis es aufhörte zu schlagen.

ELFTES KAPITEL

Rouen, Burg des Herzogs
7. August 1095

Die Atmosphäre im Beratungssaal des Herzogs war aufgeladen und gereizt. Favre de Tréviers, dem zum ersten Male die Ehre widerfuhr, unter den Ratgebern seines Fürsten zu sitzen, begriff weniger denn je weshalb man ausgerechnet ihn geladen hatte, an dieser Versammlung teilzunehmen. Als den Stellvertreter seines Bruders Richard, der dem Herzog mit so viel fehl geleitetem Ehrgeiz gedient hatte? Als neutraler Beobachter? Als ausgleichendes Element? Er war Lehnsherr, und kein Politiker.

Niemand schenkte ihm sonderliche Aufmerksamkeit. Alle redeten durcheinander und Herzog Robert machte den Eindruck, als sei er mit seinen Gedanken weit fort. Schon in jenen geheimnisumwitterten Fernen, die ihm plötzlich viel verlockender als seine Heimat, die Normandie, erschienen.

»Seine Heiligkeit tut sich leicht, uns um Hilfe zu bitten«, äußerte sich in diesem Augenblick Fulco de Cambremer, mit Abstand der älteste Ritter im Rat. »Wir hingegen täten uns wahrhaftig auch leichter, wenn der Heilige Vater uns sagen würde, woher die Männer für ein solches Abenteuer kommen sollen und wer sie dafür ausrüstet. Pferde, Waffen, Rüstungen und Schiffe, wer soll diese Dinge bezahlen? Die Staatskasse ist schon überfordert, wenn es darum geht, die Bewaffneten auszustatten, die gegen Rufus marschieren sollen. Und das ist ein Problem vor unserer Haustür.«

»Noch ist der offizielle Aufruf gar nicht ergangen, die Heiden im Heiligen Land zu bekämpfen«, warf ein anderer

Ritter besänftigend ein. »Vielleicht verläuft der Plan ja im Sande? Es wäre wirklich besser, wenn sich seine Heiligkeit, der ehemalige Kardinalbischof von Ostia und Prior von Cluny, erst einmal um die Ordnung in seiner Kirche kümmern würde, statt an eine kriegerische Wallfahrt nach Jerusalem zu denken. Sollten wir uns getäuscht haben, als wir uns über die Wahl eines Franzosen in das höchste Amt der Christenheit gefreut haben?«

»Es steht uns nicht an, die Taten und Wünsche des Heiligen Vaters zu werten«, warf Herzog Robert endlich ein, ehe der Streit noch heftigere Formen annahm. »Ich für meinen Teil bin sehr wohl bereit, mit ganzer Seele und ganzer Kraft für unseren Herrn Jesus Christus zu kämpfen.«

Seine Worte riefen unheilvolles Schweigen hervor. Fulco de Cambremer kratzte sich viel sagend das glatt rasierte Kinn. Andere sahen zu Boden und Favre starrte verdrießlich den Herzog an, der sich erkennbar bereits in der Rolle des ersten Ritters der abendländischen Christenheit gefiel.

Wollte er die Normandie ausgerechnet jetzt im Stich lassen? Sollte sein Herzogtum wehrlos in Rufus' Hände fallen? Wenn sich erst herumsprach, wohin ihn seine Ruhmsucht drängte, würde sein Bruder handeln, wie es seine Art war. Schnell, erbarmungslos und effizient.

»Und König Rufus?«

Nur der alte Cambremer konnte es wagen, die Frage zu stellen, die nahezu jedem Manne auf der Zunge lag. Der verhasste Name der Sippe bereitete Favre Übelkeit, aber die aufrechte Haltung ihres normannischen Seniors rang ihm widerstrebende Anerkennung ab.

»Rufus?« Der Herzog sah sich um und ein seltsames, spöttisches Lächeln glitt über seine männlich attraktiven Züge. Es war kein Geheimnis, dass er seinen Bruder schon in der

Kinderstube gehasst hatte. Ihrer beider Rivalität war bereits mit dem Taufwasser genährt worden. »Rufus, meine Freunde, werden wir einen Brocken hinwerfen, an dem er sich so endgültig verschluckt, dass er weder Kraft noch Zeit haben wird, sich um anderes zu kümmern.«

Favre bemerkte, dass die Augen des Herzogs auf ihm ruhten. Seine innere Stimme riet zur Vorsicht. Seine Heimat und die Menschen, die dort lebten, standen auf dem Spiel. Schachfiguren einer königlichen Partie um Ruhm und Macht.

»Rufus darf unsere Streitmacht für das Heilige Land ausrüsten«, erklärte Robert geradezu seidenweich. »Rüstungen, Waffen, Streitrösser, Schiffe, Proviant, was nötig ist, wird von ihm kommen und dazu beitragen, dass wir die Heiden für immer aus dem Land vertreiben, in dem unser Herr Jesus Christus gelebt hat und gestorben ist.«

»Und was erhält er dafür?«

Erst als sich alle Köpfe nach ihm umwandten, wurde Favre bewusst, dass er die Frage laut gestellt hatte.

Der Herzog legte die langen, schmalen Hände an den Fingerspitzen zusammen und lehnte sich in seinem Stuhl zurück. Er war sichtlich zufrieden mit der Dramatik, die nun über der Versammlung lag und der Wissbegier mit der alle Normannen an seinen Lippen hingen. Endlich hatte er ihre ungeteilte Aufmerksamkeit.

»Ich gebe ihm die Normandie dafür«, verkündete er gelassen in die Stille hinein.

»Das ist unmöglich! Ihr könnt nicht Eure Heimat verkaufen.«

Wieder war es Favre, der die unangenehmen Tatsachen in Worte fasste. Aber inzwischen kochte solcher Zorn in ihm, dass ihm die Folgen egal waren.

»Ich kann. Und Ihr, mein lieber Tréviers, werdet die Verhandlungen mit Rufus führen. Ich sende Euch in das Lager meines Bruders, damit Ihr ihm dieses Angebot unterbreitet und die besten Bedingungen aushandelt.«

Stummes Entsetzen prägte Favres Züge. Was hatte er getan, um mit einem solchen Auftrag gestraft zu werden? Es wäre Sache des Erzbischofs gewesen oder des Kanzlers, mit dem englischen König zu verhandeln. Er war noch nie mit einer diplomatischen Aufgabe dieser Größenordnung betraut worden.

»Die Einzelheiten werden selbstverständlich die Beamten klären«, sagte der Herzog, als hätte er seine Gedanken gelesen. »Aber die Überzeugungsarbeit kann nur ein Mann leisten, von dem Rufus weiß, dass er ehrenwert ist, aber mir nicht nach dem Munde redet. Beides trifft auf Euch zu, Favre de Tréviers. Wer weiß, vielleicht kann dieses Treffen auch Eure eigene Zukunft höchst befriedigend beeinflussen.«

Es klang wie Hohn in Favres Ohren. Er hatte keine Ahnung, worauf der Herzog anspielte. Aber jeder wusste, was Richard für ihn in Britannien getan hatte und welchen Preis er dafür gezahlt hatte. Weshalb schickte er ihn jetzt in die Höhle des Löwen und was sollte er mit der rätselhaften, letzten Bemerkung anfangen?

Dennoch, was konnte er anderes tun als seinen Gehorsam bekunden? Ein Tréviers verweigerte seinem Herrscherhaus keine Befehle, sogar dann nicht, wenn er bei der Erfüllung sein eigenes Leben in Gefahr brachte.

»Wann soll ich aufbrechen?«, fragte er heiser.

»Mit dem nächsten Sonnenaufgang, mein Freund. Die Parlamentärsflagge liegt bereit für Euch. Sagt meinem Bruder, dass es mein Wunsch und der meiner Gemahlin ist, weiteres Blutvergießen zwischen unseren Völkern zu vermeiden. Es gibt wichtigere Kriege, die unseren ganzen Einsatz fordern.«

Es war ungewöhnlich für Robert, in diesem Zusammenhang seine Herzogin zu erwähnen. Was hatte es zu bedeuten? Vor Favres Augen tauchte Rozabels Antlitz auf. Was ihn ausgerechnet auf den Einfall brachte, sie könnte etwas damit zu tun haben, war ihm selbst ein Rätsel, aber je mehr er darüber nachdachte, umso wahrscheinlicher kam es ihm vor. War es ihr gelungen, die fromme Herzogin gegen einen Krieg zu beeinflussen? Bisher hatte Margarete von Maine noch nie eine eigene Meinung vertreten, die ihrem Gemahls widersprach.

»Haltet Ihr es für gut, einen so jungen Mann mit einer so bedeutsamen Aufgabe zu betrauen?« Fulco de Cambremer trat schwerfällig vor und mischte sich zu Favres Erstaunen ein. »Schickt mich. Ihr wisst um die Verbindung unserer englischen Sippe zum König, Euer Gnaden. Ein Unterhändler namens Cambremer würde sicher ...«

»Es bedarf Eurer Hilfe nicht«, schnitt ihm der Herzog majestätisch das Wort ab.

Die Ablehnung trieb deutliche Röte in die Stirn des alten Edelmannes, aber auch ihn zwang sein Lehnseid zum Gehorsam.

»Lasst uns keine weitere Zeit verlieren, meine Herrn«, befahl Robert und griff nach einem Pergament. »Dies ist die genaue Aufstellung über die Anzahl der Krieger, die mich begleiten soll. Einzelheiten über Aufrüstung und Bewaffnung sind aufgeführt. Wenn Rufus damit einverstanden ist, werden sich in Kürze die Tore von Rouen für ihn öffnen.«

Favre schüttelte gewaltsam seine unpassenden Gedanken an Rozabel ab und beteiligte sich gezwungenermaßen an der folgenden Debatte über die kriegerische Wallfahrt. Wie es aussah, hatte Papst Urban sich in aller Stille an alle Heerführer des christlichen Abendlandes gewandt und sich ihrer Unterstützung versichert, ehe er seine Entscheidung auf der geplanten Synode im November in Clermont öffentlich machen wollte.

Sein Blick flog über die Mienen der herzoglichen Ratgeber. Fulco von Cambremer und einige andere teilten sein Unverständnis für dieses Abenteuer. In den Augen der anderen leuchtete bereits Begeisterung.

*

Eine hölzerne Truhe stand mit offenem Deckel neben der anderen. Rozabel hatte längst den Überblick verloren, nach welchem System Leinenzeug und Bettwäsche, Kleidung und all die anderen Haushaltsgegenstände der Herzogin geordnet und eingepackt werden sollten. Die fieberhafte Betriebsamkeit, die den Hof in Rouen vor wenigen Tagen überfallen hatte, ließ ihr kaum Zeit zum Denken. Madame rüstete zum Aufbruch.

Es kam öfter vor, dass ein Herrscher seine Residenz verlegte. Auch König Rufus reiste von Winchester nach Salisbury, von London nach York, wenn es seine Angelegenheiten erforderten. Aber dass der Herzog seinen Haushalt am Vorabend einer möglichen Schlacht verlegte, glich mehr einer vorbeugenden Flucht, als einer üblichen Reise.

»Wenn wir doch nur wüssten, in welcher Burg wir künftig wohnen sollen«, seufzte die Haushofmeisterin entnervt.

»Welche Frage, Barfleur natürlich«, behauptete Judith von Meulan.

Sie tändelte mit einem Bündel zarter Schleier, die in allen Regenbogenfarben schimmerten und für die wechselnden Kopfbedeckungen der Herzogin gedacht waren. Einen türkisfarbenen Schal hielt sie an ihre Wange und prüfte im Spiegel einer Silberschale, ob der kräftige Ton zu ihrem Teint passte.

»Ihr seht aus, als wäret Ihr schon in anderen Umständen und müsstet im nächsten Augenblick Eure Morgenmahlzeit wieder von Euch geben«, wies die Haushofmeisterin sie, verärgert über die Bummelei der jungen Hofdame, energisch zurecht.

Judith ließ mit einem Aufschrei den Schleier in die Truhe zurückfallen.

Rozabel beugte sich tiefer über den Kasten mit den feinen Hemden und Strümpfen, damit niemand ihr Lächeln bemerkte. Sie gönnte Judith die Abfuhr. Die Haushofmeisterin wies sie viel zu wenig in ihre Schranken. Der Vorfall hatte den anderen Frauen von Madame Margarete jedoch Mut gemacht, ebenfalls ihre Meinung kund zu tun.

»Es kann unmöglich Barfleur sein. Der englische König ist dort gelandet. Der Herzog würde nie seine Gemahlin und ihre Frauen in die Nähe eines möglichen Schlachtfeldes senden«, widersprach Marie de Fabrice, eine Verwandte des Erzbischofs von Rouen. »Außerdem gibt es in Barfleur bloß Wachtürme und keine richtige Festung.«

»Man sagt, es wird dieses Mal ohnehin nicht zu einer Schlacht kommen. Der Rat hat entschieden, einen Parlamentär zu Rufus zu schicken und einen Friedensschluss auszuhandeln. Er soll noch heute aufbrechen.«

»Der Herzog will mit seinem Bruder verhandeln? Welche Sinnesänderung.«

»Was hat ihn auf diesen Einfall gebracht?«

»Wisst Ihr Näheres?«

Das aufgeregte Durcheinander aller Stimmen machte es unmöglich, einzelne Sprecherinnen zu erkennen. Rozabel lauschte neugierig, aber sie beteiligte sich nicht an den Spekulationen.

Seit dem Streit mit Favre auf der Treppe zum Turm der

Herzöge, kam es ihr vor, als hätte der Ritter sie gezweiteilt, in die Heilerin die ihre Pflicht tat, Befehle befolgte und arbeitete, und in die verletzte Rozabel, die nicht wusste wohin sie gehörte und wem sie trauen durfte.

Das bizarre Doppelleben versetzte sie in einen Zustand ständiger Überreizung, der an ihrer Beherrschung zehrte. Hinzu kam die neue, tief sitzende Angst vor dem drohenden Krieg. Nacht für Nacht lag sie wach, verfolgt von Bildern, in denen sich Favre und Bryan auf dem Schlachtfeld gegenüber standen, während die Männer ihrer Schwestern darauf lauerten, in den Kampf eingreifen zu können. Der Morgen fand sie erschöpft in zerwühlten Decken, mit einem Körper, der vor Verlangen schmerzte. Sie wusste nicht einmal mehr, welche Version dieses Alptraumes die Schlimmere war. Die, in der ihr Bruder starb oder die, in der Favre das Leben ließ.

»Der Herzog will Favre de Tréviers zu Rufus schicken, um die Verhandlungen zu führen.«

Aus dem Gemurmel und Getuschel drang der Satz an Rozabels Ohren und ließ sie mitten in der Bewegung erstarren. Robert schickte Favre zu Rufus? Hatte er den Verstand verloren?

Das durfte nicht sein. Selbst wenn der König Favre nicht persönlich kannte, er würde wissen, wen er vor sich hatte. Den Bruder eines Giftmörders! Mit einem solchen Mann würde Rufus nicht verhandeln, er würde ihn bestenfalls in Ketten legen lassen, wenn er nicht gar selbst zum Schwert griff.

»Rozabel! Wohin lauft Ihr, so wartet doch ...«

Sie vernahm den entrüsteten Ruf der Kammerfrau, aber sie drehte nicht einmal den Kopf nach ihr. Dies war nicht der Augenblick für Höflichkeiten und Gehorsam. Sie musste zu Favre. Egal, was er gesagt und getan hatte, es galt nicht, wenn sein Leben in Gefahr war. Er brauchte ihre Hilfe.

Mit gerafften Röcken eilte sie hinaus und einmal mehr die breiten Steintreppen hinab. Sie wäre fast an Fulco de Cambremer vorbei gelaufen, der soeben auf den Hof trat, aber dann siegte die Liebe, die sie für ihren Vater empfand. Es würde ihn kränken, wenn sie seinen Bruder brüskierte. Sie blieb stehen und grüßte den Seigneur wie es sich gehörte. Sie erhielt kein Lächeln zur Antwort. Er war erkennbar in Sorge und schien sie erst zu erkennen, als sie ihn ansprach. »Ihr seht bedrückt aus, Seigneur. Hat Euch der Balsam, den ich Euch gesandt habe, keine Erleichterung verschafft?«

»Ah, Rozabel.« Er runzelte die ohnehin gefurchte Stirn zusätzlich. »Danke der Nachfrage, Mädchen. Dein Balsam tut wahre Wunder. Meine schlechte Laune hat andere Gründe.«

Er machte den Eindruck, als suche er nach einem Anfang, ihr eine längere Geschichte zu erzählen.

»Verzeiht, ich bin in Eile«, wollte ihn Rozabel davon abhalten und machte einen Schritt in Richtung Haupttor.

»Sagt mir eines«, die Hand des alten Herrn schloss sich um ihr Handgelenk und hielt sie auf. »Seid Ihr auf dem Weg zu Tréviers?«

»Woher wisst Ihr?«

Rozabel errötete. Alle Welt schien ihr die Gefühle für Favre von der Stirn ablesen zu können. Sie wusste nicht, wie sie damit umgehen sollte. Es leugnen? Es übergehen? Es zugeben? Sie versuchte sich in einer harmloseren Erklärung.

»Ich bin auf dem Weg in das Haus Tréviers, weil ich dort einen Patienten habe, Seigneur. Da der Haushalt des Herzogs in Rouen geschlossen wird, werde ich in Kürze die Stadt verlassen, deswegen muss ich seine Wunden ein letztes Mal prüfen.«

Sie sah, wie er die buschigen Brauen zusammenzog und

wappnete sich instinktiv für Schlimmeres. Die nächsten Worte bestätigten ihre Befürchtungen.

»Es ist nicht der junge Richard, dem Eure Sorge gelten sollte. Sein Bruder hat einen gefährlichen Auftrag erhalten. Er muss Rufus den überraschenden Sinneswandel Herzog Roberts erklären und ihm ein eigenartiges Angebot unterbreiten.«

Rozabel nickte. Sie sah keinen Sinn darin, ihre Kenntnis dieser Tatsachen zu verleugnen. Auch nicht ihre Ängste.

»Er darf nicht gehen. Er läuft Rufus ins offene Messer«, sagte sie.

»So ist es. Der Herzog schickt Favre in ein tollkühnes Risiko und niemand weiß, weshalb er das tut. Rufus ist derselbe jähzornige Hitzkopf wie sein Vater. Es ist ihm zuzutrauen, dass er dieses einmalige Angebot ablehnt, nur weil es vom falschen Mann überbracht wird.«

»Favre wird in ihm nicht den König sehen, sondern den Mann, der seinen geliebten Bruder der hochnotpeinlichen Befragung übergeben hat«, vermutete Rozabel tonlos.

»Dennoch braucht die Normandie diesen Frieden dringender als das tägliche Brot«, entgegnete Fulco de Cambremer düster. »Kommt er nicht zustande, wird unsere Heimat früher oder später dem König von Frankreich wehrlos in die Hände fallen.«

»Ich verstehe Eure Sorge. Allein, ich begreife nicht, weshalb Ihr sie mir anvertraut. Was kann ich tun?«

Der stämmige Edelmann bedachte sie mit einem rügenden Blick. Es missfiel ihm, dass sie auch jetzt noch ihre Rolle aufrechterhielt, dennoch konnte er nichts anderes tun als mitzuspielen.

»Tréviers schuldet Euch Dank, meine Liebe. Ihr habt seinem Bruder das Leben gerettet und wenn ich die Blicke richtig deute, mit denen er Euch in den vergangenen Tagen betrachtet hat, dann besitzt Ihr sein Herz. Nutzt diese Macht, damit er nicht zu Rufus geht.«

Sein Herz? Rozabel hätte fast einen höhnischen Laut ausgestoßen. Sie kämpfte um Fassung und wich dem prüfenden Blick ihres Onkels aus.

»Ihr überschätzt meinen Einfluss, Seigneur. Nie und nimmer kann ich ihn seinen Lehnseid vergessen machen. Er hat dem Herzog Treue und Gehorsam bis in den Tod geschworen.«

»Dann verzögert wenigstens seinen Aufbruch, damit ich ihm zuvor kommen kann. Robert ist zum ersten Male bereit, unter bestimmten Voraussetzungen Rufus die Herrschaft über die Normandie zu überlassen. Je eher er davon erfährt, umso weniger Blut wird fließen. Ist der Vertrag erst unterschrieben und gesiegelt, bleibt genügend Zeit für Erklärungen und Wahrheiten.«

»Ihr wollt an Favres Stelle zu Rufus gehen?« Rozabel entsetzte sich über soviel Tollkühnheit. »Habt Ihr daran gedacht, was der Herzog mit Euch tun wird, wenn das herauskommt?«

»Ich bin ein alter Mann, Rozabel, aber ich liebe meine Heimat. Sie ist mir wichtiger als die kurze Spanne Leben, die mir noch bleibt. Es ist nicht wichtig, was der Herzog mit mir tut, wenn nur der Friede kommt.«

»Wie wollt Ihr das überhaupt bewerkstelligen? Favre wird nicht allein reiten, wenn es sich um einen offiziellen Auftrag handelt. Es wird Gefolge geben, Bewaffnete, Standartenträger.«

»Das lasst meine Sorge sein. Noch reicht mein Einfluss in Rouen weit. Was ist? Kann ich mit Eurer Hilfe rechnen? Die Zeit drängt und es gibt niemanden, der diese Aufgabe besser tun könnte als Ihr.«

Bezwungen vom Ernst in seiner Stimme, nickte Rozabel.

»Dann nehmt dies.« Er zog eine dunkle Glasphiole aus seinem Wams. »Ein Schlaftrunk. Ein letztes Mittel, falls alle Überredungskunst versagen sollte. Tut es in seinen Becher, und er wird für mindestens einen Tag wie ein Stein schlafen.«

Rozabel schnupperte misstrauisch an der Tinktur und verschloss das Gefäß erst wieder, als sie die Zutaten für sich benennen konnte. Sie sah auf.

»Der Zweck heiligt die Mittel, nicht wahr?«

Es war der Lieblingsausspruch ihrer Großmutter, Dame Elisabettas de Cambremer, gewesen und Fulco erkannte ihn. Er drückte Rozabels Arm.

»Geht mit Gott, Kind. Und wisst, dass Ihr Euch immer an mich wenden könnt, wenn Ihr den Rang und den Titel einnehmen wollt, der Euch zusteht. Es gefällt mir nicht, dass eine Gans wie Judith von Meulan ungestraft über Euch die Nase rümpfen darf.«

»Ihr sprecht von einer Frau, die gerne Eure Schwiegertochter wäre.«

»Da sei Gott davor. Ich wünsche mir, dass Etienne eine Frau wie Euch findet, denn Verstand und zwei tüchtige Hände sind mehr wert als lilienweißer Teint und frische Rosenwangen.«

Rozabel hörte in ihrer üblichen Selbsteinschätzung nur, dass ihr Teint nicht das gewünschte Lilienweiß besaß und ihre Wangen zu braun waren. Sie verzog den Mund und schalt sich eine Närrin, ausgerechnet jetzt über derlei Nebensächlichkeiten gekränkt zu sein.

Es war alles gesagt. Sie versenkte den Schlaftrank in dem modischen Beutel an ihrem Gürtel, ehe sie sich ein wenig herabbeugte und den Seigneur de Cambremer auf die Wange küsste, was ihm erkennbar gefiel.

»Geht mit Gott, Oheim. Ich wünsche Euch Erfolg auf Eurer Friedensmission.«

Mit langen Schritten eilte sie davon.

Die Glocken läuteten bereits zum Schließen der Stadttore und in den Gassen richteten sich Kaufleute und Handwerker für den Feierabend. Hausfrauen mit steifen weißen Hauben legten die Läden vor und zwei Gänsemägde trieben ihre schnatternden Tiere vom Flussufer herauf. Sie sahen der großen schlanken Dame im weidengrünen Taftgewand neugierig nach, die ihren Weg kreuzte und ohne zu zögern das Anwesen der Herren von Tréviers betrat. So sicher und selbstbewusst, dass ihr der Knecht, der als Pförtner am Tor stand und dessen Aufgabe es gewesen wäre, nach ihrem Begehr zu fragen und sie anzumelden, mit halboffenem Mund nachsah.

ZWÖLFTES KAPITEL

Rouen, Haus Tréviers
7. August, 1095

Der Streit war in vollem Gange. Keiner der beiden Brüder mäßigte seine Stimme. Man hörte sie schon auf der Holztreppe zur Galerie des ersten Stockwerkes. Rozabel verharrte mitten im Schritt und presste die Hand auf ihr jagendes Herz. Richard verteidigte die Pläne des Herzogs mit Leidenschaft, aber in Favres ruhigen Antworten schwang zunehmende Gereiztheit.

»Ruhm und Ritterehre, das sind schöne Worte, Kleiner. Und was ist mit den Menschen, die uns anvertraut sind? Wer schützt sie, während wir uns mit den Heiden im Morgenland schlagen? Ehrlich gesagt, ich bin kein guter Christ, aber meine eigenen Leute sind mir näher als fabelhafte Träume und der Wunsch die Christenheit zu retten.«

»Dir vielleicht«, vernahm sie Richards Antwort, ehe sie die letzten Stufen auf Zehenspitzen hinter sich brachte, damit das Holz sie nicht durch sein Knarren vorzeitig verriet. »Du bist der Erstgeborene. Ich bin es nicht. Ich werde dem Herzog folgen.«

»Nach Jerusalem?« Favre klang so sarkastisch, dass Rozabel erschrak. Richards empfindlicher Stolz würde das so nicht hinnehmen.

»Nach Jerusalem«, wiederholte er jetzt mit einem Nachdruck, der jeden Spott zunichte machte. »Ich kann ohnehin nicht in der Normandie bleiben, du weißt es so gut wie ich.«

»Wie willst du kämpfen? Du kannst noch nicht einmal von deinem Lager aufstehen.«

»Ich könnte es. Rozabel hat mir nur verboten, es jetzt schon zu tun.«

»Und ihr gehorchst du?«

»Du weißt wie ich, dass sie mich schützen will. Solange ich wehrlos im Bett liege, wird mich niemand für meine Taten zur Rechenschaft ziehen.«

»Wieso erlaubst du ihr, dich zu schützen und mir machst du Vorwürfe, wenn ich dasselbe tue?«

»Sie ist eine Frau.«

»Was weißt du schon von Frauen?«

»Offensichtlich mehr als du, Bruder. Und wenn wir von Rozabel sprechen ...«

»Von der weiß ich genug!«

Der verächtliche Ton kränkte die Lauscherin auf der Galerie. Sie presste die geballte Faust an den Mund und unterdrückte den Wunsch dazwischen zu fahren und zu sagen, was sie fühlte.

»Du kannst nicht leugnen, dass sie ihr Möglichstes für mich tut«, verteidigte sie Richard erfolglos, denn Favre gab ein wütendes Knurren von sich.

»Und ich nicht?«, höhnte er. »Willst du das damit sagen? Du kannst nicht im Ernst erwarten, dass ich eine solche Narretei wie dieses ritterliche Abenteuer im Morgenland billige. Du wirst nicht einmal dieses Haus verlassen, geschweige denn deine Heimat.«

Rozabel konnte eben noch rechtzeitig aus dem Weg springen, damit Favre nicht in sie hineinrannte, als er aus der Kammer stürmte. Mit Zorn umwölkter Stirn fuhr er herum und starrte sie an.

»Was ist passiert?«

Die Sicherheit, mit der er wusste, dass sie nicht aus eigenem Antrieb und in eigener Sache zu ihm gekommen war, machte Rozabel verlegen. Dennoch reckte sie das Kinn und hielt dem prüfenden Blick aus leuchtend blauen Augen stand. Es war nicht der rechte Augenblick sich empfindlich zu zeigen.

»Ihr habt mir empfohlen, den Kopf auszulüften und dann wieder zu kommen«, sagte sie spröde und tadelte sich selbst für diesen Ton. Wie sollte er Gefallen an ihr finden und sie einladen, den Becher mit ihm zu teilen, wenn sie sich schon auf der Treppe stritten? So gerne sie ihrem Oheim glauben wollte, das Herz dieses Mannes besaß niemand.

Sie ahnte nicht, dass ihre belegte Stimme bereits genügte, sein Verlangen anzustacheln. Sein ärgerlicher Blick glitt über die schlanke Gestalt im hellgrünen Gewand. Der feine, glänzende Stoff umspannte den Oberkörper wie eine zweite Haut und eine bestickte Borte aus winzigen weißen Blüten lenkte den Blick auf den Ansatz der Brüste. Eine zarte Röte stieg unter seiner Musterung in ihre Wangen und es kam ihm vor, als beschleunige sich ihr Atem.

»Komm mit.«

Er griff nach ihrem Handgelenk und zog sie um die nächste Ecke, wo er die Tür zu seinen eigenen Räumen aufstieß. Rüstungsteile, Satteltaschen und ein Kleidersack zeugten davon, dass er bereits packte. Auf dem Alkoven lag ein schmuckloser Reiterumhang und sein Knappe polierte einen leichten Harnisch. Ein stummer Wink schickte ihn, seine Arbeit an einem anderen Ort fortzusetzen.

Rozabel spürte Favres warme Hand zwischen ihren Schulterblättern und trat ans offene Fenster. Halb um der Berührung zu entkommen, halb, weil der Blick auf den Fluss genau auf eine große alte Weide fiel, deren Zweige bis auf das Wasser hinab reichten. War es ihre Weide?

Mit blitzenden Augen fuhr sie herum. Favre hatte die Tür

geschlossen und lehnte nun mit verschränkten Armen dagegen. Er sah gleichzeitig grimmig und sorgenvoll aus. Vieles von dem was Fulco de Cambremer fürchtete, musste auch ihm durch den Kopf gehen. Sie hatte ihn als einen Mann kennen gelernt, der alle Eventualitäten bedachte, ehe er handelte.

»Man sagt, Ihr sollt zu Rufus gehen und ihm ein Angebot des Herzogs unterbreiten«, packte Rozabel den Stier bei den Hörnern. »Denkt Ihr, er wird Euch zuhören?«

»Er wird es müssen. Ich komme unter der Flagge eines Parlamentärs zu ihm.«

»Glaubt Ihr, dass Euch ein Stück Tuch vor seinem Zorn schützt, wenn er Euren Namen erfährt?«

»Rufus ist kein Dummkopf. Seine Abrechnung mit den Tréviers wird er erst in Angriff nehmen, wenn er sich seiner Macht sicher ist.«

Also rechnete er auch mit dem Zorn des Königs. Rozabel rang die Hände. Was konnte sie tun? Wie ihn vor Rufus schützen?

»Schickt einen anderen an Eurer Stelle zu Rufus.«

Favre stutzte, dann brach er in Gelächter aus. »Welch absurder Gedanke. Das mag vielleicht in deinem Dorf möglich sein, aber nicht bei Hofe.«

Rozabel fühlte sich nicht beleidigt, weil er sie für ein einfaches Mädchen aus Hawkstone hielt, sondern weil er die Ehrbegriffe eines ganzen Volkes in den Schmutz zog. Hätten die Sachsen einen König besessen, der genauso klug gewesen wäre wie er fromm war, wer weiß, ob es je in der Macht der Normannen gelegen hätte, ihre Krieger je zu besiegen.

»Auch Sachsen haben eine Ehre und können denken, Favre de Tréviers. Ihr nutzt den Auftrag des Herzogs für Eure Rache. Vielleicht ist genau dies die Absicht des Herzogs. Vielleicht will er gar keinen Frieden. Aber er will, dass Rufus den ersten falschen Schritt tut und nicht er, damit sein Bruder am Ende als Sündenbock dasteht. Zuzutrauen wäre ihm solches Taktieren.«

»Ach, Mädchen!« Mit zwei schnellen Schritten war er bei ihr und zog sie in seine Arme. Er hatte sich zu sehr nach ihr verzehrt, um die Rolle des Wütenden länger aufrecht zu erhalten. »Von dir hätte ich zuletzt erwartet, dass du dir Sorgen um die Normandie machst.«

Rozabel stemmte die Handflächen gegen seine breite Brust und versuchte seiner Anziehungskraft zu widerstehen. Sie sagte auch, was er nicht zu sagen wagte.

»Ihr meint, ich soll mich nicht in Dinge mischen, die Sache der Mächtigen sind.«

»Wenn du das weißt, warum tust du es?«

»Weil ich nicht einem ganzen Land die Schuld dafür gebe, dass einer seiner Bewohner falsch gehandelt hat. Auch nicht einer Familie ...«

Letzteres fügte Rozabel leiser hinzu und beobachtete seine Reaktion unter halb gesenkten Lidern. Es gab keine. Seine Miene blieb undurchdringlich. Nur unter ihren Händen fühlte sie, wie es in ihm arbeitete.

»Genauso wenig wie es Eure Schuld ist, dass Richard sich dazu verführen ließ, einen gemeinen Giftmord zu planen«, kämpfte sie weiter, als er sein Schweigen beibehielt. »Vergesst diesen dummen Racheschwur. Richard wusste, was ihn im Falle des Scheiterns erwarten würde. Jedermann ist für sich und seine Taten selbst verantwortlich.«

»Ich halte mein Wort und meine Schwüre, Rozabel. Würde ich es nicht tun, wäre ich es nicht wert, Edelmann und Ritter genannt zu werden.«

Favre spielte mit einer ihrer seidigen, braun schimmernden Haarsträhnen, die sich aus dem eleganten grünen Schleieraufputz gelöst hatte, der zu ihrem Gewand gehörte. Sie spürte seine Finger an ihrem bloßen Hals und ihr Puls flatterte. Er legte es darauf an, sie abzulenken.

»So hört mir doch zu«, flehte sie. »Was ist so ehrlos daran, wenn ein anderer zu Rufus geht? Ihr habt selbst gesagt, dass der Herzog nicht zu Euren Freunden zählt, also muss es einen anderen Grund dafür geben, dass er Euch zum König schickt. Habt Ihr denn keinen Funken Vorsicht im Leib?«

»Ich hoffe, dort keinen Funken Feigheit zu finden. Und nun hör auf, mich mit diesen großen, ängstlichen Augen anzusehen. Ich könnte sonst auf die Idee kommen, du machst dir Sorgen um mein Wohlergehen. Sag mir, wie geht es der Herzogin?«

»Sie bricht auf. Doch keine Menschenseele weiß, wohin die Reise gehen soll. Wir haben den ganzen Tag ihre Truhen gepackt und der Haushofmeister des Herzogs tyrannisiert die Haushofmeisterin von Madame mit sich ständig widersprechenden Befehlen. Ihr würdet staunen, welch einen Wortschatz diese Dame besitzt.«

Aus Rozabels Stimme klang der Überdruss eines ganzen Tages. Sie war sich nicht zu gut zum Arbeiten, aber das hin und her mit Reisekisten, Gewändern und Haushaltsgegenständen kam ihr sinnlos vor. Es erinnerte sie an das hilflose Geflatter eines Vögelchens, ehe der Falke auf sein Nest herabstieß.

»Der Hof bringt sich in Sicherheit«, nickte Favre, als hätte sie ihm bestätigt, was er bereits geahnt hatte. »Man könnte auch sagen, die Ratten verlassen das sinkende Schiff.«

»Aber Ihr wollt mit ihm untergehen«, warf ihm Rozabel hartnäckig vor.

Hinter ihrer Stirn rasten die Gedanken. Wenn er nicht auf sie hören wollte, musste sie den letzten verzweifelten Versuch wagen und den Schlaftrunk ihres Oheims anwenden.

Favre würde ihr dies nie verzeihen. Aber hatte sie eine Wahl? Sie konnte ihn nicht in sein Unglück laufen lassen.

Er antwortete ihr nicht, denn ihm war mit plötzlichem Entsetzen eine Frage in den Sinn gekommen, die er sich bisher noch nie gestellt hatte. Was wurde aus Rozabel, wenn Rufus die Normandie übernahm? Sie gehörte zu keiner angesehenen Familie und wenn man sie mit den Tréviers in Verbindung brachte, würde es vielleicht sogar zu ihrem Nachteil sein. Er machte sich keine Illusionen über den König. Sobald er fest im Sattel saß, würde er Gericht halten.

Wie auch immer seine Mission in Barfleur ausging, die Logik sagte ihm, dass er nicht zu den Gewinnern gehören konnte. Es ging nur noch darum, seinen Namen und seine Ehre zu erhalten. Wie konnte er für Rozabels Sicherheit sorgen? Genügte es, sie der Herzogin anzuvertrauen?

Er zog sie ungeduldig näher, bis er ihren Atemhauch spürte. Warum nicht das Wunder der Natur, diesen Mund, noch einmal kosten, ehe er zu dem verteufelten Auftrag aufbrach, der sehr wohl auch des Ende seines Lebens bedeuten konnte?

»Finde dich damit ab, dass nicht immer alles nach deinem Willen geht, Heilerin Rozabel. Du bist zu mir gekommen, wozu die Zeit mit Debatten vertun?«

Sie drehte den Kopf weg, denn sie wusste, dass sie verloren war, wenn sie sich auf einen Kuss einließ. Seine Lippen trafen ihre Wange, liebkosten ihre Schläfe und sandten einen Schauer der Erregung bis hinab in ihre Zehenspitzen. Es war nicht weit her mit ihrem Stolz und ihrem Widerstand, wenn er ihr so nahe kam.

Bist du verrückt, ihm zu widerstehen? Umgarnen musst du ihn. Lass ihn den Kopf verlieren, dann kannst du den Schlaftrunk in seinen Becher tun und ihn retten. Vergiss deinen dummen Stolz!

Sie gehorchte der kühlen Stimme in ihrem Kopf. Es würde ihr Abschied sein. Was sie danach tun wollte, würde sie für immer trennen.

»Komm schon, schmoll nicht länger, du vertust nur kostbare Zeit.« Er küsste ihr Ohrläppchen, bis sie schwach in seine Umarmung sank. Ein zufriedenes Lachen erschütterte die Schulter, an die sie ihre Stirn legte.

»Was ist jetzt mit meinem Abschiedskuss?«

Rozabel hob den Kopf. Hinter ihr im Rahmen des Fensters versank die Sonne über dem Fluss und versah sie mit einem Glorienschein aus Licht. Ihre hellgrauen Augen waren gläserne Teiche und in den Tiefen der dunklen Pupillen schimmerte ein Gefühl, das Favre die Kehle verengte.

»Ich bin die Eure«, sagte sie und es klang wie ein Schwur.

Rozabel kam dem Kuss entgegen. Sie öffnete die Lippen und ergab sich in einer Mischung aus Verzweiflung, Leidenschaft und Liebe. Wenn sie schon tun musste, was unumgänglich war, dann wollte sie zuvor noch einmal gemeinsam mit ihm den Himmel berühren.

»Gütiger Himmel«, entfuhr es Favre überrascht, als sie mit zielgerichteten Fingern nach den Verschlüssen seines Gewandes griff.

Danach blieb ihm keine Zeit mehr erstaunt zu sein. Rozabel hatte sich ihm hingegeben und ihm den Beweis geliefert, dass sie als Jungfrau zu ihm gekommen war. Dass sie nun die Führung übernahm und ihre Wünsche so deutlich verkündete, verwirrte und faszinierte ihn zugleich.

*

Es war seltsam, neben einem Mann zu liegen, der schlief. Rozabel stützte sich auf den rechten Unterarm, um Favre im

Mondlicht zu betrachten. Es fiel in einem breiten Strahl über den Fluss, durch das Fenster, dessen Flügel weit offen standen, und beleuchtete die muskulöse Brust mit dem goldenen Haarvlies, die sich in regelmäßigen Atemzügen hob und senkte. Im Gegensatz zu ihm fand sie keinen Schlaf, obwohl sie sich bis zur Erschöpfung geliebt hatten. Ihr Körper brannte und die rötlichen Male auf ihrer blassen Haut würden sie noch in Tagen an seine leidenschaftlichen Liebkosungen erinnern.

Unter dem leichten Tuch, das ihre bloßen Körper bedeckte, hatte Favre ein schweres Bein über sie gelegt, als wolle er verhindern, dass sie von ihm abrückte. Die Sommernacht untermalte den Hauch seines Atems mit dem Rauschen des Flusses, dem einsamen Ruf eines Käuzchens und dem leisen Knistern und Knacken in den Balken des großen Hauses. Rozabel war ganz auf lauschen und schauen beschränkt. Noch nie war es ihr vergönnt gewesen, Favre de Tréviers in aller Ruhe ansehen zu können, ohne ihre Gefühle für ihn verbergen zu müssen.

Was verlieh ihm eine solche Macht über sie? Was verursachte den Wunsch, ihn vor allem Bösen zu beschützen, zu halten und für immer an ihrer Seite zu wissen? Seine Kraft, seine Männlichkeit? Die Tatsache, dass ihr Herz aussetzte, wenn sie in seine Augen sah? Warum verstärkten sich dann ihre Gefühle für ihn ausgerechnet in dieser ruhigen Stunde, in der er schlummernd, wehrlos und mit diesem empfindsamen, friedlichen Antlitz neben ihr lag?

Wie gerne hätte sie die Zeit angehalten und ihn an die Sicherheit dieses Alkovens gefesselt. Fern von seinem Herzog, ihrem wütenden König, und fern von ihrer stolzen Familie, der es vermutlich nicht gefallen würde, dass sie sich ausgerechnet *ihm* ergeben hatte. Sie zweifelte nicht daran, dass es

Fulco de Cambremer gelungen sein musste, eine Nachricht an ihre Eltern zu schicken. Für einen Seigneur wie ihn war es ein Leichtes, einen Händler, einen Fischer, einen Mönch oder einen Krieger zu finden, der auf seinem Weg nach Britannien die Botschaft überbrachte.

»Du bist wach.« Von einem Herzschlag zum anderen schlug Favre die Augen auf. »Was beunruhigt dich?«

»Das fragst du? Die Zukunft.«

In der stillen Stunde, wagte sie ihn als ihresgleichen zu behandeln. Seine Hand legte sich auf ihr Herz und die straffe Wölbung ihrer Brust.

»Du musst lernen, den Augenblick zu leben, Liebste.« Seine Lippen folgten der Berührung. »Nur der Himmel weiß, was morgen ist.«

Rozabels Seufzer konnte ebenso aufkommende Lust, wie resignierte Kapitulation vor der Wahrheit seiner Worte enthalten.

»Dann halt mich vom Denken ab«, sagte sie leise und gab ihre halb aufgerichtete Haltung auf, um sich näher in seinen behütenden Armen zu bergen.

»Du musst müde sein, willst du nicht schlafen?« Wider seine Leidenschaft zwang er sich, sie zu schonen. Er hatte sie bereits an die Grenzen ihrer Hingabe geführt.

Rozabel antwortete nicht, sie schmiegte sich in ihrer vollen geschmeidigen Länge an seine Gestalt und fühlte unverkennbar, dass sein Kopf widersprach, aber sein Körper der Einladung folgte. Sie dachte nicht darüber nach, was sie tun musste. Sie verließ sich ganz auf ihren weiblichen Instinkt und je mehr sich sein Atem beschleunigte umso kühner wurden ihre hitzigen Zärtlichkeiten.

Sie entdeckte staunend, dass sie eine Macht über ihn besaß von der sie nichts geahnt hatte. Sie kostete es aus, den starken

Ritter mit ihren zarten Händen und ihren suchenden Lippen nach und nach um den Verstand zu bringen. Die Flut ihrer offenen Haare strich erregend über seine Haut und eine feuchte Zungenspitze zeichnete Muster um seine Brustwarzen, die sich zu ihrem Entzücken unter dieser Behandlung verhärteten wie ihre eigenen. Je mehr sie ihn kostete, umso unersättlicher wurde ihr Appetit.

Favres Hände verloren sich in ihrer offenen, seidigen Mähne, strichen über ihre glatten Schultern und kamen zu spät, um die rosig gekrönten Hügel zu halten, deren marmorfeste Knospen ihr Vergnügen an der subtilen Folter verrieten. Sie kniete mittlerweile in paradiesischer Nacktheit mit gespreizten Beinen über ihm, dem Mondlicht und seinen hungrigen Augen ohne Scheu Preis gegeben. Ihre Brüste halb vom Haar bedeckt, das sie nun mit Schwung über die Schultern warf, sodass ihm beim Anblick der blassen Venus der Atem stockte.

»Du bist schön. Schön wie das Mondlicht und die Sterne selbst«, sagte er heiser und umfing die schmalen Hüften ihres rassigen Körpers.

Nur bekleidet wirkte sie knabenhaft und zu groß für das Idealbild einer Frau. Hüllenlos verwandelte sie sich in eine heidnische Göttin aus Alabaster und Feuer. Feminin und gertenschlank, besaß sie die köstlichsten kleinen Brüste, die je die Hand eines Mannes gefüllt hatten und den biegsamen Körper einer wilden Katze. In ihren flirrenden Augen spiegelte sich das Mondlicht. Noch nie hatte sie jemand schön genannt und ihr gleichzeitig den Eindruck vermittelt, dass er jeden Buchstaben des Wortes auch so meinte.

»Ich?« Ein verwirrtes Lachen verriet, dass sie sein Kompliment nicht glauben konnte. »Du machst Scherze. Schön sind die Kleider, die ich abgelegt habe.«

»Die Nacht kleidet dich besser als Seide und feines Tuch«, widersprach Favre und die Worte stiegen wie von selbst in ihm auf. »Du bist makellos.«

Seine Hände wanderten nach oben und fanden die bewunderten Hügel. Sie strichen mit den Daumen über die zusammengezogenen Spitzen und kosten die winzigen Höfe, die sie umgaben.

»Du bist verrückt.«

»Ich bin hingerissen«, verbesserte Favre und zog sie auf sich herab. »Ich begehre dich schon wieder. Ich will in deinem Schoß versinken und eins mit dir werden. Es gibt keinen schöneren Laut, als den Seufzer deiner Lust.«

Rozabel erbebte, als seine Hand ihr Geschlecht berührte und die feuchte Hitze fand, die seine Liebkosungen dort verursachten. Sie drückte sich gegen diese Hand, verlagerte ihr Gewicht, damit er sie offen fand. Doch Favre beendete die erotische Tändelei, er packte sie und warf sie in einem Schwung auf den Rücken, sodass es ihr den Atem nahm. Mit einem verzweifelten Stoß drang er derart tief und hart in sie ein, dass es brutal gewesen wäre, hätte sie nicht selbst nach dieser Härte und Rücksichtslosigkeit verlangt.

Reine Verzweiflung trieb sie beide an den Rand ihres Bewusstseins. Jeder glaubte, dass sie sich zum letzten Male vereinten und beide wollten sie diese kostbare Erinnerung wie ein Brandmal aufnehmen. Rozabel spürte den Schlag ihrer beider Herzen. Sie schlugen im Takt der Nacht. Das Trommeln dröhnte in ihren Ohren, nur übertönt von Favres Aufstöhnen und ihrem eigenen spitzen Lustschrei. Der Höhepunkt erschütterte sie mit solcher Macht, dass ihr die Tränen in die Augen traten und sie an allen Gliedern zitternd, in einen Zustand zwischen Ohmmacht und totaler Erschöpfung fiel.

Als sie endlich wieder die Augen aufschlug, verriet ihr eine winzige Veränderung der Dunkelheit, dass der Morgen nicht mehr weit sein konnte.

Es war vorbei. Sie durfte nicht länger zögern.

Favre lag auf dem Rücken und atmete in tiefen regelmäßigen Zügen. Sie setzte sich unendlich vorsichtig auf und unterdrückte einen gequälten Laut. Ihr Körper protestierte gegen jede Art von Bewegung. Dennoch zwang sie ihn, sich zu erheben.

Ihr Gewand hing halb über einem Hocker und sie musste sich durch seine Falten wühlen, ehe sie den Umriss des Glasfläschchens spürte. Die Zähne schmerzend an die Unterlippe gepresst, öffnete sie den Beutel und entnahm die Phiole.

Auf dem Tisch, zwischen Waffen und Urkunden, stand eine Silberkanne mit Wein, der Becher daneben enthielt noch einen schalen Rest. Wenn sie ihn mit dem Wein aus der Kanne aufgoss, würde Favre nichts merken. Sicher nahm er den Morgentrunk an, den sie ihm reichen wollte. Er würde es für einen Liebesdienst halten und das war es auf seine Weise auch. Sie opferte ihre Liebe, um sein Leben zu retten.

Sie hielt den Becher schräg, damit die Flüssigkeit lautlos in den Wein rann. Auf dieselbe Weise füllte sie den Becher bis zum Rand auf. Sie schnupperte vorsichtig daran. Sogar für ihre feine Nase war das Weinaroma lediglich mit einem unbestimmten Hauch von Holzrauch und Gewürzen überlagert. Man konnte es für eine Täuschung halten, für das Merkmal eines bestimmten Weinfasses.

Mit einem tiefen Atemzug umklammerte sie den Becher und wollte sich dem Alkoven zuwenden. Sie vollendete die Drehung nur halb. Favre ragte bedrohlich nah hinter ihr auf. Ebenso splitternackt wie sie selbst, verströmte er die kalte Gewalttätigkeit eines Mannes, der sich betrogen glaubt.

»Was hast du in den Becher getan?«

»Nichts …«

»Dann trink. Nichts kann dir nicht schaden.«

Rozabel fror. Der Wein in ihrer Hand schwankte.

»Es war für dich gedacht. Ein Morgentrunk.«

»Dann trink ihn selbst!«

Ein glitzernder Dolch mit tödlich scharfer Spitze tauchte in seiner Hand auf und senkte sich auf ihren Busen direkt über dem Herzen. Sie konnte die winzige Vertiefung sehen, die er auf ihrer Haut hinterließ. Er ließ die Waffe für sich sprechen.

»Ich führe nichts Böses im Schilde«, flüsterte sie tonlos und konnte den Blick nicht von der Klinge nehmen. Kälte, Angst und Unbehagen ließen ihre Brustspitzen steif und prall abstehen. Es kam ihr wie Hohn vor, dass ihr Körper im Entsetzen ebenso wie in der Lust reagierte.

»Frauen, die in aller Heimlichkeit den Inhalt gefährlicher Phiolen in meinen Wein leeren, können nur zwei Dinge im Schilde führen«, zählte er nüchtern auf. »Entweder ist es ein Liebestrunk, was ich ausschließen möchte, nachdem ich dich so oft besessen habe, dass deine Wünsche befriedigt sein müssen, oder es ist Gift. Trink!«

Der Dolch zog einen perversen Kreis um ihre Brust. Er berührte sie kaum und doch zog sich ihre Haut am ganzen Leib vor Entsetzen zusammen. Nicht wegen der Drohung, sondern wegen des Verbrechens, das er ihr fraglos zutraute.

»Du denkst, ich will dich töten?«

»Trink.«

Er ragte wie eine jener römischen Statuen vor ihr auf, die im Innenhof des Herrenhauses von Hawkstone standen. Der Gott des Krieges und des Todes in reinster männlicher Schönheit. Seine mitleidlose Härte schreckte Rozabel, aber gleichzeitig machte sie sie mit einem Male so unglaublich wütend, dass sie einen wilden Aufschrei nicht unterdrücken konnte. Ein Aufschrei, der vom Fluss zurückhallte und die Nacht aufstörte. Favre de Tréviers zuckte nicht einmal mit den Wimpern.

Rozabel rang keuchend nach Luft. Sie hatte alles für ihn getan. Sie hatte sich mit Haut und Haaren ausgeliefert und ihren Stolz mit Füßen getreten. Zum Dank dafür hielt er sie für eine Mörderin. Sie setzte den Weinbecher an die Lippen und trank ihn in langen, durstigen Zügen bis zum letzten Tropfen aus. Dann warf sie ihm das Gefäß mit solcher Wucht vor die Füße, dass es noch einmal nach oben sprang, ehe es polternd unter das Bett rollte.

»Fahr zu Hölle, Favre de Tréviers!«

Mit diesem Fluch brach sie lautlos in sich zusammen. Eine Puppe, der ein Marionettenmeister die Fäden gekappt hatte. Blass, schön und reglos lag sie zu Favres Füßen im ersten grauen Morgenlicht. Ein Opfer seines Zorns.

Der Dolch entglitt seiner Hand und das Brennen in seinen Augen wurde zu Feuchtigkeit. Wie hatte sie ihm dies antun können?

Er hatte sich seine Hölle selbst geschaffen.

DREIZEHNTES KAPITEL

Barfleur
11. August 1095

Die Kirche war eher zweckmäßig als prächtig. Ein schlichtes Gotteshaus mit einem hölzernen Turm, der ebenso als christliches Symbol, wie als Leuchtturm für die Seeleute diente. Barfleur war der Hafen der normannischen Herzöge und Edelmänner. Von diesem Kai hatte das Flaggschiff des Eroberers abgelegt, als er aufgebrochen war, König von England zu werden. An diesem Altar hatte der verstorbene Wilhelm Gottes Hilfe für das große Werk erfleht.

Auch heute hatte sich eine Gruppe von Kriegern davor versammelt. Bis an die Zähne bewaffnet, mit ernsten Mienen und in bedrohlicher Reglosigkeit warteten sie darauf, dass ihr Anführer seine Gebete beendete.

König Wilhelm der Zweite, dem sein rotbraunes Haar den Namen Rufus eingetragen hatte, nutzte die Ungestörtheit des Gebets auch um Atem zu holen und um seine Gedanken und Pläne zu ordnen. Sein Vater war von dieser Küste aufgebrochen, den Kanal zu überqueren und bei Hastings, die Schlacht zu schlagen, die ihm eine Krone und ein Königreich eingebracht hatte. Er musste in diesem Sommer den umgekehrten Weg gehen, um dem Königreich den Frieden zu sichern. Es gefiel ihm nicht, aber er sah keine andere Möglichkeit ans Ziel zu kommen.

Er erhob sich und heischte mit einer Handbewegung um die Aufmerksamkeit seiner Begleiter.

»Ich will mit diesem Parlamentär reden. Hier und jetzt. Bringt ihn zu mir.«

Der knappe Befehl rief eine ganze Reihe von Widersprüchen hervor. Alle waren sich in der Warnung vor Herzog Robert einig.

»Er ist ein Fuchs. Habt Ihr schon vergessen, was er Euch antun wollte? Er spielt nicht mit offenen Karten«, behielt ausgerechnet der Jüngste in der Runde das letzte Wort. Es war Bryan de Cambremer, erst ganze einundzwanzig Jahre alt, aber voll Ehrgeiz und Zorn. Die Älteren lauschten ihm in einer Mischung aus Ungeduld und Nachsicht. Rufus grinste wölfisch.

»Keine Angst, mein junger Streithahn, ich vergesse nie etwas. Aber wenn Robert keine Schlacht, sondern Verhandlungen will, werde ich nicht derjenige sein, der sich dem Frieden verweigert. Wo ist der Abgesandte des Herzogs?«

»Eure Männer haben ihn und seine Begleitung zur Sicherheit auf englischem Boden gefangen gesetzt.«

»Wie das? Sagt nicht, dass ihr ihn über den Kanal geschafft habt?«

Der Graf von Chester wechselte einen schnellen Blick mit seinen Gefährten, ehe er dem König antwortete.

»Er sitzt mit seinen Begleitern im Lagerraum eines unserer Schiffe. Das ist englischer Boden. Wenn Ihr es wünscht, wird er geholt.«

»Holt ihn«, nickte der König. »Und dass wir uns richtig verstehen, dem Manne wird kein Haar gekrümmt. Erst will ich wissen, was Robert mir vorschlägt.«

Die Autorität des Königs sorgte dafür, dass Favre de Tréviers tatsächlich aufrecht, in sauberen Gewändern und ohne die Spuren rüder Behandlung, vor Rufus treten konnte. Man hatte ihn jedoch mit solcher Plötzlichkeit von seinen Begleitern getrennt, dass er kaum wusste, wie ihm geschah.

Rufus' Männer beherrschten die Kunst, die Parlamentärsflagge zu ehren, aber ihren Überbringer zu demütigen. Eingepfercht im Lagerraum eines Kriegsschiffes, kaum dass sie in Barfleur ihre offizielle Mission verkündet hatten, war Favre de Tréviers schnell klar geworden, dass sich der König keinen Deut um diplomatische Gepflogenheiten kümmerte. Wie sollte er seine Pflicht tun und – was mindestens ebenso wichtig war – wie konnte er um die Sicherheit seiner Begleitung bitten, wenn kein Mensch erschien, dem er dies vortragen konnte?

Dass ihn Rufus, nachdem man ihn völlig überstürzt von seinen Gefährten getrennt und in frische Kleider gesteckt hatte, ausgerechnet in einer Kirche empfing, kam ihm nun wie Hohn vor. Man wusste am Hofe des Herzogs, dass der König und die englische Geistlichkeit nicht das beste Verhältnis pflegten. Seine Majestät scheute sich weder die Einkünfte seiner Bischöfe für die Krone zu beanspruchen, noch beugte er sich dem Spruch der Kirche, wenn es um die Bennennung neuer Bistümer und Würdenträger ging.

Im Gegensatz zu Roberts Gefolge, in dem sich sowohl Kirchenmänner wie Frauen befanden, stand er hier ausschließlich hart gesottenen Kriegern gegenüber. Mit Ausnahme des gewinnenden Jünglings vielleicht, der an der Seite stand und ihn aus argwöhnischen, hellen Augen beobachtete. Das Blond seines Schopfes reflektierte das Licht der Kerzen und irgendetwas an seiner aufrechten, stolzen Haltung irritierte Favre, ohne dass er sagen konnte was es war. Er kannte ihn nicht und doch ...

»Mein Bruder, Herzog Robert, schickt Euch«, begann Rufus ohne Formalitäten, »wer seid Ihr und was habt Ihr mir zu sagen?«

Favre straffte sich unmerklich, ehe er vor dem König auf ein Knie fiel.

»Mein Name ist Favre, Seigneur von Tréviers, Ritter des Herzogs und sein Lehnsmann, Majestät.«

»Tréviers ...« Es war der blonde Jüngling, der den Namen mit hörbarem Zähneknirschen wiederholte und einen Schritt vortrat.

Rufus reagierte mit keinem Wimpernzucken darauf.

»Sprecht«, forderte er den Ritter auf.

Favre versuchte, sich nicht ablenken zu lassen. Wer war der wütende Blonde? Es musste Bryan de Cambremer sein. Er musste im selben Alter wie Richard sein und seine düstere Miene glich der seines Bruders, wenn er vergeblich gegen unerwünschte Autorität aufbegehrte. Sie passten zueinander und ohne ein Wort mit dem Zornigen gesprochen zu haben, begriff Favre, weshalb Richard und Bryan Freundschaft geschlossen hatten, obwohl sie feindlichen Lagern angehörten. Sie waren mehr Brüder als Richard und er.

Aber es blieb ihm keine Zeit diesen Gedanken weiter zu verfolgen. Da ihn der König nicht aufgefordert hatte, sich zu erheben, trug er Roberts Wünsche vor, ohne die demütige Haltung aufzugeben. Er fand es ratsam, seine Person in den Hintergrund zu stellen.

»Robert Kurzhose will sein Herzogtum verkaufen?«

Die Stimme des Königs brach ungläubig das Schweigen, nachdem Favre geendet hatte. Er benutzte den Spottnamen aus Kindertagen, der allgemein gebräuchlich war, der Robert selbst jedoch nicht gefiel.

»Er überlässt Euch für die Zeit seiner Abwesenheit die Regierungsgewalt in der Normandie«, verbesserte Favre korrekt, wie man es ihm aufgetragen hatte. »Er will mit seinen Rittern ins Heilige Land wallfahren und dort die Heiden vom Grab unseres Herrn vertreiben.«

Die Worte klangen bitter, denn es war schließlich Favres

Heimat, die wie das Fell eines Bären unter den Brüdern verteilt werden sollte. Rufus betrachtete ihn mit jener ernsten, fast schon mürrischen Miene, die ihm den Ruf unerbittlicher Strenge eingetragen hatte.

»Ein Einfall, der ihm ähnlich sieht«, sagte er dann nüchtern. »Was erwartet er sich davon? Ewigen Ruhm als tapferster Ritter des christlichen Abendlandes? Vergebung von den Sünden der Lüge, des Verrats, des Hochmuts? – des geplanten Brudermordes?«

Favre hatte mit einer solchen Anspielung gerechnet. Mehr und mehr gewann er vom König den Eindruck, dass man ihn keineswegs unterschätzen durfte. Robert hatte das getan und er hatte es verstanden, die Meinung seiner Ritter so zu beeinflussen, dass die meisten von ihnen Wilhelm Rufus für einen Schwächling hielten. Ein gefährlicher Irrtum.

»Mein Herr hat mir nur seine Absichten mitgeteilt und nicht seine Gedanken«, erwiderte er knapp und starrte auf die Schuhspitzen des Königs.

Rufus trug staubige Reiterstiefel. Schmucklos und praktisch, die Schuhe eines Mannes, der seine Arbeit tat und keine Energie auf Luxus oder Müßiggang verschwendete.

»Wer sagt mir, dass Robert es dieses Mal ernst meint? Es könnte durchaus eine Falle sein, die sich schließt, wenn wir in gutem Glauben nach Rouen reiten, statt die Schlacht vorzubereiten und unser Recht im Kampf zu erstreiten.«

»Der Herzog gibt Madame Margarete und ihren Haushalt unter Euren Schutz«, spielte Favre Roberts letzten Trumpf aus, von dem nicht einmal Rozabel gewusst hatte. »Während er mit seinen edelsten Rittern im Heiligen Land für die Sache der Christenheit kämpft, hofft er, dass seine Gemahlin und ihre Damen unter Eurer Regentschaft in Frieden für ihn und seine Männer beten können.«

Im Klartext bedeutete das, Robert gab Margarete von Maine als Geisel in die Hand seines Bruders. Die scharfen Atemzüge des Königs und seiner Begleiter verrieten, dass auch sie entsetzt darüber waren, wie rücksichtslos er seine eigene Ehefrau benutzte, um sein Ziel zu erreichen.

»Es ist eine Gemahlin, die ihm noch keinen Erben geschenkt hat, nicht wahr?«

Rufus durchschaute den Schachzug des älteren Bruders in brutaler Klarheit. Die Kinderlosigkeit minderte Margaretes Wert erheblich. Wenn Robert aus dem Morgenland zurückkam, war es sogar wahrscheinlich, dass er seine Ehe annullieren würde. Sein Ehrgeiz würde nicht zulassen, dass die Linie der Herzöge der Normandie ausstarb und das Erbe an seinen Bruder fiel.

Favre ersparte sich eine Antwort. Im Grunde seines Herzens schämte er sich für seinen Fürsten. Wäre er an seiner Stelle, er würde um seine Gemahlin bis zum letzten Blutstropfen kämpfen. Ihre Sicherheit und ihr Leben wären ihm wichtiger als das eigene. Aber vielleicht unterschieden sich die Gefühle eines Mannes, der eine politische Ehe geschlossen hatte, von denen eines Mannes, der in seiner geliebten Gemahlin die bessere Hälfte seiner selbst gefunden hatte.

Die Erkenntnis traf ihn im ungünstigsten Augenblick, mit der Gewalt eines tödlichen Schwerthiebes. Er liebte die sächsische Heilerin! Er konnte sich ein Leben ohne sie nicht vorstellen. Sie war jener Teil von ihm, der ihm gefehlt hatte. Er hatte ihr einen Mord zugetraut und seine Liebe enttäuscht gesehen. Er hatte in einem Zustand blindwütiger Raserei den größten Fehler seines Lebens begangen. Welch jämmerlicher Narr er doch gewesen war.

»Nun, meine Herrn, was ratet Ihr mir zu tun?« Rufus wandte sich an seine Begleiter und riss Favre gewaltsam in die

Wirklichkeit zurück. »Soll ich das Angebot meines Herrn Bruders annehmen?«

Er folgte dem Blick des Königs auf seine Ratgeber. Auf welcher Seite würde sich die Waage senken? Krieg oder Frieden?

*

Der Wind legte sich nach und nach. Erst erstarb das ständige Heulen und Pfeifen, dann ließ das Schwanken des Bodens nach und schließlich trat Stille ein. Das freundliche Plätschern einer matten Brandung murmelte gegen die Planken des Schiffes und gab sich damit zufrieden, es kaum merklich zu wiegen. Lediglich ein paar Sparren ächzten und in den Tiefen des Raumes raschelten Ratten und Mäuse auf ihrer Suche nach Futter.

Rozabel lauschte lange, ehe sie es wagte, die Augen zu öffnen. Sie lag auf einem provisorischen Lager aus Umhängen und leeren Säcken, die alle miteinander nach Pferd, Leder und Erbrochenem rochen. Durch die Ritzen einer schrägen Holzklappe fielen helle Lichtpfeile, in denen der Staub tanzte. Es musste Tag sein.

Sie hatte den Überblick verloren. Sie versuchte, die Bruchstücke ihrer Erinnerungen in die richtige Reihenfolge zu bringen. Vorsichtig und ohne sich zu bewegen, damit ihr Magen nicht wieder protestierte. So abscheulich der Gestank um sie herum auch war, er war besser als neuerliche Übelkeit und der Geschmack von Galle in ihrem Mund.

Das schwankende Schiff, auf dem sie sich befand und auf dem sie augenblicklich von der Seekrankheit heimgesucht worden war, als der Sturm begann, hatte einen grauenvollen Schlusspunkt gesetzt.

Von dem Augenblick an, da Favre sie gezwungen hatte den Wein mit dem Schlafmittel zu trinken, verschwammen die Bilder. Sie wusste nicht, wie lange sie betäubt gewesen war. Im Verein mit ihrer körperlichen Erschöpfung hatte sie die Dosierung viel länger als einen Tag außer Gefecht gesetzt. Irgendwann war sie auf dem Rücken eines Pferdes aus den Schleiern der Bewusstlosigkeit aufgetaucht, mit gefesselten Händen und in den Kleidern eines Knappen. Hinter sich Favre, der sie hielt.

Ihre Besinnungslosigkeit hatte ihn weder davon abgehalten seinen Auftrag zu erfüllen, noch war er bereit gewesen sie zurück zu lassen. Sie hätte gerne gewusst, wann ihm aufgefallen war, dass sie nicht tot war. Hatte er seine Zweifel an ihr einen Herzschlag lang bedauert? Die Liebe betrauert, die er verloren hatte?

Sie hatte, nachdem sie wieder zu sich gekommen war, weder Fragen gestellt, noch Antworten gegeben. Wie sehr Favre sich auch bemüht hatte, von ihr zu erfahren, weshalb und für wen sie diesen Anschlag verübt hatte, sie war ihm mit Schweigen begegnet. Ihre letzten Worte waren der Fluch gewesen, der ihm gegolten hatte.

Mit verschlossenen Lippen und verschlossenen Ohren hatte sie Favre getrotzt und den Kräfte zehrenden Eilritt nach Barfleur wie einen abscheulichen Alptraum durchlitten. Wenn er ihre Motive nicht von selbst begriff, war ohnehin jedes Wort nutzlos.

Doch wo steckte er jetzt? Während des Sturmes hatte er sich ihrer angenommen wie der brummige Mainfer auf der Überfahrt aus Britannien. Zum Dank hatte sie sich auf seinen Umhang übergeben und ihn gebeten sie sterben zu lassen. War es möglich, dass sie sich an ein Lachen als Antwort erinnerte? Sie konnte es nicht mit Sicherheit sagen. Sie entsann sich jedoch verschwommen an herrische Stimmen und seine hastigen an sie gerichteten Worte.

»Alles wird gut. Sie bringen uns zum König. Nur noch ein Weilchen Geduld, dann kommst du aus diesem Loch heraus.«

Sie war alleine zurückgelassen worden und dann hatte sie die Männer gehört, die den Lagerraum kontrollierten. Starr vor Schreck, hatte sie mit geschlossenen Augen den Himmel angefleht, sie mögen sie übersehen. Ein vergebliches Gebet, wie so viele zuvor.

»Da liegt noch einer.«

»Himmel, das ist kein Knappe, das ist eine Frau! Eine junge Frau!«

»Warum rührt sie sich nicht? Ist sie verletzt?«

»Eher krank ... verdammt, das stinkt nach Erbrochenem. Sie ist schmutzig, aber heil. Eine normannische Dirne, die den Gesandten begleitet hat.«

»Was tun wir mit ihr?«

»Lass sie liegen. Vielleicht haben wir später Zeit uns mit ihr zu beschäftigen. Du weißt, dass er uns verboten hat, die Töchter von Barfleur zu belästigen. Aber eine wie sie ...«

»Und wenn sie krank ist?«

»Das werden wir sehen. Wir bringen sie an Land, wenn es dunkel ist ...«

Rozabel rang nach Luft. Wie lange lag dieses Gespräch zurück? Sie fühlte sich nicht gut und Panik überfiel sie. Sie musste sich in Sicherheit bringen, ehe die Kerle zurückkamen. Wie viel Zeit blieb ihr?

Irgendwo dort draußen war der König. Sollte sie sich ihm anvertrauen?

Eines nach dem anderen! Erst musst du hier raus!

Beim ersten Versuch taumelte sie und brach sofort wieder

in die Knie. Beim zweiten richtete sie sich langsamer auf und ließ sich Zeit, das Gleichgewicht zu finden. Das Blut rauschte in ihren Ohren und ihr leerer Magen zog sich zusammen. Ob vor Hunger oder wegen des Versuchs den letzten Rest Galle von sich zu geben, wollte sie nicht wissen.

Zitternd schleppte sie sich in Richtung Luke. Ihr Herz raste, aber ihre innere Stimme trieb sie vorwärts. Sie wusste wenig über die Bräuche eines Heerlagers, doch die Vernunft riet ihr, sich eilig aus dem Staub zu machen.

Sie brauchte Schutz, Nahrung und Informationen. Am besten in dieser Reihenfolge.

Sie berührte die raue Holzklappe mit flachen Händen und fand keinen Widerstand. Die Tür war offen! Dem Anschein nach hatten die Soldaten nicht damit gerechnet, dass sie sich aus eigener Kraft von der Stelle bewegen konnte.

Sie schickte ein stummes Dankgebet zum Himmel und versuchte sich durch einen schmalen Spalt erst einmal zu orientieren. Vor ihr lag das breite, flache Deck des großen Kriegsschiffes. Sie sah nachlässig aufgerollte Taue, gestapelte Fässer und ein gutes Dutzend Möwen, das zwischen den Planken pickte, aber keine Spur der Besatzung oder einen einzigen Bewaffneten. Rufus schien es nicht für nötig zu halten, seine Boote zu bewachen.

Argwöhnisch schlüpfte Rozabel nach draußen. Ihre Gestalt warf einen langen Schatten. In ihrem Rücken sank die Sonne und mahnte zur Eile. Sie duckte sich hinter eine Taurolle und ließ die Augen den Kai entlang wandern. Auch dort herrschte eine geradezu gespenstische Leere. Ein Hafen ohne Seeleute und Händler? Was war mit den Bürgern von Barfleur geschehen?

Erst jetzt drang der Lärm in ihr Bewusstsein, der über der stillen Szene lag. Ein fernes Dröhnen übertönte die schrillen

Schreie der Vögel und das leise Plätschern des Wassers. Ein Getöse, das sich aus Pferdewiehern, dem Klang von Signalhörnern, brüllenden Ochsen, Männerflüchen und dem beständigen Summen vieler Stimmen zusammensetzte. Es gab nur eine Erklärung dafür: König Rufus setzte seine Armee ohne Rücksicht auf die späte Tageszeit in Bewegung.

Das darf er nicht!

Der panische Gedanke brachte Leben in Rozabel. Rufus war ihre einzige Verbindung zu Britannien, zu Hawkstone. Ohne ihn in Barfleur zurückzubleiben, dem Ungewissen ausgeliefert, kam nicht in Frage.

Sie taumelte an Land, stürzte, weil der Boden unter ihren Füßen plötzlich nicht mehr schwankte, und rappelte sich schluchzend wieder hoch. Hastig strich sie das vor wenigen Tagen noch passable Knabenwams glatt, das sie zusammen mit geschnürten Beinlingen und Stiefeln trug. Favre musste ihr diese Kleider angezogen haben, während sie unter der Wirkung des Betäubungsmittels schlief, das Fulco de Cambremer ihr gegeben hatte. Sie konnte es immer noch nicht fassen, dass er sie einfach wie einen Hafersack durch die halbe Normandie geschleift hatte.

Die Maskerade tat, unterstützt von ihrer Körpergröße, ihren Dienst, solange niemand die weiblichen Formen unter dem weiten Wams ertasten konnte. Eine enge Pelerine mit Kapuze lag über ihren Schultern und die fest geflochtenen Zöpfe steckten noch immer unter der Lederkappe. Taugte das Kostüm möglicherweise auch dazu, einen Platz im Heerzug des Königs einzunehmen?

Denkst du ernsthaft daran, nach Favre zu suchen? Glaubst du, er benötigt deine Hilfe? Du solltest dich Rufus zu Füßen werfen und nach Hawkstone heimkehren.

Mit zusammengebissenen Zähnen ignorierte Rozabel diese zwar kluge, aber freudlose Möglichkeit. Die frische Luft hatte einen höchst belebenden Einfluss auf ihren müden Geist. Ihr Zorn auf Favre war keinen Deut geringer geworden, aber eines stand unverrückbar fest: Die Partie zwischen ihnen war noch nicht zu Ende gespielt!

Alles deutete darauf hin, dass sich Rufus auf den Weg nach Bayeux machte, um dort mit seinem Bruder Robert zusammenzutreffen. Bis dahin waren der Favre und seine Männer die Geiseln des Königs und er würde sie nicht aus den Augen lassen.

Rozabel gab sich einen Ruck. Sie musste sich unter den Tross mischen, der dem Heer folgte. Vielleicht fand sich ja ein Fuhrwerk, das sie mitnahm. Sie ignorierte ihren Hunger, ihren brennenden Durst und ihre Schwäche, es gab Wichtigeres.

VIERZEHNTES KAPITEL

Heerlager vor Bayeux
15. August 1095

Der Hochsommer hatte den kleinen Bach in ein müdes Rinnsal aus Brackwasser verwandelt. Rozabel versuchte dennoch, Hemd und Wams an seinem Ufer zu waschen. Die Sonne brannte auf ihren Rücken und es kam ihr fast vor, als wäre es sinnvoller die Stücke im eigenen Schweiß zu spülen, statt im schlammigen Sud des Baches. Die schwatzenden Stimmen der anderen Frauen, die sich auf den Steinen im Schatten einer mageren Weide drängten, jammerten ebenfalls über die schreckliche Hitze, den Staub des Heerlagers und die Wasserknappheit.

Die Gruppe der Marketenderinnen, die mit Rufus zog, war ein bunt gemischtes Weibervolk, in dem sich niemand groß über einen Burschen gewundert hatte, der sich alsbald als Mädchen entpuppte. Rozabels Fähigkeiten als Heilerin waren wie gerufen gekommen, weil sich eine der Frauen am Kochfeuer eine schlimme Verbrennung zugezogen hatte. Erst danach erfuhr sie, dass sie der Anführerin der Schar einen guten Dienst erwiesen hatte. Mit Mère Petronillas Hilfe war sie zu einfachen Frauenkleidern und einem Platz in ihrer Gemeinschaft gekommen, ohne mit allzu neugierigen Fragen belästigt zu werden.

Dennoch wollte sie die Knabenkleider endlich säubern. Auf dem Heerzug war ihr das bislang nicht möglich gewesen. Aber sie hatte dafür festgestellt, dass es eine unsichtbare Grenze zwischen den Marketenderinnen und den noblen Edelmännern seiner Majestät gab. Die Frauen und Mädchen um Mère Petronella waren für die einfachen Soldaten da. Jene die zu alt und zu hässlich waren, um ihr Begehren zu erregen, taten die Arbeit braver Hausfrauen und versorgten die Kochfeuer. Ihre schreiend bunten Röcke und Tücher, die sie gutmütig mit Rozabel geteilt hatten, machten es ihr jedoch unmöglich auch nur in die Nähe der des Königs und seiner Männer zu gelangen.

Jeder Versuch, sich von den Frauen zu entfernen, verschaffte ihr lediglich die unliebsame Aufmerksamkeit der Kriegsknechte, die ständig um das Kochfeuer der Marketenderinnen lungerten. Sie hofften darauf, die Einfältigeren von ihnen mit schönen Worten zu erobern und in den Genuss einer Gunst zu kommen, die sonst zwei Kupferstücke oder mehr kostete.

Vielleicht konnte sie diesen lästigen Kordon in Knabenkleidern leichter durchbrechen. Aber dafür mussten die erst einmal von den peinlichen Spuren ihrer Gefangenschaft im Hafen von Barfleur befreit werden. Sie rümpfte die Nase, während sie die eingetrockneten Flecken zum dritten Mal mit Flusssand ausrieb. Sie hatte vergeblich nach Seifenkraut gesucht und sie schwor sich, nie wieder geringschätzig von der Arbeit einer Wäscherin zu denken.

Mit schmerzendem Rücken richtete sie sich auf, warf den schweren braunen Zopf über die Schulter zurück und strich sich mit dem Handrücken Schweiß und Spritzwasser von der Stirn. Eine Gruppe von Rittern verließ im selben Augenblick den Weg oberhalb des Baches und trieb ihre Rösser durch das spärliche Schilf ans Ufer. Mensch und Tier litten gemeinsam unter der Hitze. Als sie den Blick wieder frei hatte, war der edle braune Kopf eines kräftigen Streitrosses, das sich vom anderen Ufer über das Wasser beugte, genau in ihrem Sichtfeld.

Dunkle, samtige Augen sahen sie an, über denen, genau in der Mitte der Stirn, eine unverwechselbare, cremefarbene Blesse, in Form eines mehrzackigen Sterns stand.

Das Wams rutschte aus ihrer offenen Hand und fiel platschend in Schlamm und Wasser zurück.

»Sirius!«

Leises Schnauben antwortete ihr und sie sank kraftlos auf die Fersen.

Sirius war das Lieblingsross ihres Bruders Bryan. Auch ohne das leise Schnauben hätte es keinen Zweifel daran gegeben. Sie hatte an Bryans Seite gestanden, als der Hengst auf der Koppel von Hawkstone zur Welt kam und sie hatten das staksige Fohlen gemeinsam mit Stroh trocken gerieben. Wo Sirius war, war auch Bryan de Cambremer.

Sie wagte nicht den Kopf zu heben, während sie dem Gespräch drüben folgte.

»Nun, was hältst du von den Wäscherinnen?«, spottete in Sattelhöhe eine raue Männerstimme. »Man sagt, die normannischen Wäscherinnen seien die schönsten an der ganzen Küste. Immerhin war Herleva, die Mutter des verstorbenen Eroberers, eine einfache Wäscherin aus Rouen.«

»Wollen wir für Rufus' Großvater hoffen, dass sie gefälliger ausgesehen haben, als diese halb verhungerte Hopfenstange da drüben. Wenn das eine normannische Schönheit sein soll, dann wundert es mich nicht, dass Robert lieber ins Heilige Land zieht, statt zu Hause zu bleiben.«

Bryan de Cambremer klang gelangweilt, gereizt und ungewohnt rüde. Zum ersten Male, seit er Rufus diente, war er mit den Befehlen seines Königs nicht einverstanden. Was sollte dieses feige Treffen mit Robert? Warum nicht die ehrenvolle Entscheidung auf dem Schlachtfeld suchen? Im Bemühen, ein Opfer für seine schlechte Laune zu finden, starrte er auf den gesenkten Kopf der großen Wäscherin.

Sie hockte wie gelähmt am gegenüberliegenden Ufer, während das Wasser das dunkle Wams davontrug, das ihren Händen entfallen war.

»He, Mädchen, du wirst Schwierigkeiten bekommen, wenn du deine Wäsche nicht rettest«, rief er ihr hinüber und hob in einer geschmeidigen Bewegung das Wäschestück mit der Lanze aus dem Wasser. »Da hast du's.«

Er warf ihr das tropfnasse Ding so hin, dass das ganze Vorderteil ihres dünnen Gewandes durchnässt wurde und sich in feuchten Falten um Busen und Oberkörper schmiegte. Brüllendes Gelächter aus den rauen Kehlen seiner Begleiter belohnte den schlechten Scherz.

Rozabel stieß einen erschrockenen Schrei aus. Dann wurde ihr Schock von einer solchen Welle der Wut fortgeschwemmt, dass sie wie eine gereizte Wildkatze auf die Füße sprang und die Ritter auf der anderen Seite wütend anfunkelte.

»Du hattest schon immer das Benehmen eines Wildschweins, Bryan de Cambremer«, schimpfte sie entrüstet. »Und doch hätte ich gedacht unsere Mutter hätte dir beigebracht, dass man Frauen höflich behandelt. Egal, welchen Standes sie sind.«

»Gott steh mir bei!«

Bryan de Cambremer erstarrte im Sattel seines Streitrosses. Er sah seine jüngste Schwester an, als wäre sie ein leibhaftiges Gespenst.

»Kennst du die Dirne?«, erkundigte sich Ranulf de Chester neben ihm und kniff die Lider zusammen, um Rozabel näher in Augenschein zu nehmen.

»Wahrhaftig«, nickte Bryan erschüttert und fixierte die

wütende Wäscherin. »Wie kommst du hierher? Was tust du hier?«

»Ich wasche meine Kleider«, erwiderte Rozabel wieder ruhiger und hörte ihre Begleiterinnen entsetzt tuscheln. Sie hielten für Kühnheit, was für sie nur der Versuch war Zeit zu gewinnen. Vor all diesen neugierigen Männern und Frauen wollte sie wahrhaftig keine großen Erklärungen abgeben.

»Deine Kleider? Das ist ein Knabenwams.« Bei aller Verblüffung hatte Bryan dennoch Augen im Kopf. »Warum lügst du? Und wie siehst du aus?«

»Was willst du von dem dürren Ding«, mischte sich Chester zunehmend ungeduldig ein. »Unter den Hofdamen der Herzogin gibt es wahrhaftig erfreulichere Anblicke, als ein Mädel, das mehr einer Lanze, denn einer Frau gleicht. Außerdem ist sie jämmerlich schmutzig und macht den Eindruck, als hätte sie einen höchst beklagenswerten Charakter.«

»Chester«, warnte Bryan, aber Rozabel hatte seinen Gefährten bereits unter einen stählernen Blick genommen.

Er wusste, dass sie mit ihrer Zunge schlimmere Wunden schlagen konnte, als mit einem Dolch. Wie sollte er sie davon abhalten, den Erben des Grafen von Chester vor seinen Männern bis auf die Knochen zu blamieren?

Ob sie beide über die Brücke vieler Jahre hinweg noch immer die Fähigkeit der wortlosen Verständigung besaßen, die ihnen in Kindertagen so vieles erleichtert hatte? Die Geschwister trennten kaum eineinhalb Jahre im Alter. Es war naturgemäß immer Rozabel gewesen, die den Erben von Hawkstone im Schlepptau gehabt hatte, bis er den Kinderkittel ablegte und seine Erziehung zum Knappen und Mann begann.

Er hatte unter der Trennung von ihr schrecklich gelitten, auch wenn niemand davon wusste. Niemand? Lady Liliana vielleicht. Die Stimme seiner Mutter klang durch seine Erinnerung. *»Rozabel ist deine Schwester, Bryan. Sie muss ihr eigenes Leben führen, so wie du das deine. Aber ihr werdet euch nie verlieren und eure Zuneigung mit doppelten Banden bestätigen.«*

Rozabel hatte sich mit ihrer Berufung als Heilerin über den Abschied von ihrem Bruder hinweggetröstet und Bryan sich mit den Träumen von Heldentum und Ritterschaft. Beide hatten sie die Sehnsucht nach der Freundschaft und Zuneigung, die die ersten Jahre ihres Lebens bestimmt hatte, tief in ihrem Herzen vergraben. Und bei beiden hatte es eines Tréviers bedurft, um sich an ihre Fähigkeit zu lieben zu erinnern.

Rozabel entdeckte das grüne Glitzern von Bryans Augen, die denen seines Vaters so sehr glichen. Sie fühlte seine Sorge und schenkte ihm ein langsames, zögernd aufblühendes Lächeln.

»Ich freue mich, dich zu sehen.«

Aus dem Lächeln wurde ein Grinsen und Ranulf de Chester vergaß vor Staunen seine Empörung über die Wäscherin.

»Wer bist du?«, fuhr er sie barsch an.

»Sie ist meine Schwester«, seufzte Bryan, dem schlagartig bewusst wurde, dass er sie im Heerlager seines Königs unter billig gewandeten Marketenderinnen entdecken musste. »Rozabel de Cambremer, Demoiselle von Hawkstone und jüngste Tochter des Rosenturmes«, fügte er hinzu. Sein entgeisterter Blick wanderte über ihr nasses Kleid, die staubigen Haare und die von der Sonne zart gebräunte Haut.

»Könnt Ihr uns eine Erklärung für dieses Schauspiel geben, Lady Rozabel?«

Man hatte sie schon so lange nicht mehr mit ihrem Titel angesprochen, dass Rozabel gar nicht begriff, dass sie damit gemeint war. In ihrem Kopf schwirrten die Gedanken. Sie wusste nur eines, sie musste ihre Worte vorsichtig wählen.

»Ich gehöre zur Delegation des Herzogs«, sagte sie langsam. »Madame Margarete hat mich unter ihre Hofdamen aufgenommen, weil sie meine Fähigkeiten als Heilerin schätzt. Bei unserer Ankunft in Barfleur wurden wir auf rüdeste Weise verhaftet und im Bauch eines Kriegsschiffes gefangen gesetzt. Die Frauen des Heerzugs haben mich davor gerettet, in Barfleur zu verhungern.«

Das war eine ebenso großzügige, wie vage Interpretation der Wahrheit. Rozabel machte den Mangel an Substanz mit Haltung wett. Sie richtete sich zu ihrer vollen Größe auf und betrachtete die Ritter mit so viel angeborener Anmaßung, dass Bryan sich in die Backe biss, um nicht zu lachen.

»Hm.« De Chester wollte sie nicht direkt der Lüge bezichtigen, aber sein kurzer Laut sprach Bände. Bryan hatte dagegen keine Bedenken, unangenehme Fragen zu stellen.

»Wie kommst du überhaupt an den Hof des Herzogs? Ich kann mir nicht vorstellen, dass unsere Eltern eine solche Reise in diesen Zeiten erlaubt haben. Auch wüsste ich davon. Was verschweigst du mir?«

Rozabel musste einsehen, dass Bryan die unangenehme Hartnäckigkeit des Lords von Hawkstone besaß. Auch ihr Vater ließ erst locker, wenn er alles wusste. Allein, sie hatte nicht die Absicht, die ganze verwickelte Geschichte vor den Ohren des Erben von Chester auszubreiten. Bryan hingegen war derjenige, der ihr endlich eine Frage beantworten konnte, die bisher noch niemand zuverlässig geklärt hatte. Eine Frage, die sie vor Sorge um den Schlaf brachte.

»Wo ist die übrige Delegation des Herzogs? Wo ist der Gesandte?«

»Alle Gesandten sind bei seiner Majestät«, antwortete Bryan knapp. Auch ihm ging soeben auf, dass Rozabels Anwesenheit im Tross des Heeres besser nicht an die große

Glocke gehängt werden sollte. Es genügte schon, dass die anderen Weiber mit halb offenen Mündern starrten und die Sensation gierig in sich aufsogen. »Und genau dort bringe ich dich auch hin, komm mit.«

»Wie stellst du dir das vor?«, protestierte Rozabel. »Warte, nein ...«

Doch Bryan lenkte Sirius bereits durch den Bach und streckte ihr die Hand entgegen, damit sie vor ihm aufsteigen konnte.

Sie wich weiter zurück.

»Sieh mich an. Ich bin klatschnass. So kann ich nicht vor den König treten.«

»Dies ist kein Sommerfest bei Hofe, Schwester«, entgegnete er kühl. »In Bayeux steht der Frieden des Reiches auf dem Spiel. Bei Gott, ich nahm stets an, du würdest vernünftiger sein als unsere Schwestern. Ich hätte gewettet, dass du die Letzte bist, die sich in ein solches Abenteuer verstrickt.«

»Du klingst wie unsere Großmutter«, murrte Rozabel leise, so dass Chester es nicht hörte. »Gib mir doch die Gelegenheit einiges zu erklären, ehe wir Rufus aufsuchen. Ich brauche deine Hilfe.«

»Erwarte aber nicht, dass ich irgendetwas hinter dem Rücken des Königs tue«, erwiderte Bryan steif. »Ich bin sein Ritter.«

Es hörte sich nicht glücklich an und Rozabel glaubte auf Anhieb zu wissen warum. Richard. Richard de Tréviers. Der große Loyalitätskonflikt in Bryans jungem Leben. Sie waren einander so ähnlich. Zwei idealistische Heißsporne.

»Dann gib mir wenigstens Zeit, trockene Kleider anzuziehen«, forderte sie hartnäckig und wies mit dem Kinn auf Ranulf de Chester, der auf ihren Busen starrte, der sich viel zu deutlich unter dem nassen Stoff abzeichnete. »Sollen die anderen das Gleiche denken wie er?«

»Wenn ich Rufus warten lasse, bis du Kleider aufgetrieben und in aller Ausführlichkeit Toilette gemacht hast ...«

Rozabel schnaubte. »Ich sprach von trocken, nicht von elegant. Ich muss Mère Petronilla bitten, mir ...«

Bryan ächzte. »Petronilla, die Hurenmutter?«

»Kann es sein, dass du ein hochnäsiges Ekel geworden bist, Bruder? Mère Petronilla hat christlicher an mir gehandelt, als manch eine hochgeborene Edeldame am Hofe der Herzogin. Behalte deine Vorurteile für dich.«

Bryan bückte sich kurz entschlossen aus dem Sattel und hob Rozabel, mit einem mächtigen Griff um ihre Taille, vor sich auf Sirius. Sie sah die fassungslosen Gesichter ihrer Gefährtinnen, die drauf und dran waren, das Lager zu alarmieren und rief unter seinem Arm heraus: »Macht euch keine Sorgen. Ich kenne ihn. Er wird mir keinen Schaden zufügen. Grüßt Mère Petronilla von mir.«

Bryans Arm lag wie eine Eisenklammer um ihre Taille. Er war ein Mann geworden. Sie spürte seine Kraft, seinen Ehrgeiz, aber auch seinen Groll.

Nach geraumer Zeit fand sie so viel Fassung, dass sie ihrer Stimme wieder traute.

»Bist du der einzige Cambremer in Rufus' Begleitung?«, forschte sie leise. »Oder muss ich auch mit Fitzgeorge oder einem der anderen rechnen, die sich ein Urteil über mich anmaßen und sich in meine Pläne mischen?«

»Deine Pläne.«

Bryan spornte Sirius an und trieb das Ross durch das Schilf auf die Straße zurück. Auf einen Wink von Ranulf de Chester setzte sich die Gruppe der Ritter wieder in Bewegung. Rozabel passte sich Sirius' trab an und wartete darauf, dass Bryan sein Verhör fortsetzte. Sie musste nicht lange Geduld haben.

»Willst du mir nicht endlich mehr über diese Pläne verraten? Was hast du in Gesellschaft eines Tréviers auf Seiten der Normannen zu suchen? Rufus traut nicht einem von ihnen über den Weg und dich an ihrer Seite zu finden, wird ihm nicht gefallen.«

»Ich kann keine Rücksicht darauf nehmen, was ihm gefällt«, erwiderte Rozabel, obwohl ihr das Herz bei dieser Respektlosigkeit bis in den Hals hinauf klopfte. »Was hast du gegen die Tréviers?«

Im ersten Augenblick sah es aus, als wolle Bryan keine Antwort geben. Dann entschied er sich anders. »Ein Pack von Lügnern und Schurken, das nicht wert ist, sich Ritter zu nennen«, sagte er verächtlich.

»Hast du Gründe für ein solches Urteil?«

»Hast du Gründe für deine Frage?«

Beide verzichteten sie auf eine Antwort. Jeder in der sicheren Gewissheit, dass der andere seine Motive nicht verstehen würde.

Rozabel kniff die Augen gegen den Staub zusammen, den die anderen Ritter auf dem Dammweg über dem kleinen Bach aufwirbelten. Durch die Wolken sah sie die Umrisse der Stadt, überragt von dem massigen Bauwerk der großen Kathedrale, die der Halbonkel des jetzigen Königs, Bischof Odo, im Jahre 1077 geweiht hatte. Einstmals ein römischer Tempel, war sie nun zugleich Gotteshaus und Ruhmeshalle für den verstorbenen Eroberer.

Jedes Jahr zum Gedenktag der Weihe wurde im Kirchenschiff, an eigens dafür geschaffenen Steinornamenten, die *telle de conquest* aufgehängt. In achtundfünfzig meisterlich gestickten Bildern erzählte das enorme, breite Band aus hellem

Leinen, die Heldentaten des Mannes, der als Herzog der Normandie ausgezogen war, ein Königreich zu erobern.

Königin Mathilda, die verstorbene Mutter der königlichen Brüder, hatte die Tapisserie in Auftrag gegeben und die Arbeiten persönlich beaufsichtigt. Es wurde erzählt, sie habe selbst mit Hand angelegt, aber niemand wusste Genaueres.

Der Ruhm der *telle de conquest* war jedoch inzwischen auf beiden Seiten des Kanals verbreitet. Herzog Robert hatte genau gewusst, was er tat, als er seinen Bruder zum Friedensschluss in eben jene Kathedrale bestellte, die den endlosen Teppich von Bayeux beherbergte.

Mittlerweile hatten sie das Zentrum des Lagers vor den Toren der Stadt erreicht. Das prächtige Zelt des Königs, von Standarten überragt und von Bewaffneten umringt, tauchte so schnell vor Rozabel auf, dass sie kaum Zeit hatte, ihre Gedanken zu ordnen.

Bryan schwang sich mit einer Geschmeidigkeit aus dem Sattel, die weder das Gewicht seines Harnisches, noch das seiner Waffen verriet. Lediglich das Klirren von Metall, das Knirschen von Leder und das Klingeln des Zaumzeuges bewiesen, dass Sirius nicht doppelte, sondern dreifache Last getragen hatte.

Rozabel ließ sich zögernd in die Arme ihres Bruders gleiten. Wie gerne hätte sie statt des feuchten Kleides einer Trossmagd, eines von Madame Margaretes schönen Gewändern getragen. In Favres Augen mochte sie vielleicht schön sein, aber die Welt betrachtete sie mit kritischeren Blicken.

»Du hast Angst?« Bryan war sich nicht sicher, dass er das Richtige empfand. »Du hattest doch nie Angst.«

Rozabel sah ihm offen in die Augen. »Bisher hatte ich auch noch nie etwas zu verlieren.«

»Wenn es um deinen Ruf geht ...«

»Nein.«

Sie fiel ihm knapp ins Wort, aber sie gab keine weitere Erklärung.

FÜNFZEHNTES KAPITEL

Kathedrale von Bayeux,
15. August 1095

Das ewige Licht über dem Altar leuchtete für Ritter und gewöhnliche Sterbliche gleich tröstlich. Dennoch waren die Blicke der Menschen nicht auf das Allerheiligste, sondern auf die Männer vor dem Chor gerichtet. Das Gotteshaus, an gewöhnlichen Tagen vom Hämmern der Steinmetze und den Rufen der Lastenträger erfüllt, denn noch immer wurde daran gebaut, lag in jäher, beklemmender Stille, obwohl es bis auf den letzten Platz gefüllt war. Niemand, der auch nur Raum zum Stehen fand, wollte sich das Ereignis entgehen lassen. Das Fest der Aufnahme Mariens in den Himmel, das normalerweise an diesem Tag gefeiert wurde, rückte in den Hintergrund.

Rozabel stand in einem Seitenschiff, wo sich die Begleitung des Königs auf engstem Raum ballte. In einen bodenlangen Reiterumhang, mit Kapuze gehüllt, war sie eine von vielen und zog keine Blicke auf sich. Solange sie den Kopf gesenkt ließ und ihre feinen Gesichtszüge im Schatten der weiten Kapuze blieben, konnte sie nicht einmal als Frau erkannt werden. Ohnehin galt alle Aufmerksamkeit ausschließlich den Söhnen des großen Wilhelm, von denen jeder für sich die Urkunde prüfte, auf welcher der Schreiber die Bedingungen des unerwarteten Friedensschlusses fest gehalten hatte.

Wilhelm Rufus erklärte sich bereit, die Streitmacht auszurüsten, mit der sein Bruder Robert in das Heilige Land ziehen wollte. Stephen von Blois, sein Onkel Robert von Flandern, sowie der Bruder des französischen Königs würden unter

Roberts Kommando die Männer anführen, die sich der ehrenvollen Aufgabe verschrieben hatten, das Grab Christi den Heiden zu entreißen.

Mit dieser Zusage erkaufte Rufus die Regierungsgewalt über die Normandie, sodass die Überfälle, Intrigen und Machtkämpfe, die beide Länder immer wieder in Not und Hunger gestürzt hatten, von diesem Tag an der Vergangenheit angehören würden.

Rozabel misstraute den schönen Worten, auch wenn sie vor dem Angesicht Gottes verkündet wurden. Unter den Rittern auf beiden Seiten waren viele, die den Frieden missbilligten. Sie spürte ihren Wunsch nach einer klaren Entscheidung auf dem Schlachtfeld. Ein Sieg auf dem Papier war nicht nach ihrem Geschmack. Rufus würde seine ganze Autorität aufbieten müssen, damit sie den beschlossenen Frieden auch wirklich wahrten.

Sie suchte die breitschulterige, massige Gestalt des Königs im Kreise seiner Ritter und entdeckte statt dessen hinter Herzog Robert den matten Schimmer von messingfarbenem Haar und das Aufleuchten eines blauen Blickes, der das Steinkreuz des großen Altares nicht aus den Augen ließ. Favres Anblick ließ sie sich hastig die Hand vor den Mund halten. Kaum, dass sie ihn erkannte.

Was hatten sie ihm angetan? Nicht einmal in der Angst um Richard hatte sie ihn so gequält und erstarrt erlebt. Was hatte er erdulden müssen, seit sie gewaltsam getrennt worden waren? Seine Kleider sahen aus, als würde er seit Tagen in ihnen schlafen und die scharfen Falten, die sich von der Nase zum Mund zogen, wirkten wie mit dem Messer gezogen. Sie ertappte sich bei dem Wunsch, sie mit dem Finger zu glätten.

Närrin! Ist das von deinem Zorn geblieben? Mitgefühl? Er hat dich für seine Mörderin gehalten!

Rozabel konnte die Augen trotzdem nicht von Favre lassen. Der wilde Aufruhr ihre Gefühle, der sie in Rouen dazu getrieben hatte, das Betäubungsmittel selbst zu trinken, war längst beschämter Resignation gewichen. Mit ihrer stürmischen Reaktion hatte sie die Pläne ihres Oheims zum Scheitern gebracht und Favre hatte sie einen Grund dafür geliefert, ihr künftig zu misstrauen.

Woher hätte er wissen sollen, dass sie eher ihr Leben für ihn gegeben hätte, als ihm Schaden zuzufügen? Er kannte ja nicht einmal ihren richtigen Namen.

Sie zwang sich, ihre Augen weiter wandern zu lassen. Herzog Robert, den Favre überragte, wirkte ausgesprochen selbstzufrieden. Sie sah ihm an, dass er sich zu dem Geniestreich beglückwünschte, der ihn von seinen Sorgen befreite und ihm den unbeschwerten Aufbruch in ein einmaliges Abenteuer schenkte. Schon von Kindes Beinen an, hatte ihn ausschließlich ritterlicher Ruhm verlockt und nun glaubte er das Ziel seiner Wünsche in unmittelbarer Reichweite. Der Name des Kriegers, der Jerusalem von den Heiden befreite, würde in der ganzen Christenheit des Abendlandes einen besonderen Klang haben. Ihm würden mehr Respekt und Bewunderung zuteil werden, als dem König von England.

Rozabel betrachtete seine Pläne aus einem völlig anderen Blickwinkel. Für sie war der Herzog ein leichtfertiger Draufgänger, der sein Leben und das seiner Männer aus purer Eigensucht aufs Spiel setzte. Sie wusste nicht viel von den Heiden, die Jerusalem beherrschten, aber es waren Männer. Kampflos gaben sie bestimmt keinen Fußbreit des Heiligen Landes auf. Wie viele Normannen würden vor Jerusalem ihr Leben lassen müssen, damit sich Robert oberster Ritter der Christenheit nennen konnte? Wie viele Witwen, weinende

Mütter und Waisen mussten den Preis für seinen blutigen Ruhm bezahlen?

Vor dem Altar setzten nun beide Herrscher in feierlichem Wechsel ihre Namen unter das Dokument. Aufschauend reichten sie einander die Hände und blickten sich zum ersten Male seit Jahren wieder ohne Hass in die Augen. Rozabel verstand nicht, was sie dabei sagten, in Favres Miene, der direkt daneben stand, rührte sich kein Muskel, sodass sie auch aus seiner Reaktion keinen Rückschluss ziehen konnte.

Sie hatte Mühe, ihre rebellischen Gefühle und Fragen zu beherrschen. Über lange Jahre hinweg hatte sie sich für eine ruhige und überlegte Person gehalten, nun kam sie sich vor wie ein zu kleines Gefäß in dem es gärte. Bei der geringsten Erschütterung würde sie überlaufen. Mit welchen Folgen?

Der König war bei ihrer und Bryans Ankunft mitten im Aufbruch gewesen und ihr Bruder hatte keine Möglichkeit gefunden, ihn von der Anwesenheit der Demoiselle von Hawkstone in Kenntnis zu setzen. Es war ihm kaum Zeit geblieben, ihr einen passenden Umhang zu organisieren und sie unter das Gefolge zu schmuggeln, das dem König und seinen Männern in die Kathedrale folgte, wobei sie nicht an seiner Seite in unmittelbarer Nähe von Rufus bleiben konnte.

Er hatte sie einem der älteren Knappen anvertraut und ihm befohlen, sie nicht aus den Augen zu lassen. Er stand an ihrer Seite und hatte Wichtigeres zu tun, als diesen Auftrag zu befolgen. Er hielt keinen Augenblick still und reckte sich ständig auf die Zehenspitzen, damit ihm ja nichts entging. Was er sich dabei dachte, dass ihn die Frau in seiner Begleitung um einen ganzen Kopf überragte? Sie hatte sich daran gewöhnt, größer als die meisten Männer zu sein, aber den Männern missfiel diese Tatsache. Nur wenige übertrafen ihren hohen

Wuchs. Ihr Vater, ihr Bruder, die Männer ihrer Schwestern und Favre.

Wie von selbst flog ihr Blick wieder zu ihm und traf sich haargenau mit seinem gleichgültig suchenden Blick über die Köpfe der Menschen hinweg. Ihrer Größe wegen fiel sie auf. Seine Augen weiteten sich und Rozabel sah den Ruck, der durch seine Gestalt ging. Seine Bewegung war unmissverständlich. Hatte er sie erkannt?

Bleib!

Mit allen Sinnen versuchte sie ihm die Botschaft zu senden. Dies war nicht der richtige Ort für seine Fragen und Vorwürfe.

Während das letzte Amen des Segens verklang und der Jubel der Menschen einsetzte, bemerkte sie, dass sich Favre de Tréviers durch die Menge in ihre Richtung drängte. Niemand hielt ihn auf. Vertrag und Unterschrift hatten aus Feinden Verbündete gemacht. Es bestand kein Grund mehr, den Gesandten festzuhalten. Alle hatten ohnehin ein gemeinsames Ziel. Das große Festmahl in der Residenz des Bischofs von Bayeux, die nur wenige Schritte von der Kathedrale entfernt, mit ihren Türmen und Spitzdächern mehr einer Festung, als dem Haus eines frommen Mannes glich.

Rozabel sah in ihrer Not nur eine Möglichkeit: die unerwünschte Konfrontation zu vermeiden: die Flucht. Sie senkte den Kopf, schob die Schultern nach vorne und versuchte sich so klein wie möglich zu machen. Vielleicht glaubte Favre, sich getäuscht zu haben, wenn er sie nicht mehr fand. Vielleicht kehrte er im Schutze von Roberts Gefolge nach Rouen zurück.

Vielleicht verlor er sie aus den Augen, wenn er nicht an sie erinnert wurde. Eine unsinnige Hoffnung, sie wusste es.

»Wohin lauft Ihr? Wir sollen auf den Seigneur warten«,

beschwerte sich der Knappe an ihrer Seite, aber sie hörte nicht auf ihn. Sie drängelte sich rücksichtslos durch die Menge. Taub für die unwilligen Flüche die ihr folgten und blind vor mühsam zurückgehaltenen Tränen.

*

Rozabel floh vor ihm!

Favre de Tréviers blieb so plötzlich stehen, dass ein dicker Bürger in ihn hineinrannte. Seine wortreiche Entschuldigung hörte er ebenso wenig wie die Jubelrufe um ihn herum.

Die vergangenen Tage hatte er in einer wahren Agonie aus Sorge und Selbstverachtung verbracht. Seine Gefühle für Rozabel ausgerechnet in einem Augenblick zu entdecken, wo er gewaltsam von ihr getrennt wurde und keine Ahnung von ihrem Schicksal hatte, setzte ihm auf eine nie zuvor erfahrene Weise zu. Alles in ihm drängte danach, mit ihr zu sprechen, ihr zu sagen, was er empfand. Er wollte endlich von ihr hören, warum sie ihn mit einem Schlaftrunk matt setzen wollte. Und er war entschlossen gewesen, ihre Gründe – wie unsinnig auch immer sie waren – zu verstehen und großmütig zu verzeihen.

Sie hatte ihm nicht nach dem Leben getrachtet, das hatte er schon in dem Moment begriffen, als er die vermeintliche Tote in die Arme nahm und den stetigen, ruhigen Schlag ihres Herzens spürte. Sein Zorn hatte mit seiner Erleichterung im Streit gelegen. Dass sie ihm auf dem Ritt nach Barfleur schweigend trotzte, ließ den Zorn siegen. Wie konnte sie es wagen, ihm ohne Erklärung die kalte Schulter zu zeigen? Woher nahm sie die Stirn, ihn wie einen lästigen Bittsteller zu behandeln und sich mit gefesselten Händen, mit der Aura einer gekränkten Fürstin zu umgeben.

Es war eine unglaubliche Dummheit gewesen, sie mitzunehmen, aber er hatte es einfach nicht fertig gebracht, sie in den Palast zurückzuschicken. Nicht mit dem Wissen, das er besaß. Wenn er sie gehen ließ, würde sie das zweifelhafte Geschick der Herzogin teilen. Entweder brachte Rufus sie nach England, oder er würde sie in irgendeinem normannischen Schloss vergessen.

Der Gedanke sie zu verlieren, hatte seinen Verstand getrübt und ihm die fatale Kostümierung eingegeben, die der Grund dafür gewesen war, dass man sie mit seinen Männern auf dem Kriegsschiff gefangen setzte. Sie dort zurückzulassen, als Rufus ihn holen ließ, war ihm so schwer gefallen wie nichts zuvor. Er hatte gezögert, ihr Geschlecht zu verraten und darauf gehofft, dass man ihn nach Beendigung seiner Mission zurückschaffen würde. Aber alles war anders gekommen.

Rufus hatte darauf bestanden, ihn in ständiger Nähe zu behalten und sein persönliches Gefolge ließ ihn nicht aus den Augen. Die Garde seiner bedingungslos ergebenen Begleiter trug ihm Richards Anschlag mehr nach, als der König selbst. Sie ließen ihn kaum die eigene Notdurft ohne Begleitung verrichten und schirmten ihn hermetisch von allen anderen ab. Er hatte nichts anderes tun können, als auf Rozabels Klugheit und ihren Witz zu vertrauen. Hatte sie ihm nicht wieder und wieder bewiesen, dass sie sich selbst helfen konnte? Ihr Anblick in der Kathedrale war der beste Beweis dafür.

»Kommt zum Festmahl, Tréviers. Ihr seht aus, als könntet Ihr eine ordentliche Mahlzeit und einen guten Schluck vertragen.«

Ausgerechnet Robert von Flandern, der Onkel des Herzogs der Normandie, hatte ihn entdeckt und schlug ihm lobend auf die Schulter. Er gehörte zu den engsten Vertrauten seines gleichnamigen Neffen und war, wie er, besessen von dem Wunsch nach Jerusalem zu ziehen.

»Lasst uns anstoßen«, polterte er gutmütig. »Ihr habt Eure Aufgabe bestens erfüllt. Rufus hat unser Angebot ohne großes Wenn und Aber angenommen. Er macht den grimmigen Eindruck eines Kriegers, aber in Wirklichkeit geht er dem Kampf aus dem Weg.«

Es klang verächtlich und Favre verspürte den befremdlichen Impuls, ausgerechnet den englischen König zu verteidigen. Die Begegnung mit Rufus, war nicht spurlos an ihm vorübergegangen. Er empfand zunehmend Hochachtung vor der geradlinigen und vernunftgerechten Haltung des Königs. Was war tadelnswert daran, Blutvergießen zu vermeiden?

Er begnügte sich mit einem Schulterzucken, das der Flame für Zustimmung hielt.

»Der Herzog hat mich gebeten, nach Euch Ausschau zu halten. Er will Euch an seiner Seite wissen«, fügte der Graf von Flandern noch hinzu und verhehlte nicht sein Erstaunen darüber, dass die Einladung keine große Begeisterung erregte.

Favre folgte seinem Begleiter schweigend. Nur die Tatsache, dass er dem Herzog einen Eid geschworen hatte und gehorchen musste, hielt ihn davon ab, auf der Stelle weiter nach Rozabel zu suchen.

Die große Gewölbehalle des Bischofspalastes war in aller Eile für das Bankett der königlichen Brüder vorbereitet worden. Zu beiden Seiten der Haupttafel an der Stirnseite, zogen sich Bänke und Schragentische für die übrigen Gäste entlang. Jeder suchte, so gut es ging Platz zu finden und je weiter man sich von der hohen Tafel entfernte, umso rauer wurde der Ton.

Robert von Flandern führte den Ritter jedoch bis ganz

nach vorne, wo unweit seiner königlichen Neffen noch Plätze frei gehalten worden waren. Rufus war der erste, der seine Ankunft zur Kenntnis nahm. Er beugte sich nach vorn, um an seinem Bruder und anderen vorbei zu schauen und nahm den Gesandten ins Visier.

»Tréviers, so sieht man sich wieder ...«

»Majestät.«

Er beließ es bei dem einen, kühlen Wort. Ihnen beiden war die offene Rechnung zwischen dem Haus Tréviers und dem englischen König bewusst. Sie würde beglichen werden, wenn es den neuen Frieden nicht mehr gefährdete.

Herzog Robert unterzog die Erscheinung des Gesandten einer kurzen Überprüfung und nickte zufrieden, als er nur Staub und Vernachlässigung, aber keine Wunden entdeckte. »Ihr habt Euch wacker geschlagen, Tréviers. Meine Anerkennung, damit habt Ihr den Namen Eures Hauses wieder rein gewaschen.«

Favre knirschte mit den Zähnen und beschränkte sich auch bei seinem ehemaligen Landesherrn auf eine stumme Reverenz. Er durchschaute Robert Kurzhoses raffiniertes Manöver. Der Herzog gab sich in aller Öffentlichkeit den Anschein, als habe er von Richards Mordanschlag nichts gewusst. Gleichzeitig deutete er mit seiner Bemerkung Rufus gegenüber an, das Familienoberhaupt der Tréviers zur Rechenschaft gezogen zu haben. Egal ob der König den Kniff durchschaute oder nicht, Favre spielte die Rolle des bußfertigen Sünders und ballte seine Fäuste nur heimlich.

»Gott segne unseren König!«

Der Trinkspruch des Erzbischofs verhinderte, dass Favre doch noch etwas Unverzeihliches sagte. Er hob mit den anderen den Becher und schüttete den schweren Roten wie Wasser in sich hinein. Seine schmerzende Kehle blieb dennoch eng und rau, sein Gemüt bedrückt. Welche Zukunft wartete auf ihn und Richard in einer Normandie, die von Rufus beherrscht wurde? Nur ein Narr würde an seiner Stelle hoffnungsvoll in die kommende Zeit blicken. Und nur ein doppelter Narr würde es in Erwägung ziehen, auch noch eine Frau zu nehmen.

»Tréviers?«

Sein Kopf fuhr herum und entdeckte, dass der leere Platz an seiner Seite mittlerweile besetzt war. Fulco de Cambremer grüßte ihn ernst.

»Ihr hier?«

»Der Herzog hielt es für angebracht, mich in sein Gefolge aufzunehmen«, entgegnete der Graf. »Gestattet, dass ich Euch Abbitte leiste.«

Favre begnügte sich damit, fragend die Brauen zu heben und der grauhaarige Senior des Hauses Cambremer schnaubte.

»Lassen wir die diplomatischen Finessen, Tréviers. Wo ist sie?«

»Wer?«

»Meine ... ähm, die Heilerin der Herzogin. Dame Rozabel. Man beklagt ihr Verschwinden in Rouen, seit auch Ihr die Stadt verlassen habt.«

»Was bringt Euch zu der Annahme, ich müsste wissen, wo sie sich befindet?« Zwei senkrecht steile Falten gruben sich in Favres Stirn.

»Erspart mit die Komödie des Ahnungslosen, mein Junge«, erwiderte Cambremer gereizt. »Es ist ihr also nicht gelungen, Euch daran zu hindern, Euren Auftrag zu erfüllen.«

»Warum hätte sie mich daran hindern sollen, meinen Auftrag zu erfüllen?«, fragte Favre, während sich ihm die Antwort bereits aufdrängte. Dennoch wollte er sie von ihm hören.

»Weil ich und andere fürchteten, Ihr würdet Eure Rache über Eure Pflicht setzen. Wir hatten Angst, Ihr würdet den Frieden gefährden und in erster Linie jene zur Rechenschaft ziehen wollen, denen Ihr die Schuld am Elend Eures Bruders gebt. Lediglich die Tatsache, dass Ihr Euch bei diesem tollkühnen Akt selbst in Lebensgefahr bringt, überzeugte die Heilerin davon, dass es geboten war, Euch zurückzuhalten. Sie ist Euch gewogen, das wisst ihr.«

Favre überdachte die kühle, verschlungen formulierte Begründung, ehe er fragte:

»Ihr habt sie angestiftet, mir den Schlaftrunk heimlich in den Wein zu tun? Seid Ihr des Teufels, Mann?«

Er fixierte Cambremer in einer Mischung aus Verblüffung und Zorn. Was hatte er verbrochen, um ständig mit den Ränken dieser Familie gestraft zu werden? »Wie konntet Ihr das Mädchen in solche Gefahr bringen?«

»Gefahr? Weshalb hätte ich sie in Gefahr gebracht?« Der Seigneur runzelte besorgt die Stirn.

Favre erlaubte sich die Rache, ihn eine Spur zu lange auf seine Antwort warten zu lassen. Nur die Zahl seiner Jahre schützte Cambremer davor, dass er ihm die harschen Vorwürfe machte, die sich auf seine Zunge drängten. Wie hatte er es wagen können Rozabel für seine Intrigen zu missbrauchen?

»Das fragt ausgerechnet Ihr? Habt Ihr das Risiko nicht bedacht? Was tut ein Mann mit einer Frau, die er des heimtückischen Mordes verdächtigt?«

»Ihr habt sie eingekerkert?«

Sein Entsetzen entlockte Favre ein freudloses Lachen. »Ich habe sie gezwungen, den Wein selbst zu trinken.«

»Und?«

Ihre Blicke trafen sich und Cambremer weitete sich mit

zwei Fingern das Hemd an der Kehle, das ihm jäh zu eng geworden war.

»Sie hat ausgeschlafen und sie war höllisch wütend, missgelaunt und so gereizt wie eine Katze, der man die Mäuse weggenommen hat. Ich konnte kein Wort der Erklärung aus ihr herausbringen.«

»Und wo ist sie?«

»Das kann ich Euch nicht sagen. Zuletzt sah ich sie unter dem Gefolge des Königs.«

»Dem Himmel sei Dank.«

Der Ältere bekreuzigte sich und Favre verzog den Mund. Er sah keinen Grund für einen solchen Dank.

»Ja, dankt dem Himmel«, erwiderte er Cambremers Worte kalt. »Ihr habt eine ahnungslose junge Frau in das Gewirr der Politik getrieben. Die Erfahrung Eures Lebens hätte Euch sagen müssen, dass sie darin umkommen könnte.«

»Sie nicht. Sie lässt sich mit normalen Maßstäben nicht messen.«

Favre musste ihm Recht geben, wenn auch widerwillig. Und das machte ihm wieder bewusst, was ihn am meisten beschäftigte.

War Rozabel vor ihm geflohen, weil sie nichts mehr mit ihm zu tun haben wollte?

SECHZEHNTES KAPITEL

Heerlager vor Bayeux
16. August 1095

Der Morgen dämmerte bereits, aber Rozabel hatte noch immer kein Auge zugetan. Sie wälzte sich auf dem Lager ihres Bruders und wartete vergeblich darauf, dass Bryan endlich kam und ihre Fragen beantwortete. Seit sie der unwillige Page in dieses Zelt geschafft hatte, vor dem die Standarte des Hauses Cambremer wehte, zogen sich die Stunden wie zähes Pech dahin.

Der Anblick Favres, der sich auf ihren Spuren durch die Menge gedrängt hatte, hatte ihren Verstand gelähmt. Zu viele Gefühle auf einmal hatten sie erfasst und sie ratlos zurück gelassen. Was sollte sie tun? Sie wollte weder ihn in Schwierigkeiten bringen, noch Bryan zu unbesonnenen Taten veranlassen und schon gar nicht die Aufmerksamkeit des Königs erregen.

Am liebsten wäre sie zu Mère Petronilla und ihren Gefährtinnen zurückgekehrt, aber das kam natürlich nicht in Frage. Ihr Bruder hatte dafür gesorgt, dass sie die Frauen niemals wieder als Ihresgleichen betrachten würden. Was also blieb ihr zu tun? Warten? Das hatte sie schon immer am wenigsten gekonnt.

Warten verstärkte das grässliche Gefühl, dass sie seit Wochen nur Fehler machte und falsche Entscheidungen traf. Was hatte es beispielsweise für einen Sinn, das Herz an einen Mann zu hängen, der ihr unbesehen einen Mord zutraute? Was wollte sie in den Diensten eines Herzogs, der seine Heimat für Waffen und Streitrösser verkaufte? Und was bei einem Bruder, dem sie nur Last sein konnte auf seinem Weg zu ritterlichem Ruhm und königlicher Anerkennung.

»Rozabel?«

Sie hatte Bryan nicht kommen gehört. Sie fuhr herum und musterte die schwankende Gestalt, die durch den Zelteingang stolperte und um ein Haar über den Tisch mit der Öllampe gefallen wäre.

»Du kommst spät«, warf sie ihm vor. »Erst zerrst du mich in aller Eile in diese Stadt und dann vergisst du, dass es mich gibt. Vermutlich soll ich noch dankbar dafür sein, dass mir dein Knappe wenigstens erlaubt hat, in deinem Bett auf dich zu warten.«

Sie bekam ein Grinsen zur Antwort und bezähmte nur mühevoll ihre Gereiztheit. »Wie riechst du überhaupt? Bist du in ein Weinfass gefallen?«

»Der König hat zum Festmahl geladen. Hätte ich die Einladung ausschlagen sollen, weil die Dame Rozabel auf mich wartet? Wäre dir das lieber gewesen?«

»Hast du mit ihm gesprochen?«

»Vor den weit aufgesperrten Ohren der wichtigsten Edelmänner der Normandie und Britanniens? Wäre dir das lieb gewesen?«

Der reichlich genossene Wein ließ Bryans Worte verschwommen klingen. Er erinnerte seine Schwester an den kleinen Jungen, der, im Bewusstsein, die wichtigste Person von Hawkstone zu sein, vergeblich versucht hatte, auch sie herumzudirigieren. Ein leises Lachen gluckste in ihrer Kehle und sie bemühte sich vergeblich es zurückzuhalten.

»Du bist betrunken, mein Lieber!«

»Wie eine ganze Kompanie Bogenschützen«, räumte der Erbe des Rosenturmes großzügig ein und verhedderte sich in den Falten seines Umhanges. »Wie wäre es, wenn du mir ein wenig hilfst, ehe ich in Schuhen auf dieses Bett falle und die Decken beschmutze?«

Er ließ sich so knapp neben Rozabel auf das Lager plumpsen, dass sie leise aufschrie, ehe sie ihn liebevoll schalt. »Du stellst meine Zuneigung wahrhaftig auf eine Probe, Bryan de Cambremer. Als nächstes verlangst du noch von mir, dass ich dir die Hemdschnüre löse.«

»Wusst' ich doch, dass du ein liebes Mädchen bist ...« nuschelte der junge Ritter und hieb ihr auf die Schulter, als wäre sie einer seiner Kumpane.

»Aua! Hör auf damit. Hast du schon einmal etwas davon gehört, dass man mit Frauen sanft umgeht? Nun komm schon. Große Mutter, du wirst doch nicht einschlafen wollen, ehe wir miteinander ...«

Sonores Schnarchen war Bryans einzige Antwort und Rozabel wusste nicht, ob sie lachen oder weinen sollte. Am Ende kam sie auf das zurück, was sie schon als Kind für ihn getan hatte. Sie legte eine Decke über den schlafenden Bruder, strich ihm mit einer mütterlichen Geste die Haare aus der verschwitzten Stirn und sie küsste ihn auf die Wange. Bisher war für einen liebevollen Kuss der Verbundenheit keine Zeit geblieben und sie hatte den Eindruck, dass der junge Ritter sie im wachen Zustand auch daran gehindert hätte.

Sie ahnte nicht, dass die Flamme der kleinen Öllampe, die sie nach Bryans Eintritt höher gestellt hatte, ihren Schattenriss auf die Zeltwand zeichnete.

Favre de Tréviers stand reglos im Dunkel und ballte die Fäuste. Auch aus seinem Gewand stiegen die Dünste des ausgiebigen Festmahles, aber im Gegensatz zu Bryan de Cambremer war er so nüchtern wie ein Mönch zur ersten Morgenandacht. So nüchtern, dass er jedes Wort verstanden und sich jede Geste in seiner Erinnerung eingegraben hatte. Auch der zärtliche Kuss, für den Rozabel sich über den Ritter gebeugt hatte.

Er hatte nicht damit gerechnet, sie ausgerechnet im Zelt des jungen Cambremer zu finden. Er war dem Jungen gefolgt, weil er glaubte, von ihm könne er endlich erfahren, was sich am Hof von Winchester tatsächlich abgespielt hatte. Sein Plan, dem Angetrunkenen in sein Zelt zu folgen und ihn zu befragen und zur Rede zu stellen, hatte ihn um diese späte Stunde in das Lager geführt.

Ausgerechnet Rozabel hier! Was trieb sie in die Arme des Mannes, der Richard verraten hatte? Seine Schönheit? Seine Jugend? Sein edler Name? Sein Vermögen? Oder gar das Wissen, dass sie ihm nichts Schlimmeres hätte antun können als dies? War es ihre Rache dafür, dass er sie gezwungen hatte, den Betäubungstrank zu schlucken? Die Eifersucht, die sie ihm zu kosten gab, schmeckte ebenso bitter, wie sie ihn unerwartet traf.

Der Vorsatz sie zu suchen und um Verzeihung zu bitten, erstickte unter jäh aufflackerndem Zorn. Zorn auf Rozabel, nicht auf den jungen Fant, den sie verlockt hatte. Zorn auch auf sich selbst. Vielleicht steckte der alte Cambremer gar mit seinem Neffen aus Britannien und der sächsischen Heilerin unter einer Decke. Wie hatte er nur ein solcher Narr sein können!

Die Glut seines Zorns legte sich wie Feuer über die Vernunft.

*

»Was ist ...«

Rozabel fuhr hoch, zu Tode erschreckt von einer dunklen

Gestalt, die mit gezückter Waffe in das Zelt brach und die stille Nacht in einen jähren Alptraum verwandelte.

Ihr Schrei ließ Bryan aus seinem betäubten Schlaf hochfahren. Die Geschwindigkeit, mit der er sie zur Seite stieß, zum Schwert griff und den gleißenden Dolch parierte, der im Lampenlicht blitzte, raubte ihr den Atem. In der Wolke ihres gelösten Haars flog sie in eine Zeltecke, stieß sich die Hüfte an einer Kleidertruhe und rutschte hinter den Holzkasten mit den Eisenscharnieren in Sicherheit. Sie sah nichts. Sie hörte nur das Klirren von Waffen und einen neuerlichen Aufschrei.

»Halt! Seid ihr verrückt! Nieder mit den Waffen! Ihr könnt im Lager des Königs keinen Zweikampf vom Zaun brechen!«

Die raue, knurrige Männerstimme kam ihr bekannt vor. Sie rappelte sich hoch, strich mit beiden Händen das Haar aus dem Gesicht und blickte auf Knien über die Truhe hinweg. Drei Männer waren schwer atmend in das Gerangel verwickelt, das schließlich der Kleinste und breiteste von ihnen beruhigte. Fulco de Cambremer betrachtete die anderen mit zornigen Augen und gesträubten grauen Brauen. Also hatte sie sich nicht in der Stimme getäuscht.

»Ihr Narren, beruhigt euch. Alle beide!«

Bryan ließ als Erster das Schwert sinken und trat zurück. Endlich erkannte Rozabel auch die Umrisse des Dritten. Schmerzlich vertraute Umrisse.

Favre de Tréviers musterte die beiden Cambremers kalt. »Ich bin nicht gekommen, einen Mord zu begehen. Ich will Antwort auf meine Fragen. Messt mich nicht mit Euren Maßstäben von Gift und Heimtücke, alter Mann«, beschied er verächtlich.

Das Stichwort machte Bryan noch nüchterner, als der nächtliche Überfall.

»Gift ist wohl eher Eure Spezialität, Tréviers!«

»Halte dich zurück, Bürschchen«, knurrte Favre und er sah auch mit gesenktem Dolch so gefährlich aus, dass Rozabel aufkeuchte.

»Für den Bruder eines Meuchelmörders kann ich nur Verachtung empfinden«, sprach Bryan weiter und es hörte sich an, als breche eine verschüttete Quelle in seinem Inneren auf. »Stammt der Plan von Euch? Habt Ihr Richard nach England geschickt, weil Ihr um die Schwäche des Königs für junge Männer wusstet? Weil Ihr annahmt, dass Richard ohne weiteres in seine engste Umgebung kommen würde? Schämt Ihr Euch nicht dafür, Euren Bruder ins Verderben geschickt zu haben?«

Die flammenden Vorwürfe machten Favre für einen Augenblick sprachlos. Er verwehrte es sich nur mühsam, ihm vor die Füße zu spucken.

»Ich muss mir von dem Schurken, der Richard an die Folterknechte verraten hat, keine Vorwürfe machen lassen«, waren seine gemäßigten Worte.

»Genug!« Fulco de Cambremer unterbrach den erbitterten Streit. »Auch Ihr seid nicht das Unschuldslamm, das Ihr spielt, Tréviers. Ich tat Recht daran, Euch nach dem Festmahl zu folgen. Ich ahnte, dass Ihr nicht auf Eure Rache verzichten wollt und hinter Bryan her seid.«

»Nur Euer Alter sichert Euch meine Höflichkeit«, entgegnete Favre böse. »Ich bin kein Meuchelmörder. Ich wollte Informationen von dem Jungen, nicht mehr. Meine Rache mache ich öffentlich. Ein Kampf auf Leben und Tod vor den Augen des Königs.«

»Welche Informationen wollt ihr?«

Rozabel erkannte einmal mehr die frappante Ähnlichkeit zwischen Fulco und ihrem Vater, obwohl sein Äußeres diese

Verwandtschaft leugnete. Beide Brüder verfügten über ein so hohes Maß an Autorität, dass man ihnen auch gegen den eigenen Willen Gehör schenkte.

Bryan ächzte und strich sich den Schweiß von der Stirn. Seine Schwester sah die scharfen Linien, die seine Stirn furchten und den düsteren Blick seiner Augen. Richard trug die gleiche Miene, wenn er von seinem missglückten Attentat sprach.

Sie schloss für einen Herzschlag die Augen, ehe sie sie wie magisch angezogen auf Favre richtete. Er hatte sie endlich entdeckt und seine Reaktion auf ihre Anwesenheit ließ keine Überraschung erkennen. Im Gegenteil, er sah aus, als habe er mit ihr gerechnet.

Unter seinem eiskalten Blick erhob sie sich, straffte die Schultern und warf die Haare nach hinten. Sie war sich ihres bunten, fadenscheinigen Gewandes ebenso bewusst, wie ihrer gewöhnlichen Erscheinung. Ohne die eleganten Gewänder, die ihr Madame Margarete geschenkt hatte und die ihr wie eine Rüstung Sicherheit gegeben hatten, kam sie sich wieder unbedeutend und nichts sagend vor. Dennoch hob sie das Kinn und mobilisierte ihren Stolz. Sie wollte ihn zeigen, dass er derjenige war, der ihr Unrecht getan hatte.

»Du hast es eilig gehabt, die Fronten zu wechseln und deine Küsse einem anderen zu schenken, Heilerin Rozabel«, sagte er jetzt völlig unerwartet, ohne ihr auch nur die Höflichkeit eines Grußes zu gönnen.

Rozabel zuckte zusammen. Welche Küsse? Etwa den Gute-Nacht-Kuss für Bryan? Was immer sie antwortete, es brachte sie in Schwierigkeiten. Die Ratlosigkeit ließ sie schweigen.

Favre stieß ein zynisches Lachen aus und brachte damit wieder Leben in Bryan. Er fuhr zu seiner Schwester herum und fauchte: »Was hast du mit dem Kerl zu schaffen? Was will er von dir?«

Auch ihm verweigerte sie die Antwort. Wie sollte ihr kleiner Bruder ihre Motive begreifen? Die Gefühle nachvollziehen, die ihr ebenso Schmerz wie Entzücken bereiteten? Er müsste sie für närrisch halten, wenn sie ihm sagte, dass sie die Anwesenheit Favres genoss wie ein Lebenselixier und gleichzeitig seine Reaktion vor dem fürchtete, was sie ihm nicht länger verheimlichen konnte.

»Redet!«, schrie Bryan den normannischen Ritter an, als er begriff, dass Rozabel stumm bleiben würde.

»Beruhigt euch«, mischte sich Fulco de Cambremer in den aufbrechenden Konflikt ein. Er hatte sich auf dem einzigen Schragenstuhl in dem spartanisch eingerichteten Zelt niedergelassen. »Es hat keinen Sinn zu schreien. Wenn unser König Frieden schließen kann, dann solltet auch ihr dazu im Stande sein.«

»Frieden? Ihr sprecht von Frieden und brecht des Nachts wie die Barbaren in mein Zelt? Ist das die Art wie Herzog Robert den Vertrag halten will, den er in der Kathedrale unterschrieben hat?«, fragte Bryan erkennbar um Beherrschung bemüht. »Wer seid Ihr überhaupt, dass Ihr Euch einmischt?«

»Fulco de Cambremer, dein Onkel«, erklärte Rozabel tonlos und zupfte nervös an ihren schmutzigen Röcken herum.

»Unser ...« Bryan räusperte sich.

Die Ereignisse hatten die Nebel seiner Trunkenheit vertrieben, aber es machte ihm immer noch Mühe, logische Fäden zu einem zusammenhängenden Ganzen zu verknüpfen. Er nahm für gegeben, was Rozabel sagte, aber er wunderte sich über die Allianz. »Ein Cambremer und ein Tréviers, die mich gemeinsam aus dem Schlaf reißen? Verstehe ich das richtig?«

»Es gibt nichts Gemeinsames zwischen uns«, widersprach Favre kalt.

Rozabel entkam ein Laut puren Schmerzes. Sie fühlte sich von dieser Aussage ins Herz getroffen.

»Es tut mir Leid, Kind.« Fulco de Cambremer begriff als Einziger, was in ihr vorging. »Ihr habt allen Grund, mir böse zu sein. Es war ein närrischer und falscher Plan, dessen Zeche Ihr zahlen musstet. Deswegen ist es umso wichtiger, dass nicht neuerliche Missverständnisse aufgeworfen werden.«

»Kann mir ein Mensch erklären, worüber hier gesprochen wird?« Bryan rieb sich die Schläfen und ließ seine Augen durch das Zelt wandern. »Ihr seid mir willkommen Onkel, aber Eure Begleitung missfällt mir, wenn ich das sagen darf.«

»Mir missfällt sie ebenso.« Favre knirschte mit den Zähnen. »Ich habe Euch nicht darum gebeten, Euch in meine Angelegenheiten zu mischen, Cambremer. Warum tut Ihr es zum wiederholten Mal?«

»Diesen beiden zuliebe«, entgegnete Fulco.

»Sorgt Euch nicht um die Kleine. Sie scheint mir bei dem Jungen gut aufgehoben. Eine Dirne und ein Verräter. Ein feines Paar.«

»Habt Ihr den Verstand verloren?«, entrüstete sich Bryan. »Wer gibt Euch das Recht, so über sie zu reden? Rozabel ist eine Lady!«

»Hat sie Euch das erzählt?« Favres Antwort troff vor Sarkasmus. »Ihr müsst noch viel über die Frauen lernen, mein Junge. Sie ist die sächsische Heilerin unserer Herzogin. Eine Frau mit erstaunlichen Fähigkeiten, aber wem sage ich das. Ihr werdet sie ja bereits gekostet haben.«

Rozabel zuckte zusammen.

»Lass mich erklären«, begann sie heiser, aber Bryan schnitt ihr mit einer so herrischen Handbewegung die Rede ab, dass sie erschrocken verstummte.

»Ihr entschuldigt Euch auf der Stelle für Eure beleidigenden Äußerungen, Tréviers. Ich kann nicht dulden, dass eine Dame in meiner Gegenwart so gekränkt wird.«

»Ich sehe keine Dame, Bryan de Cambremer.«

In Rozabels Ohren klangen die Worte als kratze ein Schwert über Marmor. Warum hielt Bryan nicht endlich den Mund? Sie benötigte keinen kleinen Bruder, der ihre Ehre verteidigte, sie konnte selbst für sich sprechen. Sie trat schnell dazwischen, als beide einen Schritt aufeinander zu machten. Mit ausgestreckten Händen heilt sie sie voneinander fern.

»Wartet«, flehte sie.

»Zum Donner, hört auf mit diesem Unsinn«, erhob sich das knurrige Organ Fulcos über das Stimmengewirr. »Man könnte meinen, Euch ist jeder Grund Recht, einander an die Gurgel zu gehen. Lasst uns Ordnung in das Durcheinander bringen.«

»Bitte nicht.«

Rozabel wirbelte zu ihrem Onkel herum, aber der ließ sich nicht aufhalten.

»Die Lady ist Rozabel de Cambremer, Tréviers. Das Mädchen ist die jüngste Tochter des Lords von Hawkstone, Raynal de Cambremer, und seiner Gemahlin Lady Liliana of Hawkstone. Es muss endlich ein Ende mit dieser schlechten Komödie sein. Was geschehen ist, wäre nie passiert, hättet Ihr von Anfang an gewusst, dass Ihr mit meiner Nichte sprecht.«

»In der Tat«, stimmte Favre trocken zu.

Rozabel suchte mit angehaltenem Atem nach einer Spur von Empfinden in seinem Blick. Nichts. Lediglich die Linien seines Antlitzes schienen sich zu verhärten. Unter halb gesenkten Lidern wich er ihrem Blick aus und sein Mund wurde zum blassen Strich. Sie hatte nicht angenommen, dass er begeistert sein würde, ihren Namen zu erfahren, aber dieses Ausmaß der Verachtung schmerzte.

Sie konnte nicht ahnen, dass er zuallererst wütend auf sich selbst war. Er zürnte sich für die Erleichterung darüber, dass Bryan ihr Bruder war und dafür, dass er im gleichen Augenblick Richard und sein Leid vergessen hatte.

»Du weißt, dass mich keine Schuld trifft«, versuchte Rozabel an seinen Sinn für Gerechtigkeit zu appellieren. »Es war allein deine Entscheidung in dieser Nacht die Heilerin von Hawkstone um ihre Hilfe zu bitten. Du hast mich nicht nach dem Namen meines Vaters gefragt, ehe du mich mitgenommen hast.«

»Ein Fehler«, räumte er finster ein. »Das Schicksal hat sich einen wahrhaft teuflischen Streich mit mir erlaubt. Aber du hast das Leben gerettet, das dein Bruder dem Henker ausgeliefert hat. Allein das zählt.«

Du weißt, dass das nicht alles ist! Was ist mit dem, was ich dir gegeben habe? Mit meiner Liebe?

Ihre Augen trafen sich. Niemals hatte Rozabel so viel abgestumpfte Kälte im Blick eines anderen Menschen gelesen. Sie existierte bereits nicht mehr für ihn, obwohl er von ihr sprach. Ihre Fingerspitzen zuckten, ihn zu berühren, ihr Stolz verbot es. Was er nicht offen zu gab, wollte sie ihm nicht entlocken.

»Bedankt Euch bei Eurer Schwester, Cambremer, dass ich zum ersten Mal in meinem Leben eidbrüchig werde«, knirschte er heiser und wandte sich zu Fulco de Cambremer um. »Ihr habt mein Wort, dass ich Frieden halten werde. Aber der Himmel bewahre mich davor, dass ich je wieder einen aus Eurer verfluchten Sippschaft von Angesicht sehen muss.«

Er stürmte grußlos in die Nacht hinaus.

Rozabel schlug mit einem erstickten Laut die Hände vor das Gesicht.

»Zum Teufel, wie könnt Ihr ...«, rief ihm Bryan nach und brach ab, als der Zelteingang klatschend gegen die Stangen zurückschlug.

Er fluchte und sah zu seiner Schwester, die den Kopf wieder gehoben hatte und seinen Blick aus tränenfeuchten Augen erwiderte.

Er hatte sie noch nie weinen sehen. Sie war immer stark gewesen. Eine Stütze ihres jungen Bruders und das Familienmitglied, das alle seine Fragen beantwortet hatte.

»Was bedeutet das, Rozabel?«

»Nichts«, sagte sie tonlos.

»Wie kannst du das sagen? Hältst du mich für blind und taub? Willst du mir nicht erklären ...«

»Du würdest es nicht verstehen, Bruder«, antwortete sie leise.

Favre de Tréviers hatte ihr soeben bei lebendigem Leibe das Herz aus der Brust gerissen, was gab es da noch zu erklären? Sie wusste ja nicht einmal, wie sie mit dieser tödlichen Wunde leben sollte ...

SIEBZEHNTES KAPITEL

Rouen, Burg des Herzogs
15. September 1095

Das gleichmäßige Stampfen eines Marmormörsers war das einzige Geräusch im Raum. Rozabel spürte den beginnenden Krampf in ihrem Arm, aber sie nahm keine Rücksicht darauf. Je schneller sie arbeitete, umso leichter war es, nicht zu denken. Schlag um Schlag verwandelte sie die getrockneten Kräuter und Gewürze in das feine Pulver, das sie für ihre Salben benötigte. Nur nicht innehalten. Nur nicht denken.

»Man könnte meinen, Ihr seid mit einer Kriegstrommel zugange und nicht mit einem Mörser«, brach eine Stimme mitten in das wilde Stakkato.

Rozabel hielt inne und sah über die Schulter. Dass ihr ausgerechnet Judith von Meulan bis in die Kräuter- und Gewürzkammer der Burg folgte, musste einen Grund haben. Sicher einen unangenehmen. Sie wischte sich den Schweiß von der Stirn und wappnete sich für die nächsten Worte der jungen Hofdame.

Judith kam näher. Eine elegante Vision in rosenfarbenem Seidenstoff, Perlenborten und glitzernden Juwelen. Die modische Hörnerhaube, von hauchfeinem Schleier umweht, machte sie größer, aber sie musste dennoch den Kopf in den Nacken legen, um Rozabels Gesichtsausdruck zu prüfen. Er war reglos, abwartend, wie ihre Frage.

»Habt Ihr Euch verirrt?«

»Wie komisch Ihr Euch manchmal ausdrückt, Sächsin.« Judith lächelte strahlend, aber ihre himmelblauen Augen blieben kühl und berechnend.

Rozabel hatte ihren Bruder und ihren Onkel davon überzeugen können, dass es für alle das Beste war, wenn sie zur Herzogin zurückkehrte. Sie wollte weder tatenlos im Hause ihres Oheims herumsitzen, noch in den beginnenden Herbststürmen den Kanal überqueren. Es war einer Cambremer schließlich durchaus angemessen, einer Herzogin zu dienen, das konnten beide nicht leugnen.

Weniger leicht war es gewesen, beide Männer zu der Einsicht zu bringen, dass sie auch weiterhin Rozabel, die sächsische Heilerin, bleiben musste. Am Ende war es Bryan gewesen, den sie als Verbündeten gewonnen hatte, so dass sie an manchen Tagen fast glauben konnte, die Reise nach Barfleur und Bayeux sei ein schlechter Traum gewesen. Aber nur solange sie den ziehenden Schmerz in ihrem Herzen nicht zur Kenntnis nahm und nicht die Trostlosigkeit, die sie des Nachts heimsuchte, wenn sie sich schlaflos auf ihrem Lager wälzte und sich mit den Erinnerungen an das Entzücken quälte, das sie in Favres Armen gefunden hatte.

Unter halb gesenkten Lidern beobachtete sie Judith von Meulan, die nun an dem breiten Holzbord entlang strich, das ihr als Arbeitstisch diente und mit ihrer kleinen vollkommen geformten Nase an Tiegeln und Krügen schnupperte. Sie gab sich, als mache sie tatsächlich einen reinen Freundschaftsbesuch. Aber eher trocknete das Meer zwischen England und der Normandie ein, als dass es Freundschaft zwischen ihr und dieser Gans geben könnte.

»Neue Salben und Tinkturen für die Herzogin?«, fragte Judith jetzt ungeniert. »Ihr zaubert da wahre Wunderwerke für die empfindsame Haut von Madame. Nie sah sie so strahlend aus.«

»Ich gebe Euch gern das Rezept dafür«, kam ihr Rozabel entgegen und Judiths Augen weiteten sich überrascht.

»Ihr macht kein Geheimnis daraus?«

»Warum sollte ich das tun? Es handelt sich um Kräuter und Öle, die Ihr bei jedem Apotheker erstehen könnt. Es kommt nur darauf an, sie in der richtigen Reihenfolge zu vermischen.«

»Das ist alles?«

Die junge Hofdame klang geradezu enttäuscht und Rozabel lachte auf. »Was habt Ihr erwartet? Zaubersprüche, gesammelten Mondlichtstaub und allerlei Hokuspokus?«

»Es klingt zu einfach.« Judith rümpfte die zierliche Nase. »Wenn man Madame hört, könnte man meinen, Ihr wirkt Wunder. Und dann Euer rätselhaftes Verschwinden. Wenn Ihr wirklich im Auftrag von Madame unterwegs wart, wie sie sagte, was habt Ihr getan? Ingredienzien für eine neue Arznei gesucht?«

Das also war der Klatsch, der sich um ihr Verschwinden rankte. Rozabel hätte fast gelacht. Sie musste an sich halten, um eine vernünftige Antwort zu geben.

»Im Gegenteil. Ich habe unsere Herrin überzeugt davon auf die gefährlichen Tränke und Elixiere zu verzichten, die nur ihre Gesundheit schwächen und keine Empfängnis bewirken. Das ist gesunder Menschenverstand und keine Hexerei.«

»Es wird sogar gemunkelt, Ihr hättet einen Liebestrank für Madame gemischt, mit dem sie den Herzog ...«

»Redet keinen Unsinn!« Rozabel fiel Judith scharf ins Wort. Die junge Hofdame war nicht nur arrogant und eingebildet, sie hatte auch den Verstand eines Kieselsteins. »Auch die seltensten Kräuter der Welt können die Regungen des menschlichen Herzens nicht beeinflussen. Wer solches behauptet ist ein Scharlatan und ich hoffe für Euer eigenes Wohlergehen, Ihr glaubt nicht daran.«

Judith riss in gespielter Unschuld die Augen auf. »Warum denn nicht? Der Apotheker am Platz bei der großen Kathedrale schwört auf die Wirksamkeit seiner Liebestränke.«

»Vermutlich weil sie in erster Linie seine Kasse füllen«, erwiderte Rozabel nüchtern.

»Und Ihr habt wirklich kein Rezept für ...«

Rozabel verdrehte aufgebracht die Augen. »Für einen Liebestrank? Ich bitte Euch. Natürlich nicht. Ich bin Heilerin und keine Hexe.«

Sie verengte die Augen und sah Judith scharf an. War das etwa die Erklärung für den unerwarteten Besuch?

»Ich hoffe, Ihr seid nicht zu mir gekommen, weil Ihr Euch ein solches Wunderelixier von mir erhofft?«

Die Röte auf Judiths Stirn verriet, dass sie genau ins Schwarze getroffen hatte. Mit gelinder Verblüffung musterte sie das junge Mädchen. Wie alt war Judith? Fünfzehn? Sechzehn? Auf jeden Fall alt genug, um nicht mehr an Ammenmärchen zu glauben.

»Eigentlich schon«, hörte sie sie mit dünner Stimme sagen. »Ich weiß mir keinen anderen Rat.«

»Ihr meint, es gibt tatsächlich einen Seigneur, der keinen Gefallen an Euch findet?«, fragte sie erstaunt.

Wer war dieser vernünftige Mann? Etienne de Cambremer? Nein, er bekam den Blick eines gebannten Schafes, wenn sie ihn anlächelte. Nur das strenge Verbot ihres Onkels hielt ihn davon ab, Judith Herz und Vermögen zu Füßen zu legen. Sogar Richard hatte sich nicht völlig von der Verzauberung durch sie erholt.

»Ich weiß nicht«, gestand Judith verlegen und nestelte an ihren Bändern herum. »Ich dachte, Ihr könnt mir am ehesten helfen, schließlich kommt er aus Eurer Heimat.«

Also einer von Rufus' Rittern. Sie hätte wissen müssen, dass Judith ihr Fähnlein nach dem Wind hängen würde.

»Ihr werdet schon noch Erfolg haben«, sagte sie und griff wieder nach ihrem Mörser. »Bisher habt Ihr noch immer Erfolg gehabt.«

Rozabel war stolz auf sich, dass sie jeden Neid aus ihrer Stimme heraushalten konnte. Sie wollte nicht so sein, wie Judith. Sie wollte nicht mit den Wimpern flattern, töricht lächeln und so tun, als benötige sie den starken Arm eines Mannes dringender, als das tägliche Brot. Wenn überhaupt, wollte sie nur den Arm eines einzigen Ritters – und der strafte sie mit kühler Verachtung. Dennoch neidete sie der Jüngeren in schwachen Stunden die Leichtigkeit, mit der sie alle bezauberte. Eine Leichtigkeit, die auch ihren schönen Schwestern zu eigen war und die ihr eine gute Fee in ihre Wiege gelegt haben musste.

»... mir wird ganz anders ums Herz, wenn ich in seine wundervollen grünen Augen sehe. Und wie stark er ist, habt Ihr das nicht bemerkt? Ein wahrer Recke, obwohl er der Jüngste unter den Rittern des Königs ist.«

Rozabels Mörserstöße brachen von neuem ab, als ihr klar wurde, was Judith von Meulan da gesagt hatte, während ihre Gedanken andere Wege gingen.

»Kann es sein, dass Bryan de Cambremer Euer angebeteter Ritter ist?«

»Ja, ist er nicht wundervoll? Ich wünschte, Ihr könntet mir einen Liebestrank mischen, der ihn an meine Seite fesselt.«

»Gütige Mutter ...«

Rozabel verschluckte den Rest des Satzes und kämpfte um Fassung. Die absurde Möglichkeit, dass Judith ihren Bruder umgarnte und Bryan unter Umständen dieses törichte Mädchen nach Hawkstone brachte, beraubte sie schlagartig ihres Gleichmuts.

»Lasst ihn in Frieden!«, fuhr sie Judith heftig an. »Er ist nichts für Euch!«

»Du lieber Himmel, seid Ihr eifersüchtig?« Die junge Hofdame brach in perlendes, spöttisches Gelächter aus. »Das ist ja unfassbar. Denkt Ihr, ein Ritter wie Bryan von Cambremer würde eine armselige und reizlose Heilerin umwerben?«

Der Spott brachte Rozabel so in Rage, dass sie ihre Beherrschung vollends verlor.

»Euch umwirbt er ja wohl auch nicht, meine Liebe, sonst würdet Ihr nicht wie eine Schlange bei mir hereinschleichen und mich um einen Liebestrank bitten. Eure Verführungskünste scheinen schwächer zu werden. Etienne de Cambremer macht jedenfalls keine Anstalten Euch um Eure Hand zu bitten. Und was den jungen Bryan betrifft ...«

»Behaltet Eure Ratschläge für Euch!« Jetzt zeigte auch Judith Zähne. »Ich wollte Eure Dienste, nicht Eure Meinung.«

Sie rauschte beleidigt aus der Kräuterkammer und warf die Tür hinter sich zu. Rozabels Gelächter folgte ihr. Es war mehr Verzweiflung als Heiterkeit, die sie in hysterisches Lachen trieb. Es war das Wissen, dass sie – hätte sie tatsächlich das Rezept für einen Liebestrank besessen – diesen ohne zu zögern Favre gereicht hätte. Sie litt an ihrer Liebe wie an einer unheilbaren Krankheit und ihre Fähigkeiten als Heilerin sagten ihr, dass diese Wunde nur mit Gegenliebe zu heilen war.

*

Bryan ging unruhig in dem kleinen Gemach auf und ab. Er kam vom Waffentraining und sein leichter Harnisch klirrte bei jeder Bewegung. Er brachte die Gerüche nach Stall, nach

Leder, Waffenfett und Männern in Rozabels Kammer, zusammen mit Unruhe und Neuigkeiten.

»Seine Heiligkeit Papst Urban lädt jetzt offiziell zu einem Konzil nach Clermont ein«, berichtete er aufgeregt. »Es soll im November stattfinden. Er will dort alle Fürsten und Ritter der Christenheit auffordern, das Heilige Land von den Heiden zu befreien. Denk nur, welch ehrenvolle, ruhmreiche Aufgabe.«

»Davon ist seit Wochen die Rede«, warf Rozabel gereizt ein, während sie sorgsam die Gänsefeder am Tintengefäß abstreifte. Sie vermochte Bryans Begeisterung nicht zu teilen. »Man könnte meinen, es gibt kein anderes Gesprächsthema mehr.«

»Das verstehst du nicht.«

In der letzten Zeit begehrte Bryan immer öfter gegen die Autorität der älteren Schwester auf. Sie merkte schmerzlich, dass sie längst in unterschiedlichen Welten lebten.

»Das mag sein. Es widerstrebt mir trotzdem, Menschen wegen ihres Glaubens und ihrer Ansichten zu verfolgen und zu töten. Auch die Heiden in Jerusalem sind Geschöpfe Gottes.«

»Lass das nur nicht den Bischof hören. Er würde dich wegen Ketzerei anklagen.«

»Unsere Mutter würde mir zustimmen.«

Rozabel behielt das letzte Wort. Im plötzlich entstandenen Schweigen sahen beide Lady Liliana vor sich. Die Herrin des Rosenturmes beeinflusste ihre Kinder, auch wenn ein Meer dazwischen lag.

»Der König will nächste Woche einen Termin für seine Rückkehr nach England festlegen.«

Bryans viel sagender Ton, enthielt eine deutliche Aufforderung an Rozabel. Sie stellte sich taub. Sie würde die Normandie um keinen Preis der Welt verlassen. Egal, was ihr Bruder auch immer vorbrachte.

»Wenigstens einer, der sich nicht von diesem Kreuzfahrertraum anstecken lässt«, entgegnete sie neutral. »Du tätest gut daran, deinem König nicht nur mit der Waffe zu dienen, sondern auch seine Gedanken anzunehmen.«

»Ich bin alt genug, um meine eigenen Gedanken zu haben«, erwiderte Bryan jäh gereizt. »Ich bin dem König in die Normandie gefolgt, weil ich keine Ratschläge mehr hören konnte, Schwester. Sei so freundlich und verschone auch du mich damit.«

Bryan revoltierte augenblicklich gegen alles und jeden. Vielleicht war es ja diese trotzig ungestüme Haltung eines heimlichen Rebellen die Judith und die anderen Damen des Hofes an ihm so faszinierte. Seit Rozabel von Judiths Bewunderung erfahren hatte, beobachtete sie die Ereignisse mit schärferen Augen.

Im Gegensatz zu Judith erkannte sie jedoch hinter Bryans Fassade Getriebenheit, Unsicherheit und eine verletzte Seele, die ihr zu denken gaben. Auch deswegen, weil er diese Gefühle standhaft leugnete und sich ihr nicht anvertraute. Er war nicht mehr der unbeschwerte Bruder, den sie kannte, und seine Worte bestätigten ihre Gedanken.

»Es ist lange her, dass du gewusst hast, was mich bewegt, kleine Schwester. Du fällst ein Urteil, ohne zu wissen, was in mir vorgeht.«

»Findest du?«

Rozabel konnte sich nicht länger auf das Rezept des Hustensirups konzentrieren, den sie für Madame Margarete notierte. Zu vieles gleichzeitig in ihr drängte danach, in Worte gefasst zu werden. Niemand hatte sich bisher für ihre Meinung zu Herzog Roberts Abenteuer interessiert und sie vermisste die lebhaften Diskussionen, die sie in Hawkstone mit ihrer Mutter und ihrem Vater geführt hatte.

»Was bewegt dich und deine Gefährten denn?«, fragte sie provozierend. »Der Wunsch nach Ruhm und Abenteuer? Ich weiß, es ist bei weitem erstrebenswerter für einen edlen Herrn die Heiden abzuschlachten, als sich zu Hause um so lästige Dinge wie Wintergetreide und Viehzahlen zu kümmern, aber genau dies ist nun einmal die Aufgabe eines Lehnsherrn. In seinem Lehnseid verspricht er für die Menschen zu sorgen, die ihm anvertraut sind. Im Morgenland kann er das nur schwer tun, oder was meinst du?«

»Was hat dich so spottsüchtig gemacht, Schwester? Das Leben bei den Normannen? Es bekommt dir nicht, wenn du mich fragst.«

Rozabel wusste selbst, dass sie sich verändert hatte. Sie wich dem Blick ihres Bruders aus. Ihre Rückkehr unter die Damen der Herzogin war in aller Stille erfolgt. Außer Madame Margarete, ihrem Bruder, ihrem Oheim und Favre wusste keine Menschenseele in Rouen, dass sie in Wirklichkeit eine Edeldame war. Die Herzogin hatte die Nachricht ebenso selbstverständlich aufgenommen, wie die Tatsache, dass ihr Gemahl sie seinem Bruder unterstellt hatte. Sie lebte einmal mehr in der glühenden Hoffnung, der letzte Besuch Roberts, ehe er zum französischen König nach Paris aufgebrochen war, habe das Wunder vollbracht, auf das sie seit ihrer Eheschließung wartete.

»Du solltest unter dem Schutz des Königs nach Hawkstone heimkehren«, drang Bryan in ihre düsteren Gedanken ein.

Rozabel stieß scharf die Luft aus. »Fängst du schon wieder damit an? Ich bleibe. Du weißt, wie sehr mich die Aussicht auf endlose Stunden der Seekrankheit schreckt. Es müsste schon ein zwingender Grund bestehen, damit ich dieses Elend auf mich nehme.«

»Deine Familie ist kein zwingender Grund? Der Kummer deiner Mutter?«

»Hast du nicht selbst dafür gesorgt, dass meine Nachricht, dass es mir gut geht, nach Hawkstone gelangt? Unsere Mutter kann demnach gar keinen Kummer um mich haben. Zudem hat sie mir stets geraten, ein eigenes Leben zu führen.«

»Rufus könnte dir befehlen ihn zu begleiten.«

Die Drohung konnte Rozabel nicht erschüttern. Sie war der bloße Versuch, sie ins Bockshorn zu jagen.

»Du hast mir geschworen, dass du ihm nichts von meiner Anwesenheit sagst und du hältst deine Schwüre immer. Zudem hasst er es, sich mit Weibergeschichten zu beschäftigen. Ich wette, dass sich das nicht geändert hat. Es hat ihn nicht einmal gekümmert, wo Madame Margarete ihren Wohnsitz nehmen will und welche Frauen bei ihr sind.«

»Sag mir, was dich wirklich in der Normandie hält?« Bryans wütende Frage verriet seine Kapitulation, aber sie traf auch mitten ins Schwarze.

Rozabel warf ihm einen aufgebrachten Blick zu. Was sie hielt? Die närrische Hoffnung darauf, dass ein Sturkopf zur Vernunft kam? Der Wunsch, wenigstens in seiner Nähe zu sein? Lauter Dinge, die sie kaum selber verstehen und noch weniger einem anderen Menschen erklären konnte.

»Du hast dem König Treue geschworen und ich habe Madame Margarete versprochen bei ihr zu bleiben, solange sie meiner bedarf.«

»Sie wird ohnehin keinen Erben zur Welt bringen, wenn der Herzog ständig unterwegs ist, um in allen Ecken Frankreichs seine Streitmacht zu sammeln, statt mit ihr das Lager zu teilen.«

»Bryan!«

Der Ordnungsruf der älteren Schwester trieb ihm die Röte in die Stirn, aber sein Grinsen machte es unmöglich ihm böse zu sein. In lässiger Vertrautheit beugte er sich über den Tisch und las, was sie notierte.

»Gartenraute, Honig, Rosmarin und Wollkraut, was schreibst du da auf? Das Rezept für eine Gemüsesuppe? Dafür braucht es natürlich Fähigkeiten, die nur du besitzt.«

»Schwachkopf.«

»Weißt du, dass ich dich jetzt zum ersten Mal seit Wochen wieder lächeln sehe? Genau genommen seit dem Tag in Bayeux, als ...«

»Ich weiß wirklich nicht, was all die Hofdamen an dir finden«, fiel ihm Rozabel hastig ins Wort.

Abgelenkt runzelte Bryan die Stirn. »Welche Hofdamen?«

»Nun all die Gänse, die mich um Liebestränke bitten, damit Bryan de Cambremer sie umwirbt.« Rozabel mühte sich um einen scherzhaften Ton.

»Nun, wenn die hübsche kleine Meulan unter den Damen sein sollte ...« grinste Bryan und Rozabel erschrak.

»Ich bitte dich! Nicht ausgerechnet sie!«

»Wieso? Sie ist reizend. Ich würde gerne wissen, wie diese Himbeerlippen schmecken und ...« Er brach mit einem verlegenen Räuspern ab, weil ihm bewusst wurde, dass er mit seiner Schwester sprach und nicht mit einem seiner Freunde.

»Sie ist eine Schlange«, widersprach sie hitzig. »Lass dir gesagt sein, dass sie kein Herz im Leibe hat. Sie hat Richard verraten und ...«

»Richard?«

Wie ein Peitschenhieb knallte die Frage dazwischen.

»Du weißt, dass ich ihm geholfen und seine Wunden versorgt habe«, erinnerte Rozabel und nutzte die Bresche geschickt, die sie unabsichtlich in die brüderliche Verteidigung geschlagen hatte. »Er war bis über beide Ohren in Judith verliebt. Als er nach Britannien ging, um seinen verhängnisvollen Auftrag zu erfüllen, hat sie ihm das Adieu mit auf den Weg gegeben. Angeblich wegen seiner Mission, in Wirklichkeit aber, weil Etienne de Cambremer Interesse für sie gezeigt hat. Unser Oheim hat dafür gesorgt, dass Etienne die Finger von ihr lässt und nun hat sie dich ins Auge gefasst. Willst du ihr nächstes Opfer sein?«

»Schon wieder Richard.« Bryan sank auf einen Hocker und rieb sich die Schläfen. »Man könnte meinen, das Schicksal hat uns auf die gleichen Bahnen gesetzt.«

»Du hast ihn als Freund geschätzt.« Rozabel schwankte zwischen Feststellung und Frage.

»Er war der Bruder, nach dem ich mich immer sehnte.«

»Kannst du ihm nicht die Hand reichen und ihm verzeihen?«

»Das würde bedeuten, dass ich meinen König verrate.«

Rozabel sah auf und ihre Blicke trafen sich. Sie schwiegen beide, jeder in schmerzliche Erinnerungen verloren.

ACHTZEHNTES KAPITEL

Rouen, Burg des Herzogs
2. Oktober 1095

Mit einer Mischung aus Ratlosigkeit und Mitgefühl sah Rozabel auf die schlafende Herzogin. Endlich hatte sie zu schluchzen aufgehört und war in einen unruhigen Schlummer gesunken. Ihre Lider zuckten noch immer und ihre Lippen verzogen sich, wie bei einem schlafenden Säugling, aber die Atemzüge wurden ruhiger. Auf Zehenspitzen verließ Rozabel das Gemach und nickte lediglich der Kammerfrau zu, die im Hintergrund auf einer Bank saß, um den leisesten Wunsch der Fürstin hören und erfüllen zu können.

Einmal mehr war der leidenschaftliche Wunsch Margaretes von Maine nach einem Erben enttäuscht worden. Rozabel konnte ihre Traurigkeit begreifen, aber nicht die erschreckende Hartnäckigkeit, mit der sie alle Schuld bei sich selbst suchte und ihr ganzes Leben, ihre ganze Kraft, in dieses unerreichbare Ziel setzte. Trotz ihrer unzweifelhaften Frömmigkeit wollte sie sich Gottes Willen nicht beugen.

»Wie geht es Madame?«

Die Ehrendamen im Sommerzimmer drängten sich um Rozabel. Die allgemeine Sorge um die Herzogin ließ die meisten von ihnen ihren Standesdünkel vergessen. Lediglich Judith von Meulan hielt Abstand, wenngleich man ihr ansah, dass auch sie neugierig lauschte.

»Madame schläft jetzt und ich denke, dass sie erschöpft genug ist, um heute nicht mehr zu erwachen.«

Sie entzog sich nur mit Mühe den zahllosen Fragen, hinter denen neben aller Sorge, auch persönliches Interesse stand.

Judith beispielsweise wollte einen Ehemann mindestens so dringend, wie Madame den ersehnten Erben. Solange ihre Herrin jedoch leidend das Bett hütete, waren ihre Damen zu gehorsamem Warten verurteilt. Es gab weder Empfänge, noch Bankette oder Jagden, die es einer Edeldame ermöglichten, sich den möglichen Ehekandidaten von ihrer besten Seite zu präsentieren.

Sowohl für die Herzogin wie auch für Judith stand im Mittelpunkt aller dringlichen Wünsche ein Mann.

Rozabel unterdrückte ein verächtliches Schnauben. Wenn sie etwas gelernt hatte, dann dies: Ein Mann macht Probleme, er löst keine.

»Willst du mir nicht sagen, wer sich deinen Unwillen zugezogen hat? Du siehst aus, als wolltest du in den nächsten Krieg ziehen.«

Erschrocken fuhr Rozabel herum und entdeckte Richard de Tréviers. Er stand in einer Fensternische der großen Treppe. Halb verborgen zwar, aber doch gut zu sehen für jeden der den Kopf wandte.

»Bist du des Wahnsinns?«, fragte sie tonlos.

»Warum?«

»Welche Frage! Was tust du hier? Du solltest dich schonen und nicht ausgerechnet im Palast des Königs sein.«

»Das ist die Burg meines Herzogs, immer noch«, erinnerte Richard und verschränkte aufreizend ruhig die Arme vor der Brust.

»Komm mit!« Rozabel fasste nach seinem Arm, um ihn auf der Stelle in Sicherheit zu bringen. »Du kannst hier nicht herumstehen und plaudern. Wenn man dich erkennt, dann ...«

»Rufus und sein Hofstaat sind auf der Jagd.« Richard widersetzte sich sanft Rozabels Griff. »Mit Ausnahme der Lahmen, Kranken und in Ungnade Gefallenen ist niemand in diesen Mauern geblieben. Ich bin nicht dumm, Rozabel. Ich habe mir den Tag genau ausgesucht, an dem die Möglichkeit besteht, dich aufzusuchen. Außerdem musst sogar du zugeben, dass ich längst wieder gesund bin.«

»Aber nicht außer Gefahr. Komm mit in meine Kammer«, drängte Rozabel. »Wieso hat dein Bruder dich nicht davon abgehalten, eine solche Dummheit zu begehen?«

»Weil er nichts davon weiß.«

»Auch das noch.« Rozabel sah sich um, gewärtig, dass im nächsten Augenblick die Wachen des Königs erschienen und Richard abführten. »Was drängt dich dazu, ein solches Risiko einzugehen? Was willst du von mir? Du sagst selbst, du bist gesund, ich kann also nichts mehr für dich tun.«

»Ich dachte, wir sind Freunde und ich brauche deine Hilfe.«

Richard drehte den Spieß um und zog Rozabel in die Sicherheit der Fensternische. Sie wurde blass und reagierte ganz instinktiv.

»Hilfe? Was ist passiert? Geht es um Favre?«

»Du lieber Himmel, nein. Wie kommst du darauf?«

Rozabel errötete und schlug die Augen nieder. Sie musste aufhören, alles in Bezug zu Favre zu setzen. Schließlich ahnte niemand, wie sehr sich ihre Gedanken, ihre Gefühle um Favre de Tréviers drehten.

»Er hat dir sicher gesagt, wer ich bin«, sagte sie mit einem tiefen Atemzug. »Gilt deine Freundschaft auch einer Cambremer?«

»Mehr als du denken kannst«, sagte Richard so feierlich, dass sie lächeln musste.

»Nun gut, wie kann ich dir helfen?«

»Du weißt von meinen Gefühlen für Judith von Meulan«,

begann Richard halb verlegen, halb trotzig, und Rozabel nickte schweigend. »Ich hatte unendlich viel Zeit über alles nachzudenken. Ich muss sie sehen. Ich kann keine Entscheidung für meine Zukunft fällen, ohne mit ihr gesprochen zu haben.«

»Mit Judith?«

»Weißt du, wo ich sie finde?«

Richard umfasste Rozabels Schultern und sie konnte die Flut seiner aufgewühlten Gefühle spüren. Kummer, Sehnsucht, Enttäuschung, Trotz und den wilden Wunsch, wenn er schon nicht alles ungeschehen machen konnte, so doch wenigstens das Kommende zu beeinflussen.

»Was hat Judith von Meulan mit deiner Zukunft zu tun, Richard?«

»Alles. Wenn sie nicht bereit ist, meine Gemahlin zu werden, dann ...«

Rozabels Ausruf unterbrach ihn. »Du kannst doch nicht ausgerechnet Judith heiraten. Ich bitte dich, Richard, sei vernünftig.«

»Ich bin vernünftig. Judith ist die Tochter des Grafen von Meulan und eine höchst angemessene Partie. Es wird eher schwierig sein, ihren Vater davon zu überzeugen, dass sie den Zweitgeborenen der Tréviers zum Mann nehmen soll.«

Rozabel wusste so viele Gründe auf einmal, die ihrer Meinung nach diese Heirat verboten, dass sie nicht wusste, mit welchem sie anfangen sollte.

»Sie hat sich doch längst mit einem anderen getröstet«, nannte sie schließlich den banalsten von allen. »Erst mit Etienne de Cambremer und jetzt hat sie sich ...«

»Ich will es nicht wissen.« Richard sah Rozabel so eindringlich an, dass sie den Mund wieder zumachte. »Ich muss sie sehen, wirst du mir helfen?«

Rozabel zögerte, dann nickte sie. Wenn Judith Richard mit demselben scharfen Stolz verletzte, den sie in ihrem letzten Gespräch in der Kräuterkammer bewiesen hatte, würde dies eine schmerzliche, aber heilsame Erfahrung für ihn sein. Besser ein klarer Bruch als ständige Sehnsucht.

»Ich werde dir helfen. Komm mit, ich glaube, ich weiß, wo sie um diese Stunde zu finden ist.«

Sie führte Richard über die Nebengänge und schmalen Stiegen, die Mägde und Knechte benutzten, abwärts in den großen Wirtschaftshof der Burg. Hinter den Pferdeställen verborgen gab es hier eine Welt für sich aus Werkstätten, Getreidespeichern, Lagerhäusern und Gesindequartieren. Neben dem Haus des Gärtners befand sich eine verwitterte Holzpforte, die in eine hohe Wand aus gebrannten Ziegelsteinen eingelassen war und die in den Rosengarten der Herzogin führte. Der alte Gärtner, der die Rosen pflegte, hatte ihr den Eingang gezeigt, damit sie bei Sonnenaufgang nicht durch die ganze Burg laufen musste, wenn sie die Rosenblätter für das Bad der Herzogin sammelte.

Sie liebte den Garten, der sie an den Rosenturm von Hawkstone erinnerte, und sie hatte festgestellt, dass auch Judith von Meulan ihre Verehrer am liebsten zu einem Spaziergang in den Rosengarten bestellte. Nachdem sie sich vorhin so geschwind aus dem Kreise der Ehrendamen entfernt hatte, nahm Rozabel an, dass sie auch dieses Mal zu einem Stelldichein geeilt war.

Warum keinem ihrer Verehrer auffiel, dass er nur einer von vielen war, blieb ihr ein Rätsel. Die puppenhafte Fassade der schönen Hofdame schien wie geschaffen, um Männer zu täuschen. Wenn sie Richard einen Blick auf Judiths wahres Gesicht gestattete, würde es ihn schmerzen, aber eine Wunde, die ausgebrannt wurde, konnte wenigstens verheilen.

»Wo sind wir hier?«, wunderte sich Richard, als sie auf die Pforte zugingen. »Ich dachte stets, dass ich diese Festung ebenso gut kenne wie Malaunay, aber du belehrst mich eines Besseren.«

»Wir sind auf der anderen Seite des großen Turmes«, erwiderte Rozabel. »Das ist ...«

»Der Rosengarten«, staunte der junge Edelmann, als sein Blick an ihr vorbei auf die Rabatten mit den letzten Blüten fiel und er den zarten Duft der Rosen- und Lavendelstöcke roch.

Obwohl die ersten kühlen Nächte schon dafür gesorgt hatten, dass die meisten Blüten verwelkt waren, lag über dem privaten Paradies der Herzogin ein letzter Hauch von Sommer und verlockender Wärme. Unter Blütenbögen warteten steinerne Bänke, ein kleines Wasserbecken voller Seerosen lockte die Vögel an und in der Luft, über den gekiesten Wegen, tanzten im letzten Sonnenlicht des Tages kleine Mückenschwärme.

Das leise, trillernde Mädchenlachen fügte sich perfekt in diese Stimmung. Eine schmeichelnde Männerstimme antwortete und Rozabel erstarrte.

Richard erkannte das Lachen und die Stimme ebenso schnell wie sie.

Ehe sie reagieren konnte, stürzte er den Weg entlang, auf das Paar zu, das neben einer rosenumrankten Säule stand. Judith von Meulan lehnte herausfordernd in Bryan de Cambremers Armen und wich auf eine so kokette Weise seinem Kuss aus, dass auch der Dümmste erkennen konnte, wie sehr sie das Spiel genoss. Der Ausschnitt ihres Gewandes war weit geöffnet und die Rundung ihrer vollen, lilienweißen Brüste schimmerte verlockend. Ihre Hand lag so vertraulich auf Bryans Hüfte, dass man nicht genau sagen konnte, ob sie sich an ihn drängte oder ob sie ihn zu sich zog.

»Judith!«

Rozabel zuckte vor dem Schmerz in Richards Stimme zurück, die nur einen Atemzug später heiser hinzufügte: »Bryan.«

Heilige Mutter Gottes, wieso musste es ausgerechnet er sein?

Rozabel eilte auf die Drei zu. Judith sah mit glitzernden Blicken von einem zum anderen, straffte sich, lächelte süß und klimperte mit ihren unendlich langen Wimpern.

»Richard de Tréviers. Ich hatte keine Ahnung, dass Ihr noch am Leben seid.«

Richard zuckte unter der beabsichtigten Grausamkeit zusammen. Bryan richtete einen Blick aus schmalen misstrauischen Augen auf den jungen Ritter, den er seinen Freund genannt hatte. Seine Hand hielt bereits den Dolch und ein gefährliches Lächeln, das Rozabel einen Schauer des Entsetzens über den Rücken jagte, flog über seine Züge, als Richard wie unter Zwang ebenfalls nach seiner Waffe griff.

»Willst du endlich kämpfen, Richard?«, fragte er lauernd. »So ist dir die schöne Judith mehr wert als unsere Freundschaft?«

Rozabel schaute Hilfe suchend durch den Garten. Da war nur Judith, offensichtlich gekränkt, weil sie mit einem Schlag völlig unwichtig geworden war. Die Spannung zwischen den beiden jungen Männern vibrierte wie ein Tau, auf dem höchsten Punkt seiner Beanspruchung. Wenn es riss, nahm die Katastrophe ihren Lauf.

»Schnell!«

Rozabel schüttelte Judith heftig am Arm und deutete auf den offiziellen Eingang.

»Lauft und holt Hilfe! Sie dürfen nicht miteinander kämpfen, aber auf uns werden sie nicht hören. So geht doch endlich! Holt die Wachen, andere Ritter, was immer Ihr findet. Oder wollt Ihr, dass Blut fließt? Vielleicht sogar Eures?«

Endlich war es ihr gelungen, zu Judith durchzudringen. Mit einem schrillen Hilfeschrei rannte sie, die Röcke raffend, davon.

»Hört auf, ihr beiden.«

Rozabel drängte sich zwischen Richard und Bryan. Ohne Erfolg. Wie in einem Tanz taten beide einen Schritt zur Seite, damit sie ihnen nicht im Wege war. Richard indes schüttelte sich, als habe ihn die Bewegung zur Besinnung gebracht. Er schob den Dolch in die Scheide zurück. Wenigstens er war zur Besinnung gekommen.

»Feigling«, zischte Bryan, als er es sah. »Elender Feigling, warum kämpfst du nicht?«

»Damit du vollenden kannst, was die Folterknechte begonnen haben?« fragte Richard so tonlos, dass Rozabel kaum seine Stimme erkannte. »Erwarte nicht, dass ich mich wehre, wenn du es tust. Ich werde nie die Waffe gegen dich erheben, ich habe es dir geschworen.«

»Deine Schwüre sind einen Dreck wert, Richard de Tréviers!«

Rozabel warf sich, ohne nachzudenken, in die Bahn von Bryans Dolch. Sie schrie auf. Brennend heißer Schmerz schoss in ihren Arm, sodass sie unwillkürlich die Augen schloss. Als sie sie wieder öffnete, sah sie Bryan im hohen Bogen rücklings in die Rosenbüsche fliegen. Favres Arm schwang noch von dem Faustschlag zurück, dann hörte sie das scharfe Zischen mit dem ein Schwert aus der Scheide glitt.

Alles ging so schnell, dass sie erst im Nachhinein begriff, was geschehen war. Richard hielt sie und versuchte das Blut an ihrem Oberarm mit bloßen Fingern aufzuhalten. Judith stand hinter ihm und rang die Hände in hellem Entsetzen.

Favre zog den halb bewusstlosen Bryan mit einem einzigen Ruck auf die Beine und hielt ihm das blanke Schwert an die Kehle.

»Nein!«

Obwohl der Schmerz in ihrem Arm tobte, machte sich Rozabel frei und stieß das Schwert mit bloßer Hand zur Seite. Jetzt tropfte das Blut auch aus einer Wunde an ihrem Handballen und Judiths Gejammer wurde zu hellem Kreischen.

»Verflucht noch mal, kann nicht endlich einer das Weib zum Schweigen bringen«, rief Bryan und in Rozabels Ohren klang er so sehr wie ihr Vater, dass sie lachen musste, was mit einem Schlag alle zum Schweigen brachte. Drei Paar fassungslose Augen betrachteten sie, von deren rechter Hand das Blut auf den Kies tropfte, während der Schnitt an ihrem Arm das cremefarbene Untergewand und die hellgrüne, silberbestickte Tunika nässte.

»Narren seid ihr«, rief sie schließlich näher dem Schluchzen, als dem Lachen. »Wisst ihr nichts anderes, als mit dem Messer und dem Schwert aufeinander loszugehen? Hat euch der Herr die Köpfe denn nur gegeben, damit ihr einen Helm darauf setzen könnt?«

»Sie ist außer sich«, vermutete Bryan sachlich. Mit vier Schwestern aufzuwachsen, hatte ihn einiges über die weibliche Natur gelehrt. »Lass dir helfen, Kleines, diese Schnitte müssen behandelt werden. Es tut mir Leid, dass ich dich verletzt habe. Wie konntest du nur so unvernünftig sein und dich zwischen zwei kämpfende Männer werfen?«

»Du hast gekämpft. Er nicht«, stellte Rozabel keuchend richtig.

Das Kosewort, der Klang seiner Stimme und Rozabels Du entlockten Judith von Meulan ein Schluchzen. Für sie sah es aus, als habe ihr die Heilerin den wundervollen, englischen Ritter vor der Nase weggeschnappt. Richard warf ihr einen düsteren Blick zu und verzichtete darauf, das Rätsel zu klären. Er hatte genügend damit zu tun, dem Zorn seines Bruders Stand zu halten und er hatte zuvor genug gesehen, um eine Entscheidung zu treffen.

»Blutrünstiger Trottel«, schimpfte Favre und prüfte die Schnittwunde an Rozabels Arm, ehe er ihn mit einem Streifen Stoff darum band, den er kurz entschlossen vom Saum ihres Untergewandes abriss. »Das ist nicht mehr als ein Kratzer. Nur das viele Blut lässt es so gefährlich aussehen. Aber bei Gott, hätte dir dein Verstand nicht sagen müssen, dass du von Schwertern und Messern besser fern bleibst?«

»Hätte ich zusehen sollen, wie ihr euch umbringt?«, verteidigte sich Rozabel trotzig mit zusammengebissenen Zähnen. »Sonst war ja niemand da, der euch Narren von Mord und Totschlag abgehalten hätte.«

»Ich war bereits auf der Suche nach Richard«, zürnte Favre, während er nun auch ihre Hand verband. »Ich ahnte, dass es einen schlimmen Grund haben musste, dass er sich heimlich aus dem Haus schlich, obwohl ich ihm verboten hatte, sich bei Hofe sehen zu lassen. Ich hätte ihn ohnehin gefunden.«

»Als Leiche vielleicht«, warf Rozabel zynisch ein und suchte Bryans Blick. »Was ist nur in dich gefahren? So blutrünstig kenne ich dich gar nicht? Warum willst du Richard töten?«

»Wer sagt das? Er will, dass ich mich wehre, dass ich die Hand gegen ihn erhebe. Das wollte er schon, als mich die Häscher des Königs in Winchester gestellt haben. Er will nichts lieber als einen Zweikampf mit mir.«

Rozabel taumelte und Favre stützte sie. Er sagte sich, dass

er es tun musste. Ihr unverwechselbarer Duft stieg ihm in die Nase und verstärkte die lodernde Wut, die er empfand. Ein Zorn, der sich gegen alle richtete.

»Und warum wehrst du dich dann nicht?« Judith stellte in naiver Verblüffung die Frage, die Rozabel gerne selbst gestellt hätte, aber vor ihren Augen drehte sich inzwischen alles.

»Wir waren Freunde«, erwiderte Richard ruhig. »Ich erhebe keine Waffe gegen einen Freund.«

»Aber gegen meinen König?«

Richard hielt Bryans flammendem Blick stand.

»Ich halte nicht nur meine Freundschaftseide, sondern auch die, die ich meinem Herzog gegeben habe. Zu diesem Zeitpunkt war Krieg zwischen der Normandie und Rufus. Der König war mein Feind. Er hätte an meiner Stelle ebenso gehandelt.«

»Jetzt ist kein Krieg mehr«, warf Judith mit unerwarteter Vernunft ein. »Und wenn der König von den Vorfällen hier im Garten erfährt, wird es gehörig Ärger geben. Ihr solltet gehen, Seigneur de Tréviers. Und Richard solltet Ihr mitnehmen. Die Herren des Hofes werden in Kürze von der Jagd zurückerwartet.«

Rozabel blinzelte überrascht. Dass sich Judith Sorgen um Richards Wohlergehen machte, verwunderte sie. Normalerweise dachte sie nur an sich selbst.

»Sie hat Recht.« Bryan strich sich mit eigenartig unsicherer Hand die blonde Mähne aus der Stirn. Er vermied es die Brüder Tréviers anzusehen und richtete seinen Blick auf Rozabel. »Komm mit mir ...«

»Nein!«

Der Widerspruch kam unerwartet scharf von Favre. Er räusperte sich und fuhr ein wenig umständlich fort: »Je weniger Leute von dem Vorfall erfahren, umso eher besteht die Möglichkeit, dass er auch dem König verborgen bleibt. Im Gegensatz zu Euch, Cambremer liegt mir nicht daran, Rufus' Aufmerksamkeit in diesen Tagen unnötig auf mich zu ziehen. Euer Wort darauf, dass Ihr schweigt.«

Bryan zögerte und nickte schließlich.

»Und sorgt dafür, dass auch das Mädchen den Mund hält.«

Judith rümpfte prompt die Nase und rauschte davon. Bryan zögerte, lief ihr nach und rief über die Schulter: »Ihr könnt Euch auf mich verlassen.«

»Hoffentlich«, brummte Favre.

»Er tut immer, was er sagt«, fügte Richard hinzu und Rozabel erkannte, wie sehr ihn das Wiedersehen mit Bryan erschüttert hatte. Oder war es jenes mit Judith gewesen? Was ging zwischen diesen beiden vor?

Ehe sie den Gedanken zu Ende gebracht hatte, nahm Favre sie mit Schwung auf den Arm und sah Richard an.

»Geh voraus, du kennst den Weg. Ihr seid nicht durch den Burghof gekommen, denn dort hätte ich Euch gesehen.«

»Ich kann selbst gehen«, protestierte Rozabel, obwohl ihr schwindelig war.

»Es wäre besser, wenn auch Ihr den Mund halten würdet, Lady Rozabel«, sagte Favre mit so viel Grimm in der Stimme, dass sich Rozabel an seinen Schwur im Feldlager vor Bayeux erinnerte.

Er hatte sie nie wieder sehen wollen.

Und nun?

NEUNZEHNTES KAPITEL

Rouen, Haus Tréviers
2. Oktober 1095

Mainfer strich den grünlichen, scharf duftenden Balsam über die Schnittwunde an Rozabels Oberarm und brummte etwas.

»Du fragst dich, wie es möglich ist, sich an dieser Stelle zu verletzen?«

Rozabel wusste genau, was hinter dem Gebrummel steckte. Sie hatte sich mit Erleichterung in Mainfers Hände begeben. Schon einmal hatte er ihr beigestanden und sie erinnerte sich, wie sehr sie beim ersten Male über den Kontrast zwischen der Mächtigkeit seiner Pranken und ihrer Sanftheit gestaunt hatte.

»Nein. Ich frage mich, was du nun wieder angestellt hast, um den Seigneur in einen Zustand zu versetzen, in dem er am liebsten ganz Rouen mit eigenen Händen niederbrennen würde.«

»Du musst nicht bei mir danach suchen«, entgegnete Rozabel gekränkt. »Er macht seine Dummheiten ohne mein Zutun.«

»Sprichst du so mit ihm? Dann wundert mich gar nichts mehr. Halt still, damit ich die Binde befestigen kann.«

Rozabel bewegte nachdenklich die Finger der anderen, verletzten Hand. Sie hatte Glück im Unglück gehabt, würde vermutlich Narben zurückbehalten, auch weil sie den Balsam nicht besaß, den ihre Mutter in solchen Fällen verwendete. Aber sie kümmerte sich nicht darum. Sie hatte wichtigere Probleme, als ihre unversehrte Haut.

»Autsch, nicht so fest«, protestierte sie und hörte von der Tür Favres sarkastische Stimme.

»Vielleicht solltest du ihr auch einen Verband um die Zunge machen, Mainfer. Je weniger sie spricht, umso besser ist es für uns alle.«

Rozabel sah ihn an und ihre Blicke tauchten ineinander. Er hatte sich dagegen gewappnet, ehe er eintrat, und sie sah nicht mehr als das unendliche Blau der Augen, die seine scharfen, männlichen Züge beherrschten. Hatte er schon immer diese feinen Linien in den Mundwinkeln gehabt oder waren sie entstanden, weil er zu oft die Lippen schweigsam aufeinander presste? Was hatte ihn dazu getrieben, seinen feierlichen Fluch zu vergessen? Allein die Sorge um Richard?

»Du solltest besser auf dich achten, Mädchen«, sagte Mainfer und beendete seine Arbeit. Er tätschelte ihr die Schulter auf der unverletzten Seite. »S' gibt nicht viele von deiner Sorte. Wär' schon gut, wenn dir nichts mehr zustoßen würde.«

»Danke, Mainfer.«

Rozabel schenkt ihm ein schwaches Lächeln. Zu mehr fühlte sie sich nicht im Stande. Ein Tag extremster Gefühle und persönlicher Dramen neigte sich dem Ende entgegen. Sie war schon benommen und erschöpft gewesen, als sie die Herzogin verließ, aber nun kam es ihr so vor, als würde sie auf der Stelle vom Stuhl gleiten, wenn ihr noch ein einziges, weiteres Problem begegnete. Dabei gab es zwischen ihr und Favre fast nur Probleme.

Mainfer verließ den Raum und Rozabel sah sich um. Sie befanden sich im Erdgeschoss des Hauses Tréviers in einer Art Kontor. Sie war zugleich erleichtert und enttäuscht, nicht im Obergeschoss sein zu müssen, in dem sie so viel Wonne, aber auch so viel Leid erfahren hatte. Trotzdem hätte sie zu gerne gewusst, ob er den ersten Stock aus Gründen der Erinnerung mied oder ob er einfach die nächstbeste Möglichkeit gewählt hatte, das Gewicht auf seinen Armen abzusetzen und Mainfer um seine Hilfe zu bitten.

»Ich bedaure, dass Richard seinem dummen Impuls nachgegeben hat, Euren Bruder zur Rede zu stellen. Es lag nicht in seinem Sinne, dass Ihr dabei verletzt werdet. Ich hoffe, Ihr tragt es uns nicht nach.«

Favres steife Entschuldigung legte sich wie ein Foltereisen um Rozabels Herz. Wie konnte er so kalt und emotionslos vor ihr stehen? Das trug sie ihm nach, nicht den dummen Kratzer.

»Habt Ihr mich deswegen in Euer Haus gebracht, damit ich mir Eure höfliche Entschuldigung anhöre?«, flüsterte sie tonlos.

»Mainfer kann fast so gut mit Wunden umgehen, wie Ihr. Es schien mir das Vernünftigste, wenn er Euch behandelt.«

»Vernünftig.« Rozabel biss sich auf die Lippe, ehe sie etwas Verräterisches sagte. Zum Teufel mit der Vernunft! »Wo ist Richard?«

»In der Kapelle. In der letzten Zeit betet er mehr als er spricht.«

Sie verengte die Augen.

»Besorgt Euch das nicht?«

»Dass er betet? Warum sollte es? Wir sind keine Heiden.«

Nein, nur Narren. Siehst du nicht, wohin das führt?

»Kann es sein, das Richard plant, sich dem Herzog anzuschließen, wenn er zur Befreiung Jerusalems aufbricht?« Sie musste ihren eigenen Verdacht einfach in Worte fassen.

»Unmöglich, das würde ich nie zulassen.«

»Richard ist erwachsen, er muss Euch nicht um Erlaubnis bitten, seinem Fürsten zu folgen. Ihr überseht, dass er einen eigenen Willen hat.«

»Ich will nichts davon hören! Richard ist doch kein Phantast.«

Rozabel verspürte jähes Mitleid mit Favre. Er verschanzte sich hinter seiner Stärke, seiner Männlichkeit und seinem Stolz, aber keines davon würde ihm helfen, den Schmerz zu ertragen, wenn Richard fort ging. Trost schenkte nur die Liebe und genau die verweigerte er.

»Seht Ihr nicht, dass er sich schuldig fühlt, weil er Bryan in einen Konflikt zwischen Freundschaft und Loyalität gebracht hat? Er glaubt, sich für diese Schuld opfern zu müssen. Deswegen erhebt er keine Waffe, wenn er Bryan gegenübersteht und deswegen sucht er nach Wegen, diese Schuld zu sühnen. Man sagt, seine Heiligkeit wird den Rittern, die für das Heilige Grab kämpfen, die Vergebung aller ihrer Sünden versprechen.«

Rozabel wartete vergeblich auf eine Antwort.

Favre trat an ihr vorbei zum Fenster und starrte auf den Fluss hinaus. Die Sonne war inzwischen untergegangen und das breite Band des Wassers lag wie geschmolzenes Blei vor ihm. Die letzten Barken und Lastkähne hatten am Ufer festgemacht und auch die allgegenwärtigen Wäscherinnen waren längst nach Hause gegangen. Nur ein paar Möwen stiegen kreischend auf und flogen Richtung Meer davon. In der Stadt läuteten die Glocken zum Abendgebet und mahnten zur Besinnung. Eine Mahnung, die auch er beherzigen musste, wenn es um die Edeldame ging, deren Gegenwart er so sehr spürte, dass es ihm nicht gelang, seine Ruhe zu bewahren.

Mit einem Ruck drehte er sich wieder zu Rozabel, die sich mit flachen Händen auf den Tisch stützte und erhob. Taumelte sie etwa?

»Was ist mit Euch?«

»Ich weiß es nicht.« Sie sank auf den Stuhl zurück. »Mir ist schwindelig.«

Er runzelte die Stirn und nahm endlich die offensichtlichen Veränderungen zur Kenntnis, vor denen er bislang die Augen verschlossen hatte. Sie wirkte blass und angestrengt, viel zu dünn. Er vermisste auch die Energie, die sie sonst gleich einem Leuchtfeuer ausgestrahlt hatte. Was hatte sie auf solche Weise erschöpft und überfordert? Schlief sie nicht? Aß sie zu wenig? Gehörte die Herzogin zu jenen Herrinnen, die sich nicht um das Wohlergehen ihrer Damen kümmerten?

»Wann habt Ihr zum letzten Mal etwas gegessen?«, fragte er sie.

Rozabel verzog die Lippen.

»Ich weiß es nicht. Heute morgen oder gestern. Es ist nicht wichtig.«

»Das sehe ich anders. Ihr seid kaum stärker als ein Blatt im Wind und dünn wie ein Vogel, der aus dem Nest gefallen ist. Was haben die Schatten unter Euren Augen zu bedeuten? Achtet Ihr nicht auf Euch, Demoiselle? Schlaft Ihr schlecht?«

Ehe sie auf die brummigen Vorwürfe auch nur antworten konnte, verschwand er aus dem Raum und sie hörte seine Schritte die Galerie entlang eilen. Ohne ihn gab es keinen Grund Stärke zu beweisen. Sie war so müde. Sie legte die Arme auf den Tisch und bettete den schmerzenden Kopf darauf. Nur für eine kleine Spanne Zeit wollte sie sich ausruhen, dann würde sie fähig sein in die Burg zurückzukehren.

Als Favre nur wenig später in Begleitung einer Magd wiederkam, die ein reichlich beladenes Essbrett schleppte, fand er sie tief schlafend. Nicht einmal das Klappen der Tür und die Holzpantinen seiner Begleiterin vermochten sie zu wecken. Das Gefieder ihrer dunklen Wimpern verbarg die ausdrucksvollen Augen und der sonst so fest verschlossene Mund bebte unter ihren Atemzügen.

»Die Arme braucht ein Bett«, stellte die Magd ungefragt fest. »Und wenn man das schöne Gewand noch retten will, dann sollte man die Blutflecken so schnell wie möglich auswaschen.«

»Kümmere dich um sie«, befahl Favre knapp. »In diesem Haus wird es wohl noch ein Hemd und ein Bett für sie geben. So erschöpft und am Ende ihrer Kräfte, kann sie nicht zu ihrer Herrin zurückkehren. Hol dir jemand zu Hilfe und lass es ihr an nichts fehlen.«

*

Das Licht war geheimnisvoll und silberhell. Es drang hinter ihre geschlossenen Lider und störte ihren tiefen, erschöpften Schlaf. Eine Fackel? Eine Laterne?

Rozabel schlug die Augen auf und blickte mitten in das klare, weiße Strahlen des Vollmondes. Er stand genau im Halbrund des hohen Fensters. Er war so groß, dass sich die rätselhaften Schattierungen deutlicher zeigten als sonst. In der absoluten Stille der Nacht klangen ihre eigenen Atmzüge laut und gequält.

Wo war sie? Das war nicht ihre Kammer! Nicht ihr Bett! Ja, nicht einmal ihr Hemd!

Beunruhigt strich sie über die langen Ärmel, deren bestickte Bänder den Stoff um ihre Handgelenke rafften. Sie fand die Kante eines züchtig hochgeschlossenen Halsausschnittes, aber das übrige Hemd war zu weit und viel zu kurz. Es endete knapp unter ihren Knien, aber es war aus dünnem, feinen Leinen und so oft gewaschen, dass es sich weich und angenehm anfühlte. Es gehörte ihr nicht. Wann hatte sie es angezogen?

Sie konnte sich nicht daran erinnern. Ebenso wenig, wie sie den Raum erkannte oder wusste, warum sie hier lag. Sie blinzelte gegen das gleißende Mondlicht und bändigte den

Anflug von Panik, der sie überfallen wollte. Sie musste sich konzentrieren. Woran erinnerte sie sich?

Nach und nach kamen die Bilder des vergangenen Tages zurück. An die helle Aufregung der Herzogin, die aus ihrem normalen Mondfluss einen bösartigen Streich des Schicksals machte. An Bryan, an den Dolch, an Richards ungeschütztem Hals. Schreie. Schmerz. Blut. Und Favre!

Du bist in seinem Haus!

Sie war eingeschlafen. Mit einem Male wusste sie es wieder. Er hatte sie im Kontor verlassen. Aber dies war nicht das Kontor. Mechanisch rieb Rozabel den Arm, an dem die Wunde jetzt pochte. Wer hatte sie ausgezogen und in dieses Bett gelegt? Favre? Die Vorstellung war ihr unangenehm. Sie wollte nicht besinnungslos seinen Blicken preisgegeben sein. Wenn er sie ansah, wollte sie sein Gesicht sehen!

Beunruhigt richtete sie sich auf und stieg vorsichtig aus dem Bett. Unter ihren Füßen spürte sie die glatt gehobelten Bretter des Bodens. Vor dem Fenster, das dem Mond einen Rahmen gab, stand eine schmale Bank. An der gegenüberliegenden Wand konnte sie die Umrisse einer Truhe ausmachen. Mit Ausnahme dieser Möbelstücke und des Alkovens war die Kammer leer. Rozabel hätte wetten mögen, dass seit Jahren niemand hier geschlafen hatte.

Wo waren ihre Kleider? Sie stemmte die Truhe auf, aber sie fand nicht mehr als eine Schicht getrocknete Kräuter, die Ungeziefer und Schädlinge fern halten sollten. War sie etwa eine Gefangene?

Mit angehaltenem Atem fasste Rozabel an den Türriegel. Er gab ohne Widerstand nach. Nichts und niemand hinderte sie daran, auf die Galerie zu treten. Das Mondlicht fiel auf die runden Steine des Innenhofes und das Spitzdach des Ziehbrunnens in seiner Mitte. Sie befand sich im ersten Stock von

Favres Haus, aber im Seitenflügel über den Pferdeställen. Sie roch den warmen Dunst der Tiere und hörte ihre nächtlichen Geräusche. Dort vorne, an der Stirnseite des Anwesens lagen die Wohnräume Favres und Richards. Kein noch so winziger Lichtschein deutete darauf hin, dass einer von ihnen nicht schlief.

Rozabel umklammerte die Balustrade der Galerie und versuchte mit tiefen, gleichmäßigen Atemzügen die vielfältigen Gefühle zu kontrollieren, die sich in diesem Augenblick ihrer bemächtigten. Als Einzige wach zu sein verlieh ihr die Illusion von Macht über die Schlafenden. Niemand konnte sie aufhalten oder kontrollieren. Als Kind war sie in solchen Nächten fest davon überzeugt gewesen, die Träume ihrer Eltern und ihrer Geschwister beherrschen zu können. Das Mondlicht machte sie zur Magierin. Für eine zeitlose Spanne zwischen Traum und Wachen kam es ihr vor, als sei sie nicht einen Tag älter geworden. Als habe sie noch immer das kindliche Recht alles zu beherrschen, alles zu wünschen, alles zu begehren. Favres uneingeschränkte Liebe etwa.

»Wieso schläfst du nicht?«

Die Stimme kam leise wie der Atem der Nacht. Rozabel vernahm sie dennoch. Sie glaubte sogar, eine Rüge herauszuhören.

»Ihr schlaft ja auch nicht.«

»Vielleicht weil ich einmal in großer Gefahr gewesen bin, zu lange zu schlafen.«

Die Anspielung entlockte Rozabel keine Reaktion.

»Was hat dich von deinem Lager aufgetrieben?«

»Ich suche meine Kleider.«

»Die Magd wird sie dir morgen bringen. Die Wärme des Küchenfeuers wird sie bis dahin hoffentlich wieder getrocknet haben.«

»Habt Ihr mich ...«

Er wusste, was sie fragen wollte und sie ahnte sein Kopfschütteln mehr, als sie es sah.

»Die Magd hat dich zu Bett gebracht.«

Welch absurdes, nichts sagendes Gespräch. Jäher Zorn packte Rozabel mit solcher Gewalt, dass sie mit wehenden Haaren zu ihm herumflog, ihn am Wams packte und zu schütteln versuchte.

»Eure Magd interessiert mich nicht. Ich will wissen, was Ihr denkt, was Ihr fühlt und was Ihr tun wollt. Hört auf, mich mit diesen kalten Augen anzusehen und nebensächliches Zeug zu reden. Euren Hass werde ich ertragen lernen, aber Eure Gleichgültigkeit tötet mich!«

Die Wärme seines Körpers unter dem Stoff drang zusammen mit seinem Herzschlag in ihr Bewusstsein. Gleichzeitig überfluteten seine Empfindungen ihre Sinne und sagten ihr, was der fest verschlossene Mund so hartnäckig vor ihr verbarg. Auch er hatte nicht schlafen können und ihre Gegenwart gesucht. Dass sie nicht schlief, brachte ihn aus der Fassung und schlug eine Bresche in seine Verteidigungslinien. Sie würde nicht erlauben, dass er sie wieder aufrichtete. Der Zorn verließ sie so schnell, wie er gekommen war.

Sie hob den Kopf und suchte seine Augen. Sie ahnte nicht, dass die ihren im Mondlicht wie feinstes Perlmutt schimmerten und ihn an eine Nacht erinnerten, die wundervoll begonnen und in reinem Schrecken geendet hatte.

»Furie«, sagte er mit einer Stimme, die vor Abwehr bebte und die eigenen Gefühle verleugnete. »Ich bin nicht interessiert an dem, was Ihr mir anbietet. Geht zurück in Euer Bett. Morgen wird Euch einer der Diener zur Herzogin bringen.«

»Lügner«, antwortete Rozabel und strich mit federleichter Zärtlichkeit über die muskulöse Brust unter ihren Fingern. »Warum stößt du mich zurück? Du kannst dich von mir befreien, aber nicht von den Gefühlen, die dich an mich binden.«

»Lass mich …«

Rozabel schüttelte den Kopf, dass ihm ihre Haare ins Gesicht flogen.

»Nie!«, sagte sie und öffnete unbeirrt den Bandverschluss seines Hemdes. Ihr sanfter Kuss traf die Haut genau unter seiner Kehle. »Ich lasse nicht zu, dass du abstreitest, was uns verbindet. Liebe ist zu selten, zu kostbar.«

Ein Ächzen brach aus Favres Brust. Endlich schlossen sich seine Arme um Rozabel und sein Mund suchte den ihren. Hungrig, leidenschaftlich und wütend. Rozabel beantwortete den Kuss mit bedingungsloser Hingabe.

Nichts hat sich geändert. Egal wie ich heiße und wer ich bin, ich gehöre dir.

Sie schloss die Stimme der eigenen Vernunft aus. In dieser schmerzhaften, leidenschaftlichen Liebe, die sie für Favre empfand, hatte sie gelernt, die wenigen Zärtlichkeiten, die sie ihm abtrotzte, besser zu hüten, als ein geiziger Krämer seine Goldstücke.

»Komm mit …«

Sie zog ihn in die mondlichtüberflutete Kammer. Vielleicht würde er nie zu seiner Liebe stehen. Nie die drei Worte sagen, die sie ersehnte. Aber hier und jetzt besaß sie genügend Liebe für sie beide. So viel ausschließliche Leidenschaft, dass sie selbst das Hemd über den Kopf zog und ihn mit ihrer unerwarteten Nacktheit ebenso überraschte, wie um den Verstand brachte.

»Was tust du?«

»Ich schenke mich dir.«

Favre starrte sie mit trockener Kehle an. Das Mondlicht zeichnete die eleganten Linien der langen Beine, die atemberaubende Taille und die vollendeten kleinen Brüste mit einem silbernen Pinsel nach. Er konnte nicht die kleinste Unvollkommenheit an ihr entdecken, und als sie die Hände hob, um ihre Haare aus dem üblichen Zopf zu lösen, entkam ihm ein Laut purer Bewunderung. Sie legte es offensichtlich darauf an, ihn um den Verstand zu bringen.

»Du solltest schlafen. Morgen wirst du es bereuen.«

Mit eiserner Selbstbeherrschung trat er einen Schritt rückwärts. Rozabel zuckte in nachlässiger Anmut mit den Schultern. Dass ihr Herz bis in den Hals hinauf raste, blieb ihr Geheimnis.

»Was kümmert mich morgen.«

Es kam Favre vor, als könne er das lebendige Knistern der weichen Haarflut hören, die schwer über ihren Rücken fiel, während geheimnisvolle, irisierende Reflexe darin aufschimmerten. Er musste einfach zu ihr gehen, die Hand ausstrecken und die Finger in der seidigen Mähne vergraben. So tief, bis er die glatte Rundung des eigensinnigen kleinen Kopfs umfassen konnte, den seine Besitzerin vermutlich nicht einmal vor ihrem König neigte.

»Was bist du? Magierin? Sirene? Hexe? Elfe?«

»Frau«, wisperte Rozabel schlicht.

Die brüchige, heisere Stimme passte nicht zu der überirdischen Erscheinung, aber gerade dieser Widerspruch besiegte Favre endgültig. Mit einem rauen Laut drängte er Rozabel rückwärts auf den Alkoven und sank mit ihr zwischen die halb aufgeschlagenen Decken, während er gleichzeitig das Kunststück vollbrachte, die eigenen Kleider abzustreifen.

Rozabel half ihm dabei und sie tat es mit einer zielgerichteten Hast, die sein Begehren nur noch mehr anstachelte. Ihre stürmische Vereinigung war von beiderseitigem unersättlichen Hunger geprägt. Sie verzichteten auf alle erotischen Finessen. Jeden drängte es danach, den anderen zu spüren und jenes sinnliche Vergessen zu erleben, das wenigstens für kurze Zeit alle Differenzen zwischen ihnen aufhob.

Dennoch konnte Favre nicht umhin, unter all der sinnlichen Leidenschaft auch Rozabels Selbstlosigkeit zu bemerken, ihre Fähigkeit zur bedingungslosen Hingabe. Sie lieferte sich aus, ohne sich um die Folgen zu kümmern. Sie vertraute und baute darauf, dass er dieses Vertrauen nicht enttäuschen würde. Sah sie nicht die Gefahr, in die sie sich begab? Warum achtete sie nicht besser auf sich? Hatte sie ihre Lektion nicht gelernt?

Einmal war er selbst fast so weit gewesen, die Gefühle, die er für sie empfand und die sie ihm schenkte, für Liebe zu halten und er hatte es bitter bereut. Nie würde er den Anblick vergessen, als er die Augen aufgeschlagen und gesehen hatte, wie sie die Phiole mit der unbekannten Droge in seinen Wein tat. Wenn ihm jemals bei lebendigem Leibe das Herz aus der Brust gerissen worden war, dann in diesem Augenblick. Es war ihm eine Lehre gewesen. Es lebte sich besser ohne Liebe.

Seine streichelnden Hände redeten jedoch in einer anderen Sprache. Sie umfingen Rozabel und ließen nicht zu, dass sich ihre Körper voneinander lösten. Sie glitten über die delikaten Geheimnisse ihres Körpers und ließen sich nach der ersten gestillten Leidenschaft gemächlich Zeit, das köstliche Netz des Verlangens zu weben. Rozabel wurde nur zu gerne darin gefangen genommen.

Keiner von ihnen bemerkte, dass der bleiche Mond bereits hinter den Horizont gewandert war, als sie im ersten Zwielicht des beginnenden Tages erschöpft die Beute ihrer eigenen Müdigkeit wurden.

ZWANZIGSTES KAPITEL

Rouen, Burg des Herzogs
5. Oktober 1095

»Wie hast du es nur fertig gebracht, Judith von Meulan zur Schweigsamkeit zu bekehren? Sie hat bei der Herzogin nicht ein Wort von sich gegeben.«

Rozabels Versuch zu scherzen, drang nicht in Bryans Bewusstsein. Er stand, in sich versunken neben dem Kamin, in der großen Halle des Herzogs und starrte in die brennenden Scheite. Er schien weder zu bemerken, dass er einen halb gefüllten Becher Wein in der Hand hielt, noch dass seine Schwester um seine Aufmerksamkeit heischte.

Der König wusste bisher nicht, dass sie sich unter den Damen Margaretes von Maine befand, und ihr Bruder gefiel sich in Rouen in der Rolle ihres inoffiziellen Beschützers und Familienoberhauptes. Es war nur eine Frage der Zeit, bis es Rufus auffallen würde. Bislang hatte Rozabel Bryans Bemühungen belächelt, aber der Gedanke, dass er jetzt vielleicht Rechenschaft über die Stunden fordern wollte, die sie unter Favres Dach verbracht hatte, bereitete ihr Unbehagen. Sie wollte nicht mit ihrem kleinen Bruder über das unentwirrbare Stückwerk ihres Lebens debattieren.

Seine Gleichgültigkeit deutete indes darauf hin, dass es ihm entgangen war, dass sie die Nacht gar nicht in der Burg verbracht hatte. Erstaunlich. Sonst bemerkte er doch alles. Rozabels erste Erleichterung wich immer mehr der Sorge.

Sie zupfte ihn am Ärmel, damit er sie endlich ansah. Er drehte sich um und sie erschrak beim Blick in seine Augen. Das Grün des Blickes war glanzlos und graugrün wie der

Schlick eines sumpfigen Tümpels. Sein Lächeln nur ein mechanisches Verziehen des Mundes, fern jeder Heiterkeit.

»Was ist mir dir?«

»Das willst du besser nicht wissen. Was war mit Judith?«

»Vergiss es. Es ist nicht wichtig. Warum starrst du die Glut an? Heute kein Waffentraining? Keine Jagd? Kein Kartenspiel und keine Lektionen in Kampftaktik oder Kriegskunst?«, zählte sie die männlichen Sportarten und Vergnügungen auf, mit denen sich die meisten von Rufus' Rittern beschäftigten, wenn der König ihrer Dienste nicht bedurfte.

»Ich hab' der Demoiselle von Meulan nichts getan«, entgegnete Bryan zusammenhanglos und gab damit zu, dass er sehr wohl schon ihre erste Frage verstanden hatte. »Sie meidet mich seit dem Vorfall im Rosengarten. Das solltest du besser auch tun.«

»Warum?« Rozabel wählte den direkten Angriff.

»Ich habe dich verletzt. Du weißt, dass es nicht in meiner Absicht lag, trotzdem ist es unverzeihlich.«

»Es war nur ein Kratzer. Er ist schon halb verheilt und ich habe ihn bereits vergessen.«

»Ich habe meinem Zorn erlaubt, über meinen Verstand zu siegen. Vater würde mich rügen, wenn er überhaupt noch mit mir spräche. Ich will nicht wissen, was er von dieser Geschichte denkt.«

»Hör auf, dich an ihm zu messen«, fiel ihm Rozabel ins Wort. »Es ist an der Zeit, dass du dein eigenes Leben führst.«

»Wen wolltest du mit deinem unüberlegten Eingreifen eigentlich schützen? Tréviers oder mich?«

»Euch beide«, erwiderte Rozabel ehrlich. »Ich habe nicht erwartet, dass du so blutrünstig geworden bist. Was erhoffst du dir, wenn du Richard de Tréviers mit dem Dolch bedrohst?«

Bryan runzelte die Stirn.

»Ist es dein Maßstab für eine Freundschaft, dass der andere die Waffe gegen dich erhebt?«, setzte sie hartnäckig hinzu.

»Das verstehst du nicht«, murrte ihr Bruder.

»Das stimmt. Richard hat für seine Tat wahrlich gebüßt. Sei froh, dass du ihn nicht in dem Zustand zu Gesicht bekommen hast, in dem er war, als sein Bruder ihn den Folterknechten entriss.«

»Denkst du, ich weiß nicht, was sie ihm angetan haben?«, rief Bryan voll mühsam unterdrückter Wut. »Er hasst mich sicher dafür. Er muss mich hassen. Sein Tod wäre mein Werk gewesen!«

»Rede keinen Unsinn. Du hast deine Pflicht getan, du hast Rufus geschworen, ihm zu dienen und mit deinem Leben für deinen König einzustehen. Jeder von euch hat getan, was seine Ritterehre verlangt.«

»Auch um den Preis unserer Freundschaft?«, fragte Bryan tonlos.

»Du musst selbst wissen, ob sie verloren gegangen ist oder ob sie diesen Konflikt überlebt hat«, erwiderte Rozabel leise. »Niemand kann dir diese Frage beantworten. Ein jeder von euch muss für sich selbst die Antwort finden. Richard hat dir seine gegeben, als er keine Waffe gegen dich erhob.«

Bryan starrte sie an, ohne zu antworten. Sie sah, wie es hinter seiner Stirn arbeitete und sie nahm die Hand zurück, die immer noch auf seinem Arm lag. Er wusste, dass sie sich damit weigerte, dem Weg seiner Gedanken zu folgen.

»Seigneur, wie schön Euch bei guter Gesundheit zu sehen.« Judith von Meulan tänzelte um Rozabel herum und bedachte ihren Bruder mit einem strahlend koketten Lächeln. Sie trug ihm, allem Anschein nach, den Vorfall im Rosengarten nicht nach.

»Eure Sorge hätte besser Richard de Tréviers gegolten«, mischte sich Rozabel ungnädig ein. »Immerhin war er es, der mit der Waffe bedroht wurde. Habt Ihr schon vergessen, dass Ihr ihn einmal sehr geschätzt habt?«

Judith achtete nicht auf sie. Sie legte den Kopf mit der Schleierhaube in den Nacken und sah anbetend in Bryans Gesicht. Die Heilerin war Luft für sie. Im Gegensatz zu ihr achtete Bryan sehr wohl auf das, was sie sagte.

»Ihr wart Richard de Tréviers versprochen?«

Rozabel hatte Judith in Verlegenheit setzen wollen, stattdessen hatte sie ihrem Bruder einen neuen Beweis dafür geliefert, wie eng seines und Richards Leben miteinander verknüpft waren.

»Unsinn.« Judith winkte eilig ab. »Er hat mir lediglich den Hof gemacht. Reden wir nicht von ihm. Er ist ein Dummkopf. Euch muss er doch auch verärgert haben, sonst hättet Ihr ihn nicht mit der Waffe bedroht? Womit hat er Euren Zorn herausgefordert?«

Rozabel verdrehte die Augen. Es widerstrebte ihr, Judiths überflüssigem Geschwätz zu lauschen und Zeugin zu werden, wie sie ihren Bruder umgarnte. Außerdem wartete die Herzogin auf sie. In dem kleinen Tongefäß in ihrer Hand befand sich eine Probe des Schlaftrunks, den sie nach dem Rezept der Tinktur bereitet hatte, die Fulco de Cambremer ihr für Favre gegeben hatte. Vielleicht verhalf eine verdünnte Version dieser Medizin ihrer Herrin endlich zu einem erholsamen Schlaf und hielt sie davon ab, ständig über ihr Versagen und ihre Sorgen nachzudenken. Dennoch hielt sie ein befremdlicher Impuls davon ab, ihren Bruder mit Judith allein zu lassen. Er machte den Eindruck, als kämpfe er mit einer Entscheidung, die über seine Kräfte ging.

»Ihr tragt noch immer den Harnisch«, plapperte Judith

währenddessen auf ihn ein. »Ich habe Euch mit den Männern des Königs beim Lanzenstechen und beim Schwertkampf gesehen. Wie stark Ihr doch seid. Ihr könnt sie alle besiegen, nicht wahr?«

»Ihr wart auf dem Trainingsplatz?«

Rozabel klang entrüstet. Eine Ehrendame der Herzogin, die sich zwischen Strohpuppen und schwitzenden Rittern herumdrückte, missachtete die Anstandsregeln des Hofes auf gröbste Weise. Wenn Madame davon erfuhr, musste sich Judith auf einen scharfen Tadel gefasst machen.

Judith warf ihr einen mitwilligen Blick zu. Sie schien ihre Gedanken lesen zu können.

»Haltet Ihr mich für so dumm, dass ich mich sehen lasse? Ich habe mich natürlich versteckt. Deswegen konnte ich ja erst kommen, nachdem der König und seine Männer nach neuen Pferden verlangt haben.«

»Ein weiterer Waffengang?«, fragte Bryan verwirrt.

»Nein, es machte eher den Eindruck eines Ausfluges.« Sein Interesse schmeichelte Judith und sie versuchte das Gespräch in die Länge zu ziehen.

»Sie sind ohne mich zu einem Ausflug aufgebrochen?«

Der junge Ritter klang so erstaunt, dass Rozabel unwillkürlich an seine Seite trat und den Weinbecher in Sicherheit brachte, der ihm fast aus der Hand glitt. Sie stellte ihn auf dem nahen Tisch ab und lehnte sich gegen die Kante des Möbels, während ihr Bruder Judith fragte, ob sie auch etwas von den Zielen dieses Ausfluges gehört habe, der offensichtlich ohne seine Teilnahme stattfinden sollte.

»Ich habe nur etwas von einer Begleichung alter Schulden vernommen. Sie wollen sich mit irgendwelchen Brüdern treffen ...«

Rozabels Herzschlag beschleunigte sich auf der Stelle. Richard und Favre. Es war nur eine Vermutung, aber sie wusste instinktiv, dass sie Recht hatte. Rufus war nicht der Mann, der etwas vergaß. Er schob es auf, wenn es erforderlich war, aber er kam immer wieder darauf zurück. Die Tatsache, dass er erkennbar Wert darauf gelegt hatte, diese Schuld ohne Bryans Anwesenheit einzutreiben, bestätigte ihre Vermutungen.

Ihr Bruder begriff es ebenfalls. Sie sah es, weil sich seine Brauen nachdenklich zusammenzogen und die neuen Linien um den früher so unbeschwerten Mund härter wurden. Wenn der König einen seiner vertrautesten Ritter von dieser Unternehmung ausschloss, lag der Schluss einfach nahe.

»Wollt Ihr mir nicht ein wenig die Zeit vertreiben, Seigneur«, setzte Judith naiv ihren Eroberungsfeldzug fort. »Die Herzogin hat ihre Damen fortgeschickt. Sie ist einmal mehr leidend. Sie legt keinen Wert auf meine Gesellschaft. Am liebsten würde sie sich ohnehin nur noch mit Müttern umgeben, in der Hoffnung der Himmel würde es ihr erlauben, sich an ihrem Zustand anzustecken ...«

Rozabel kämpfte unterdessen mit ihrer jähen Angst. Sie hatte nicht erwartet, dass die nächste Katastrophe so schnell über sie hereinbrechen würde. Sie war noch immer damit beschäftigt, die Folgen der letzten zu verarbeiten. Der Morgen, der jener erotisch sinnlichen Nacht gefolgt war, hatte sie allzu unsanft aus ihren Träumen gerissen.

Das Tageslicht verwandelte Favre vom zärtlichen Geliebten in einen schroffen, kühlen Ritter. Unter seinem Blick war sie sich albern und aufdringlich vorgekommen, und aus dem Haus geflohen, sobald die Magd ihre gereinigten und geflickten Kleider gebracht hatte. Sie legte weder Wert auf das Tablett mit der Morgenmahlzeit, noch auf Favres kühlen Abschiedsgruß.

»Ich muss fort«, hörte sie Bryan jetzt Judith abwehren.

»Wo willst du hin?«, fragte Rozabel und bemerkte erst an Judiths fassungslosem Blick, dass sie ihn auf eine Weise angesprochen hatte, die der jungen Ehrendame alle möglichen Vermutungen nahe legte.

»Das fragst du mich?«

»Bleib hier.« Rozabel umklammerte das Gefäß mit der Tinktur so heftig, dass es leise knackste. »Du darfst dich nicht zwischen alle Fronten bringen. Rufus hat dir einen Gefallen getan, als er dich ausschloss.«

»Einen Gefallen.« Bryan lachte bitter und Judiths immer neugierigere Augen flitzten zwischen ihnen hin und her. »Bei Gott. Soll ich wie ein Feigling darauf warten, was er tut? Ich habe schon einmal zu lange gezögert und damit eine Katastrophe heraufbeschworen. Ein zweites Mal werde ich es nicht tun.«

Rozabel erkannte die eiserne Entschlossenheit in seinem Blick. Er war der Sohn ihres Vaters. Kein Argument und kein Mensch vermochten ihn aufzuhalten, wenn er von einer Sache überzeugt war.

Aber vielleicht etwas anderes?

Rozabel sicherte sich kurz entschlossen Judiths Hilfe. Sie hatte keine Zeit für einen besseren Plan. »Wenn Ihr nur etwas für diesen Ritter empfindet, Judith, dann haltet ihn auf, ehe er sich ins Unglück stürzt. Er wird nie wiederkommen, wenn er jetzt geht.«

Sie war so überzeugend, dass Judith augenblicklich nach Bryans Händen griff und sie festhielt. Sogar Rozabel gewann den Eindruck, als läge ihr tatsächlich etwas an ihm, den sie nun mit flehenden Worten bestürmte.

Sie wandte beiden den Rücken zu und zog hastig den Wachsstopfen aus dem kleinen Tongefäß. Sie hatte keine Zeit, die Dosierung abzumessen. Sie kippte den gesamten Inhalt in den Becher ihres Bruders und ergriff ihn mit fester Hand.

»So lasst mich. Ich bitte Euch, Judith ...«

Bryan befreite sich gewaltsam von den schmalen weißen Händen der aufgeregten Hofdame. Er suchte Rozabels Augen.

»Versteh wenigstens du, dass ich es tun muss.«

»Rufus wird es dir nie verzeihen«, warnte sie. »Wem er einmal grollt, dem grollt er für immer. Unterschiedslos. Egal ob es sich dabei um Familienmitglieder, kirchliche Würdenträger oder normannische Edelmänner handelt. Es ist ihm auch gleichgültig, ob sie aus Bruderliebe oder Eigennutz gehandelt haben. Erinnere dich an seinen Vater. Bischof Odo von Bayeux war sein Halbbruder, aber das hat ihn nicht davon abgehalten, ihn in den Kerker zu werfen.«

»Glaubst du, dass er Richard und seinen Bruder nur gefangen setzt? Wenn ich bloß das fürchten müsste, wäre mir wohler«, erwiderte Bryan.

Rozabel unterdrückte einen Schauer purer Furcht. »Schlimmer noch? Was meinst du? Fürchtest du, dass er sie tötet? Das ist doch nicht möglich ...?«

»Ich kann es nicht sagen«, ächzte Bryan. »Ich weiß ja nicht einmal, ob ich mir all dies einbilde oder ob es wirklich geschieht? Aber dass er mich von diesem Unternehmen fern hält, lässt mich Schlimmstes befürchten.«

»Wie sieht es aus, dieses Schlimmste?«

»Er respektiert die Tat des älteren Tréviers. Vielleicht weil er selbst und seine Brüder niemals auf die Idee verfallen ist, einander zu helfen. Er wird ihm die Ehre eines ritterlichen Duells anbieten. Vielleicht sogar beiden. Aber er wird sie töten! Er muss sie töten, etwas anderes lässt sein Stolz nicht zu.«

Ihre Blicke trafen sich und beide hörten das Ungesagte. So gut, wie Bryan seit jenem Morgen in Bayeux um die Gefühle wusste, die Rozabel Favre entgegenbrachte, so unschwer konnte sie sich vorstellen, was er bei dem Gedanken an Richard empfand, der unter dem Schwert des Königs sein Leben verlieren sollte.

»Trink.« Rozabel hob wie unter Zwang den Arm mit dem Becher. »Ich hab' dir noch nie den Ehrentrunk gereicht, seitdem du ein Ritter bist. Willst du ihn von mir annehmen, ehe du gehst.«

Bryan brannte die Zeit unter den Nägeln, aber er brachte es nicht fertig, seiner Schwester diesen Gefallen zu versagen.

»Auf dein Wohl, Rozabel!«

Er setzte den Becher an und kippte die Flüssigkeit in einem einzigen Satz hinunter. Erst danach fiel ihm das intensive Kräuteraroma auf. Er wusste auf der Stelle, was es zu bedeuten hatte. Mit verzerrter Miene schleuderte er den Becher von sich und packte sie am Arm.

»Was hast du getan?«

»Dich vor den Folgen einer Dummheit gerettet.«

»Ich ...« Bryan taumelte und strich sich mit der Hand über die Stirn. »Was ...«

»Ihr habt ihn vergiftet!« Judiths Stimme brach vor Entsetzen.

»Kein Gift. Das ist der Schlaftrunk der Herzogin.« Rozabel fasste das Mädchen streng ins Auge. »Kein Wort zu irgendjemandem. Helft mir, ihn in irgendeine Kammer zu bringen, wo er sich ausschlafen kann. Schnell, es geht um Leben und Tod. Ich darf keine weitere Zeit vertrödeln.«

»Warum tut Ihr das?«

Rozabels Autorität war immerhin so stark, dass Judith mit ihr gehorsam den Arm um Bryans Schultern legte, und ihn mit ihr aus der Halle führte. Sein Kopf schwankte hin und her und er lallte unverständliches Zeug. Rozabel war selbst überrascht, wie schnell der Trank wirkte, hoffentlich hatte sie keinen Fehler bei der Rezeptur gemacht.

Sie sah prüfend in Bryans Gesicht. Schweiß stand auf seiner Stirn und er sah betrunken aus. Sinnlos betrunken. Da sich bis auf ein paar ältere Ritter und wenige Hausknechte kaum Menschen in der Halle befanden, wurden ihnen keine Fragen gestellt.

»Würdet Ihr ihn besser kennen, wüsstet Ihr, dass man ihn vor sich selbst retten muss«, erwiderte Rozabel resigniert.

»Und warum fühlt Ihr Euch verpflichtet, dies für ihn zu tun?« Judith ließ nicht locker. Jetzt war sie weder albern noch kokett, sondern nur wissbegierig.

»Er ist mein Bruder. Ich kann nicht zulassen, dass er den Unmut des Königs erregt.«

»Euer Bruder ...« Judith brach ab und stellte die Überlegungen, die sich aus dieser Information ergaben, im Stillen an. Dann traf sie ihre Entscheidung.

»Meine Kammer ist gleich neben der großen Treppe. Wenn Ihr es für richtig haltet, kann er dort seinen Drogenrausch ausschlafen. Ich will gerne ein Auge auf ihn haben, bis er wieder zu sich kommt.«

Der Vorschlag war nicht nur vernünftig, sondern auch eigennützig. Dennoch fühlte sich Rozabel verpflichtet, die andere vor den Folgen ihres Samariterdienstes zu warnen. »Er wird nicht glücklich darüber sein, dass Ihr mir geholfen habt. Er wird es Euch nachtragen.«

»Man wird sehen.« Judith zuckte nur kurz mit den Schultern und deutete auf ihre Tür. »Dort ist es.«

Sie schafften es gerade noch rechtzeitig, Bryan bis zum Alkoven zu schaffen, ehe er zusammenbrach und so schwer wurde, dass ihn ihre vereinten Kräfte nicht mehr von der

Stelle bewegt hätten. Es bereitete schon Mühe genug, seine bestiefelten Beine mit den Resten seiner Kampfrüstung auf das Bett zu schieben.

»Er wird Eure Laken und Kissen ruinieren«, vermutete Rozabel.

»Eine Erinnerung.« Judith lächelte melancholisch. »Wohin geht Ihr?«

An der Tür warf Rozabel einen Blick zurück. »Das tun, wovon ich Bryan abhalten wollte.«

»Dann werdet Ihr den Unmut des Königs auf Euch lenken?«

»Das ist anzunehmen. Habt Dank für Eure Hilfe, Judith.«

»Ich werde für Euch beten.«

»Ihr habt keinen Grund dazu.«

»Das könnt Ihr nicht beurteilen.«

Ein Schimmer der vertrauten, hochnäsigen Judith von Meulan blitzte auf und Rozabel musste trotz allem lachen. Sie hatte dieses Mädchen unterschätzt. Es sollte ihr künftig eine Lehre sein, wenn sie künftig überhaupt noch die Gelegenheit hatte, auf Damen wie Judith zu treffen.

»Dann betet für mich. Ich kann es brauchen.«

Sie stürmte die Treppen hinunter, durch die große Halle, ohne daran zu denken, dass die Herzogin auf sie wartete und zu bemerken, dass ihr höchst erstaunte Blicke folgten. Ihre zinnoberrote Samttunika mit den modischen Tunnelärmeln, unter der sie ein eierschalenfarbenes Wollgewand trug, das ihre Körperformen anmutig betonte, wies sie als Edeldame aus. Der zarte Schleier des goldbestickten Käppchens, das ihre hochgesteckten Haare hielt und verbarg, wehte wie eine Standarte hinter ihr her.

Auch Fulco de Cambremer war unter den Höflingen, die ihr verblüfft nachsahen. Dann wich sein Erstaunen dem Unbehagen. Noch nie hatte er Rozabel so außer sich gesehen.

EINUNDZWANZIGSTES KAPITEL

Rouen, Haus Tréviers
5. Oktober 1095

Die Torflügel standen sperrangelweit offen, kein Wächter hinderte Rozabel am Eintreten. Auch der große Innenhof lag menschenleer unter den grauen Wolken, die der Wind vom Meer ins Landesinnere trieb. Lediglich am Ziehbrunnen standen Pferde. Die losen Zügel nachlässig um die Pfosten des Brunnenhauses gebunden, warteten sie darauf, dass ihre Reiter wieder kamen. Niemand hatte sich die Mühe gemacht, die kostbaren Tiere in den Stall zu bringen oder sie zu tränken, wie es die Gastfreundschaft gebot.

Rozabel sah sich vergeblich nach Reitknechten, Gesinde oder einem anderen Zeichen menschlichen Lebens um. Nichts. Sie hörte nur das emsige Schlagen der Drosseln, die am Stallgebäude die Fruchtstände eines mächtigen Holunderbaums plünderten und die Laute der Stadt hinter ihr. Vorsichtig umrundete sie die Pferde und näherte sich dem Portal des Haupthauses.

Sie wusste nicht, was sie erwartet hatte, aber keinesfalls diese bedrückende Stille. Schwerterklirren und Männergebrüll hätte sie weniger verblüfft als die absolute Leere des Anwesens. Wären da nicht die Pferde gewesen, sie wäre sich wie eine Närrin vorgekommen, die um ein verlassenes Haus streicht. Ohne vernünftigen Grund dabei ertappt zu werden, dass sie sehnsüchtig vor Favres Haus stand, schien ihr der Gipfel aller Peinlichkeit und aller Dummheit zu sein.

Vergiss deine stolze Eitelkeit! Handle!

Rozabel befolgte die eigene Ermahnung und verbannte die

feigen Erwägungen in die hinterste Ecke ihres Bewusstseins. Sie drückte gegen die Doppelflügel des Haupteinganges, die ohne Widerstand, in gut geölten Angeln, fast lautlos nachgaben. Sie war noch nie in der großen Halle gewesen, die dazu diente, den Reichtum und die Macht der Familie zu demonstrieren, die dieses Anwesen erbaut hatte. Unter den geschnitzten Deckenbalken nahm sie den ganzen Raum des nordseitigen Baues ein. Gebrannte Ziegel bedeckten ihren Boden in schrägen Bändern und an der Stirnseite stand ein mächtiger Steinkamin, der auf Mannshöhe von einem breiten Holzsims eingefasst wurde. Auf der kegelförmig zurückweichenden Kaminmauer prangte das steinerne Wappen der Tréviers und durch eine Reihe von hohen Fenstern, die zum Fluss hinaus führten und verglast waren, fiel düsteres Tageslicht.

Immerhin war es hell genug, um das gute Dutzend Ritter erkennen zu können, das ihr vor dem Kamin eine geschlossene Front breiter Kriegerrücken zuwandte. Alle standen in derselben Haltung, die gezückten Schwerter bedrohlich auf zwei Männer gerichtet, die, vor dem Kamin, ihre Waffen gesenkt hatten und dem König stolz in die Augen sahen.

»Ihr werdet kämpfen«, hörte Rozabel Rufus' grollende, verärgerte Stimme. »Lasst uns die Sache austragen wie Männer und nicht wie Memmen. Ihr könnt nicht ernsthaft angenommen haben, dass sich meine Gutmütigkeit auf Giftmörder erstreckt.«

»Dann lasst mich für meinen Bruder antreten«, antwortete Favre, ohne Richards Protestschrei auch im Geringsten zu beachten. »Die Fingerfertigkeit Eurer Folterknechte hat seine Schwerthand zerstört.«

»Das ist nicht wahr«, fiel ihm Richard ins Wort, obwohl das Ungeschick, mit dem er seine Waffe in der kaum verheilten Hand hielt, auffiel.

»Nein!«

Rozabels reagierte mit einem Ungestüm, das ihr im Überraschungseffekt mehr Durchschlagskraft verlieh, als die sehnige Kraft ihres schmalen Körpers normalerweise besessen hätte. Sie stieß die bewaffneten Männer heftig zur Seite und stand zwischen dem König und den beiden Kämpfern, ehe einer von ihnen begriffen hatte, wer dieser Irrwisch war, der alles durcheinander brachte.

Die Hände weit zur Seite gestreckt, damit er weder rechts noch links an ihr vorbei, einen der beiden Brüder erreichen konnte, maß sie Rufus mit einem so flammenden Blick, dass er verblüfft einen Schritt nach hinten tat.

»Wer zum Donner seid Ihr, Weib? Was wagt ihr? Habt Ihr den Verstand verloren? Ist das etwa Eure Ehefrau, Tréviers?«

»Bei Gott, nein!«

Die spontane Zurückweisung dieser Annahme traf Rozabel hart, aber sie wandte sich nicht nach Favre um. Es ging nicht um ihre Gefühle, es ging um seines und Richards Leben.

»Dann seid so freundlich und sagt mir, was ich von diesem Auftritt zu halten habe«, forderte der König ungehalten und fasste Rozabel scharf ins Auge. Das elegante Gewand verriet immerhin ihren Stand, also formulierte er die nächste Frage höflicher, wenn auch nicht freundlicher. »Wisst Ihr, wen Ihr vor Euch habt, Madame?«

»Einen Mann, der hoffentlich zu klug ist, um ausschließlich mit dem Schwert zu richten«, antwortete Rozabel mit einem tiefen Atemzug. »Einen König, der es nicht nötig hat, kleinlich Rache zu nehmen. Wie könnt Ihr Eurem eigenen Bruder großmütig alle Intrigen und Mordversuche verzeihen, während ihr gleichzeitig einen anderen Bruder dafür töten wollt, weil dieser nicht mehr getan hat als seinen Bruder zu retten? Was ist das für eine Gerechtigkeit?«

»Eine Philosophin?« Rufus spottete unverhohlen. Er war immun gegen Rozabels weibliche Reize, aber ihr Mut imponierte ihm. »Oder doch eine Amazone? Sagt mir, wer Ihr seid, Madame und wer Euch so beklagenswert wenig damenhaftes Benehmen und weibliche Zurückhaltung beigebracht hat?«

»Sie ist eine Lady de Cambremer und ich will verdammt sein, sollte ich ihr mein Leben zu verdanken haben. Schickt sie fort. Sie hat keinen Grund sich in diese Angelegenheit einzumischen.«

Favres ungeduldige, wütende Stimme rief einen wahren Tumult unter den Anwesenden hervor. Es gab die vielfältigsten Reaktionen. Ausrufe des Erstaunens. Fragen. Spöttisches Gelächter. Rozabel verzog keine Miene, obwohl Favres Blicke sie vernichten wollten. Ihr war, als stünde sie, mitten auf dem Marktplatz, am Schandpfahl. Sie musste alle Kraft aufbieten, um ihr Zittern zu unterdrücken. Seine Missachtung ihrer Angst um sein Leben stürzte sie in tiefe Verwirrung. Wie konnte er ihre Ehre und ihren Stolz so verletzen.

»Eine Cambremer?«

Rufus' Rückfrage verursachte jähe Stille. Sein Blick flog zwischen den Brüdern und Rozabel hin und her, ehe er auf ihr liegen blieb.

»Eine englische Cambremer, vermute ich? Tochter des Lords von Hawkstone und der Lady des Rosenturmes? Ihr müsst Rozabel sein. Das langbeinige, dünne Fohlen mit den dicken Zöpfen und der spitzen Zunge. Was zum Teufel habt Ihr in der Normandie zu suchen? Euer Vater hat mir Neutralität versprochen. Weiß der junge Bryan von Eurer Anwesenheit?«

Rozabel verzog keine Miene. Dass sie die spöttische Beschreibung des Kindes, das Rufus in Hawkstone kennen gelernt hatte, kränkte, ließ sie sich nicht anmerken. Rufus war immer mehr von ihren Schwestern und ihrem Bruder eingenommen gewesen, als von ihr. Sie war zu respektlos gewesen.

»Ich bin kein kleines Mädchen mehr. Ich diene der Herzogin«, entgegnete sie ruhig. »Sie bedient meines Rates als Kräuterkundige und Wehmutter. Meine Anwesenheit in Rouen hat allein diesen Grund.«

Der König verschränkte die Arme vor der mächtigen Brust und betrachtete Rozabel so eindringlich, dass sie ein Erröten nicht unterdrücken konnte. Die Tatsache, dass sie nicht gelogen, sondern nur einen großen Teil der Wahrheit verschwiegen hatte, ermöglichte es ihr, diese Inspektion leidlich gefasst zu ertragen.

»Und aus welchem Grund verwendet Ihr Euch für diese beiden Männer, Lady Rozabel?«, fragte er schließlich lauernd.

Rozabel wandte sich um, jedoch nicht zu Favre, sondern zu Richard. Kalkweiß und kerzengerade stand er neben seinem Bruder. Sein Stolz hielt ihn aufrecht, aber man merkte ihm an, dass ihn die Schuld bedrückte, der Anlass für dieses Drama zu sein. Sie hätte ihm gerne Mut gemacht, aber der König war dabei, den Vorrat ihrer eigenen Tapferkeit aufzubrauchen.

Favre hingegen gab keine Regung preis. Unerschütterlich, aufrecht und in sich ruhend, hatte er die Hände auf dem Heft seines Schwertes, das mit der Spitze vor ihm auf dem Boden stand, gefaltet und wartete ab. Sein Haar schimmerte wie poliertes Messing und das Sommerblau seiner Augen hatte sich zum kalten Blau des Eises verhärtet. Er war einem Monument ähnlicher als einem Menschen.

»Nun?«

Rufus' Geduld, ohnehin nicht sehr ausgeprägt, ließ ihr keine Zeit für lange Überlegungen. Sie hob in der ihr eigenen Weise das stolze Kinn.

»Wenn dies ein Land und ein Königreich werden soll, müssen das Blutvergießen und das Sterben ein Ende haben, Majestät. Wenn Freunde und Brüder einander nicht mehr in die Augen sehen können, wenn Liebende getrennt werden und Familien einander verraten, ist alle Gemeinsamkeit zum Scheitern verurteilt.«

Rufus gab einen verächtlichen Laut von sich und Rozabel ahnte, dass ihn ihre gefühlsbetonte Sicht der Dinge weniger überzeugte, als langweilte. Dennoch sprach sie unbeeindruckt weiter. »Die Vorfahren meiner Mutter waren Sachsen und Römer, die meines Vaters Normannen und Kelten, und doch haben sie sich am Rande eines Schlachtfeldes die Hand gereicht und ein neues Leben aufgebaut. Sind wir, ihre Kinder, zu solcher Größe nicht mehr fähig? Haben wir Tausende von Toten schon vergessen, die für Herzog Wilhelm und König Harold ihr Leben gelassen haben? Habt Ihr nicht den Eid geschworen, das Werk Eures Vaters fortzusetzen?«

Rozabel hatte ohne großes Überlegen gesprochen und als sie endete, beherrschte ängstliches Schweigen die Halle des Hauses Tréviers. Es musste Rufus missfallen, dass sie ihm unmissverständlich zu verstehen gab, im Begriff zu sein, die Ziele des großen Eroberers zu verraten. Unbehaglich betrachtete sie sein düsteres Antlitz.

Er wippte auf den Fußballen und ließ sie auf seine gallige Antwort warten.

»Ihr mögt ja ein wortgewaltiger Advokat für den Frieden sein, Lady«, sagte er endlich rau. »Aber ihr vergesst, dass dieser hier es war der den Frieden gebrochen hat und nicht ich!« Sein augestreckter Finger schoss wie ein Pfeil auf Richard zu. »Ich bin kein Narr, der mit den Flöhen in seinem Pelz spielt. Ich zerquetsche sie.«

»Ich flehe Euch an.« Rozabel handelte, ohne nachzudenken, als sie vor Rufus in die Knie sank. »Zeigt Euch gnädig. Die Gnade ist es, in der ein Herrscher seine wahre Größe zeigt.«

»Es missfällt mir, dass sich eine Lady meines Adels auf solche Weise für Schurken demütigt«, antwortete Rufus kalt. »Steht auf und schweigt. Sonst könnte ich zu der Ansicht kommen, dass Ihr das Schicksal dieser Männer teilen wollt.«

Rozabel erstarrte, aber sie trotzte auch dieser königlichen Drohung.

»Wenn sie ihr Leben lassen müssen, ist mir meines nicht wichtig«, sagte sie mit trockenen Lippen.

Hinter ihr verriet sich Favre mit einer Bewegung. Sein Schwert klirrte gegen die Kaminumrandung, aber sie drehte sich nicht um, nahm keine Rücksicht auf seinen mit diesem Klirren zum Ausdruck gebrachten Protest. Sie konzentrierte ihre ganze Aufmerksamkeit auf den König.

»Welch leidenschaftliche Ergebenheitserklärung«, entgegnete der König jetzt so leise, dass Rozabel bezweifelte, ob ihn außer ihr jemand verstand. »Es liegt Euch also nichts an meinem Wohlwollen? Was sagt der junge Bryan dazu? Wo steckt er überhaupt?«

Wollte er auch ihren Bruder mit ins Unglück reißen? Rozabel spürte, dass sie am ganzen Leib zu zittern begann, aber sie unterdrückte die Angst mit aller Macht. Sobald der König merkte, dass er sie einschüchtern konnte, hatte sie ihren letzten Trumpf verloren.

»Meinen Bruder habe ich heute noch nicht zu Gesicht bekommen.«

Die schamlose Lüge kam ihr um der Sache willen, ohne Stocken über die Lippen.

»Steht auf«, befahl er barsch. »Zieht Euch jetzt zurück und mischt Euch nicht in Dinge, die Männersache sind.«

»Nein.«

Der offene, leidenschaftliche Widerspruch kam für Rufus nicht unerwartet. Alle anderen bekundeten ihr Entsetzen und der junge Richard rief über den Lärm hinweg: »Komm zur Vernunft, Heilerin! Es ist nicht dein Kampf, der hier geführt wird! Gehorche dem König und geh.«

Rozabels Herz raste, und die Umrisse des Königs verschwammen ihr vor den Augen. Sie hatte geglaubt, das Schlimmste bereits erlebt zu haben, aber die Ereignisse belehrten sie eines Besseren. Wenn sie dem König den Gehorsam verweigerte, verlor sie alles, gab sie alles auf für eine Liebe, die Favre gar nicht haben wollte. Aber wollte sie weiterleben, ohne für sein Leben alles gewagt zu haben?

Sie schwieg und sie blieb auf den Knien vor dem König. Sie hielt seinem Blick stand und sah, wie der Zorn ihn übermannte, wie seine Kiefermuskeln arbeiteten und seine Haltung steifer wurde. Es war ein Machtkampf mit Blicken, den sie nicht aufgeben konnte, auch wenn ihr Nacken inzwischen schmerzte und sich in ihrem brennenden Magen die Erkenntnis breit machte, dass sie sich auf ein Duell eingelassen hatte, das Rufus nicht verloren geben konnte, wenn er nicht sein Gesicht verlieren wollte.

Egal ob sie nun eine Tochter des Rosenturmes oder der Abkömmling einer Bauernmagd war, hier zählte etwas anderes: Sie war eine Frau! Sowohl nach den Gesetzen Britanniens, wie jenen der Normandie war die Frau dem Mann untertan. Erst dem Vater, danach dem Ehegatten. Darin waren sich die weltlichen und die kirchlichen Herren uneingeschränkt einig. Frauen hatten zu schweigen und zu gehorchen.

»Sie weiß nicht was sie tut«, kl
hinter ihr in die Stille der Halle. »
durcheinander gebracht und sie ist v
starrsinnig ...«

»Was Ihr nicht sagt.« Der König fu
Nächstes werdet Ihr mir weismachen w
ganz richtig im Kopfe ist und die Dam
Möwe nach Rouen geeilt ist. Ich habe sehr
dass sie jene ominöse Heilerin ist, von der Hofe reden, die man jedoch nie zu Gesicht bekommt. Haltet Ihr mich für einen Narren – alle beide?«

Den letzten Satz brüllte Rufus in einer Lautstärke, die das Glas zum Klirren brachte.

»Chester, Ihr übergebt die Herrschaften der Palastwache. Es scheint, dass sowohl Ihr, Seigneur ...«, das galt Favre und wurde mit schneidender Schärfe betont ..., »... wie Ihr, mein Fräulein ...«, Rozabel zuckte vor dem verletzenden Ton zurück, »... geradezu versessen darauf seid, für Eure Verfehlungen im Angesicht des ganzen Hofes geradezustehen. Ihr sollt Euer gerechtes Urteil haben. Werft die beiden in den Kerker. In ein Verlies. Aber kettet sie an, sonst kommen sie noch auf die Idee, sich miteinander zu vergnügen. Und für den Jungen dort, wird sich auch noch ein Obdach finden. Vorwärts. Beeilung. Wir haben unter diesem Dach genügend Zeit vertan.«

Er stürmte aus der Halle und überließ es seinen Männern die Befehle zu befolgen, ohne einen einzigen Blick zurückzuwerfen. Er hatte nur absolut loyale Ritter für diesen Fall ausgewählt, Männer, von denen er wusste, dass sie sich von möglichen Tränen nicht erweichen lassen und seine Beleidigungen für sich behalten würden, schon, weil ihr Freund Bryan im Spiel war, den alle schätzten.

»Verzeiht.« De Chester bemühte sich Rozabel zu stützen,

[illegible]e Beine half. »Was ist nur in Euch gefahren, [illegible]n so wütend gemacht habt? Wo steckt eigentlich [illegible] Konnte er Euch nicht von diesem Streich abhalten?«

Er wartete vergeblich auf eine Antwort.

»Der König möchte Euch gefesselt sehen.«

»Tut, was er befohlen hat.« Rozabels Stimme war fest aber sie schloss die Augen.

Sie sah nicht, dass Favre sein Schwert in blindem Zorn in den Kamin schleuderte. Sie hörte lediglich das Scheppern und den Fluch, den er dem davoneilenden König nachschickte.

»Ihr könnt von Glück, sagen, dass er Euch nicht mehr gehört hat, Tréviers«, tadelte einer der anderen Ritter, den unbeherrschten Ausbruch. »Gebt mir Euer Schwert.«

»Holt es Euch. Ich brauche es nicht mehr.«

»Reißt Euch zusammen, Mann. Genügt es nicht, dass Ihr die Dame mit in Euer Verderben gerissen habt? Müsst Ihr alle gegen Euch aufbringen? Was seid Ihr nur für ein Ritter?«

Der ungerechte Vorwurf brachte Rozabel wieder zur Besinnung. Sie raffte die Reste ihrer Kraft zusammen, was ihr nur gelang, weil sie jeden Blick auf Favre vermied.

»Maßt Euch nicht an, die Taten eines Mannes zu beurteilen, der aus Liebe zu seinem Bruder gehandelt hat, Mylord. Es fehlt Euch, denke ich, an Beispielen in Eurer Umgebung. Und was mich angeht, ich tue nur, was ich selbst für richtig halte!«

Sie hielt Chester verächtlich die ausgestreckten Hände hin.

»Bindet mich. Gehorcht Eurem Herrn. Ich bin sehr wohl fähig für meine eigenen Fehler geradezustehen. Ich brauche Euer Mitleid nicht.«

Sie war sich der respektvoll anerkennenden Blicke von Rufus' Rittern ebenso wenig bewusst, wie der düsteren Verzweiflung in Favres Augen und der niedergeschlagenen Bewunderung in Richards Blick.

Wie gut, dass es ihr wenigstens gelungen war, Bryan vor dem Zorn des Königs zu schützen. Er würde vielleicht ihren Eltern erklären können, was passiert war, wenn sie selbst dazu keine Gelegenheit mehr erhielt.

ZWEIUNDZWANZIGSTES KAPITEL

Rouen
6. Oktober 1095

»Noch ein Stockwerk tiefer?«

Mylord de Chester klang so entsetzt, dass der Kerkermeister nur die Schultern hochzog und zum nächsten Absatz der Treppe schlurfte.

»Befehl Seiner Majestät«, nuschelte er kaum verständlich. »Er scheint verteufelt schlecht auf die beiden zu sprechen zu sein.«

»Gott steh Euch bei, Lady Rozabel«, ächzte der Ritter, während seine Gefangene keinen Laut von sich gab. »Ich werde versuchen, Bryan so schnell wie möglich aufzutreiben. Ich bin sicher, Rufus wartet darauf, dass er für Euch spricht und für Euch bittet. Macht Euch keine Sorgen und bewahrt Ruhe.«

Rozabel schwieg auch darauf. Judith würde ihre Rolle als barmherzige Samariterin genießen. Sie rechnete nicht damit, dass sie Bryan vor der Zeit gewaltsam zu wecken versuchte. Da Rozabel ihm das ganze Fläschchen Schlaftrunk in seinen Wein gegossen hatte, war es durchaus möglich, dass er bis weit in den morgigen Tag hinein außer Gefecht gesetzt bleiben würde.

»Wohin habt Ihr meinen Bruder gebracht?«, vernahm sie jetzt die heisere Stimme Favres, der wie sie stumm und in sich gekehrt den demütigenden Spießrutenlauf durch die Straßen von Rouen hinter sich gebracht hatte. Für ihn war es noch erniedrigender gewesen, da man ihn und Richard im Gegensatz zu der unbekannten Edeldame erkannt hatte. Dennoch war ihm nicht die leiseste Regung anzumerken gewesen.

Seine Frage brachte Rozabel zu Bewusstsein, dass Richard ihren Weg in die Tiefe des Kerkers nicht länger begleitete. Sie sah sich um, konnte aber nur noch die Krümmung der Treppe erkennen, die im schwankenden Fackellicht feucht und schmierig nach oben führte. Jeder Schritt hinab ließ das Fackellicht schwinden und die Trostlosigkeit steigen.

»Beruhigt Euch, der Junge hat es besser als Ihr«, erwiderte Chester bedrückt. »Er ist wenigstens trocken untergebracht und wird wie ein Seigneur von Geblüt behandelt.«

»Danke, das lässt mich für das Loch hoffen, in das Ihr uns stecken wollt«, kommentierte Favre diese Auskunft zynisch.

Rozabel starrte auf seinen breiten Rücken. Er ging vor ihr und sie sah, wie sich seine gefesselten Hände auf dem Rücken zu machtlosen Fäusten ballten. Sogar in diesem Augenblick sorgte er sich um Richard. Sie biss sich so schmerzhaft in die Unterlippe, dass sie Blut schmeckte und verbot sich ihre dumme Eifersucht. Es fehlte noch, dass sie Richard die Liebe seines Bruders neidete. Bryan wird sich bestimmt ebenfalls Sorgen um sie machen, wenn er zu Bewusstsein kommt.

Sie stolperte, weil sie die letzte Stufe übersehen hatte und prallte gegen Favre. Da ihre Hände ebenfalls im Rücken gebunden waren, lag sie hilflos mit der Wange zwischen seinen Schulterblättern, bis Chester ihr half. Sie zitterte wie Espenlaub und er versicherte ihr noch einmal, dass er sich unverzüglich auf die Sache nach Bryan machen würde. All sein Mitgefühl änderte jedoch nichts daran, dass der Kerkerwächter die schweren Riegel einer eisenbeschlagenen Tür kreischend zurückschob und die Fackel hochhob, damit sie in ihrem Schein in das Gewölbe treten konnten.

Beide mussten sie sich bücken, um nicht am Türstock anzustoßen. Rozabel fühlte den schmierigen Lehmboden und wäre auf der rutschigen Oberfläche fast ausgerutscht. Ihr entsetzter Blick nahm zwei schwere gemauerte Bogen wahr, die in klobigen Pfeilern ausliefen. Feuchte Wände und Ketten mit halb verrosteten Hals- und Fußeisen an den Säulen.

»Ihr könnt doch nicht ...«, protestierte de Chester, nachdem der Kerkermeister Favre in Eisen gelegt hatte und sich Rozabel zuwandte.

»Befehl des Königs«, antwortete der Mann stoisch und deutete Rozabel, sich auf das feuchte Stroh zu kauern, das vor dem Gemäuer aufgehäuft war, damit er die Ketten um ihre Fußgelenke schließen konnte. Aber immerhin verzichtete er auf das Halseisen, das Favre zusätzlich belastete.

Das Kreischen des eisernen Schlüssels tat ihr mehr weh, als das schwere kratzige Eisen um ihre Fesseln. Noch schützten ihre dünnen Strümpfe sie, aber sie spürte bereits die Feuchtigkeit durch den kostbaren Samt und das schöne Untergewand sickern. In Kürze würden ihre Röcke nass sein.

»Gott beschütze Euch, Lady«, verabschiedete sich Chester erkennbar verlegen. Es fiel ihm schwer, die Schwester seines Freundes in diesem Loch zu lassen. »Bewahrt um Himmels willen Euren Mut, es kann nicht lange dauern ...«

Das Licht verschwand, die Tür fiel zu. Kreischend wurden von außen die Riegel vorgeschoben, dann war es still. Vollkommene Finsternis umgab Rozabel und Favre, eine Finsternis, schwärzer als die Nacht.

Es mutete Rozabel im ersten Augenblick an, als wäre sie im Bauch eines Riesenungeheuers gefangen. Sie bekam keine Luft. Sie keuchte und zitterte so haltlos, dass ihre Ketten klirrten.

»Reiß dich zusammen, verdammt noch mal!«

Die unerwartet grobe Aufforderung ließ Rozabel entrüstet aufschnappen, ihre Lungen füllten sich wieder, wenn auch mit dem abgestandenem Dunst des Moders von verrottendem Stroh. Sie versuchte sich aufrecht gegen den Gewölbebogen zu lehnen, den sie in ihrem Rücken spürte. Der feste Halt verlieh ihr die Illusion von Sicherheit, aber das schwere Gewicht der Ketten entlockte ihr einen ernüchterten Seufzer.

»Lady Rozabel …«

»Erspart Euch Höflichkeiten, Favre de Tréviers. Wollt Ihr mich eine Närrin nennen? Tut es ruhig«, entgegnete sie mit spröden Lippen.

Jetzt klirrten auch Favres Ketten. Weil er den Kopf schüttelte? Wie boshaft von Rufus, ihnen nicht einmal den Blick aufeinander zu gestatten. Was hatte er vor? Gedachte er, Favre mit ihrer Anwesenheit zu zermürben? Zuzutrauen war es ihm.

»Du bist mir böse.«

»Wie kommt Ihr darauf?«

Sie hörte, dass er sich bewegte und auch sein gereizter Atemzug entging ihr nicht. Die Anwesenheit eines anderen Menschen in diesem grausigen Loch war auf eigenartige Weise tröstlich, wenngleich sie dadurch auch ständig daran erinnert wurde, dass sie kläglich versagt hatte.

»Der Lord hatte Recht, weißt du«, hörte sie ihn weiter sprechen, als sie nicht antwortete. »Dein Name und deine Herkunft schützen dich vor Schlimmerem. Hättest du ihm nicht so herausfordernd getrotzt, deine Strafe wäre bestimmt milder ausgefallen.«

Welch eine Belehrung. Rozabel gestattete sich ein ausdrucksvolles Schnauben. Sie hatte versucht ihm und seinem Bruder das Leben zu retten, musste sie sich zum Dank dafür Predigten anhören, aber wo, wenn nicht hier, lernte man, alle Illusionen zu vergessen?

»Du musst Geduld haben, dein Bruder wird dich in Kürze befreien.«

»Damit rechnet nicht«, rutschte es ihr heraus.

»Was willst du damit sagen?«

»Ich habe ihm den gleichen Schlaftrunk gegeben wie Euch. Da es schnell und heimlich geschehen musste, konnte ich die Dosis schwer abschätzen. Ich nehme an, dass er mindestens bis morgen schläft, wenn nicht gar länger. Nach dem Erwachen wird er erst einmal Probleme haben, sich an den eigenen Namen zu erinnern. Mir ging es da ganz ähnlich. In geringen Mengen ist das Mittel heilsam, in größeren betäubt es wirksam und für längere Zeit.« Sie versuchte gelassen zu klingen, aber sie konnte nicht verhindern, dass ihre Worte zum Ende hin stockend und heiser wurden.

»Jesus Christus«, ächzte Favre und zerrte an seinen Ketten. »Du bist unverbesserlich und das Ergebnis ist, dass dich der König in diese Schweinegrube gesteckt hat.«

»Sogar jetzt stoßt Ihr mich von Euch«, presste Rozabel, den Tränen nahe, aus sich heraus. »Seid gnädig. Schweigt, wenn Euch bloß Vorwürfe einfallen.«

Er schwieg tatsächlich und Rozabel war so tief in das eigene Elend verstrickt, dass sie nur auf diese Stille lauschte und sich jeden weiteren Gedanken verbot. Sie wollte nicht wissen, was er dachte und fühlte. Sie vermutete, dass er sich um Richard sorgte. Armer Richard, der seinerseits annahm, dass er das Unglück auf sie herabbeschworen hatte, ohne zu begreifen, dass er unter diesen besonderen Umständen noch der Unschuldigste von ihnen allen war.

Favre zerrte verbissen an seinen Ketten, aber sie waren so tief in das Mauerwerk versenkt, dass er zwischen den Steinen nicht einmal ein Knirschen bewirkte. Sie saßen fest, so fest, wie er in der düstersten Falle seines Lebens saß. Was immer er sagte oder dachte, es war falsch und verursachte Unglück.

Er durfte Rozabel nicht einmal gestehen, was er empfunden hatte, als sie wie eine Kriegsgöttin vor dem König aufgetaucht war, ihn zu retten und zu verteidigen. In ihrem roten Gewand einer schlanken Flamme gleichend, hatte sie sich in die Schlacht gestürzt, ohne Angst um ihre eigene Sicherheit. Wie hatte er jemals an ihrer Liebe zweifeln können? Rozabel war die Verkörperung von Liebe und Leidenschaft.

Sie hatte Rufus' Zorn getrotzt und ihn gleichzeitig mit ihrer sanften Weiblichkeit so entwaffnet, dass ihm nur noch Zorn geblieben war, wenn er seinen Begleitern nicht das Schauspiel eines Königs liefern wollte, der sich von den flehenden Augen einer Frau betören ließ. Hatte sie so wenig Ahnung von den Zwängen eines Männerlebens? Wie hatte sie Rufus in diese Zwickmühle nehmen können? Warum benahm sie sich nicht einmal so, wie es alle Welt von einer Frau erwartete? Schwach, schutzbedürftig und ängstlich?

Und doch, am Ende seines Lebens würde er dieses unvergessliche Bild mitnehmen. Den Anblick dieser fabelhaften Frau, die von roten Samtfalten umflossen, das Haupt neigte und alles aufgab, alles anbot, um für ihn und Richard zu sprechen. Er hatte ihren empfindlichen Stolz kennen gelernt, ihren Hang zu jähen Entscheidungen, ihre Hilfsbereitschaft und ihre Unabhängigkeit, aber nichts beeindruckte ihn jäh so sehr, wie ihre unendliche, übermenschliche Fähigkeit zu lieben.

Er hatte sie benutzt, für seine Zwecke missbraucht und doch von der ersten Stunde an, da er sie aus dem behüteten Leben im Lehen ihres Vaters entführt hatte, nur selbstlose Hingabe von ihr erfahren. Die Scham darüber brannte in seinem Herzen und in seinen Augen. Er konnte es ihr nur danken, indem er sie frei gab und ihr künftig ein Leben ohne ihn ermöglichte. Jetzt, da er das alles begriff, begriff er, wie kostbar sie ihm war, wie sehr sie seine Tage bereichert hatte und wie tief seine Liebe zu ihr war. Sein schroffes Verhalten sollte ihr den Abschied erleichtern. Für ihn war das der Beweis seiner Liebe.

Mit geschlossenen Lidern rief er sich Rozabel ins Gedächtnis. Das Lächeln, das in ihren Mundwinkeln lag, wenn sie sich ihm zuwandte, sogar wenn sie ihm zürnte, die wandelbare Stimme, die warm wie Sommerregen und kühl wie die Januarkälte sein konnte, die geschmeidigen Bewegungen ihres Körpers.

Ein leiser Aufschrei riss ihn aus seiner Meditation und er fuhr so erschrocken zusammen, dass ihm das Halseisen die Haut aufritzte. Warmes Blut rieselte über seinen Hals hinab.

»Was ist? Was hast du?«

»Es hat mich etwas berührt ...«

Entsetzen sprach aus ihrer Stimme und er hörte das Rascheln in den Strohresten.

»Eine Ratte. Ich schätze wir teilen dieses gastliche Quartier mit einer ganzen Reihe dieser Vierbeiner«, sagte er nüchtern. »Erzähl mir nicht, dass du Angst vor ihnen hast? Nicht eine Frau, die den König bis aufs Blut reizt.«

»Aber nein«, Rozabel klang nicht mehr ängstlich, sondern verärgert. Er hatte erreicht, dass sie wütend wurde und ihr Zorn half ihr über vieles hinweg. »Ich bin es gewohnt, im Kreis von Ratten und Mäusen zu hausen. Ihr vergesst, dass ich Sächsin bin. Wir leben ausschließlich im Schmutz und haben keine Ahnung von verfeinerter, normannischer Kultur.«

Gratuliere, sagte sich Favre im Stillen. *Jetzt fürchtet sie sich nicht mehr, dafür würde sie dir am liebsten die Augen auskratzen. Am Ende musst du noch froh sein, dass sie in Ketten gehalten ist.*

Das Schweigen sank wieder zwischen sie. Er ertappte sich bei dem inständigen Gebet, dass Bryan früher zu sich, dass

Rufus zur Vernunft käme und nach ihm suchen ließ. Dass er vielleicht sogar Verdacht schöpfte, weil sein Ritter mit einem Schlaftrunk betäubt, gewaltsam ruhig gestellt worden war.

Aber über allem verlor auch er nach und nach das Gefühl für Zeit. In der ägyptischen Finsternis dieses Kerkers hoben sich die Grenzen von Zeit und Raum auf. Die kalte Feuchtigkeit drang durch die Kleider und er hörte das Rascheln, mit dem Rozabel ihre Röcke eng unter sich zog und um sich wickelte, damit der Stoff sie wenigstens ein bisschen länger wärmte.

Nach und nach drangen ihr vermutlich auch die übrigen Unbequemlichkeiten ins Bewusstsein. Man hatte ihnen weder Wasser noch Nahrung hingestellt. Das wenige Stroh, auf dem man sich niederlegen konnte, war feucht und halb vermodert, die Ketten zu kurz, um sich durch den Raum zu tasten und vielleicht einen trockeneren Fleck zu suchen. Ganz zu schweigen davon, dass früher oder später demütigende Bedürfnisse über sie kommen würden, die ihnen keine Peinlichkeit ersparen würden. Wie konnte der König all dies wollen? Was war Rufus für ein Mann?

Ein unterdrücktes Schniefen verriet ihm, dass Rozabel zunehmend ihre Not hatte, die Beschwernisse zu ertragen.

»Glaubst du mir, dass ich wünschte, ich könnte die Zeit zurückdrehen?«, fragte er gequält.

»Bis zu welchem Punkt?«

»Ich würde an deinem Dorf vorbei reiten, so unauffällig, wie möglich.«

»Dann wäre Richard noch auf dem Kanal seinen Verletzungen erlegen. Er musste verbunden und versorgt werden.«

»Es wäre das Risiko gewesen, um das er von Anfang an gewusst hatte, als er diesen dummen Auftrag annahm. Du aber würdest ein Leben in Frieden führen. Du wüsstest nichts von den Launen des Königs und den Schrecken seiner Kerker.«

»Aber ich hätte auch nie die Liebe gefunden, die für mich in den Sternen stand«, schwebten Rozabels Worte zu ihm. »Ihr hättet es nicht ändern können und ich hätte es nicht ändern wollen. Was geschieht, ist unser Schicksal.«

Favre ballte die Fäuste und biss sich schmerzhaft in die Innenseite der Wange, um die Worte zu unterdrücken, die ihm auf die Zunge drängten. Wenn sich Rozabels Schicksal zum Guten wenden sollte, durfte er sie nicht an sich binden.

»Das wollt Ihr nicht hören.« Rozabel stieß den Atem scharf aus. Kettenklirren verriet ihr unruhiges Hin- und Herrutschen. Sie fühlte, dass er sich jede Antwort absichtlich verbot. »Wisst Ihr, dass ich als Kind Ähnliches erlebt habe? Ich stürzte in einen Kellerschacht in Hawkstone und konnte mich aus eigener Kraft nicht mehr befreien, weil mein Bein unter Schutt begraben war. Ich lag endlose Stunden in absoluter Finsternis und niemand hörte mein Weinen. Ich dachte, ich müsste sterben. Aber als sie mich nach vielen Stunden fanden, schlief ich tief und fest. Wisst Ihr warum?«

»Ich vermute, du wirst es mir erzählen«, knurrte er unfreundlich.

Rozabel überging seinen ruppigen Versuch, sie zu kränken. »In meiner tiefsten Not, als ich glaubte, keine Luft mehr zu bekommen und fürchtete, die Decke würde über mir zusammenbrechen und mich zermalmen, wurde mir wie durch ein Wunder Trost zuteil. Plötzlich wusste ich, dass ich nicht allein war, dass ich gar nicht sterben konnte, weil irgendwo jemand existierte, der mich brauchte. Die Stimme beschwor mich, nicht aufzugeben zu leben. Jahrelang träumte ich später davon, diesen Menschen zu finden. Ohne ihn kam mir mein Leben unerfüllt und ich mir selbst unvollkommen vor.«

»Die Phantasien eines Kindes, das vor Furcht närrisch ist. Was soll daran Besonderes sein«, hörte sie ihn durch das

Dunkel antworten. Seine Stimme klang erstickt, als habe er Mühe die Worte über die Lippen zu bringen.

Rozabel hätte ihm gerne gesagt, dass ihre Suche geendet habe, aber ein letzter Rest von Selbstachtung hielt sie davon ab, sich noch tiefer zu demütigen, als sie es ohnehin schon getan hatte. Sie verstummte wieder.

Favre blieb seinen eigenen Gedanken überlassen.

Er musste an die fünfzehn Jahre alt gewesen sein, als er mit einer tiefen Beinwunde, die er sich beim Waffentraining der Knappen zugezogen hatte, mit Wundfieber daniedergelegen hatte. Halb besinnungslos hatte er geglaubt, in weiter Ferne das Weinen eines kleinen Mädchens zu hören. Er hatte die Verzweiflung gespürt, die Angst vor der Dunkelheit, die Panik, die es am Atmen hinderte und es sich ihm immer mehr entfernte. Er hatte mit dem Mädchen gesprochen. Er erinnerte sich nicht mehr an den genauen Wortlaut, aber die anderen Knappen hatten sich über ihn lustig gemacht. Sie hatten ihn noch viele Wochen später damit geneckt, er habe in seinen Fieberträumen mit seiner Phantombraut gesprochen.

Es erschreckte ihn, dass ihm dies jetzt in Erinnerung kam und er konnte sich den Zusammenhang nicht erklären. Waren irgendwo zwischen den Zeiten die Fäden seines Schicksals mit dem von Rozabel verwoben worden, wie es seine Vorfahren, die Normannen, in ihrem Götterglauben für möglich hielten? Oder bedeutete es, dass es sein Auftrag war, Rozabel zu retten?

»Was meint Ihr, werden sie uns hier unten verhungern und verdursten lassen?«

Die kläglich geflüsterte Frage war das Echo seiner Frage. Er verbot es sich, die Möglichkeit für sie auch nur in Betracht zu ziehen und versuchte alle Überzeugungskraft in seine Antwort zu legen.

»Ganz sicher nicht, Rozabel. Betet, dass Rufus ein Einsehen hat und Euren Trotz verzeihen kann. Er ist kein Ungeheuer. Es wird ihm zu Bewusstsein kommen, dass er Euch unangemessen bestraft hat und er wird alles tun, damit Ihr diese Stunden schnell wieder vergesst.«

»Und was geschieht mit dir?«

Jäh waren die Rollen wieder vertauscht. Sie suchte seine Nähe, seine Gefühle, er musste wieder auf Distanz gehen.

»Je früher Ihr Euch darin übt zu vergessen, dass es Favre de Tréviers in Eurem Leben gegeben hat, umso besser ist es für Euch.«

»Wie wenig du doch von mir weißt ...«

Nein, mein liebes Mädchen, ich weiß zu viel von dir. Genau das martert mich. Ich möchte dich halten, dich trösten, dir Hoffnung geben. Gib nicht auf. Du hast mehr Kraft, als du denkst. Du musst leben. Atme! Lebe, tu es für mich!

Favre knirschte mit den Zähnen. Er konnte nicht entfliehen, weder ihr, noch seinen Gefühlen.

Wie lange ertrug ein Mensch solche Folter?

DREIUNDZWANZIGSTES KAPITEL

Rouen, Burg des Herzogs
7. Oktober 1095

Judith von Meulan ging unruhig in ihrem Gemach auf und ab. Immer wieder blieb sie vor dem Alkoven stehen und betrachtete den Ritter, der dort schlief. Sie hatte ihn mühsam von Harnisch und Stiefeln befreit, aber mehr wagte sie nicht, obwohl es sie in den Fingern juckte. Seit mehr als vierundzwanzig Stunden lag er nun schon in diesem todesähnlichen Schlaf und seine Schwester schien vom Erdboden verschluckt. Was anfangs nach einem aufregenden Abenteuer ausgesehen hatte, begann sie immer mehr zu beunruhigen.

»Was soll ich tun?«, fragte sie und blieb am Fußende des Bettes stehen. »Was ist, wenn Ihr nun überhaupt nicht mehr aufwacht, Herr Ritter? Wenn ich unschuldig die Helferin eines verabscheuungswürdigen Verbrechens geworden bin?«

Aber nein, Rozabel war eigenartig, stolz und schwer zu durchschauen, aber sie würde nicht ihren eigenen Bruder töten. Hatte sie sich in der Eile in der Dosierung dieses Elixiers geirrt? Möglicherweise beging ja sie den Mord, wenn sie keine Hilfe holte? Was bei allen Heiligen sollte sie tun? Noch länger tatenlos zusehen konnte sie nicht.

Wen konnte sie fragen oder um Hilfe bitten? Die Herzogin? Madame lag immer noch im abgedunkelten Schlafgemach und wollte bis auf ihre engsten Dienerinnen niemand sehen. Den König? Ihn schon gar nicht. Er übersah die Hofdamen und wenn es einen Ort gab, wo man ihn frei heraus ansprechen konnte, dann waren das der Kampfplatz oder die Ställe. Beide verboten sich für eine Dame.

»Ihr seid ein ausgewachsenes Problem, Bryan de Cambremer«, sagte sie zu dem Schlafenden, mit dem sie nun schon seit Stunden sprach, als könne er sie hören oder gar ihr antworten. »Ich will nicht leugnen, dass es angenehm ist, dass Ihr mir nicht widersprecht, aber dieses Schweigen auf meine verzweifelten Fragen ist auch nicht der Weisheit letzter Schluss. Was tu ich mit Euch? Der Gedanke, eine weitere Nacht in solcher Teilnahmslosigkeit mit einem Mann zu verbringen, gefällt mir nicht.«

Das war nicht ganz richtig. Genau genommen hatte sie den prickelnden Reiz der gemeinsamen Nacht auch genossen. Sie hatte Bryans reglose Lippen geküsst und das gut geschnittene Gesicht mit den edlen Konturen gestreichelt. Der Traum, er könnte aufwachen und ihre Liebkosungen erwidern, hatte sie erregt, der Gedanke, er nähme sie in die Arme, war eine wundervolle Illusion, die ihr bei Tageslicht dann allerdings kindisch vorkam. Es war an der Zeit, eine Entscheidung zu treffen. Wenn möglich eine, die ihr keine Schwierigkeiten einbrachte.

Sie verließ ihr Gemach, nachdem sie sich ein letztes Mal vergewissert hatte, dass sich Bryans Brust in langsamen, regelmäßigen Atemzügen hob und senkte. Sorgsam verschloss sie die Tür für ungebetene Besucher und suchte die große Halle auf. Dort erfuhr man am ehesten, was bei Hofe vorging und worüber gesprochen wurde.

Der Anblick Fulco de Cambremers, der mit zornroter Stirn inmitten einer Gruppe von Edelmännern stand, brachte sie auf die richtige Idee. Bryan und Rozabel waren seine Verwandten und er würde ihr zu Dank verpflichtet sein, wenn sie ihn über die Geschehnisse in Kenntnis setzte. Dennoch kostete es sie Mut den beeindruckenden Seigneur anzusprechen, von dem sie wusste, dass er die treibende Kraft hinter Etiennes Zögern war, sie um ihre Hand zu bitten.

»Fasst Euch kurz, Dame Judith«, sagte er schroff. »Ich habe keine Zeit für Geplauder. Es geschehen merkwürdige Dinge in dieser Festung und ich muss auf der Stelle um eine Audienz beim König ersuchen.«

»Es geht um Euren Neffen, Bryan de Cambremer«, erwiderte Judith knapp.

»Zum Donner, wo steckt er?« Sie rannte offene Türen bei Fulco ein. »Er wird doch nicht ...« Er brach ab, runzelte die Stirn und hatte Mühe, die richtigen Worte zu finden. »Bei Euch?«

Judith lächelte spöttisch. Immerhin wusste sie jetzt, was der Seigneur von ihr hielt. Dieser Schluss, von ihm so schnell gezogen, ließ ihr kaum die Illusion einen guten Ruf bei ihm zu genießen. Dafür würde er büßen.

»Bei mir«, bestätigte sie sanft.

»Zum Donner, er soll hierher kommen. Auf der Stelle. Er soll seine Hosen anziehen und sich gefälligst um das Schicksal seiner Schwester kümmern, statt ... statt ...«

»Statt?«, wiederholte Judith und weidete sich an der erkennbaren Verlegenheit Cambremers. Welch ein Pharisäer dieser Mann doch war, dachte sie

»Lasst die Spiele«, fuhr er sie an. »Ihr wisst, was ich sagen will. Schafft Bryan her.«

»Es gibt da eine Schwierigkeit, Seigneur«, säuselte Judith heiter. »Der Ritter schläft.«

Cambremers Röte breitete sich im ganzen Gesicht aus und lief auch über den Hals. Man sah ihm an, dass er mit Macht das Brüllen unterdrückte und seine Hand, die Judiths Arm fasste, war von eiserner Härte.

»Keine weiteren Scherze, Mädchen.«

»Das ist kein Scherz und Ihr tut mir weh.« Judith kam endlich zur Sache. »Lady Rozabel hat ihrem Bruder einen

Schlaftrunk eingeflößt und mich gebeten, ein Auge auf ihn zu haben, bis er erwacht. Sie selbst hat ihn in meinem Bett abgelegt und ich muss gestehen, langsam mache ich mir Sorgen um ihn. Sie ist nicht zurückgekommen und er will nicht aufwachen und ich gestehe, Seigneur, es ist mir unangenehm, den Ritter noch länger bei mir zu beherbergen. Es könnte schließlich meinem Ruf schaden, obwohl ich natürlich bereit bin, der Heilerin der Herzogin jeden Gefallen zu tun.«

Die Rache war perfekt. Der alte Seigneur schwankte und die Röte in seinem Gesicht wich fahler Blässe. Er duldete es, dass sie ihn hilfsbereit stützte und er sah sie an, als habe er sie noch nie gesehen.

»Ich hätte nicht geglaubt, dass dieser Tag noch schlimmere Neuigkeiten mit sich bringt«, säuselte er nun seinerseits. »Habt Ihr es nicht gehört? Der König hat Lady Rozabel und die Gebrüder Tréviers in den Kerker werfen lassen. Gestern hat man sie, in Schande gebunden, durch die halbe Stadt geführt.«

Jetzt erblasste Judith. »Was ist geschehen?«

»Das weiß kein Mensch. Der König und seine Gefährten schweigen wie ein Grab.«

»Kommt mit.«

Judith raffte ihre Röcke und eilte so schnell voraus, dass der Seigneur völlig außer Atem war, als er schließlich ihre Kammer betrat und den schlafenden Bryan für geraume Zeit schweigend betrachtete.

»Warum hat sie das getan?«, fragte er endlich.

Judith verzichtete auf ihr übliches Gezwitscher. Sie antwortete mit normaler, sachlicher Stimme. »Sie wollte ihn davon abhalten, den König zu verärgern. Er brach gestern mit seinen engsten Gefährten auf, die Brüder Tréviers zur Rechenschaft zu ziehen. Wie Ihr sicher wisst, hat Richard einen missglückten Giftanschlag auf den König verübt und sein Bruder stellt sich schützend vor ihn. Lady Rozabel wollte ein Blutbad verhindern und sie sah keinen anderen Weg, ihren Bruder davon abzuhalten, sich einzumischen.«

»Ihr wisst über all dies Bescheid?«

»Lady Rozabel hat mich ins Vertrauen gezogen, da ich zufällig Zeugin einer Auseinandersetzung zwischen Bryan und Richard im Rosengarten der Herzogin geworden bin. Sie bat mich um Hilfe.«

»Und ich muss Euch wohl um Verzeihung bitten, Kind.« Fulco de Cambremer fasste die junge Hofdame genauer ins Auge. »Es ist immer ein Fehler allein nach Äußerlichkeiten zu urteilen und ich muss mich schuldig bekennen. Die Familie Cambremer ist Euch zu großem Dank verpflichtet.«

Judith nickte zufrieden, lediglich in ihren Augen glitzerte eine Spur Triumph. »Und was tun wir nun?«

Sie dankte dem Himmel, dass es nun einen Menschen gab, auf den sie die Verantwortung abschieben konnte. Freilich sah der Seigneur mindestens so ratlos aus wie sie selbst. Auch er starrte auf Bryan, auf ein Wunder wartend.

»Ich muss zum König«, seufzte er dann. »Man hat mir gesagt, er schäumt vor Zorn und sucht nach Bryan. Wenn er erfährt, dass er ihn nicht verraten hat, sondern selbst Opfer eines Anschlages geworden ist, haben wir schon viel gewonnen.«

»Und Lady Rozabel?«

Judith hatte den Eindruck, dass Rozabels Oheim die Sorge um Rozabel weniger beunruhigte. Er fühlte sich seiner Nichte verpflichtet, aber sein Neffe war ihm wichtiger. Frauen kamen auch bei ihm, wie bei den meisten Männern, erst an zweiter Stelle.

»Schon für diesen Streich am eigenen Bruder verdient sie wenig Nachsicht«, schäumte der alte Herr. »Sie maßt sich zu viel an und ich werde ihrem Vater nicht verschweigen, wie ungebührlich sie sich benommen hat. Ich werde mich um sie kümmern, sobald ich Zeit dazu finde.«

»Sie ist im Kerker«, wagte Judith einzuwerfen.

»Das hat sie sich selbst zuzuschreiben«, knurrte er. »Ein wenig Zeit über die eigenen Fehler nachzudenken kann ihr nicht schaden. Ihr wartet hier und lasst niemanden in diese Kammer, bis ich mit dem König zurück bin.«

Er eilte hinaus, ehe Judith ihren Schock überwunden hatte. König Rufus in ihrer Kammer? Erschrocken flogen ihre Blicke durch den Raum. Wie sah es nur hier aus? Auf der Truhe lagen Bryans Rüstungsteile und ihre eigenen Kleidungsstücke durcheinander, die Reste einer Mahlzeit standen auf dem Tisch und die Herbstzweige im Krug vor dem Kamin waren verwelkt.

Blitzartig machte sie sich daran, Ordnung zu schaffen. Die Zweige kippte sie mitsamt dem Wasser kurz entschlossen aus dem Fenster, die Kleidungsstücke verschwanden in der Truhe und das Tablett schob sie unter den Alkoven. Mehr konnte sie in der Kürze der Zeit nicht tun, denn schon wenige Augenblicke später, stürmte Rufus herein, als habe sie sämtliche Feinde des Königreiches in ihrer Kammer versteckt.

Gefolgt von drei Rittern und dem Seigneur de Cambremer trat er an den Alkoven und musterte Bryan. Er machte sich auch die Mühe, den Schlafenden heftig zu rütteln, aber er hatte keinen Erfolg. Bryans Lider blieben geschlossen, seine Betäubung dauerte an. Erst jetzt fixierte Rufus Judith.

»Ihr sagt, seine Schwester habe ihm den Trank eingeflößt? Woher wollt Ihr das wissen?«

»Ich war dabei, Majestät.«

»Und Ihr habt keinen Versuch gemacht, diese Dummheit zu verhindern?«

»Lady Rozabel kann man nichts vorschreiben, Majestät.«

»Stimmt.« Der König runzelte die Stirn. »Sie sind alle so verdammt starrsinnig, diese Töchter des Rosenturmes. Und sie neigen dazu, sich die unbotmäßigsten Männer auszusuchen.«

»Die Euch dennoch treu dienen, Majestät«, warf de Chester mutig ein und erntete einen vernichtenden Blick dafür.

»Sie hat ihn aus dem Weg geräumt«, fügte Chester trotzdem hinzu. »Bryan hätte nie erlaubt, dass sie sich in Eure Pläne einmischt, Majestät. Dass es dennoch geschehen ist, könnt Ihr ihm nicht anlasten. Ein bewusstloser Ritter kann nicht ...«

»Hört auf, mich zu belehren«, fauchte Rufus. »Ich werde ihn schon nicht vierteilen. Lasst ihn schlafen, irgendwann muss er ja aufwachen. Wenn man sich in Eurer Familie auf etwas verlassen kann, dann zumindest darauf, dass keiner dem anderen Böses tut, Cambremer.«

Fulco nickte stumm und Judith wartete vergebens darauf, dass er Rozabel noch einmal ins Spiel brachte. Niemand schien sich im Geringsten um ihr Schicksal zu kümmern. Sie entdeckte eine schwesterliche Solidarität mit ihr, denn offensichtlich fanden diese Schufte, dass sie im Kerker der Festung ganz gut aufgehoben war. Judith hatte Mühe, ihren Zorn unter Verschluss zu halten. Wenn niemand sonst Rozabels Partei ergriff, sie würde es tun.

»Und was geschieht mit Lady Rozabel, Majestät?«, mischte sie sich mutig ein.

»Was schlagt Ihr vor?«

»Lasst sie frei. Ihr sagt selbst, dass sie niemand Böses tut.«

»Ihr seid so spitzfindig wie sie«, bellte Rufus unfreundlich. »Der Herr bewahre mich. Sie bleibt im Kerker, und wenn ich Euch einen guten Rat geben darf, meine Liebe, dann sucht Ihr Euch Eure Freunde künftig sorgfältiger aus.«

Er verließ ihr Gemach so schnell wie er gekommen war. Judith konnte nur noch de Chester im letzten Augenblick am Ärmel festhalten.

»Was mache ich jetzt mit ihm?«, fragte sie hilflos und deutete mit einer Kopfbewegung auf Bryan. »Er kann nicht hier bleiben, versteht das denn niemand?«

Der Lord sah auf die kleine Edeldame herab, die ihn aus weit aufgerissenen himmelblauen Augen ansah und deren Lippen auf so anrührende Weise bebten. Sie war all das, was Rozabel nicht war und doch kam er, nicht einen Herzschlag lang, in Versuchung sie beschützen zu wollen. Sie sah aus, als käme sie sehr gut alleine mit dem Problem zurecht.

»Er ist doch schon seit gestern bei Euch«, erwiderte er deswegen unbewegt. »Da kommt es auf ein paar Stunden länger doch sicher nicht mehr an. Schickt mir einen Diener, wenn er wieder zu sich kommt. Ich werde ihn dann abholen.«

Die Tür schloss sich und Judith warf in hilflosem Zorn den Tonkrug dagegen. Als er auf dem Steinboden zerschellte, empfand sie jedoch keine Erleichterung, sondern nur neuen Zorn.

Warum hatte sie sich in dieses Abenteuer verstricken lassen? Weil sie sich auf den ersten Blick in den jungen Ritter vergafft hatte? Weil sie Richard zeigen wollte, dass sie ihr Herz längst einem anderen geschenkt hatte? Weil sie geglaubt hatte, Bryan würde um sie werben, wenn sie seiner Schwester half?

Inzwischen kam es ihr so vor, dass er sie für all ihre Ränke wohl eher aus dem Fenster werfen würde. Wenn sie es genau betrachtete, dann würde sie ihm sogar Recht geben. Bisher hatte sie sich weder durch Klugheit noch durch Hilfsbereitschaft ausgezeichnet.

Sie hatte sich an die falschen Leute gewandt. Es war an der Zeit das zu ändern.

*

Das Flüstern weiblicher Stimmen drang in Bryans Ohren. Es waren angenehme Stimmen. Kultiviert und leise verliehen sie dem höfischen Normannischen eine hübsche Melodie. Dennoch alarmierten die süßen Töne augenblicklich seine Sinne. So sehr er das Getändel mit den Mädchen schätzte, nicht eine hatte jemals das Recht erhalten in seiner Kammer mit ihren Freundinnen zu plaudern. Aber wo war er, wenn dies nicht seine Kammer war?

Es kostete ihn große Anstrengung die Augen zu öffnen und das gedämpfte Tageslicht kam ihm so grell vor, dass ihm alles vor den Augen verschwamm. Dafür schien seine Fähigkeit zu hören ausgeprägter denn je. Die leisen spitzen Aufschreie der Frauen schmerzten in seinem Kopf, so dass er ächzte.

»Ich bin wach«, sagte er rau, als habe er zu sprechen verlernt. »Aber wenn Ihr weiter so lärmt, ziehe ich es vor, weiter zu schlafen.«

»Ihr müsst durstig sein. Trinkt.«

Jemand hob ihm den Kopf an und ein Becher berührte seine Lippen. Der mit Wasser verdünnte Wein floss köstlich erfrischend und kühl seine beanspruchte Kehle hinab und er trank ihn bis zum letzten Tropfen. Erst jetzt klärten sich die Umrisse vor ihm, er erkannte Judith von Meulan.

»Was tut Ihr in meinem Gemach?«

»Es ist *mein* Gemach, Seigneur«, entgegnete sie betont.

Mit dem grässlichen Gefühl, der ganze Raum um ihn drehe sich, stützte sich Bryan auf seinen Unterarm und setzte sich auf. Ein kurzer Blick in die Runde und an sich selbst herab bewies ihm, dass er angezogen auf einem fremden Bett lag. Dass seine Kleider sich anfühlten, als trüge er sie seit Monaten und dass es ihm schwer fiel, zusammenhängende Gedanken zu produzieren, ließ ihn erst einmal Orientierung in weiteren Fragen suchen.

»Was ist geschehen? Wie komme ich hierher? War ich etwa so betrunken, dass ich nicht mehr wusste, was ich tat? Ich trinke nie so viel wie andere.«

Er sah, dass Judiths Blick zu der zweiten Frau wanderte, die am Fenster saß und nun eine Stickerei sinken ließ. Sie kam ihm vage bekannt vor, aber er konnte nicht sagen woher. Sie sah viel zu dünn, viel zu blass und viel zu traurig aus, aber ihre Kleider machten sie als reiche Edeldame von erstem Rang kenntlich.

»Wollt Ihr mir nicht vorstellen?«, murrte er, weil er sich in den Status eines Kleinkindes zurückversetzt fühlte, dessen Kinderfrau mit der Mutter heimliche Botschaften austauschte.

»Ich bin Margarete von Maine, Herzog Roberts Gemahlin«, übernahm die Dame selbst ihre Vorstellung. »Bleibt liegen, mein Junge. Ich nehme an, Ihr fühlt Euch übel. Ihr habt immerhin zwei volle Tage ohne Bewusstsein hier gelegen.«

»Was ist denn nun geschehen? Ich war beim Waffentraining. Aber ich bin nicht verletzt. Weshalb also liege ich hier und wer hat mich hierher gebracht? Sagt es endlich ...«

Bryans Fragen kamen schneller als die Antworten und am Ende kam ihm selbst eine Erkenntnis: »Rozabel ... Sie hat ...«

»... Euch mit einem Schlaftrunk in einen Tiefschlaf versetzt, der Euch daran gehindert hat, zum König zu laufen und Euch seine Ungnade zuzuziehen.«

Bryan schnappte nach Luft. Aber ehe er seiner Empörung

Ausdruck verleihen konnte, stand die Herzogin vor ihm und er verhinderte den Ausbruch seiner Flüche.

»Wir brauchen jetzt Eure Hilfe«, sagte sie in einem Ton, der keinen Widerspruch duldete. »Eure Schwester wollte den König daran hindern, dass Favre de Tréviers und sein Bruder sich in einen Kampf auf Leben und Tod verwickeln. Es ist ihr gelungen, aber nun sitzt sie schon den zweiten Tag im Kerker. Der König weigert sich Gnade walten zu lassen, ehe er mit Euch gesprochen hat. Ich selbst kann, solange ich nicht weiß, welche Motive sie bewegt haben, nichts für sie tun.«

Es fiel Bryan schwer, die Neuigkeiten zu verarbeiten und seinen Zorn mit seinem Respekt für die Herzogin zu vereinbaren. Noch halb unter der Wirkung des Betäubungsmittels, jäh mit der Verantwortung für seine liebste Schwester beladen zu werden, die ihm übel mitgespielt hatte, erforderte größere Nervenkraft, als er zu besitzen glaubte. Noch dazu, weil ihm die Erleichterung versagt blieb, sich mit saftigen Flüchen erst einmal Luft zu verschaffen.

»Der König hat Rozabel ins Verlies geworfen?«, versicherte er sich bei Judith noch einmal, die ihn nachdrücklich nickend bestätigte.

Dass die Herzogin über Rozabel Bescheid wusste, erstaunte sie inzwischen nicht mehr. Sie schimpfte sich jedoch heimlich noch immer eine Närrin, dass ihr nicht aufgefallen war, warum Madame Margarete bei allem Wunsch nach einem Kind, eine einfache Sächsin so ausgestattet und bevorzugt hatte. Madame hatte sich, als sie von den Ereignissen erfuhr, nun sogar dazu entschlossen, den Gordischen Knoten mit eigener Hand zu zerschlagen.

»Rozabel muss ihn teuflisch geärgert haben«, vermutete Bryan jetzt und rieb sich das Gesicht mit den Händen, bis er halbwegs wieder bei sich war.

Als er endlich aufsah, die Haare gesträubt und die grünen Augen klar und wütend, hatte Judith Mühe ihn nicht wie eine Närrin anzuschwärmen. Er besaß eine männliche Ausstrahlung, die sie vibrieren ließ, aber eine innere Stimme sagte ihr auch, dass er nicht der Edelmann war, der eine 16-jährige Jungfrau zur Gemahlin nahm und in Rouen blieb. Warum nur gefielen ihr immer die Falschen?

»Daran kann kein Zweifel bestehen«, antwortete die Herzogin mittlerweile. »Sagt mir, welchen Grund sie dafür hatte.«

»Wisst Ihr ihn wirklich nicht?« Bryan verzog den Mund. »Favre de Tréviers. Sie würde ihr Leben für ihn geben. Sie ist ihm zugetan.«

»Die Ärmste. Der Mann ist unfreundlich, barsch, wenig einnehmend und ohne jeden Charme«, platzte Judith heraus. Sie errötete, als sie sah, dass Bryan grinste und die Herzogin pikiert die Brauen hob.

»Oberflächlich betrachtet mögt Ihr vielleicht Recht haben, Kind. Aber es gibt kaum einen Mann bei Hofe, der aufrechter, ehrenwerter und stolzer ist als er. Allerdings auch schwierig und schwer zu überzeugen«, sagte sie streng. »Schweigt lieber, bevor Ihr Eure vorschnellen Urteile fällt.«

Judith presste die Lippen aufeinander und fragte sich einmal mehr, woran es wohl lag, dass sie, auch wenn sie es gut meinte, bezichtigt wurde, das Falsche zu sagen oder zu tun. Auch Rozabel redete den Leuten nicht nach dem Munde, aber trotzdem schienen alle sie zu respektieren. Alle, bis auf den König.

»Was könnt Ihr tun, meiner Schwester zu helfen, Euer Gnaden?«, fragte Bryan und erhob sich vorsichtig. Er musste sich am Pfosten des Alkovens festhalten, damit er nicht stürzte. Doch er lehnte jede Hilfe ab.

»Ihr könnt Euch darauf verlassen, dass ich meinen ganzen Einfluss für sie aufbiete«, erwiderte die Herzogin. »Wie weit es mir gelingt, den König zu beeinflussen vermag ich indes nicht vorauszusagen. Ihr kennt ihn besser: Wird er mich anhören?«

Bryan schwieg. Sein Gedächtnis und sein Erinnerungsvermögen kamen höchst zögerlich wieder in Gang, aber er wusste, dass man dem König in der Normandie nachsagte, er sei zynisch, lasterhaft und grausam. In dieser umfassenden Härte hatte das Urteil keinen Bestand, aber dass Rufus gewisse Züge der Art zeigte, war nicht von der Hand zu weisen. Neben seinem politischen Geschick und seinem strategischen Talent neigte er dazu, im Extremfall das Gute zu wollen und das Schlechte zu tun.

Würde Rozabel sein nächstes Opfer werden?

VIERUNDZWANZIGSTES KAPITEL

Rouen, Burg des Herzogs
18. Oktober 1095

Rozabel warf sich unruhig auf der harten Pritsche hin und her. Schon am zweiten Tag ihrer Gefangenschaft hatte man sie aus dem dunklen Verlies geholt und in diese Kammer gesperrt, die zwar immer noch jeder Bequemlichkeit entbehrte, die ihr jedoch gegen das feuchte Gewölbe mit den Eisenketten wie ein Paradies vorkam.

Sie besaß ein Fenster, auch wenn es nur ein schmaler Schlitz hoch oben war, der keinen Ausblick erlaubte. Immerhin kamen frische Luft und ein wenig Licht herein. Sie musste nicht auf dem Boden schlafen, sondern auf einem klumpigen Strohsack mit einer dünnen, aber sauberen Decke. Auch gab es einen Eimer für ihre Notdurft und einmal am Tag bekam sie dünnes Bier und faden Gerstenbrei.

Der Gedanke an Favre, der tief unter ihr in jenem schrecklichen Loch dahin vegetieren musste, machte es ihr jedoch unmöglich, diese Annehmlichkeiten wahrzunehmen. Er raubte ihr den Schlaf und folterte sie mit Bildern und Vermutungen.

Der letzte Blick auf ihn im Schein der Fackel, als man sie aus dem Verlies zerrte, hatte sich in ihre Erinnerung gegraben. Die verschorften Male der Kette um seinen Hals, das bärtige, hagere Antlitz, die tief in ihren Höhlen liegenden Augen, die blinzelnd mit fieberhafter Intensität ihren Blick suchten.

»Gott schütze dich, Rozabel de Cambremer.«

Hatte er das wirklich gesagt oder hatte sie sich die Worte

nur gewünscht? Sie wusste es nicht. Sie war zu aufgewühlt gewesen. Erleichtert, dass man endlich ihre Ketten löste und verzweifelt, als ihr klar wurde, dass es nur um sie ging und nicht um ihn.

Selbst wenn Rufus darüber wütend war, dass Favre Richard befreit und in die Normandie gebracht hatte, es gab ihm doch nicht das Recht ihn unter diesen abscheulichen Umständen einzukerkern. Ganz zu schweigen davon, dass er ihn offensichtlich verhungern und verdursten lassen wollte. Als Strafe für welches Verbrechen? Seinem Fürsten gedient zu haben? Seinen Bruder zu beschützen?

Gütige Mutter Gottes, hilf uns und lass nicht zu, dass solches Unrecht geschieht.

Zum ersten Male in ihrem Leben lernte Rozabel wirkliche Hoffnungslosigkeit kennen. Der stumme Wächter, der ihren Eimer leerte und ihre Nahrung brachte, war kein Kontakt zur Welt. Er beantwortete keine Fragen, gab keine Erklärungen und erwiderte kein Flehen. Der dünne Lichtschein des Fensters war ihr einziger Anhaltspunkt, um wenigstens das Verstreichen der einzelnen Tage festhalten zu können.

Es waren viel zu viele inzwischen. So lange konnte niemand ohne Essen und Trinken am Leben bleiben. Aber würde sie es nicht spüren, wenn Favre diese Welt verließ? Was war mit dem Band, das sie an ihn knüpfte und ihrer beider Leben unsichtbar vereinte? Musste sie nicht fühlen, wenn es zerriss?

Mit jedem neuen Morgen wuchs ihre Verzweiflung. Hinzu kam, dass sie sich auch um Bryan sorgte. Er musste längst wieder erwacht sein, und selbst wenn er schrecklich wütend auf sie war, er konnte doch nicht dulden, dass sie in Gefangenschaft blieb?

Oder war der Körper ihres Bruders, erschöpft vom Waffentraining, nicht mehr fähig gewesen, die Wirkung der

Kräuter nach und nach zu neutralisieren? Hielt man sie hier fest, weil sie – welch grässlicher Gedanke! – ihren eigenen Bruder vergiftet hatte?

Aber würde man sie in diesem Falle nicht vor einen Richter führen? Brudermord war ein Verbrechen, das mit dem Tod geahndet werden musste. War die Tatsache, dass man sie noch nicht angeklagt hatte, ein Grund zur Hoffnung oder zur Verzweiflung?

Die erschreckenden Möglichkeiten folterten Rozabel immer schlimmer. Sie fuhr von ihrem Lager hoch und warf die Decke ab. Die elegante Samtrobe und das helle Unterkleid waren, nach den Tagen ihrer Gefangenschaft im Kerker, beschmutzt, verschwitzt und beschämend. Sie ertrug den eigenen Geruch nicht mehr.

Von Kind auf an den Luxus des alten römischen Bades von Hawkstone gewöhnt, der noch an die einstige Bestimmung des Herrenhauses als Villa eines römischen Edelmannes erinnerte, vermisste sie schmerzlich ausreichend Wasser. Der Kerkerknecht hatte ihre Bitten nie zur Kenntnis genommen. Sie konnte nicht einmal die Male der eisernen Kette beseitigen, die ihre Strümpfe zerfetzt und die Haut auf ihren Knöcheln aufgeschürft hatte. Obwohl die oberflächlichen Verletzungen längst abgeheilt waren, blieben sie eine ständig juckende Mahnung daran, was Favre unter dem zusätzlichen Halseisen erlitten hatte.

Rozabel schlang die Arme Schutz suchend um den Oberkörper und schritt unruhig in der Kammer auf und ab. Die Schrittfolge war ihr längst vertraut. Sie verlief auf den verfugten Steinplatten in einem bizarren Muster. Sie murmelte im Gehen die Litanei ihrer Gebete, um nicht vor Sorge und Angst den Verstand zu verlieren. Sie beschwor Favre, über die Entfernung hinweg, durchzuhalten, den Mut nicht aufzugeben. Irgendwann musste sich doch ein Mensch finden, der für sie beide sprach. Natürlich nur, wenn Bryan lebte ...

Dein Wille geschehe, o Herr. Aber ist es wirklich dein Wille, dass der Mann, den ich so sehr liebe, sterben muss? Vergib ihm seine Missetaten! Strafe mich und nicht ihn!

Wie in Trance flehte sie die himmlische Macht an. Die Hände ringend, sank sie mitten in der Kammer auf die Knie und bot dem Allmächtigen jedes Opfer, jede Buße an, wenn er nur Erbarmen mit dem Mann hatte, für den sie ohne zu zögern alles gegeben hätte.

»So fromm habe ich dich nicht in Erinnerung.«

Die ruhige Männerstimme traf sie so unvorbereitet, dass sie mit einem Schrei hochfuhr.

»Bryan! Dem Himmel sei Dank!«

Bryan de Cambremer lehnte, mit vor der Brust verschränkten Armen, im Türstock. Sie hatte in ihrer Verzweiflung nicht einmal gehört, dass die Riegel zurückgeschoben wurden. Seine Miene war alles andere als freundlich.

»Ich hätte gewettet, dass du lieber dem Leibhaftigen persönlich begegnen willst als mir, Schwester«, sagte er schlecht gelaunt. »Freue dich nicht zu früh. Erwartest du etwa, dass ich den Streich so einfach hinnehme, den du mir gespielt hast?«

Sie kämpfte angestrengt um Atem und Fassung. In ihrem sonst so gelassenen Antlitz schimmerten die geweiteten Augen wie riesige klare Seen. Nie zuvor hatte der Ritter seine große Schwester so außer sich gesehen. Er hatte geahnt, dass ihr Rufus' Strafe sie hart treffen würde, aber ihre tiefe Verzweiflung überraschte ihn. Sie rang fahrig die Hände.

»Tu mit mir, was du willst«, rief sie heiser. »Aber sag' mir, was mit Favre geschehen ist. Lebt er oder hat ihn der König in diesem todbringenden Kerker seinem Schicksal überlassen? Ich bitte dich, erlöse mich aus meiner Ungewissheit. Ich ertrage sie nicht länger.«

Bryan schüttelte in stummem Erstaunen den Kopf und Rozabel schluchzte auf.

»Was heißt das? Dass du es nicht weißt, oder hat Rufus ihn zum Tode verurteilt?«

Rozabel schwankte bei der Frage und schloss für ein paar Herzschläge die Augen, um ihre Kräfte zu sammeln. Jetzt rächte es sich, dass sie den größten Teil der Nahrung verweigert hatte, weil sie nicht satt sein wollte, wo Favre hungern musste und dem Ende nahe war.

»Ich weiß es nicht. Rufus verweigert jede Auskunft über seine Pläne. Er hat mir lediglich die Erlaubnis erteilt, dich endlich aus deinem Gefängnis zu holen. Du hast es nicht verdient, aber ich bemühe mich seit Wochen darum. Was immer du dir dem König gegenüber zuschulden hast kommen lassen, er ist auf das Äußerste aufgebracht. Er fand, dass du Zeit zum Nachdenken bekommen solltest.«

Sie zögerte und akzeptierte, dass er ihr nicht mehr sagen konnte. Sie versah Bryan mit einem seltsamen Blick. Keine Gefangene mehr zu sein, trennte sie noch weiter von Favre.

»Wohin bringst du mich?«

»Zu unserem Oheim. Rufus lässt dich nur frei, wenn er ihm garantiert, dass du unter strenger Aufsicht stehst und keinerlei Versuche machst, den Willen des Königs zu beugen oder zu beeinflussen.«

Rozabel blieb der Mund offen stehen. »Wann hätte ich das je getan?«

»Am Tage deiner Verhaftung offensichtlich. Der König erträgt es nicht länger, sich sein Handeln von den Mitgliedern unserer Familie vorschreiben zu lassen. Das sage nicht ich. Das sagt er.«

Sie verstand. Rufus wünschte keine Lady aus einer der ersten Familien seines Reiches, die flehend zu seinen Füßen lag, um für gerechte Nachsicht bei ihm zu kämpfen.

»Er hat Besseres zu tun, als sich um eine Närrin zu kümmern, die vergeblich an seinen Sinn für Gerechtigkeit appelliert hat«, murmelte Rozabel. »Lass uns gehen. Es ist sicher besser, wenn ich nicht unter einem Dach mit ihm bin.«

Bryan musste seine Schwester gegen seinen Willen bewundern. Sie besaß einen Mut, den weder Kerker noch Furcht zerstören konnten. Er zweifelte nicht daran, dass sie bereits Pläne schmiedete, herauszufinden, was mit Favre de Tréviers geschehen war. Seine Schwestern gehören nicht zu den Frauen, die einen Mann im Stich ließen, wenn er in Ungnade fiel.

Rozabel sprach erst wieder, als Bryan ihr in die Sänfte mit den Ledervorhängen half, die an einem Seitenausgang des Kerkerturmes auf sie wartete.

»Wieso ist der König noch in der Normandie? War er nicht im Begriff nach Hause zu reisen?«

»Er hat sich wegen des Konzils der Kirchenfürsten in Clermont anders entschieden. Dort soll nicht nur zum Kampf gegen die Heiden aufgerufen werden, dort fällt auch die Entscheidung, wer das Heer der Ritter als oberster Feldherr anführt, wenn die tapfersten Männer der Christenheit nach Jerusalem aufbrechen. Bei allen Schwierigkeiten, die er mit Robert immer gehabt hat, legt er doch Wert darauf, dass sein Bruder dieser Anführer ist. Er will weder einen Flamen noch einen Franzosen an dieser Stelle sehen. Auch nicht, wenn sie mit ihm verwandt sein sollten.«

Rozabel hatte Mühe, seinen Worten zu folgen. Der Burghof drehte sich ihr vor Augen und sie lehnte sich mit einem Seufzer in die Polster des Tragstuhles zurück. Es sah aus, als füge sie sich in ihr Schicksal, aber Bryan beging nicht den Fehler, es wirklich zu glauben.

»Unser Oheim ist beim König im Wort für dich«, mahnte er nachdrücklich. »Bezähme deine Ungeduld und unternimm nichts, ohne dich mit ihm oder mir zu besprechen. Du bist nicht die Einzige, der daran liegt zu erfahren, was mit Favre und Robert de Tréviers geschehen ist.«

»Wann werde ich dich wieder sehen?«

»Sobald ich Neuigkeiten habe.«

Er sah der Sänfte nach, in der sie davon getragen wurde. Es hatte sich eine eigenartige Fremdheit zwischen ihnen eingeschlichen. Seiner Schwester so einfach zu verzeihen, dass sie ihn mit solch hinterhältigen Waffen außer Gefecht gesetzt hatte, fiel ihm schwer, aber noch befremdlicher war, dass ihr erkennbar an dieser Verzeihung nicht viel lag. Sie hatte nur Favre de Tréviers im Kopf.

Wurde man so, wenn man liebte? Je mehr er darüber nachdachte, desto ratsamer erschien es ihm, sich selbst zurückzuhalten. Ein Grund mehr, den Plan zu verwirklichen, der in seinem Kopf Formen annahm und den er eigentlich mit Rozabel hatte besprechen wollen.

Dieses Mal würde er seine Entscheidung unabhängig treffen.

*

»Es ist gar nicht so einfach bis zu Euch vorzudringen. Wer ist der Zerberus, der Eure Tür bewacht? Man könnte ihn geradezu fürchten.«

Judith von Meulan brachte einen Schwall frischer Herbstluft in das stille Zimmer und ihre helle Stimme vertrieb Rozabels Melancholie. Sie erhob sich verblüfft beim Anblick Judiths, die den Haushofmeister ihres Oheims tatsächlich davon überzeugt hatte, dass sie ihre strenge Isolation im ersten Stock brechen durfte.

»Judith! Ich hatte nicht damit gerechnet, Euch je wieder zu sehen. Ihr müsst mir böse sein.«

»Weil Ihr mir eine Nacht mit Eurem Bruder geschenkt habt? Nie und nimmer.«

Judith von Meulan brach in haltloses Lachen aus, als Rozabels Gesicht erstarrte. »Wenn Ihr Euch nur sehen könntet. Nein, ich hab ihm nichts getan, auch wenn ich insgeheim davon geträumt habe. Es macht Freude, diesen Adonis anzusehen, das könnt Ihr nicht bestreiten.«

Rozabel schüttelte den Kopf. »Müsst Ihr so unmögliche Dinge sagen? Dabei freue ich mich wirklich, Euch zu sehen.«

»Vermutlich, weil Euch der Seigneur de Cambremer in diesem Haus lebendig begräbt«, tat Judith leichthin die Rührung ab, die Rozabel befallen zu haben schien. Sie freute sich über den herzlichen Empfang, aber sie wollte sich nicht die Blöße geben es zu zeigen.

»Wie geht es der Herzogin?« Rozabels Frage entsprang ernsthafter Anteilnahme.

»Sie lässt Euch grüßen.«

Judith spazierte neugierig durch das holzgetäfelte Gemach, von dessen beiden Fenstern man weit die Seine hinunter sah. Zwei Frachtkähne, bis an die oberste Kante mit Weinfässern beladen, passierten eben das Haus. Der aufkommende Sturm trieb graue Regenwolken, die sich in Kürze entladen würden, über die Seine. Die Schiffer begannen bereits ihre Ladung mit Planen zu schützen. Am Ufer verzurrten Männer ein Boot, das zum Haus zu gehören schien.

Hinter ihr gab Rozabel einen Laut mühsam gezähmter Ungeduld von sich.

»Ich bitte Euch, verratet mir, ob Ihr von Richard und seinem Bruder gehört habt? Wisst Ihr mehr über ihr Schicksal? Alle verweigern mir die Auskunft. Mein Bruder. Mein Oheim. Sie hüllen sich in Schweigen.«

»Weil sie nichts wissen«, verkündete Judith triumphierend und wandte sich um.

Rozabel, die sich – obwohl gebadet, in frischen Kleidern und nicht länger hungrig – um keinen Deut besser fühlte als in ihrem Gefängnis, fehlte die Geduld für Ratespiele. Sie war nahe daran, aus dem Fenster zu klettern und sich auf eigene Faust auf die Suche nach Informationen zu machen. Sie litt unter den ärgsten Mutmaßungen. Auf der einen Seite bebte sie vor Furcht, das Schlimmste zu erfahren, auf der anderen Seite schien ihr sogar das Schlimmste noch erstrebenswerter als die jetzige Ungewissheit.

Bryan gab vor, nichts zu wissen und die ihr eigenen Fähigkeiten zu Wahrnehmung verrieten ihr, dass er die Wahrheit sagte. Ihr Oheim wollte die ganze Angelegenheit am liebsten vergessen und ihr Cousin Etienne stand dermaßen unter der Autorität seines Vaters, dass er ohnehin nichts tat, was dessen Interessen zuwiderlief.

»Judith, habt Erbarmen«, bat sie heiser und hielt den tänzelnden Irrwisch am Ärmel fest. »Ihr habt mir schon einmal geholfen, obwohl ...«

»Obwohl ich die Letzte bin, von der ihr das erwartet hättet?« Die Jüngere gab wieder einmal eine Probe ihrer Intelligenz, die sie sonst verborgen hielt. »Ich habe mich selbst über diese Anwandlung von Großmut bei mir gewundert, aber es verleiht einem ein befriedigendes Gefühl, für einen guten Menschen gehalten zu werden. Ich bin süchtig nach einer weiteren Kostprobe davon. Wie es scheint, hat der König eine unerwartete Freundschaft für Madame Margarete entdeckt, seit sie ihn anlässlich Eurer Verhaftung aufgesucht hat. Man munkelt, sie erinnere ihn an seine verstorbene Mutter, Königin Mathilda, der er sehr zugetan war.«

Rozabel blinzelte verwirrt. Das heitere Geplauder ihrer Besucherin stand in so krassem Gegensatz zu ihren eigenen Ängsten. Sie musste sich zwingen, ihr nicht ins Wort zu fallen.

»Was hat dies alles mit mir zu tun?«, seufzte sie endlich, als Judith sie Beifall heischend ansah.

»Die Herzogin ist Euch wohlgesonnen.« Judith legte eine beruhigende Hand auf Rozabels Finger. »Hört auf, Euch Sorgen zu machen. Die Seigneurs des Hauses Tréviers sind wie Unkraut, man rottet sie nicht so einfach aus. Ich habe gehört, dass seine Majestät unserer Herzogin das Leben der beiden Herren geschenkt hat. Sie musste ihm im Gegenzug lediglich versprechen, dass sie eine angemessene Buße für Richard und für seinen Bruder finden wird.«

»Das ist nicht wahr! Woher wollt Ihr das wissen? Ich kann mir nicht vorstellen, dass Madame Margarete Euch diese Dinge offenbart hat.«

Rozabel weigerte sich, den ersten Hoffnungsschimmer bereits für Wirklichkeit zu halten.

»Sie hat es mir ja auch nicht direkt erzählt ...«

»Sondern?«

Judith verzog den Mund. »Sagen wir es so. Es gibt viele Türen ...«

»Ihr habt gelauscht?«

»Seid froh darüber und spielt nicht den Moralapostel«, beschwerte sich die Jüngere beleidigt. »Immerhin bin ich auf der Stelle gekommen, Euch die guten Nachrichten zu Gehör zu bringen. Wenn Ihr allerdings keinen Wert darauf legt ...«

»Entschuldigt.«

Rozabel schloss sie heftig in die Arme. Es war das erste Mal, dass sie Judith so intensiv berührte und es blieb nicht aus, dass sie dabei mehr über die Demoiselle von Meulan erfuhr. Ihren Hochmut kannte sie, aber in dieser Umarmung spürte sie ihren leidenschaftlichen Wunsch geliebt zu werden, die Verletzlichkeit, die sie so sorgsam vor der Welt verbarg, dass sie lieber anderen weh tat, als das Risiko einzugehen, verwundet zu werden in dieser Empfindsamkeit. Und Rozabel glaubte, ihre Sehnsucht nach Freundschaft und Wärme zu spüren. Beschämt trat sie zurück. Sie hätte Judith von Anfang an nicht so oberflächlich abtun dürfen.

»Ich wollte Euch nicht kränken. Im Gegenteil. Ich danke Euch für Eure Freundschaftsdienste. Ich hatte noch nie eine Freundin, deswegen mache ich wahrscheinlich vieles falsch.«

»Ihr habt Schwestern, Ihr braucht keine Freundinnen«, gab sich Judith stachelig.

»Meine Schwestern waren stets so miteinander beschäftigt, dass ich sie nur gestört habe«, vertraute ihr Rozabel den größten Kummer ihrer Kindheit an.

»Oh ...« Judiths Mund wölbte sich zu einem verblüfften Kreis, ehe sie fast verlegen meinte: »Ich wär' gern Eure Freundin. Aber ich kann Euch nicht versprechen, dass ich mich ändere. Manchmal geht es mit mir durch, dann bin ich ein Biest.«

»Das geht mir auch oft so.« Rozabel lachte zum ersten Male seit Wochen. »Komm, setz dich und erzähl mir, was du auf deinem Lauschposten sonst noch vernommen hast. Ich will alles hören. Wo befinden sich die beiden?«

»Auf jeden Fall nicht mehr im Kerker«, behauptete Judith überzeugt. »Es gibt da einen jungen Hauptmann, der die Wachen befehligt und ...«

»Den du mit deinem Charme betört hast.«

»Wozu hab' ich ihn?«

»Aber es gibt nicht nur ein Verlies in Rouen.«

»Himmel, wie kann ein Mensch nur so schwarzseherisch sein.« Judith verdrehte die Augen. »Du vergisst die Herzogin. Sie ist gerührt und angetan davon, dass du für Favre das Wohlwollen Seiner Majestät riskiert hast. Du kennst ihre Leidenschaft für Minnelieder und alte Geschichten von Verrat und Liebe. Sie wird nicht ruhen, bis ihr verheiratet seid.«

»Nein!«

»Du willst nicht?« Judith machte große Augen. »Ich dachte, du liebst ihn? Ich nahm an, du würdest begeistert sein?«

Rozabel schloss gepeinigt die Augen. »Wie kann ich in eine Ehe einwilligen, von der ich weiß, dass sie ihm widerstrebt.«

»Hast du dieses Widerstreben in den Nächten gespürt, die du bei ihm verbracht hast?«

»Woher weißt du das denn?«

Judith verzog den Mund. »Du lebst in einem Bienenkorb und nicht auf einer einsamen Insel, Rozabel de Cambremer. Und wenn die Herzogin dir diese Ehe befiehlt, wirst du nichts anderes tun können, als zu gehorchen.«

Rozabel schwieg.

Dem Sturm der unterschiedlichsten Gefühle, die dieses Gespräch in ihr wachgerufen hatte, folgte völlige Windstille.

FÜNFUNDZWANZIGSTES KAPITEL

Rouen
31. Oktober 1095

Die Klänge des Festes in der Burg schienen bis in die Stadt hinunter zu dringen. Das Gemäuer selbst verschwand fast unter einem Meer von Fahnentuch, knatternden Standarten und Girlanden, aus dem letzten Grün des Herbstes. Noch nie hatte die Festung der Herzöge der Normandie ein so prächtiges Fest gesehen. Schon seit Tagen trafen Gäste aus dem ganzen Land ein und es gab sogar Schiffe, die es trotz der herbstlichen Witterung gewagt hatten, dafür den rauen Kanal zu überqueren.

Rouens Bürger drängten sich in den Straßen und Rozabel war dankbar für die Vorhänge, die sie in ihrer Sänfte vor den neugierigen Blicken verbargen. Die Einladung Seiner Majestät, an dem großen Fest teilzunehmen, das er gemeinsam mit seinem Bruder, dem Herzog, gab, hatte ein Bote des Königs überbracht.

»Es ist die beste Gelegenheit, dem Getuschel um Eure Person ein Ende zu machen«, hatte Fulco de Cambremer Rozabels Einwände abgetan, ihn zu begleiten. »Rufus gibt Euch eine Chance dazu und Ihr werdet sie in größter Ergebenheit annehmen, liebe Nichte.«

»Ob dem König klar ist, dass er das Herbstfest der alten Druiden Britanniens feiert?«

»Ein Heiden-Spektakel? Sicher nicht!« Der alte Herr hatte sich abergläubisch bekreuzigt. »Das hier ist die Normandie und kein sächsischer Zauberwald, Nichte. Ich nehme doch an, dass deine Eltern dich im christlichen Glauben erzogen haben und unser König im Namen des gekreuzigten Heilands regiert.«

Sie hatte genickt und darauf verzichtet, ihm zu erzählen, dass am Cuckmere noch viele alte Frauen ihre Mutter, die Lady des Rosenturmes, als Stellvertreterin der großen Göttin verehrten. In Rouen behielt man viele Dinge besser für sich, die in Hawkstone als selbstverständlich betrachtet wurden.

Dennoch wusste sie, dass zu Samhain am Cuckmere die Feuer brennen würden und beim Festmahl zum ersten Mal die eingebrachte Ernte auf den Tisch kam. Wenn Saman, der Herr des Todes, die bösen Seelen zu sich rief, rückte man enger am Feuer zusammen, um sich gegen Geister und Spukgestalten zu schützen.

Die erste gemeinsame Einladung der königlichen Brüder in Rouen diente hingegen augenscheinlich mehr der Demonstration von Einigkeit und künftiger Sicherheit. Rozabel hätte sich dennoch geweigert daran teilzunehmen, wäre nicht gleichzeitig auch eine Botschaft Judiths eingetroffen. Die Herzogin wünsche sie beim Fest zu sehen und bäte sie zuvor zu einer persönlichen Audienz.

Nur mühsam ihre Erwartungen und Hoffnungen bezähmend hatte sich Rozabel in eines ihrer festlichsten Gewänder gehüllt und saß nun in ihrem Tragstuhl wie auf Kohlen. Ihr Oheim, in Samt und feines Tuch gewandet, schritt neben ihr und beeindruckte die Bürger von Rouen mit einer daumenbreiten Goldkette über dem Wams, in deren Gliedern Rubine, so groß wie Kieselsteine, funkelten.

Sie beobachtete ihn durch einen schmalen Spalt der Vorhänge und beneidete ihn um die ruhige Selbstsicherheit, die er verströmte. Für ihn schien mit dieser Einladung die Welt wieder in Ordnung zu kommen, während sie mit schlimmeren Ängsten und Ahnungen kämpfte, als je zuvor. Auch wenn Judith überzeugt davon war, dass sich alles zum Guten wenden würde, sie selbst glaubte nicht mehr an ein Wunder.

Als sie aus der Sänfte stieg und die Hand auf die ausgestreckte Faust ihres Onkels legte, zitterten ihre Knie unter dem leuchtend blauen Seidengewand. Sie hatte es gewählt, weil sie der Farbton an Favres Augen erinnerte. An Ärmeln und Ausschnitt war es mit einer Borte aus cremefarbenen Flussperlen bestickt. Ein Band hielt ihre offenen Haare aus der Stirn.

Judith hatte den Aufputz ausgesucht und ihrem modischen Sachverstand zu widersprechen, kam Rozabel nicht in den Sinn.

Sie führte die vielen Blicke, die ihnen folgten, darauf zurück, dass sie viel zu groß an der Seite ihres Onkels war. Dass es ihre Aufsehen erregende Gestalt war, kam ihr nicht in den Sinn. Das blaue Gewand umfloss sie schmeichelnd, ihr glänzendes Haar leuchtete, ihre Augen spiegelten das Azur des Stoffes wider.

Die Ereignisse der letzten Wochen hatten ihrem Antlitz eine neue Reife und einen anrührenden Hauch von Schmerz verliehen. Kein Mann konnte sie ansehen, ohne den Wunsch zu verspüren, ihr künftig solchen Schmerz ersparen zu wollen. Den größten Reiz übte jedoch die völlige Schlichtheit aus, mit der sie sich bewegte. Sie war sich der Tatsache nicht bewusst, dass man selbst die gefälligsten Schönheiten des Hofes im Schatten ihrer Erscheinung nicht wahrnahm.

»Lady Rozabel de Cambremer und ihr Oheim Fulco, der Seigneur der normannischen Cambremers«, hörte sie die Begrüßung des königlichen Haushofmeisters, während sie nach Judith Ausschau hielt. Immerhin war das Gedränge in der großen Halle so gewaltig, dass nur die unmittelbar in der Nähe Stehenden die Vorstellung überhaupt vernahmen. Ihre neue Freundin hatte indes bereits gewartet und tauchte unvermittelt an ihrer Seite auf.

»Ihr erlaubt, dass ich Eure Nichte entführe, Seigneur«, wandte sie sich ein wenig atemlos an den alten Herrn. »Meine Herrin, die Herzogin, würde gerne ein paar Worte mit ihr sprechen, ehe das Fest beginnt.«

Rozabel sah ihren Onkel zögern und schließlich ein wenig gequält lächeln. »Ich nehme doch an, ich kann mich auf deine Vernunft verlassen, Nichte«, sagte er mit gedämpfter Stimme.

Sie nickte, konnte jedoch Judith gegenüber ihre Meinung nicht für sich behalten. Während sie ihr durch ein Portal an der Stirnseite des großen Saales nach draußen folgte, flüsterte sie ihr zu: »Ich bin mir nie ganz sicher, ob er mich schätzt oder fürchtet.«

»Letzteres«, vermutete Judith trocken. Sie sprach jetzt ganz offen mit Rozabel. »Männer lieben Frauen, die ihnen das Gefühl vermitteln stark, klug und mutig zu sein. Wenn sie zu dir aufsehen müssen, haben sie Probleme.«

Rozabel sah auf die puppenhafte Gestalt mit den blonden Haaren hinab, die in alle Farbschattierungen der Morgenröte gekleidet, den Eindruck von feenhafter Zerbrechlichkeit machte. »Spielst du deswegen die schutzbedürftige Lady?«

»Was ist falsch daran?«

»Es macht dich nicht glücklich.«

»Das sagt mir ausgerechnet eine Frau, die mit ihrem eigenen Glück solches Durcheinander angerichtet hat.«

Sie tauschten ein verständnisvolles Lächeln und Rozabel sah sich um. »Wohin führst du mich?«

»In den Rosengarten. Das ist heute der einzig ruhige Platz in der ganzen Burg.«

Rozabel unterdrückte mit Mühe einen ahnungsvollen Schauer. Sie konnte sich kaum weigern, Madame Margarete dort zu treffen. Wäre es jedoch nach ihr gegangen, jeder andere Ort wäre ihr lieber gewesen. Der Rosengarten hatte seinen Reiz eingebüßt, seitdem dort Blut geflossen war.

»Bestellst du noch immer deine Verehrer in den Rosengarten?«, erkundigte sie sich bei Judith, um den düsteren Gedanken zu entfliehen.

»Vielleicht, wenn ich einen finde, der deinem Bruder das Wasser reichen kann oder der ein wenig erwachsener ist als Richard.« Sie zuckte mit den Schultern. »Im Augenblick habe ich keine Zeit für Tändeleien, wenn es das ist, was du wissen möchtest.«

Sie blieben vor der offenen Pforte stehen und Judith wandte sich zu Rozabel um. »Geh hinein, du wirst erwartet.«

»Du kommst nicht mit?«

»Ich nehme an, es werden Dinge besprochen, die keine fremde Ohren vertragen. Außerdem hoffe ich doch, dass du mir Wort für Wort berichten wirst.«

Rozabel trat mit einem Lächeln zwischen die niederen Buchsbaumhecken, die die einzelnen Rosenbeete voneinander teilten. Die Sträucher trugen schwer unter der Last ihrer aufgeplatzten Fruchtstände. Niemand hatte sich die Mühe gemacht, die prallen Knospen zu sammeln und in die Küche zu bringen. Unwillkürlich blieb sie stehen und prüfte eine der Hagebutten. In diesem Augenblick hörte sie die Stimmen.

»... ich kann meine Loyalität nicht aufteilen, wie ein Krämer seine Waren. Ich habe mich entschieden. Ich respektiere die Tatsache, dass Rufus über die Normandie herrscht, aber ich kann nicht länger hier leben. Vielleicht später einmal. Ich werde den Herzog und seine Männer nach Clermont begleiten, um dort den Segen des Heiligen Vaters für unsere Mission zu erhalten.«

Richard. Er klang nicht mehr so hell und jungenhaft wie früher. Die Ereignisse hatten den Mann in ihm reifen lassen.

»Ich werde dich begleiten.«

Die andere Stimme ließ Rozabels Herz einen Schlag aussetzen. Der Garten verschwamm vor ihren Augen und ihre Hand vergrub sich in die Ranken einer wilden Rose. Die feinen Dornen durchstachen ihre Haut, aber sie verspürte nur den rasenden Schlag ihres Herzens.

»Verdammt, ich benötige keine Amme, Bruder! Kümmere dich um Malaunay, dort wirst du mehr gebraucht.«

»Ihr vergesst Euch, Messieurs«, rief die Herzogin die beiden Brüder streng zur Ordnung und der rote Nebel vor Rozabels Augen lichtete sich ein wenig. Rozabel war zu früh gekommen. Sollte sie sich wieder zurückziehen? Die Vernunft riet es, aber die Beine verweigerten ihr jeden Schritt. Sie blieb zwischen Ranken und Blättern stehen. Nicht einmal um den Preis ihrer Seligkeit hätte sie diesen Platz aufgegeben. Nie wieder würde sie Judith Vorwürfe machen, dass sie gelauscht hatte. Sie war nicht einen Deut besser.

»Ich habe Euch nicht zu mir gebeten, um solches Gezänk zu hören«, sprach Madame weiter. Sie stand hinter der nächsten Wegbiegung im offenen Pavillon und hatte die Hände vor der Brust verschränkt. Nur die Tatsache, dass sie zwei Stufen über den Brüdern stand, machte es möglich, beiden auf gleicher Höhe ins Gesicht zu sehen. »Es liegt nicht in Eurer Macht Entscheidungen zu treffen. Eure Freiheit hängt in beiden Fällen davon ab, dass Ihr Euch meinen Befehlen beugt. Richard de Tréviers, Ihr werdet Gelegenheit erhalten, Eure Ergebenheit für meinen Gemahl in meinen Diensten zu beweisen. Folgt ihm in seinen Kampf gegen die Ungläubigen, bleibt an seiner Seite und beschützt ihn mit Eurem eigenen

Leben. Wollt Ihr mir diesen Dienst tun und bei der Heiligen Dreifaltigkeit schwören, dass Ihr nicht fehlen werdet?«

»Ihr habt mein Wort als Ritter und Edelmann, Euer Gnaden«, erwiderte Richard.

»Schwört, dass Ihr Euer Schwert nur gegen Ungläubige und Heiden erheben werdet und dass Ihr in allen anderen Rittern der Christenheit Gefährten und Brüder sehen werdet!«

Rozabel hob verblüfft die Brauen. Sie fragte sich nach dem Grund für den seltsamen Zusatz, während Richard auch diesen Eid leistete.

»Und nun zu Euch, Favre«, fuhr die Herzogin fort. »Ihr seid angehalten, morgen nach dem großen Hochamt dem König, wie alle anderen normannischen Edelleute, Gehorsam und Vasallentreue zu schwören. Zudem werdet Ihr diese Treue untermauern, indem Ihr eine Edeldame zur Gemahlin nehmt, die der König für Euch bestimmt hat.«

Die Lauscherin bei den Heckenrosen erstarrte. Es überlief sie eiskalt.

»Nein, unterbrecht mich nicht«, hörte sie weiter. »Da Ihr die Dame ohnehin in einen Skandal verwickelt habt, über den sich die ganze Normandie entrüstet, ist es ohnehin Eure Pflicht ihre Ehre zu retten.«

»Ich soll Rozabel de Cambremer zur Gemahlin nehmen?« Favre zog seine Schlüsse schneller als die Betroffene und das Entsetzen in seinem Ausruf war noch schmachvoller, als die Worte selbst. »Das kann nicht Euer Ernst sein. Das dürft Ihr nicht von mir verlangen!«

Die Demütigung der vehementen Ablehnung riss Rozabel aus ihrer Erstarrung. Die Kränkung ließ etwas in ihr zerbrechen, das sie bisher trotz allem noch aufrecht gehalten hatte. Ihre Hände öffneten sich und sie starrte auf die winzigen

Wunden. Vereinzelte Blutpunkte trockneten, aber sie verspürte noch immer keinen Schmerz. Sie hörte auch nicht mehr, was die Herzogin sagte. In ihren Ohren rauschte das Blut und ihrer Kehle entrang sich der erstickte Schrei eines verwundeten Tieres.

Dann machte sie auf dem Absatz kehrt und eilte aus dem Garten, blind und taub für alles, was um sie herum geschah, verunglimpft über alle Pein hinaus.

Margarete von Maine glaubte etwas gehört zu haben und sah sich um. »Was war das?«

Weder Favre noch Richard konnten ihr antworten. Beide waren so in Erregung, dass sie nichts vernommen hatten. Erst Judith von Meulan, die, wie bestellt, kurz vor dem Fanfarenstoß zum Festmahl in den Rosengarten trat, trug dazu bei, das Rätsel zu lösen.

Sie sah sich mit großen Augen um, als sie nur die Herzogin und die beiden Brüder antraf.

»Wo ist sie?«

»Wen sucht Ihr, Kind?«

»Lady Rozabel, Euer Gnaden. Habt Ihr sie schon zum Fest vorausgeschickt?«

»Sie war hier?«

Der dreifache, fassungslose Ausruf ließ Judith erröten. Sie hatte davon gewusst, dass die Herzogin Favre und Richard im Rosengarten empfangen wollte, und sie war darüber informiert gewesen, welche Entscheidungen dort fallen sollten. Sie hatte es für eine geniale Eingebung gehalten, Rozabel ausgerechnet zu diesem Zeitpunkt dorthin zu schicken. Wenn ihr diese Eheschließung nicht als Befehl vom König aufgezwungen wurde, sondern wenn sie durch die Vermittlung der Herzogin zustande kam … wenn Favre die hinreißende Erscheinung Rozabels erblickte ... ein Argument hatte zum anderen geführt. Es sollte der Freundschaftsdienst sein, der Rozabel endgültig alle Kränkungen der Vergangenheit vergessen ließ.

»Es ist wieder einmal schief gegangen«, seufzte sie in deprimierter Selbsterkenntnis beim Anblick der entsetzten Mienen. »Wie konnte ich nur glauben, einmal erfolgreich zu sein.«

»Judith, um Himmels willen, was hast du getan?« Richard griff nach ihrem Arm.

»Das Falsche offensichtlich«, seufzte sie und heftete ihren Blick auf Favre. Nur er konnte Rozabel vertrieben haben. »Die Frage ist, was habt Ihr gesagt, dass sie Hals über Kopf davon ist?«

Der Ritter wich ihrem Blick aus und Richard sah so betroffen drein, dass sich eine ausführliche Antwort von selbst erübrigte.

Sogar die Herzogin wirkte besorgt. »Wir müssen Lady Rozabel suchen. Am besten übernehmt Ihr das, mit ein paar anderen Damen, Judith. Ich erwarte Eure Neuigkeiten nach dem Festmahl.«

Niemand hatte die Edeldame im blauen Gewand gesehen. Weder ihr Onkel, noch ihr Bruder, weder Richard, noch Favre fanden eine Menschenseele, der sie nach ihrer Flucht aus dem Rosengarten aufgefallen war. Favre hielt lediglich einen winzigen Fetzen blauer Seide in den Fingern, die er an den Dornen einer Heckenrose entdeckt hatte.

»Was sollen wir tun?«, flüsterte Judith ängstlich und wagte weder ihrer Herrin vor Augen zu treten, noch den Rittern, die sich um sie versammelt hatten. »Wo kann sie sein?«

Die Sorge um Rozabel hatte die Konflikte zwischen Bryan, Richard, Favre und Fulco de Cambremer in den Hintergrund treten lassen. Aber keiner von ihnen wagte, eine Vermutung anzustellen.

»Wären wir in Britannien, ich würde behaupten, sie ist auf dem Weg nach Hawkstone«, brach Bryan schließlich das betroffene Schweigen. »Aber hier? An wen kann sie sich in Rouen wenden? Sie schließt sich nicht so einfach Fremden an und alle, die sie in der Normandie kennt, befinden sich in dieser Burg. Wer könnte ihr hier schon helfen, sich vor uns zu verbergen?«

Judith beobachtete Favre und entdeckte den flüchtigen Schatten, der über sein Gesicht lief.

»Ihr wisst etwas!«, sagte sie ihm auf den Kopf zu und alle anderen wandten sich zu ihm um. Ohne ein erklärendes Wort hielten ihn alle für den Mann, der mehr über Rozabel wusste, als sie alle zusammen.

»Ich vermute etwas«, sagte er zögernd. »Es gibt sehr wohl noch einen Mann, der ihr ergeben ist und der alles für sie tun würde.«

»Noch einer?« Der erstaunte Ausruf Judiths entlockte ihm ein freudloses Lächeln. »Sie hat wohl eine eigene Art, die Menschen für sich einzunehmen. Habt Ihr das nicht am eigenen Leib verspürt?«

»Wer ist der unbekannte Held, der sich noch nicht in unserer Runde befindet?«, fragte Bryan.

»Mainfer.«

Richard nahm seinem Bruder das Wort aus dem Mund und Favre nickte bestätigend.

»Wer ist diese Eisenhand?« Fulco de Cambremers Ton troff vor Misstrauen gegenüber einem Mann, der einen solchen Kriegsnamen führte. Gewiss war es nicht der Name, den seine Eltern ihm bei der Taufe gegeben hatten.

»Mein Burghauptmann in Malaunay«, erklärte Favre. »Er war unter den Männern, die mich freiwillig nach Winchester begleitet haben, um meinen Bruder zu befreien.« Richard und Bryan tauschten einen ersten, vorsichtigen Blick, der von allen bemerkt, aber von niemandem kommentiert wurde, während der ältere Tréviers weitersprach. »Er hat sich der Heilerin während der stürmischen Überfahrt angenommen und sie auch versorgt, nachdem sie bei dem unglücklichen Zwischenfall im Rosengarten verletzt wurde. Er würde alles für sie tun.«

»Sie zieht treue Seelen an, wie ein Marktschreier die Kunden«, nickte Bryan. »Wenn Ihr Recht habt, können wir immerhin davon ausgehen, dass sie unter dem Schutz eines Mannes steht, der sich zu verteidigen weiß.«

»Aber nicht gegen sie und ihre Einfälle«, warf Favre trocken ein. »Wenn Ihr erlaubt, werde ich mich auf der Stelle auf die Suche nach beiden machen.«

Die Herzogin schüttelte den Kopf. »Ihr müsst warten, Favre. Es geht nicht an, dass Ihr das Hochamt versäumt. Der König legt Wert darauf, den Vasalleneid seiner normannischen Untertanen entgegenzunehmen und ihr könnt dies nicht verweigern. Erst danach seid Ihr frei, Eure Braut zur Vernunft zu bringen.«

Judith sah dem Ritter an, wie schwer ihm der Gehorsam fiel.

[illegible]

[illegible] den
[illegible] die
[illegible] Über-
[illegible] ndig.«

SECHSUNDZWANZIGSTES KAPITEL

Dieppe
Allerseelentag 1095

Die Wellen warfen sich in ununterbrochener Folge an Land. Wasserwand um Wasserwand brach sich am Ufer, stieg auf und ergoss sich im Zurückfallen über Fischerboote, Frachtkähne und die wenigen Handelsschiffe, die im Hafen von Dieppe vertäut lagen. Der Sturm hielt seit zwei Tagen an, und ein Ende war nicht abzusehen. Er verbannte die Fischer an Land, trieb die Gischtfetzen bis in die Straßen des winzigen Hafenstädtchens und sorgte dafür, dass sich die Menschen schutzsuchend unter den Dächern drängten und je nach Temperament ihre Angst entweder im Alkohol ertränkten oder mit Gebeten betäubten.

Mainfer hatte den scharfen gebrannten Apfelwein für sich entdeckt, den der Wirt der Herberge am Hafen ausschenkte. Rozabel hörte das Gluckern des Kruges, als er seinen Becher ein um das andere Mal füllte, aber sie wandte sich nicht um. Zusammengesunken, auf ihre verflochtenen Hände starrend, saß sie auf der schmalen Pritsche in der Kammer, die ihnen der Wirt zur Verfügung gestellt hatte, und wartete darauf, dass der Wind nachließ, und der Fischer, von den Münzen Mainfers verlockt, endlich die Überfahrt wagte und sie nach Hause brachte. Darauf, dass der Himmel ein Einsehen mit ihr hatte und sie eventuell einfach sterben ließ.

»Seid Ihr sicher, dass Ihr Euch diesen Höllenritt über den Kanal antun wollt?«, hatte der Hauptmann gefragt, als ihm Rozabel ihren Wunsch vortrug. »Ich habe schon bei der Überquerung hierher gefürchtet, Ihr erreicht das Land nicht lebendig.«

»Glaubst du, ich würde es tun, wenn ich eine andere Wahl hätte?«, hatte ihre Gegenfrage gelautet. »Ich kann nicht länger in der Normandie bleiben. Du tust deinem Herrn einen Gefallen, wenn du mir hilfst, das Land zu verlassen.«

Sie wusste nicht, wie weit ihr Mainfer geglaubt hatte, aber der treue Riese wich nicht von ihrer Seite. Brummig, zuverlässig und fürsorglich bildete er das Bollwerk, hinter dem sie sich vor der Wirklichkeit verschanzte. Er hatte ihre überstürzte Flucht in die Hand genommen, ihr die Männerkleider besorgt, die sie verlangte und einen kleinen Zelter herbeigeschafft, auf dem sie an seiner Seite nach Dieppe geritten war.

»Man wird am Hafen in Rouen nach Euch suchen«, hatte er vermutet. »Oder in einem der Orte wo die Schiffe der normannischen Edelleute und Händler anlegen, die zwischen Britannien und der Normandie hin- und herpendeln. Dieppe ist nur ein kleiner Fischerort. Seit die Normannen mit ihrem Anführer Rollo in der Gegend gelandet sind, ist nichts Wichtiges mehr passiert. Dort wird man zuletzt nach Euch suchen.«

Wenn nur endlich dieser Sturm aufhören würde! Rozabel stand auf.

»Wo wollt Ihr hin?«

Mainfer war über seinem Becher eingenickt und fuhr hoch, als Rozabel die Tür öffnete.

»Hinaus. Ich bekomme keine Luft in dieser Kammer.« Rozabel zog den Lederkoller unter ihrer Kapuze fest und fasste ihren Umhang mit beiden Händen. »Bleib. Ich geh nicht weit. Nur ein paar Schritte zum Hafen hinunter. Ich muss mich bewegen.«

»Der Wind wird Euch umwerfen.«

»Mach dir keine Sorgen. Ich bin stark«, erwiderte Rozabel knapp und huschte hinaus. Nach dem zweiten Krug dieses

Teufelsgetränks bezweifelte sie, dass Mainfer mehr tun konnte, als ihr nachzutorkeln. Vermutlich müsste sie ihn halten und nicht er sie.

Der Sturm riss an ihrem Mantel, kaum, dass sie den Kopf aus der Tür gestreckt hatte. Das geschmiedete Herbergsschild mit dem groben Umriss eines Schiffes, das sich durch die Wellen kämpfte, quietschte bedenklich an seiner Kette über ihr. Sie trat schnell aus seiner möglichen Reichweite, falls es herabstürzte, und sah sich um. Bis auf eine magere Katze, die sich eng in einen Hauseingang drückte, lag die Straße entlang des Kais leer und nass vor ihr. Das Heulen des Windes und das Getöse des aufgewühlten Meeres übertönten alle anderen Geräusche.

Rozabel stemmte sich gegen die Naturgewalten und kämpfte sich im Schutz der Häuser vorwärts. Unterhalb der Klippen, wo der Arques mündete, hielt sie inne. Hier am Fluss musste sie wenigstens nicht fürchten, dass die nächste Welle sie hinausziehen würde. Sie starrte in das nasse Inferno und fand, dass es dem Sturm ihrer Gefühle sehr ähnlich war. Auch sie hätte gerne getobt und mit brachialer Gewalt alles um sich herum zerstört. Ob das die Qual ihres Herzens lindern würde?

Sie hatte geahnt, dass Favre ihre Liebe nicht mit jener leidenschaftlichen Ausschließlichkeit erwiderte, die sie für ihn empfand. Aber dass er sie verachtete, gar das Missfallen der Herzogin und das des Königs riskierte, nur um nichts mit ihr zu tun zu haben, das übertraf ihre schlimmsten Befürchtungen. Sie ertrug es nicht, ihn noch einmal zu sehen. Sie hatte Angst davor, in seinen Augen zu lesen, dass, was sie für Liebe gehalten hatte, nur männliches Verlangen und Fleischeslust gewesen waren.

Sie warf es ihm nicht vor. Wenn sie jemandem zürnte,

dann sich, ob der eigenen Naivität und Ahnungslosigkeit. Sie hätte wissen müssen, dass ihre Fähigkeiten sie im Stich lassen würden, wenn ihre eigenen Gefühle im Spiel waren. Vielleicht ließ der Schmerz ja nach, wenn sie endlich den Staub der Normandie von ihren Füßen geschüttelt hatte. Und wenn sie die Reise nach Britannien nicht überlebte, umso besser!

Der Wunsch, alles hinter sich zu lassen, trieb sie aus ihrem Schutz in die volle Wucht des Sturmes hinaus. Er fegte mit Macht in jene Schlucht, die der Arques seit Urzeiten in die Klippen gegraben hatte, ehe er sich mit dem Meer vereinte und Dieppe damit einen halbwegs geschützten Hafen verschaffte. Er riss an ihrer Kapuze, ließ den Umhang flattern und obwohl sie sich mit aller Gewalt dagegen stemmte, brachte sie der Sog der Naturgewalten auf dem Kai ins Taumeln.

Sie wäre gestürzt, aber schon im Fallen packte sie ein Klammergriff um die Taille und schleppte sie mit eherner Kraft aus der Gefahr. Rozabel zappelte und schrie, aber sie kam nicht frei. Erst im Eingang ihrer Herberge wurde sie unsanft wieder auf die Füße gestellt und konnte sich im diffusen Licht einer schlecht geputzten Laterne den Übeltäter ansehen, der sie gegen ihren Willen in Sicherheit gebracht hatte.

Favre de Tréviers.

Sie starrte ihn wortlos an. Kein Ton kam über ihre Lippen, aber die Pein in ihren Augen sprach für sich.

Favre wahrte mit Mühe die Beherrschung. Auch er stand am Rande der völligen Erschöpfung. Seit dem Tag des Festes hatte er kein Auge zugetan, und wenn er auch die Zeichen Mainfers verstanden hatte, der den Schleier Rozabels deutlich sichtbar in seiner Kammer am Fenster zum Fluss befestigt hatte, so war dies bis eben nicht mehr als eine wilde Hoffnung gewesen. Sie auf dem Höhepunkt eines Herbststurmes zu sehen, bereit, sich von der nächsten Welle verschlingen zu lassen, hatte ihn um den letzten Rest seiner Ruhe gebracht.

»Tu mir das nie wieder an«, schrie er sie mit dem letzten Atem an, der ihm zur Verfügung stand. »Bist du von Sinnen? Du wärst ins Meer gerissen worden, wenn ich dich nicht rechtzeitig zurückgehalten hätte.«

Jetzt fehlten Rozabel die Worte, weil sie weder ihren Augen noch ihren Ohren traute. Favre, den sie nur gelassen und beherrscht bis in die Tiefe seiner Seele hinein kannte, mit hochrotem Gesicht und aus voller Kehle brüllend zu sehen und zu hören, konnte nur ein Phantombild sein. Sie kniff für einen Herzschlag die Augen zusammen, doch als sie sie wieder öffnete, sah sie noch immer den gleichen Favre, der völlig außer sich war. Er tobte, bedachte ihre Intelligenz mit den beleidigendsten Prädikaten und wurde nicht müde, sie das einfältigste Wesen auf Gottes weiter Erde zu nennen.

Als ihm Worte und Luft ausgingen, herrschte für einen unendlichen Augenblick Schweigen zwischen ihnen. Von draußen drangen die gedämpften Laute des Meeres und des Windes, aus der Schankstube der Lärm der Fischer und zwischen ihnen lag die Stille. Favre strich sich die nassen Haare aus der Stirn. Sein Umhang war von Regen und Meerwasser durchweicht, seine Stiefel schlammig.

»Wie habt Ihr mich gefunden?«, fragte Rozabel schließlich tonlos.

»Ich wusste, dass du klug genug bist, nicht in Rouen nach einem Schiff zu suchen. Dieppe ist die nächste Alternative.«

Der Widerspruch zu seinen ausfallenden Worten von eben, entlockte ihr ein geisterhaftes, freudloses Lächeln. »Ein Schiff?«

»Du willst nach Hause, sagt dein Bruder.«

Bryan kannte sie also noch immer. Er wusste, dass sie so

lebensgefährlich verwundet wie sich fühlte, nach Hawkstone zu Lady Liliana zurück wollen würde.

»Dann lasst mich gehen.«

»Nein.«

Jetzt war es Rozabel, der die Nerven versagten. Ihre Stimme hob sich und sie entdeckte, dass es erleichterte zu schreien und endlich all die Dinge zu sagen, die Anstand und Scham bisher verboten hatten.

»Ihr habt mir nichts zu befehlen, Seigneur! Schert Euch aus meinem Leben! Ich will nichts mit Euch zu schaffen haben!«

»Gütige Mutter, was ist hier los? Fischmarkt?«

Mit offenem Mund starrte Rozabel ihren Bruder an, ehe ihre Augen zu Richard weiterflogen, der hinter ihm hereinkam.

»Unsere Mutter würde in den Boden versinken vor Entsetzen, Schwester. Sowohl wegen deines Anblicks, wie wegen deiner Manieren«, verkündete Bryan kritisch. »Es ist mir ein Rätsel, weshalb ein Mann eine Frau zum Weib nehmen will, die mit ihrem Keifen die Herbststürme am Kanal übertönt.«

Rozabel klappte den Mund mit einem hörbaren Aufeinanderschlagen ihrer Zähne wieder zu. Die schweren Tritte ins Haus verrieten Mainfer, aber sie sah sich nicht mehr nach ihm um. Sie begriff, dass alle unter einer Decke steckten.

»Was soll dieses Komplott?«, fragte sie heiser vor Erschöpfung.

»Habt ihr den Priester aufgetan?«, wandte sich Favre an die beiden jungen Ritter.

Richard nickte. »Er erwartet uns in Saint Jacques. Aber sollte sich Rozabel nicht zuvor angemessen anziehen?«

»Nein.« Favres Blick glitt über die Gestalt in den Jünglingshosen. »Lass den Umhang zu, dann wird es gehen. Es ist ohnehin kalt. Kommt, wir wollen keine weitere Zeit verlieren.«

In heller Panik wich Rozabel vor dem Trio zurück. »Nirgendwo geh' ich mit einem von euch hin. Was ist das für ein Gefasel? Was wollt ihr von mir?«

»Es ist unhöflich einen Mann Gottes warten zu lassen«, antwortete Favre schroff. »Komm mit. Ich habe keine ruhige Stunde, solange nicht endlich alles seine Ordnung hat.«

»Bryan!« Flehend richtete Rozabel die Blicke auf den Bruder. »Sag mir, was all das bedeutet, ehe ich vollends den Verstand verliere.«

»Du weißt es«, sagte ihr Bryan auf den Kopf zu. »Der König wünscht, dass du Favre de Tréviers heiratest. Madame, die Frau Herzogin wünscht es. Ich halte es für eine gute Idee und Favre selbst ist wild entschlossen, diese Last auf sich zu nehmen. Wo siehst du noch ein Hindernis?«

»Ein Hindernis?« Rozabels Worte überschlugen sich verzweifelt. »Denkst du im Ernst, ich will einen Gemahl, der mich nur zur Frau genommen hat, weil der König es verlangt? Lieber bleibe ich bis zum Ende meines Lebens allein!«

»Leider fragt hier niemand nach deinen Wünschen, liebe Schwester«, erwiderte Bryan trocken. »Und ehrlich gesagt, es war verdammt lästig eine Braut zu suchen, von der man nicht genau weiß, in welchem Fischerdorf sie sich versteckt. Ich werde heilfroh sein, wenn du verheiratet bist und ich mich endlich wieder um meine eigenen Schwierigkeiten kümmern kann.«

Rozabel schluckte. Bryan hatte wieder diesen energischen Tonfall seines Vaters getroffen, dass sie nicht wusste, wie sie widersprechen sollte. Von vier Männern umgeben, von denen jeder so groß war, dass sie zu ihm aufsehen musste, sah sie irritiert von einem zum anderen und fand bei allen den gleichen Gesichtsausdruck. Absolute Unbeirrbarkeit und männliche Sturheit.

Während sie noch versuchte ihre Kräftereserven zu mobilisieren und trotz allem den Kampf aufzunehmen, hatte sie ihn bereits verloren. Bryan und Richard nahmen sie in die Mitte, Favre öffnete die Tür und Mainfer übernahm brummend die Rückendeckung. Seine breite Gestalt schützte sie auch vor dem Wind und so erreichten sie viel zu schnell das gedrungene kleine Gotteshaus aus hellem Stein, der in der Nähe von Caen gewonnen wurde.

Der Stein, den der große Eroberer nach London hatte bringen lassen, um dort den White Tower zu errichten. Wilhelm und seine Gemahlin Mathilda hatten ihre Residenz in Caen vor allen anderen Schlössern geschätzt und man wusste allgemein, dass der König dieses Baumaterial seiner Gemahlin zuliebe gewählt hatte.

Rozabel ließ es an jenen Unfall in Hawkstone denken, an den sie eine so prägende Erinnerung besaß. Sie starrte auf Favres Rücken. Er ging voraus und wie üblich konnte sie nicht die kleinste Gefühlsregung bei ihm entdecken. Es war fast, als hätte es seinen heftigen Wutanfall nie gegeben.

Aber sein Verhalten war auch nicht seltsamer wie das der beiden jungen Männer, die sie gleich einer Gefangenen zwischen sich führten. Da war ein neues Einverständnis zwischen ihnen. Was war geschehen, seit sie Rouen so überstürzt verlassen hatte?

Der Pfarrherr von Saint Jacques zu Dieppe war ein dünner, gebückter Mann, mit grauen Haaren und einem Antlitz, dessen Runzeln und Falten von Alter und Gutmütigkeit zeugten. Er erwartete sie unter der Vierung des Gotteshauses vor dem Altar. Hinter ihm flackerten dicke Opferkerzen im Zugwind und der Sturm röhrte pfeifend durch die Pfetten und Sparren, die die Schieferplatten des Daches trugen. Er lächelte Rozabel mit dem heiteren Lächeln eines sorglosen Kindes entgegen.

»Tretet näher, meine Tochter. Wie ich höre, wünscht Ihr mit diesem Ritter vor Gott vereint zu werden.«

»Ich ...«

»Genau das.« Favre ließ sie nicht einmal zu Wort kommen. Er nahm ihre rechte Hand und wärmte die eiskalten Finger. Überrascht von seiner Wärme, vergaß Rozabel sich augenblicklich aus diesem Griff zu befreien. »Gebt uns Euren Segen, ehrwürdiger Vater und seid gewiss, dass Ihr im Sinne unseres Königs handelt.«

»Mein König ist Gott, Herr Ritter«, sagte der Geistliche schlicht. »Sagt mir, stehen Eurer Eheschließung Hindernisse im Wege? Seid ihr blutsverwandt oder bereits gebunden?«

»Beides trifft nicht zu und dies sind meine Zeugen dafür.« Favre deutete auf Bryan und Richard. »Bryan de Cambremer ist der Bruder meiner künftigen Gemahlin und dies ist Richard de Tréviers, mein eigener Bruder. Mainfer ist mein Burghauptmann und ebenfalls ein freier Mann und schwurfähiger Krieger.«

Die Worte rauschten an Rozabels Ohr vorbei. Es kam ihr vor, als ginge von Favres Griff nicht nur verführerische Wärme aus, sondern auch eine gefährliche Lähmung. Sie hörte Bryan von der Zustimmung ihres Vaters sprechen, die sie bezweifelte, und Favre den Schwur ablegen, sie nach ehelichem Recht anzunehmen und künftig zu beschützen. Die Schlinge zog sich zu.

»Ist es Euer freier Wille diesen Seigneur zu Eurem Gemahl zu nehmen, mein Kind?«

Die Frage traf Rozabel wie der Hieb eines Schwertes. Sie fuhr zusammen. Ihr Kopf flog zu Favre und sie suchte seinen

Blick. Im Verein mit dem stetigen Druck seiner Hand wurde sie förmlich in seinen Bann geschlagen. Sie versuchte eine Verbindung zu ihm aufzubauen, aber das spürbare Erstaunen des Priesters hinderte sie daran. Es gab nichts, woran sie sich halten konnte, was ihr Sicherheit versprach. Sie war allein auf sich angewiesen, diese Entscheidung zu treffen und ihr Herz kannte nur diese eine Antwort:

»Ja, ehrwürdiger Vater.«

Ein vierfacher, deutlich erleichterter Seufzer folgte den kaum hörbaren Worten.

Als Favre ihr wenig später in der Sakristei die Schreibfeder reichte, zitterte ihr die Hand. Die getrauten Gatten setzten ihren Namen unter das Dokument, das auch die Unterschrift des Königs trug und so die ungewöhnliche Stunde und das Fehlen von Rozabels Vater sanktionierte. Dem Priester blieben nur der Vermerk im Kirchenbuch und der Segen für das Brautpaar.

»Das hätten wir«, sagte Mainfer so befriedigt, als sie wieder auf die Gasse hinter dem Gotteshaus traten, dass Rozabel ein Laut des Protests entfuhr.

Was hatte sie getan?

SIEBENUNDZWANZIGSTES KAPITEL

Dieppe
Allerseelentag 1095

Rozabel spürte den Griff, der ihre Schultern umspannte, Favres Gestalt in ihrem Rücken, den Hauch seines Atems, der von hinten kommend, an ihrer Wange vorbei strich. Die Kammer über dem Schankraum war noch immer schäbig und nicht sehr sauber, aber sie bemerkte es nicht mehr. Sie war so ausschließlich auf Favre konzentriert, dass es ihr auch nicht aufgefallen wäre, wenn der Sturm das Hausdach davon getragen hätte. Da war eine solche Fülle von Wärme und Erleichterung, die sie in ihm spürte, dass sie es einfach nicht begriff.

Mit einem Ruck machte sie sich frei, wirbelte herum und sah ihm in die Augen.

»Ich habe mit meinen eigenen Ohren gehört, dass du mich nicht willst. Du hast gesagt, die Herzogin könne es nicht von dir verlangen, dass du mich zur Gemahlin nimmst. Willst du das Entsetzen in deiner Stimme leugnen? Deine Abwehr?«

»Das also ist es«, seufzte Favre und verstand. »Und warum bist du nicht geblieben, wenn du schon lauschen musst? Du hättest den Grund erfahren. Durch meine Schuld ist dein Leben zerstört worden. Ich habe dich aus deiner Heimat entführt, deine Ehre mit Füßen getreten und am Ende war ich sogar schuld daran, dass du in den Kerker geworfen wurdest. Wenn du jemals etwas wie Liebe für mich empfunden haben solltest, dann glaubte ich, spätestens in diesem Augenblick müsste sie erstorben sein. Erstickt unter dem Gewicht von Ketten, Verzweiflung und Hunger. Ich wollte nicht, dass dir ein solcher Gemahl zugemutet wird. In meinen Augen hattest du Besseres verdient.«

»Besseres?« Rozabel vermochte nur das eine Wort herauszupressen.

»Besseres! Auf jeden Fall keinen Ritter, der bei seinem König in Ungnade gefallen ist, dessen Bruder als Meuchelmörder verschrien ist und der sich mehr durch seine Herzlosigkeit als durch Ritterlichkeit ausgezeichnet hat.«

Rozabel wandte sich ab und schlug die Hände vor das Gesicht. Sie weigerte sich der Hoffnung nachzugeben, die seine Worte in ihr weckten.

»Und was hat dich veranlasst, mich gewaltsam vor den Altar zu zerren? Der Befehl des Königs? Wann hast du dich entschieden Rufus zu gehorchen?«, hauchte sie im Schutz ihrer Finger und wartete mit angehaltenem Atem auf seine Antwort.

»Ich hatte einen Traum«, erwiderte Favre. »Vor vielen Jahren, als ich noch Knappe war. Nach einer Verletzung hatte ich Wundfieber bekommen und der Feldscher hatte mich schon fast aufgegeben. Ich schwebte über mir selbst und vor mir sah ich ein wundervolles, warmes Licht, das mich wie magisch anzog. Ich wollte mich ihm nähern, als ich das Weinen eines Kindes hörte. Es war ganz nahe, auf dem gleichen Weg wie ich und doch so viel unglücklicher und verzweifelter. Ich musste es einfach trösten. Ich habe es in den Arm genommen und gehalten, bis es endlich eingeschlafen ist und wieder verschwand. Es tat weh, es so gehen zu lassen und ich nahm mir vor, es zu suchen, wenn ich je wieder gesunden würde. Ich bin mit dem drängenden Wunsch zu mir gekommen, dieses Mädchen zu finden. Aber wie das so ist, Knappen haben Wichtigeres zu tun, als Träumen nachzujagen. Ich vergaß die seltsame Erfahrung. Als du mir jedoch im Kerker davon erzähltest, dass du als Kind in Hawkstone diesen Unfall gehabt hast, kam die Erinnerung mit Macht zurück.«

Rozabel ließ die Hände sinken und wandte sich ihm in grenzenlosem Erstaunen wieder zu.

»Wieso hast du es verschwiegen?«

»Es hätte dir nur noch mehr Schmerzen bereitet.«

»Und obwohl das Schicksal uns schon damals verbunden hat, wolltest du auf mich verzichten?«

»Wenn es dich glücklich gemacht hätte, ja. Aber du warst nicht glücklich. Ich konnte es am Kai sehen.«

»Ich kann nicht glücklich sein ohne dich.«

»Ich würde alles für dich tun. Ich liebe dich. Du bist die andere Hälfte meiner selbst.«

Die reine Überzeugungskraft der klaren Worte vertrieb alle Zweifel. Sie trat zu ihm und schmiegte sich stumm in seine wartenden Arme. Favre strich ihr endlich die hässliche Kapuze vom Kopf und legte seine Wange auf ihren Scheitel.

»Wirst du mir je verzeihen können, was ich dir angetan habe?«

»Wir werden ein lautes Eheleben führen.«

Ihre Lippen fanden sich zu einem leidenschaftlichen, hungrigen Kuss, der ihnen die Gewissheit gab, dass nichts mehr sie trennen konnte.

*

»Ihr reitet nicht mit uns?«

Rozabel sah von Bryan zu Richard und wieder zurück. Die beiden jungen Ritter, der eine blond, der andere dunkel, zeigten eine Zusammengehörigkeit zweier Seiten ein und derselben Münze. Wenn die Suche nach ihr der Grund dafür war, dass sie ihren schrecklichen Streit begraben hatten, so sollte es ihr nur Recht sein. Sie würde den Bruder später danach fragen. Der vergangene Abend und die folgende Nacht hatten allein Favre und ihr gehört und beide hatten sie die Stunden Arm in Arm, in tiefem, restlos erschöpftem Schlaf verbracht.

Der neue Morgen hatte das Ende des Sturmes gesehen. Das Handelsschiff, das Rozabel und Mainfer über den Kanal bringen sollte, lichtete ohne sie die Segel und sie verzichteten darauf, den im Voraus bezahlten Reisepreis zurückzufordern. Dass jedoch beide, Bryan und Richard, nicht mit ihnen nach Rouen reiten wollten, konnte sie nicht einfach hinnehmen.

»Ich werde mit Richard gehen«, sagte Bryan und umfasste beschwörend ihre Arme.

»Mit Richard?« Rozabel verstand ihn nicht. »Aber Richard zieht mit dem Herzog nach Clermont und von dort nach Jerusalem ...«

»So ist es.«

»Gütiger Himmel.« Sie benötigte ein paar Atemzüge, um die ganze Tragweite dieser knappen Auskunft zu erfassen. »Du verlässt die Dienste des Königs? Du kehrst nicht nach Hawkstone zurück, sondern ziehst an der Seite deines Freundes in ein höchst ungewisses Abenteuer?«

»Der Papst wird uns seinen Segen geben.«

»Und Rufus?«

»Er lässt mich mit unverkennbarer Erleichterung ziehen. Er war sich meiner nicht mehr sicher. Erinnere dich an einen gewissen Nachmittag, an dem mich meine Schwester davon abgehalten hat, meine Treue aufs Spiel zu setzen.«

Rozabel schnaubte nicht sehr damenhaft. »Aber du weißt, dass unser Vater damit nicht einverstanden sein wird.«

»Er wird begreifen müssen, dass ich kein kleiner Junge mehr bin. Ich treffe meine eigenen Entscheidungen und er kann kaum etwas dagegen haben, dass ich mit den besten Rittern der Christenheit aufbreche, Jerusalem von den Heiden zu befreien.«

Und du kannst dem König nicht verzeihen, was er Richard angetan hat, las sie auch die Dinge in seiner Seele, die er verschwieg.

Bryan nickte und sie sahen sich schweigend an, ehe Rozabel sich auf die Zehenspitzen reckte, ihn auf beide Wangen küsste und heftig umarmte.

»Die Heilige Mutter und die große Göttin mögen dich gemeinsam beschützen, Bruder. Ich werde für dich und Richard beten.«

»Werde glücklich, große Schwester.«

»Ich bin es«, versicherte Rozabel in frisch gewonnener Überzeugung. »Und pass auf Richard auf. Er streift gerade erst die Eierschalen ab.«

Auch Richard bekam seinen Teil der guten Ratschläge, und Rozabel verbot sich mit aller Macht die Tränen, bis die beiden auf ihre Pferde stiegen und davonritten. Erst dann sah sie Favre aus schwimmenden Augen an und zeigte ihren Schmerz.

»Ich hoffe, der Himmel beschützt sie. Hat er nicht ein besonderes Einsehen mit Kindern und Narren?« Ihre Stimme brach.

»Schscht! Weine nicht, mein Herz.« Favre zog sie zärtlich an sich. »Sie werden wieder kommen, bestimmt. Wie tapfer du doch bist. Ich fürchtete du würdest ihn beschwören, seine Pläne zu ändern.«

Rozabel schüttelte den Kopf.

»Er kann es nicht. Er muss aus dem Schatten unseres Vaters treten, sonst wird er nie ein Mann. Es ist nicht leicht der Sohn des Lords von Hawkstone zu sein und ich fürchte, es wird auch nicht leicht werden, sein Schwiegersohn zu sein. Seine Maßstäbe sind hoch und es wird seine Zeit dauern, ehe er bereit ist, dir die Entführung seiner Tochter zu verzeihen.«

Sie schenkte ihm ein Lächeln und blinzelte die letzten Tränen fort.

»Er wird verstehen, dass ein Mann für eine Frau wie seine Tochter alles wagen muss.«

Rozabel schluckte. »Wie nahe doch alles beieinander liegt. Glück und Traurigkeit, Hoffnung und Schmerz, Abschied und Wiedersehen.«

»Gemeinsam werden wir das eine wie das andere besser ertragen, meine Liebste.«

Sie erwiderte seinen Kuss, während hinter ihr die Sonne über die Klippen von Dieppe stieg und den Herbsttag mit warmem Gold erleuchtete.

EPILOG

Burg von Malaunay
1. September 1100

Kurz vor Sonnenuntergang glühten die Wälle und Türme von Malaunay im gleichen intensiven Rot wie die Heckenrosen, die sich an der Südwand des Haupthauses emporrankten. Die vergangenen Sommerwochen hatten ihnen eine Blütenpracht geschenkt, die die grauen Granitblöcke in ein Kleid aus tiefem, leuchtendem Purpur hüllte. Rozabel de Tréviers blieb auf ihrem Weg ins Haupthaus neben dem Ziehbrunnen stehen, täglich aufs Neue gefesselt von dem prächtigen Bild.

Sie hatte die Rosenstöcke im Frühling nach ihrer Hochzeit mit Favre gepflanzt und sie dankten es ihr mit einer Blütenfülle, die sie immer wieder entzückte. Ihre Eltern hatten sie mitgebracht, als sie nach Malaunay gekommen waren, den Schwiegersohn kennen zu lernen, der die Heilerin von Hawkstone in die Normandie entführt hatte. Noch heute erinnerte sich Rozabel mit einer Mischung aus Lachen und Unbehagen an die stürmischen ersten Tage dieses Besuches.

Nicht nur einmal hatte sie gefürchtet, dass der Lord von Hawkstone seinem neuen Sohn nur ungnädig begegnen würde. Dass er es dann doch nicht tat, war in erster Linie Lady Lilianas Bemühen zu verdanken. Sie hatte Favre ohne Zögern in ihr Herz geschlossen und das erste Enkelkind, das den Namen seines Großvaters erhielt, hatte die Wogen vollends geglättet.

»Welch hübsches Bild des Friedens und des häuslichen Glücks«, sagte in diesem Augenblick eine sanfte Frauenstimme in ihrem Rücken.

Rozabel drehte sich um. Sie war so in Gedanken vertieft gewesen, dass sie das Hufgeklapper überhört hatte, das durch den Torbogen in das Innere des Burghofes vorgedrungen und schließlich verstummt war. In fassungslosem Erstaunen glitten ihre Augen über die Gestalt im Damensattel, die sie strahlend anlächelte.

»Das kann nicht wahr sein«, sagte sie heiser und meinte damit weniger das liebreizende Antlitz ihrer Besucherin, als ihr Gewand. Judith von Meulan trug über einem weißen Unterkleid und einem weißen Schleier die schwarze Tracht und die steife Haube der Benediktinerinnen.

»Ich hatte mir eigentlich einen freudigeren Empfang erhofft«, begrüßte Judith schelmisch Rozabel und sprang mit einem Geschick aus dem Sattel, das sowohl ihr jugendliches Alter als ihre frühere Teilnahme an Hofjagden verriet. »Bin ich denn nicht willkommen unter deinem Dach, Rozabel de Tréviers?«

»Wie kannst du das fragen, Judith! Oder muss ich jetzt gar ehrwürdige Mutter zu dir sagen?«

Rozabel schloss Judith so stürmisch in die Arme, dass sie ihre Haube festhalten musste. Dann hielt sie sie auf Armeslänge von sich und suchte in ihrem Gesicht nach einer Erklärung.

»Bei jeder anderen könnte ich es mir erklären, aber ...«

»Nicht bei Judith von Meulan, die stets auf der Jagd nach einem Gatten war, die Juwelen und schöne Gewänder fast ebenso liebte, wie das Flirten und Tändeln? Das möchtest du doch sagen, nicht wahr? Ich werde dir auch gerne alles erzählen, aber du solltest mich vielleicht erst einmal unter dein Dach bitten. Ich hatte schon gefürchtet, dass wir Malaunay vor Sonnenuntergang nicht mehr erreichen würden.«

»Verzeih ...«

Rozabel unterbrach sich noch einmal, denn aus der Vorburg näherte sich vertrauter Lärm. Sie sah dem Trupp entgegen, der aus dem Torbogen kam. Neben Favre und Mainfer, von denen jeder ein Kind auf den Schultern trug, das sich in den Haaren seines Trägers festhielt, waren es auch zwei Nonnen und drei kräftige Mönche, die offensichtlich zu Judiths Begleitung gehörten.

»Sie haben mich vorausgeschickt, um dich zu überraschen«, hörte sie Judith sagen. »Ich hoffe, du findest Platz für meine Begleitung. In diesen Tagen ist es nicht ratsam, allein zu reisen. Die Bewaffneten, die mein Vater mir für den Weg zurück nach Fécamp aufgedrängt hat, habe ich ohnehin schon wieder nach Hause geschickt.«

»Welch eine Überraschung«, sagte Rozabel und meinte ebenso den Besuch wie die Tatsache, Judith als Braut Christi wieder zu treffen.

Sie zauste ihrem ältesten Sohn liebevoll den Schopf, der sich bei ihrem Anblick wie ein Kletteräffchen aus den Armen seines Vaters gewunden hatte und eilig auf sie zugestürmt war. Felix, um zwei Jahre jünger als Raynal, kreischte, bis er von Mainfer ebenfalls zur Erde gesetzt wurde. Dann wackelte er noch ein wenig ungeschickt, aber zielstrebig hinterher. Stets beaufsichtigt von dem bulligen Hauptmann, der erstaunliche Qualitäten als Kinderfrau entwickelt hatte. Die schöne Klosterfrau Judith ließ währenddessen ihre Blicke interessiert zwischen Favre und seiner Gemahlin hin und herhuschen.

»Ich muss euch nicht fragen, wie es euch geht«, nickte sie am Ende dieser Bestandsaufnahme. »Man kann euer Glück mit den Händen greifen.«

Favre brummte ein wenig verlegen und Rozabel lächelte. Er war noch immer kein Freund überflüssiger Worte, aber inzwischen wusste sie so genau, was er dachte, dass sie der Umstand nicht mehr störte.

»Komm ins Haus«, ließ sie keine Verlegenheit aufkommen und nahm ihre beiden Söhne bei den nicht sehr sauberen Händen. »Du wirst sicher von der Reise erschöpft sein und deine Begleiter ebenfalls. Sobald ihr euch ein wenig erholt habt, werden wir diesen Besuch bei einem Mahl gebührend feiern.«

»Ihr bringt Neuigkeiten?«, warf Favre dazwischen ein.

»Sicher keine, die Ihr nicht schon kennt«, erwiderte Judith mit einer ruhigen Gelassenheit, die in krassem Widerspruch zu ihrem früheren quirligen Temperament stand. »Die Benediktinerinnen von Fécamp dienen Gott dem Herrn und wissen wenig von der Welt. Ich kann nur mit dem Klatsch meines Vaters dienen, den ich besucht habe.«

Das Ausmaß ihrer Veränderung ließ sich am besten am Benehmen des Hausherrn ablesen. Favre de Tréviers, der die Hofdame Judith von Meulan bestenfalls amüsiert ignoriert, wenn nicht gar verachtet hatte, behandelte Schwester Magdalena, wie sie nun hieß, mit erkennbarem Respekt und geleitete sie persönlich unter sein Dach.

Judith war Margarete von Maine gefolgt, als sich die Herzogin nach der endgültigen Abreise ihres Gemahls ins Heilige Land, im Jahre 1096, entschlossen hatte, im Kloster von Fécamp auf ihn zu warten. Schon im folgenden Jahr war die Fürstin, angeblich an den Folgen einer schweren Krankheit der Atemwege, in diesem Kloster verstorben.

»Hat der Tod der Herzogin dich dazu bewogen den Schleier zu nehmen?«, fragte Rozabel gerade heraus, als sie nach dem festlichen Mahl gemeinsam vor dem Kamin im Wohngemach saßen. Jetzt, nachdem die Kinder zu Bett gebracht und neugierige Ohren ausgeschlossen waren, konnte man in Ruhe miteinander sprechen.

»Er hat sicher dazu beigetragen«, nickte Schwester Magdalena mit einem melancholischen Lächeln. »Aber ich habe auch entdeckt, dass die Liebe zu unserem Heiland nie enttäuscht wird. Hinzu kommt, dass das Leben im Kloster für eine Frau auf eine Weise frei sein kann, gegen die der fürstliche Hof fast wie ein Kerker wirkt. Man ist nicht gezwungen zu verbergen, dass man denken kann und man muss sich nie mehr überlegen, was man anziehen soll ...«

Es klang amüsant und fast ein wenig leichtfertig, aber Rozabel hatte in den Zügen der ehemaligen Judith von Meulan mittlerweile Linien des Schmerzes und des Kummers entdeckt. Ihre innere Stimme sagte ihr, dass es besser sein würde, nicht weiter in sie zu dringen. Sie hatte ihre Vermutungen und die versteckte Frage, die Judith wenig später betont beiläufig an sie und Favre richtete, bestätigte sie.

»Man sagt, Herzog Robert plane, in die Normandie zurückzukehren. Er sieht seine Aufgabe als erledigt an, seit in Jerusalem ein christlicher König herrscht. Erwartet ihr auch eure Brüder zurück? Ich hoffe doch, sie sind beide wohlauf?«

Rozabel tauschte einen schnellen Blick mit ihrem Gemahl, damit er ihr die Antwort überließ. Nicht alle Tage des letzten Jahres waren an ihnen ohne Kummer vorübergegangen.

»Wir haben schon lange nichts mehr aus Jerusalem gehört«, sagte sie leise, denn sie wusste, dass jedes Wort den Schmerz neu aufwühlte. »Richard ist im Juli 1099 beim Sturm auf Jerusalem getötet worden. Bryan war zu diesem Zeitpunkt noch am Leben. Wir haben auf vielen Umwegen eine Nachricht von ihm erhalten, mehr kann ich dir auch nicht sagen. Wir beten für ihn und hoffen, dass wir nicht auch ihn noch verlieren.«

»Oh.«

Schwester Magdalenas leiser Seufzer hing zwischen ihnen

und alle sahen sie die beiden stolzen, jungen Ritter vor sich, die so hoffnungsvoll aufgebrochen waren, am Heiligen Grab die Vergebung ihrer Sünden zu finden. Der Jubel der Christenheit über die Eroberung von Jerusalem fand in Malaunay kein ungeteiltes Echo.

»Ich habe beide in meine Gebete eingeschlossen«, sagte die Nonne nach langem Schweigen mit stockender Stimme.

»Dann bete auch darum, dass Herzog Robert Frieden hält, wenn er wirklich heimkehrt, wie die Gerüchte behaupten«, fügte Rozabel düster hinzu. »Rufus wird die Normandie nicht mehr aus den Händen lassen.«

»Dann wisst Ihr es noch nicht?« Schwester Magdalena sah jäh wieder auf. »Unser König heißt jetzt Henry und nicht länger Rufus. Rufus ist tot.«

Favre fuhr zusammen. »Wie ist das möglich?«

Rozabel legte erschrocken die Hand auf seinen Arm. »Was ist passiert?«

»Man sagt, es sei ein Jagdunfall gewesen. Im New Forest, in der Nähe von Brockenhurst, wurde er von einem Pfeil tödlich getroffen. Ein gewisser William Styrrel wurde beschuldigt und hingerichtet. Aber es gibt auch hässliche Gerüchte, die besagen, dass Styrrel nur der Handlanger für einen anderen war und im Auftrag handelte.«

»Ich bitte Euch, wer sollte den König schon wieder getötet haben wollen?«, fragte Favre. Man sah ihm an, dass er an Richards unglückliches Attentat dachte.

»Zum einen hatte er sowohl bei den Männern der Kirche, wie unter seinen eigenen Baronen jede Menge Feinde, und zum andern steht es in seiner Familie nicht besonders gut um die Bruderliebe.«

»Henry? Sein eigener Bruder?«

»Man wispert es hinter vorgehaltener Hand.« Schwester Magdalena dämpfte die Stimme.

»Unmöglich«, widersprach Rozabel vehement. »Henry wurde für ein geistliches Amt erzogen und war schon immer der Klügste seiner Brüder. Weshalb ihn sein eigener Vater mit einem schäbigen Erbe von fünftausend Pfund abgefunden hat, habe ich nie begriffen. Er ist ein ehrenwerter Mann und kein Mörder.«

»Tatsache ist, dass er sich sofort nach Rufus' Tod des Kronschatzes bemächtigt und seine Wahl zum König durchgesetzt hat. Wenn der Herzog zurückkehrt, steht er vor vollendeten Tatsachen, obwohl die Abmachung von Bayeux besagt, dass Robert Rufus' Erbe sein soll, falls er vor dem Bruder stirbt.«

»Das ist nicht gut.«

Es hielt Favre nicht länger auf seinem Sitz. Er stand auf, trat ans Fenster und starrte besorgt in die Nacht hinaus.

»Man kann nur auf die Vernunft des Herzogs und den besänftigenden Einfluss seiner neuen Gemahlin hoffen«, seufzte Rozabel.

»Der Herzog hat wieder geheiratet?« Diese Nachricht war Schwester Magdalena neu.

»Im vergangenen Winter. Eine junge Frau aus der normannischen Verwandtschaft des Herzoghauses in Sizilien. Sybilla von Conversano. Die Gerüchte sagen, dass sie bereits schwanger mit seinem ersten Kind ist«, nickte Rozabel.

»Wahrhaftig, er hat sie schnell vergessen«, antwortete Schwester Magdalena bitter. »Verzeiht ihr mir, wenn ich zu Bett gehe? Ich bin müde und muss noch meine Gebete sprechen. Wir werden noch genügend Zeit haben, über alles zu sprechen.«

Als Rozabel wieder in das Gemach trat, nachdem sie sie in

ihre Kammer geleitet und nach den Kindern gesehen hatte, fand sie ihren Gemahl weiterhin in die Betrachtung des nächtlichen Himmels versunken. Sie trat hinter ihn, legte die Arme um seine Mitte und die Stirn schweigend zwischen seine Schulterblätter.

»Sie hat sich verändert, nicht wahr«, sagte sie nach geraumer Zeit.

»Judith? In der Tat. Sie ist die Letzte, der ich zugetraut hätte, den Schleier zu nehmen. Was wohl der wahre Grund dafür ist?«

»Ich nehme an, mein Bruder. Sie liebt ihn und als er mit Richard nach Jerusalem aufbrach, muss ihr klar geworden sein, dass es keine Hoffnung für diese Liebe gab. Ich verstehe sie. Sie war bei Hofe nie so unbeschwert, wie sie sich gegeben hat.«

Favre wandte sich um und schloss seine Gemahlin in die Arme. Die Jahre hatten ihrer Liebe Selbstverständlichkeit geschenkt, aber ihr nichts an Leidenschaft genommen. »Du wärst sicher nie in ein Kloster gegangen. Soviel Rebellion unter einer Nonnenhaube – unvorstellbar.«

»Wer weiß, zu was ich mich entschieden hätte, wenn du mich nicht in Dieppe davon abgehalten hättest, nach Hawkstone zu fliehen.«

»Was mir dein Vater bis heute noch nicht wirklich verziehen hat.«

»Ich war seine letzte Tochter, die er noch zu vergeben hatte. Du wirst ihn verstehen, wenn deine Tochter einmal erwachsen ist.«

»Noch habe ich keine ...«

»Zum Ende des kommenden Winters wirst du eine haben«, sagte sie mit der Sicherheit einer Heilerin die wusste, wovon sie sprach.

Sie spürte wie er um Atem rang und sie enger an sich zog. Seine Lippen berührten ihre Stirn, ihre Wangen und fanden ihren Mund.

Was immer die Mächtigen auf dieser oder jener Seite des Kanals im Sinn hatten, in diesem Augenblick zählte es nicht. Jedes neue Leben war ein Trost für die Vergangenheit und ein Versprechen auf die Zukunft.

ENDE

ANHANG

Geschichtsinteressierte Leser werden mir vielleicht vorwerfen, dass es Quellen gibt, die besagen, dass Margarete von Maine zwar mit Herzog Robert verlobt war, aber angeblich bereits in jungen Jahren in Fécamp verstarb. Da dies jedoch ebenso wenig historisch abgesichert ist, wie das Gegenteil, habe ich mir die Freiheit genommen, Madame Margaretes Leben ein wenig zu verlängern.

Herzog Roberts Hochzeit mit Sybilla von Conversano im Januar 1100 ist jedoch historisch belegt. Beide hatten vermutlich fünf Kinder, von denen Wilhelm III. Clito, Graf von Flandern, geboren 1101, seinem Onkel König Henry die meisten Schwierigkeiten machte.

Valerie Lord
Februar 2006